KNAUR

Über die Autorin:
Wenn ich einen Wunsch frei hätte … Seit Henriette Krohn denken kann, beendet sie diesen Satz mit folgenden Worten: *Dann möchte ich ein Buch schreiben.* Nach ihrem Journalistikstudium in Madrid arbeitete die 1986 geborene Autorin in der Presseabteilung zweier internationaler Unternehmen. Es hat einige Anläufe gebraucht, bis sie tatsächlich den Mut hatte, ihren ersten Roman zu beenden. So wie in ihren Geschichten ist auch in ihrem Leben ziemlich viel los – was nicht zuletzt ihren zwei (Achtung: Euphemismus!) meinungsstarken Töchtern, zwei Hündinnen, vier Katzen und einem Schwarm Goldfische im Garten geschuldet ist. Ihr überaus geduldiger Ehemann toleriert außerdem ihre tausend Hobbys, darunter das Nähen, Malen, Kochen, Dekorieren und so weiter.

HENRIETTE KROHN

FRÜHLING, SOMMER, HERBST UND DU

ROMAN

KNAUR

Besuchen Sie uns im Internet:
www.knaur.de

MIX
Papier | Fördert gute Waldnutzung
FSC® C014496
FSC www.fsc.org

Originalausgabe April 2024

Ein Imprint der Verlagsgruppe
Droemer Knaur GmbH & Co. KG, München

Redaktion: Regine Weisbrod
Covergestaltung: www.martinabaldauf.de
Coverabbildung: Collage von Martina Baldauf unter Verwendung
von Illustrationen von swiejko (creativemarket.com)
Illustrationen im Innenteil: Inna Ogando / Shutterstock.com
Satz: Daniela Schulz, Gilching
Druck und Bindung: GGP Media GmbH, Pößneck
ISBN 978-3-426-53060-3

2 4 5 3 1

Segelfliegerin, Gourmetköchin,
Überlebenskünstlerin, stärkste Frau –
das alles ist für dich, Oma Ingrid.

MAYA

Was für ein schmutziges Geschäft. Also echt …« Kopfschüttelnd blicke ich in den vollen Kühlschrank vor mir.

»Was meinst du denn?«, fragt Isabell. Sie lehnt sich zur Seite, um zu sehen, worauf sich mein Kopfschütteln bezieht.

»Na, der Brautmodenverkauf, verdammt. Schau dir das doch mal an.« Ich öffne die Tür ein Stück weiter, damit die mindestens zwanzig Flaschen Sekt sichtbar werden. Isabell lehnt sich vor, schiebt eine hellblonde Haarsträhne hinter die Ohren und hebt die Brauen.

Sie versteht nicht. Was typisch ist für die Spezies, zu der sie gehört. Die der schokoladenüberzogenen Glitzereinhörner nämlich, die sich nur zufällig in die echte Welt verlaufen haben. Sie ist ein bezauberndes Geschöpf. Ein Geschöpf aber, das für das Schlechte der Welt gänzlich unempfänglich ist. Deshalb fühle ich mich auch zu einer Erklärung verpflichtet.

»Welches Geschäftsmodell lebt denn bitte davon, seine Kundinnen abzufüllen, um ihnen dann ein Kleid zu verkaufen, für das sie auch einen gebrauchten Kleinwagen bekommen könnten? Ein schmutziges Geschäft, sage ich dir. Vielleicht das schmutzigste überhaupt.«

»Schmutziger als der Handel mit Diamanten? Oder … Menschenhandel?«

Sie hat also doch schon mal was gehört von der Welt da draußen. Sehr zu meinem Nachteil. Denn eigentlich gehe ich gerade auf in meiner Schimpftirade. Was praktisch ist, weil es mich von dieser furchtbaren Nervosität ablenkt, die mich schon den ganzen Morgen vor sich hertreibt. Und Isabellas In-Relationen-Bringen ist nun mal Gift für irrationale Schimpftiraden.

»Natürlich nicht. Aber ganz normal ist das ja wohl trotzdem nicht«, murmle ich und greife nach zwei rosafarbenen Flaschen. Isabell presst die Lippen aufeinander, um ein Lächeln zu unterdrücken. Statt etwas zu sagen, poliert sie weiter die langstieligen Kristallgläser. Die werden wir während der nächsten Stunden gleich mehrmals bis zu ihren dünnen Goldrändern befüllen.

Schnaubend zeichne ich ein Kreuz auf die beschlagene Flasche Sekt, die vor mir auf der Küchenanrichte steht. Wie war das noch mal mit dem Konterbier nach einer alkoholgetränkten Nacht? Soll das nicht den schlimmsten Kater lindern? Und – wichtiger noch: Würde das auch mit einem Glas Sekt funktionieren? Kontersekt sozusagen?

Doch mein Magen widerspricht, dreht sich einmal im Kreis und sorgt dafür, dass ich mich an der marmornen Küchenplatte festhalten muss. Trotzdem bereue ich die letzte Nacht nicht. Vor allem nicht die Tatsache, heute Morgen in einem warmen Bett aufgewacht zu sein. Mit kalten Händen massiere ich mir die Schläfen.

»PMS oder nur Kopfschmerzen?« Isabell geht zu der dunkelblauen Keksdose, die auf einem Tisch in der Ecke des kleinen Hinterzimmers steht. *Dänische Butterkekse*. Sie holt einen Blister heraus und zögert kurz.

»Kater«, antworte ich und weiche ihrem Blick aus.

Sie gibt mir eine Tablette und ein Glas Wasser.

»Trink das, und dann noch eines.« Sie lächelt ein warmes, rundes, süßes Lächeln und drückt meinen Arm. Sicher war sie eine wunderbare Kinderkrankenschwester. Vielleicht wird sie mir irgendwann einmal erzählen, warum sie es nicht mehr ist. Aber nicht jetzt. Jetzt interessiert sie etwas anderes.

»Du hast einen Kater?«, fragt sie langsam und verschränkt die Arme. »Aber … du trinkst doch gar nicht.«

»War ein Notfall.«

Zum Glück kann Isabell nicht nur mit schlechter Laune umgehen. Sie hat auch sehr viel Taktgefühl und weiß, wann es besser ist, nicht nachzufragen. Ich schlucke die Tabletten und spüle mit viel zu kaltem Wasser nach. So kalt, dass ich fühlen kann, wie es vom Mund durch die Speiseröhre bis hinunter in meinen protestierenden Bauch plätschert.

Mit einem Schütteln stelle ich das Glas ab und ziehe die Ärmel meines Pullovers über die kalten Hände. Dann fülle ich den Sektkühler mit Eis und der Flasche. Die Hände um das eisige Metall laufe ich hinter Isabell her, die ein Tablett Gläser aus dem Zimmer balanciert. Als ich aus dem kleinen Hinterzimmer in den vorderen Bereich des Ladens gehe, muss ich kurz die schmerzenden Augen zusammenkneifen.

Bei einem Kater fühlt sich schönes Wetter wie Verrat an. Verkaterte Tage sollten grundsätzlich grau und verregnet sein. Es ist doch Herbst, verdammt. Jeder Berliner Herbst, der etwas auf sich hält, sollte nass und dunkel sein.

Stattdessen reflektieren die vielen hellen Kleider, die die rechte und linke Wand des Ladens bedecken, die Sonnenstrahlen, bringen den Raum fast zum Glühen. Opulente Röcke aus Tüll und Spitze quellen aus den Reihen wie Diven, die um die Aufmerksamkeit ihrer Zuschauer buhlen und sich durch Pomp und Glitzer zu übertreffen versuchen.

Ich stelle den Kühler zu dem Tablett mit den Gläsern auf den kleinen Glastisch neben einem hellen Sofa und sehe mich um. Alles wirkt so makellos, wie es wirken soll. Ein lautes Surren aus dem Stockwerk über uns verrät, dass meine Mutter oben gerade dasselbe sicherstellt. Fast manisch hört sich das Poltern an, mit dem sie den Staubsauger über den dunkelbraunen Holzboden und die cremeweißen Teppiche der oberen Verkaufsfläche jagt.

Ich trete vor einen der vielen Spiegel. Vorsichtig wische ich einen schwarzen Krümel aus dem Augenwinkel. Sind Lidstrich und Lippenstift übertrieben? Sind sie ein lächerlicher Versuch, dem Glamour der Kundinnen etwas entgegenzuhalten, die gleich den Laden betreten werden?

Isabell kommt zu mir und lächelt mich über meine Schulter hinweg an. »Jetzt mach dir mal keine Sorgen, okay, Süße? Adriana wird heute ein Kleid finden, und wir lassen den Rest der Berliner Brautläden alt aussehen.«

Ich nicke, obwohl ich nicht wirklich zustimme, und fummle mein Smartphone aus der Hosentasche. Mehrmals müssen meine zittrigen Finger die PIN eingeben, um dann die Instagram-Seite unseres Ladens aufrufen zu können.

Nach über einem Jahr des täglichen Postens, Likens und Kommentierens haben wir mittlerweile vierzehntausend Follower. Sogar einige wirklich unangenehme Livevideos habe ich gepostet. Damit bin ich weit über meine eigentliche Schamgrenze gesprungen. Doch vierzehntausend potenzielle Bräute sind nicht nur gut, sondern absolut hervorragend. Dabei kommen wahrscheinlich nur wenige der Frauen an den dicken Fisch heran, den wir heute an der Angel haben. Laut einer der Klatschzeitungen, in denen sie öfter mal auftaucht, ist sie eine der wichtigsten aufstrebenden Influencerinnen Deutschlands.

Influencerinnen. Ich schnaube. Darf man es mit einunddreißig eigentlich schon unmöglich finden, dass *Influencer* eine legitime Berufsbezeichnung ist?

Okay, noch mal, Maya: Weg mit der Katerlaune. Diese Damen haben uns letztes Jahr Rekordumsätze beschert. Außerdem war ich selbst diejenige, die *etwas Neues* ausprobieren wollte. Und in Zahlen ausgedrückt war das eine absolut hervorragende Idee. Was mich stolz macht und manchmal sogar ein wenig euphorisch. Jetzt zum Beispiel:

Adriana4Real hat dich in ihrer Story erwähnt, steht auf meinem Display. Ich rufe besagte Story auf und sehe ein Selfie, das Adriana und ihre Schwester Elli zeigt. Die beiden sitzen auf dem Rücksitz eines Autos und lächeln in die Kamera. Ihre Wimpern reichen ihnen fast bis zu den geschwungenen Augenbrauen. Darunter steht in Leuchtschrift:

Auf zur nächsten Runde!!! Brautkleidshopping!!! Heute schaffen wir das!!!

Und darunter:

#weddingdress #bridetobe #sisters und *#wecandothis*

472.325 Menschen folgen Adriana täglich dabei, wie sie sich die Nägel mit Glitzersteinen bekleben lässt, bei IKEA eine neue Kissenhülle aussucht oder Kartoffelbrei kocht. Was ich nicht so ganz nachvollziehen kann. Also weder, dass jemand so was mit einer halben Million Menschen teilen will, noch, dass jemand so was sehen möchte. Doch das muss ich zum Glück auch nicht. Das Einzige, was zählt, ist, dass auf den Bildschirmen dieser 472.325 Menschen gleich Livevideos von unserem Laden erscheinen werden.

Alles muss also perfekt sein. Weshalb ich nun doch noch eine kleine Kontrollrunde drehe. Ich habe zwar nicht die Adleraugen meiner Mutter, finde aber trotzdem einen kleinen pinken Knopf in der Ecke des Schaufensters, ein winziger Farbfleck auf dem dunklen Holzboden, der nur zu meiner Nichte gehören kann. Matilda liebt es, im Schaufenster zu sitzen und Knöpfe zu sortieren. Ich drehe mich in Richtung Laden und erinnere mich daran, wie ich als kleines Mädchen selbst diesen Platz geliebt habe. Denn hier kann man sowohl das Geschehen im Geschäft als auch die belebte Straße vorm Fenster beobachten. Dabei hatte ich keine Knöpfe in der Hand, sondern Stoffreste, die ich mit Nadel und Faden zu Kleidern, Röcken und Jacken für meine Kuscheltiere verarbeitete.

Nachdem ich den kleinen Knopf genommen und in meine Hosentasche gesteckt habe, greife ich noch einmal zu meinem Telefon und öffne erneut Adrianas Instagram-Seite.

Auf einem der Bilder ist sie in einen pinken Mantel aus Webpelz gehüllt und posiert vor dem Brautmodengeschäft eines Konkurrenten. Dabei streicht sie sich mit den Händen durch das hellbraune wellige Haar, das trotz der dicken Schicht Plüsch über sehr schmale Schultern fällt.

Isabell sieht mir über die Schulter. »Na also, dann wird ihr das rosa Kleid bestimmt gefallen. Ich frag mich immer noch, wo du das herhast. Auf jeden Fall wird das heute klappen, da bin ich sicher.«

Langsam drehe ich den Kopf in Richtung Hinterzimmer. Dort hängt das Kleid an einem Haken hinter der Tür, versteckt in einem unauffälligen grauen Kleidersack.

»Ich weiß auch nicht … Ich hoffe, Mama flippt nicht aus, wenn sie das sieht.«

»Quatsch, Süße«, sagt Isa. »Ist doch am Ende egal, ob das Teil ins Ladenkonzept passt. Das einzig Wichtige ist, dass Adriana was kauft und du deiner Mutter endlich deinen Businessplan präsentieren kannst.« Sie klatscht mehrmals in die Hände und hebt die Schultern. »Dein eigener Laden!«

»Psst!« Ich halte mir einen Finger vor die Lippen und zeige auf die Decke, muss aber trotzdem lächeln.

Adrianas Hochzeit wird ein Social-Media-Highlight. Auf ihr Kleid wird sie uns ohne Zweifel Dutzende Male verlinken. Ergo mehr Follower und neue Kundinnen für den Laden.

Und vielleicht, ganz vielleicht, wird das mein erster Schritt in Richtung Freiheit sein. Was dieser Schritt beinhalten wird, kann ich nach einem erfolgreichen Verkauf auch endlich mit meiner Mutter teilen.

»Wann willst du ihr denn davon erzählen?« Dieses Mal flüstert Isa zum Glück.

»Heute Abend.«

In meinem Kopf wiederhole ich die Worte. Heute Abend. Heute

Abend ist es so weit. Ich stelle mir vor, wie ich von meiner Wohnung hoch in ihre gehe. Meine Wohnung liegt direkt über dem zweistöckigen Brautladen. Im Stockwerk darüber wohnt meine Mutter, und noch eine Etage weiter oben wohnt mein Bruder.

Ich werde also etwa zwanzig Treppenstufen dafür nutzen können, tief ein- und auszuatmen. Dann werde ich die Hand heben und den alten weißen Klingelknopf drücken. Mit hoffentlich überzeugender und gesetzter Stimme werde ich meiner Mutter meine Erfolge und das daraus resultierende Umsatzwachstum im letzten Jahr aufzählen. Und dass mich diese Erfolge ermutigt haben, etwas Eigenes aufzubauen.

Sie wird mich fragen, ob ich denn unglücklich sei. Ganz im Gegenteil, werde ich antworten. Und was für ein großes Glück es gewesen sei, dass ich hier vor elf Jahren einfach so habe anfangen können.

Aber dass ich mich immer ein bisschen fühle wie ein Teil dieses Holzwürfelspiels, mit dem Matilda als Kleinkind das Sortieren von Farben und Formen lernen sollte. Wie ein Holzstern, den man in die Form eines Kreises pressen will. Na ja, vielleicht ist der Vergleich ein bisschen zu abstrakt für meine Mutter. Aber das werde ich entscheiden, sobald ich ihre Reaktion sehe.

»Was sagt Fjodor denn? Gibt es schon einen Nachmieter?« Isabell öffnet die Tür, um einen letzten Hauch frische Luft hereinzulassen.

Das erspart mir den Blick auf die Wanduhr. Es ist Viertel vor zehn, denn Viertel vor zehn lüften wir immer noch mal durch. Bleiben also fünfzehn Minuten.

»Bisher nicht.«

Fjodor betreibt den kleinen Kiosk im Haus nebenan, und könnte man sich einfach so einen Großvater aussuchen, statt mit dem leben zu müssen, was man eben so abbekommt, dann würde meine Wahl auf ihn fallen.

Er hat eine große Nase und riesige Ohren, dazu eine tiefe Stimme, mit der er leise spricht und manchmal ein wenig kichert, wenn ich ihm von unseren Kundinnen erzähle.

Bei ihm kaufe ich meine monatliche Ausgabe der *Burda*, die aber meistens ein Vorwand dafür ist, einen Kaffee mit ihm zu trinken. Schließlich gibt es das Nähmagazin auch im Supermarkt um die Ecke, zu dem ich einmal die Woche gehe.

Ich denke an die Matroschka, die auf meinem Fensterbrett steht und die mir Fjodor letztes Jahr zum Geburtstag geschenkt hat.

»Viele sagen, dass Matroschkas für Mutterschaft stehen«, hat er mit dem wunderschönen, schweren Ton seiner Stimme gesagt und mir die kleine Puppe in die Hand gedrückt. »Aber für mich ist viel interessanter, wie viele Matroschkas sich darin noch befinden ...« Dabei zog er die zwei größten Holzstücke auseinander und stellte die vielen kleineren Puppen nebeneinander auf seinen Verkaufstresen. »So, wie sich hinter jedem Menschen noch viele, viele andere verstecken. Solche, die nicht rauskommen wollen. Und solche, die nicht rauskommen dürfen. Weil man sie nicht lässt.«

Dabei sah er mich lange an mit seinen wässrigen blauen Augen. Und erzählte mir, er wolle sein Geschäft aufgeben. »Wollt ihr euch nicht vergrößern?«, fügte er lächelnd hinzu und schob mir einen starken Kaffee über die Theke.

Ich hielt inne, weil seine Frage gleich eine ganze Lawine an Ideen in mir lostrat. So, als hätten die schon eine ganze Weile dort gelauert.

Mein eigener Laden. Langsam drehe ich den Kopf zu den beiden Kleidern auf den Schaufensterpuppen links von mir. Klassische Eleganz à la Audrey Hepburn.

Schöne Kleider sind das. Ohne Zweifel. Kleider für Hochzeiten mit Kutschen und dreistöckigen Torten und Tauben, die über

Hochzeitsgesellschaften flattern. Ich aber habe Lust auf etwas anderes. Worauf, weiß ich selbst nicht so genau. Mir fällt wieder das rosa Kleid in dem grauen Sack im Hinterzimmer ein. Natürlich weiß ich es. Darauf. Darauf habe ich Lust.

Und darauf, ein Stück Wand zwischen Mamas und Fjodors Geschäft einzureißen und zwei unterschiedliche Bereiche zu schaffen. Mamas Bereich klassisch, meiner bunt, modern, anders. Zwei Brautgeschäfte in einem. Ein Win-win-Szenario.

Trotzdem wird es nicht einfach werden, meine Mutter um den fünfstelligen Betrag zu bitten, den ich mindestens brauche, um alles so umzusetzen, wie ich es mir vorstelle. Genau der steht meinem Plan momentan nämlich im Weg. Mein Gehalt ist okay und mein Leben nicht sonderlich extravagant. Vor allem, weil das ganze Gebäude über dem Brautladen meiner Mutter gehört und ich für meine Wohnung keine Miete zahlen muss.

Ein paar Ersparnisse habe ich also. Für Erweiterung, Renovierung und eine Grundausstattung neuer Brautkleider reichen die aber nicht einmal ansatzweise. Das habe ich durchgerechnet, bis mir der Kopf rauchte.

Also werde ich Mama mit meinem Businessplan überzeugen müssen, mir zumindest einen Teil der Summe zu borgen. Sie soll sehen, dass ich alles kalkuliert, alle Risiken betrachtet habe.

»Woran denkst du gerade?« Isabell wischt mit einem Lappen über den bereits glänzenden antiken Verkaufstresen.

»Daran, ob ich nicht einfach einen Kredit aufnehmen sollte.« Ich zeige auf die Fußgänger vor unserem Schaufenster. In dicken Jacken und Schals trotzen sie der spätherbstlichen Kälte, gegen die auch die wenigen Sonnenstrahlen nicht ankommen. »Das scheint ja den Rest der Welt auch nicht zu stören.«

Ein Kredit. Schon als ich das sage, überfällt mich Angst. Dieselbe Angst, die mich davon abgehalten hat, mich mit meiner Bank in Verbindung zu setzen. Was, wenn das alles doch eine schlechte

Idee ist? Wenn es gar keine Frauen gibt, die nicht in Weiß heiraten wollen?

»Ach, Süße«, sagt Isabell und kommt zu mir. »Für deine Mutter ist das doch gar kein Betrag. Bestimmt freut sie sich darüber, dass sie dich unterstützen kann. Und für dich wäre es viel weniger Druck als mit irgendeiner Bank im Nacken.«

Wie erwähnt ist Isabell ein schokoladenüberzogenes Glitzereinhorn. Weshalb ich mich manchmal am liebsten an sie tackern würde. Doch ihre Sicht auf meine Mutter ist leider in sehr unrealistischen rosa Nebel gehüllt. Einhornnebel eben.

»Wenn du heute Abend Angst bekommst, stellst du dir einfach deinen Namen auf dem Schaufenster vor: *Geschäftsinhaberinnen: Alice Steiner und Maya Montoya Steiner.* Wie klingt das?«

Sag ich's nicht? Glitzereinhorn. Ich nicke. »Das hört sich gut an. Wirklich gut.«

»Und wer weiß, vielleicht bist du dann ja sogar Kundin in deinem eigenen Laden?«

»Pff …« Mehr kann ich dazu nicht sagen. Obwohl sich alles in mir dagegen wehrt, sehe ich Mattias vor mir, in schickem blauem Anzug, mit buntem Hemd, weinroter Fliege und geputzten braunen Lederschuhen.

Wie erbärmlich. Wir kennen uns seit zwei Monaten. Außerdem weiß ich noch nicht einmal, ob ich überhaupt jemals heiraten möchte. Und ob er das will, noch weniger. Obwohl er schon den Eindruck erweckt, in diese Kategorie Mann zu gehören. In die Kategorie »sexy Sesshaftigkeit«, meine ich.

»Wie war es denn gestern mit Mattias? Ich will alles wissen.« Isabell lächelt und lehnt sich über den Verkaufstresen.

»Gut. Glaub ich zumindest. Er hat nach dem Pizzabacken meinen Backofen tiefengereinigt.«

Isa hebt die Brauen. »Okay«, antwortet sie und überlegt. »Falls das kein perverser übertragener Sinn ist, den ich mal wieder nicht verstehe, dann ist das doch ziemlich gut, oder? Du hast ihm erlaubt, deine Wohnung zu betreten, und Pizza gebacken habt ihr auch, dazu sicher gemütlich Wein getrunken und … Aha! Daher der Kater, oder?«

Ich nicke. Gut hat er getan, der Wein. Und der Blick auf Mattias auch, wie er freundlich vom Ofen zu mir aufgesehen hat. Mit einem breiten, netten Lächeln, das die schönsten Grübchen in seine Wangen drückte. Die Erinnerung daran, was als Nächstes geschah, vertreibt das gute Gefühl.

»Was ist? Warum schaust du so?«

»Greta ist gestern Abend aus dem Urlaub zurückgekommen.«

Isabell will gerade antworten, als sie von einer tiefen Stimme davon abgehalten wird.

»Wie geht es deiner Cousine?«

Meine Mutter geht geräuschlos die schwarze Wendeltreppe in der Mitte des Raumes herunter.

Mama hat schon immer die Gabe, leise wie ein Ninja einen Raum zu betreten, sodass Isa und ich stets auf der Hut sind, was wir sagen und wo. Mit spitzen Fingern klaubt sie ein helles Haar von ihrer dunkelblauen Jeans (dunkelblaue Jeans, weißes Hemd und Perlenohrringe sind ihr Samstagsoutfit) und sieht dann interessiert zu mir.

»Hast du mich erschreckt! Alles gut, glaube ich. Aber sie fährt wohl übernächste Woche schon wieder zu irgendeiner Hochzeit nach Spanien.«

Ich stelle mich gerade hin und drücke die Schultern durch, bevor sie mich dazu auffordern kann. Mama durchquert den Raum, um die hellen, perfekt positionierten Kissen auf einem der Sofas aufzuschütteln. Dabei klappert ein schweres Armband gegen ihre teure Uhr. Ihr silberblonder Bob dagegen bleibt in Form, als wäre er aus Zement gegossen.

Sie nickt, und das Unbehagen bei der Erinnerung an meine

Cousine Greta kommt zurück. Die ist aus latentem Geldmangel vor einigen Monaten aus ihrer WG aus- und bei mir eingezogen. Ich kann nicht behaupten, dass diese Monate zu den erfreulicheren meines Lebens gehört haben.

»Bestimmt füllt der Mann auch Formulare aus wie kein Zweiter«, hat meine Cousine gestern Abend statt einer Begrüßung gesagt, als sie die Küche betrat, in der Mattias gerade mit dem Backofen beschäftigt war.

Da stand sie, mit verschränkten Armen gegen den Türrahmen gelehnt. Den riesigen Rucksack hatte sie einfach auf die Schwelle fallen lassen, sodass der dunkelrote Rest einer offenen Flasche Saft auf den hellen Küchenboden tropfte und langsam von einem Wollknäuel aufgesaugt wurde, das ebenfalls herausgefallen war.

Mit zusammengekniffenen Augen versuchte ich ihr zu vermitteln, dass ein weiterer Kommentar ihren sofortigen Auszug nach sich ziehen würde. Doch sie lächelte nur und klimperte mit den tiefschwarz getuschten Wimpern.

»Ah … und das wäre dann wohl die legendäre Taxi fahrende Autorin, stimmt's? Wie war's in Südfrankreich?« Mattias ging auf sie zu, wischte sich die Hände an der Schürze ab und streckte ihr eine entgegen. Greta blickte auf seine Hand. Sehr lange und mit einem irritierenden Blinzeln betrachtete sie sie. Dann hob sie den Blick, zog die dunkelrote Strähne aus dem Mund, auf der sie eben noch herumgekaut hatte, und steckte sie zurück in den Dutt, der auf der Mitte ihres Kopfes thronte. »Mittelmäßig. Sehr mittelmäßig.«

Greta war für drei Wochen in das Ferienhaus ihrer Eltern gefahren, weshalb Mattias eine persönliche Begegnung mit ihr bisher erspart geblieben war. Der Besuch war als familiäre Versöhnung für eine der kriegsähnlichen Streitereien geplant gewesen, die Greta und ihre Eltern sich mehrmals im Jahr lieferten.

Und in denen es eigentlich immer um Gretas Lebensentscheidungen ging, die meiner Tante und meinem Onkel missfielen. Was ich durchaus verständlich finde. Eine Versöhnung hatte es eindeutig nicht gegeben. Was ich ebenso nachvollziehen kann.

Weil meine Cousine nämlich eine Landplage ist. Eine Landplage, die sich überall einmischt und sich nie an die generell geltenden sozialen Regeln halten kann, die ein friedliches Zusammenleben möglich machen.

Sicher ist Mattias schon aufgestanden. Meine Hände fangen an zu schwitzen bei dem Gedanken, dass meine Cousine und Mattias gemeinsam in unserer Küche sitzen. Hat Greta eigentlich noch Kontakt zu Boje? Mit dem hat sie zusammengewohnt, bevor sie vor drei Monaten zu mir gezogen ist.

Was, wenn Boje gerade an unserem Küchentisch sitzt und Mattias einen Vortrag über die moderne Auslegung von *Das Kapital* hält. Und ihm dabei einen Popel ins Gesicht schnippt.

Oh Gott.

Ich schüttle mich und sehe meiner Mutter dabei zu, wie sie ein buschiges Rockteil glatt streicht, das ein wenig zu weit aus dem Rest der aufgereihten Kleider heraussteht. Dann werfe ich einen Blick auf die Uhr über dem Verkaufstresen und atme aus. In wenigen Minuten werde ich keine Gelegenheit mehr haben, darüber nachzudenken. Denn gleich werden Adriana, ihre Schwester und ihr kleiner weißer Hund durch die Tür stöckeln.

Und ja: Auch der Hund sieht aus, als würden seine kurzen wuscheligen Beinchen stöckeln. Ein süßes Geschöpf, das ich gerne in unserem Hinterzimmer verschwinden lassen und behalten würde. Wären Hunde nicht eine so durch und durch unpraktische und irrationale Entscheidung.

Noch ein tiefer Atemzug, während ich eine Flasche Sekt entkorke und zwei Gläser randvoll fülle.

Hinter mir erklingt die Türglocke. Ich nehme die Gläser, setze ein Lächeln auf und drehe mich um.

Doch vor mir stehen nicht die beiden Frauen. Stattdessen blicke ich direkt in die blauen Augen einer Frau in Parka und Jeans. Sie trägt eine Fotokamera um den Hals, die sie direkt auf mich richtet.

ALEX

Ein Strahlenparadiesvogel. Das ist es, was ich bin.

Alex dreht den Kopf. Neben der Küchentür hängt ein Foto von dem kleinen Kerl, auf das er sehr stolz ist. Es zeigt den Vogel, wie er den Waldboden reinigt, bevor er mit seinem Balztanz beginnen kann. Ein magischer Moment und eigentlich unmöglich festzuhalten. Zumindest für einen Hobby-Ornithologen. Vor zwei Jahren aber ist es ihm gelungen.

Mitten im Nirgendwo Neuguineas und nur mithilfe seines Guides Kpangba. Mit dem und einigen anderen Vogelnerds hatte er sich bereits mehrere Tage lang in den dichten, oft etwas unheimlichen Wäldern versteckt und auf den seltenen Vogel gelauert. Kaum atmen konnte er, als Kpangba ihn plötzlich am Arm zog, ihn mit einer Handbewegung zum Schweigen aufforderte und dann in Richtung einer winzigen Lichtung zeigte.

Dort hatte der samtschwarze Vogel gerade begonnen, die verwelkten Blätter von den Ästen am Rand der kleinen Lichtung zu putzen und seine Bühne als krönenden Abschluss noch mit Beeren zu schmücken. Es war faszinierend, ihm zuzusehen. Und doch nichts gegen den Balztanz, der darauf folgte. Alles, um seine Paarungspartnerin zu beeindrucken, denkt Alex. Genau, wie er es gerade versucht.

Und das muss ich heute tun. Beeindrucken auf allen Ebenen.

Mit dem Ärmel seines karierten Hemdes wischt er sich ein bisschen Schweiß von der Stirn und öffnet das beschlagene Küchenfenster. Er nimmt die ebenfalls beschlagene Brille von der Nase, legt sie auf ihren Platz auf dem Fensterbrett und sieht sich um.

Die Kerzen brennen, der Tisch ist gedeckt, das Essen fertig. Cha Bongkia Mriet Kmoa. Garnelen in Karamellsoße mit schwarzem Pfeffer. Ein kambodschanisches Gericht und Lauras Lieblingsessen. Ein Blick auf den Reiskocher. Noch fünf Minuten, dann ist auch der rote Jasminreis so weit.

Alex hält inne. Authentisch wäre Anchor Beer, wovon er noch einige Dosen im Vorratsschrank hat. Aber Laura trinkt kein Bier. Also muss der chilenische Sauvignon blanc herhalten, den er sich vor einiger Zeit gegönnt hat. Das ist es wert. Ein perfektes Essen mit dem perfekten Wein stimmt schließlich jeden milde.

Mit dem Geschirrtuch wischt er über das Fenster des Backofens. Beim Blick auf sein Spiegelbild hält Alex inne und denkt noch einmal an den dunkelblauen Vogel mit den saphirblauen Augen. Bis auf die Augenfarbe haben die beiden leider keine Gemeinsamkeiten. Das ganze Aufräumen und Herausputzen der Wohnung ist nämlich keine Balz. Denn heute Abend wird es keinen Sex für ihn geben. Das steht schon mal fest.

Heute geht es um etwas Existenzielleres. Ums blanke Überleben nämlich.

Alex schließt das Kochbuch und stellt es ins Regal hinter dem Esstisch zwischen *Malaysische Köstlichkeiten* und *Korea Kulinarisch*. Mit einem Kopfschütteln richtet er die Buchrücken so aus, dass sie wieder gerade in einer Reihe stehen.

Das alles ist Antonios Schuld. Alex kocht gerne für Laura, das ist nicht das Problem. Was er allerdings nicht gerne tut, ist, ihr etwas zu verheimlichen. Doch damit ist heute Schluss. Wie geplant werden sie gleich gemütlich die letzten Feinheiten der Hochzeit durchgehen.

Nach ein, zwei Gläsern Wein wird die Stimmung hoffentlich gelöst sein. Gelöst genug, dass sein verheerendes Geheimnis vielleicht sogar im Wein untergeht.

»Dein Herrchen ist ein richtiger Trottel.«

Alex dreht den Kopf in Richtung seiner rechten Schulter. Dort hat Eleonora Platz genommen und drückt ihr graues Gefieder an seine Wange. Er dreht den Kopf noch weiter und lässt sich von der winzigen Zunge kitzeln, die über seine Nase huscht.

Viel Trost spendet ihm ihre Zärtlichkeit nicht.

Denn genau das ist er. Ein Trottel. Schließlich kennt er seinen besten Freund Antonio schon sehr, sehr lange. Seit die neue Klassenlehrerin mit dem tiefsten Berliner Dialekt und einem aufmunternden Lächeln auf den kleinen dunkelhaarigen Jungen zeigte, neben dem Alex in der neuen Klasse sitzen sollte.

Der dreizehnjährige Antonio sah interessiert zu ihm auf, und obwohl Alex sich kaum traute, ihm in die Augen zu sehen, war seit dem ersten Moment klar, dass sie Freunde sein würden. Und Komplizen.

»Mein Alex ist ein wahrer Engel.«

Damit hatte seine Mutter bis dahin immer geprahlt.

Eigentlich hätte es aus ihrem Mund kein größeres Kompliment geben können. Sie lebte in einer Welt, in der Engel und Kristalle und Tarotkarten eine ebenso wichtige Rolle spielten wie, dass eine schwarze Katze nicht vor einem die Straße überqueren und man keinen Spiegel zerbrechen durfte.

Trotzdem standen die Männer, mit denen sie letztlich zusammenkam, die sie bewunderte und nach denen sie ihr Leben ausrichtete, in absolutem Kontrast zu dem, was sie da an Alex lobte. Angefangen bei seinem Vater. Und kongruent weitergeführt bei Martin. Mit dem hatte sich seine Mutter nach dem Tod seines Vaters zusammengetan und in der Folge Alex von einem winzigen Nest auf Rügen nach Berlin umgesiedelt.

Das mit dem Engeldasein hatte auf jeden Fall in dem Moment ein Ende gefunden, als Alex auf Antonio traf. Denn der überzeugte ihn gleich zu Beginn ihrer Freundschaft davon, ihrer Französischlehrerin ein Furzkissen auf den Stuhl zu legen.

»Das ist das perfekte Verbrechen«, hatte Antonio versichert. »Mit den blauen Augen und den gebügelten Jeans würde das nie einer von dir erwarten.«

Leider hatte Alex vergessen, dass er das Kissen mit seinem Namen versehen hatte. Das tat er automatisch und mit allem, was er besaß. Obwohl es da eigentlich niemanden gab, der ihm seine Sachen hätte streitig machen können. Bis auf den einen oder anderen Cousin vielleicht.

Alexander Wolf stand da. Kaum sichtbar eigentlich. Außer, jemand suchte akribisch nach einem Beweis – was Madame Bernard nach der beschämenden Tat natürlich tat.

Als Antonio dann einräumte, der Drahtzieher des Attentats gewesen zu sein, wurde Alex von seinem bis dahin einzigen Freund weggesetzt, und seine Noten verschlechterten sich dramatisch. Weil er sich verliebte – auf so dramatische Art, wie nur pubertierende Jungs es können.

Keine Matheaufgabe der Welt, keine noch so wohlklingende Französischvokabel konnte seinen Blick von den langen Wimpern, dem roten Haar und der kleinen Lücke zwischen den Vorderzähnen seiner neuen Banknachbarin ablenken.

Für seine Gefühle der neuen Sitznachbarin gegenüber konnte Antonio natürlich nichts. Allerdings war er der Kopf hinter dem Furzkissenanschlag gewesen und trug damit indirekt die Schuld an dem Hormonschub, den Alex empfand, wann immer sein Arm den von Antonios Zwillingsschwester berührte.

Kurz gesagt: Zumindest jetzt, als Dreiunddreißigjähriger und mit zwanzig Jahren Antonio-Erfahrung, hätte Alex es besser wissen müssen. Also, dass man Antonio besser nicht in wichtige Prozesse und Entscheidungen einbezieht. Doch wen nimmt man zur Wahl des Hochzeitsanzugs mit, wenn nicht den besten Freund?

»Ist das wirklich das, was du dir vorgestellt hast?«, fragte Antonio und zeigte auf den schwarzen Frack, den Alex gerade zurechtrückte. »Und noch dazu der Zylinder … Irgendwie siehst du ein bisschen peinlich berührt aus, wenn ich das mal so sagen darf.«

Hätten Blicke töten können, hätten sich die Augen der Verkäuferin in eine Harpune verwandelt und mit voller Wucht Antonios Brustkorb zerfetzt. Gerade hatte sie Alex noch versichert, er sähe aus wie Ryan Gosling.

»Unser Motto lautet Winter-Wonderland.« Das sagte Alex sehr leise und ohne Enthusiasmus. In der Hoffnung, dass der Rest der Kunden des großen, piekfeinen Herrenausstatters ihn nicht hören konnte. »Und ein Zylinder ist da anscheinend obligatorisch. Genauso wie Kunstschnee und tonnenweise Eukalyptus. Du bekommst übrigens auch so einen.«

Alex nahm den Zylinder ab und warf ihn seinem Freund zu. Antonio bekreuzigte sich und ließ sich zurück auf die Rückenlehne des roten Samtsofas fallen, das vor der zu kleinen Umkleidekabine stand. Warum hatte der Laden eine riesige Verkaufsfläche, aber winzige Umkleidekabinen? So klein, dass es sich anfühlte, als würde Alex bei jeder Bewegung an irgendeine Wand stoßen. Kein Wunder, dass ihm der Schweiß langsam vom Haaransatz den Rücken runterlief. Noch einmal drehte sich Alex vor dem Spiegel von einer Seite zur anderen. Nur um festzustellen, dass sein Freund recht hatte.

Die breite hellblaue Krawatte schnürte ihm die ohnehin stickige Luft ab und die eng geschnittene schwarze Hose die muskulösen Beine. Vielleicht war er einfach nicht gemacht für diese Sachen. Er war kein englischer Lord. Er war ein deutscher Informatiker.

»Ist das wirklich so schlimm, wie ich denke?« Alex drehte sich zu Antonio und streckte die Arme von sich.

Sein Freund sah ihn an und presste konzentriert die Lippen aufeinander.

»Was ist? Du explodierst doch gleich. Spuck's aus.«

Eine Eigenschaft, die Alex an seinem Freund schätzt, ist, dass er zu allem eine Meinung hat. Die ist nicht immer politisch korrekt. Aber ehrlich ist sie. Immer und ohne Filter.

»Ich will mich nicht einmischen …«, antwortete Antonio und schüttelte den Kopf.

»Natürlich willst du das. Du lebst dafür, dich einzumischen. Also los, sag schon.«

Antonio presste die Lippen aufeinander und ließ einen Schwall Luft entweichen. »Ist ja gut, ist ja gut. Aber erinnere dich bitte daran, dass du mich praktisch dazu gezwungen hast, dir die Wahrheit zu sagen, okay?«

Alex nickte, obwohl er schon nicht mehr sicher war, ob er wissen wollte, was sein Freund zu sagen hatte.

Antonio räusperte sich, was der typische Auftakt für einen seiner sehr langen Monologe war. »Dank Friedas tausend Freundinnen war ich schon bei vielen Hochzeiten zu Gast.«

Frieda ist Antonios Frau und die Art Mensch, die man auf einer Hochzeit haben will: immer feierlaunig, aber nie zu viel davon.

»Irgendwie waren die Bräutigame – sagt man Bräutigame? Na ja, egal, du weißt schon, was ich meine – die Männer waren auf jeden Fall nie die Hauptfiguren. Eigentlich waren die Herren sogar die absoluten Nebenfiguren, womit ich nicht meine, dass sie komplett im Mittelpunkt stehen sollten, aber die Aufmerksamkeit könnte ja gleichermaßen auf Braut und Bräutigam verteilt sein, oder nicht?«

Er holte Luft, ließ Alex aber nicht genug Zeit, um zu antworten. »Verdammt, einer hatte sich sogar darauf eingelassen, Tauben fliegen zu lassen, obwohl er eine Vogelphobie hatte. Der Typ hatte schon Stunden vorher Schweißausbrüche und brach fast zusammen, als ihm die Viecher dann um den Kopf schwirrten. Doch seine Frau hatte sich das eben schon immer so vorgestellt, und dann gab er halt klein bei. Um es zusammenzufassen, ich habe Dinge gesehen, die keiner sehen will. Tanzperformances des Brautpaars zu ›Cowboy und Indianer‹ inbegriffen. Du weißt schon, dieses unsägliche Lied *Komm, hol das Lasso raus, wir spielen Cowboy und Indianer* …« Er sang mit einer zu hohen, schrägen Stimme und machte eine Bewegung, die wohl an das Auswerfen eines Lassos erinnern sollte. Dabei schüttelte er bedauernd den Kopf.

»Komm zum Punkt, Antonio.«

»Okay, okay. Also, ich habe mich immer gefragt, warum diese Männer das mitmachen, und hab dann irgendwann festgestellt, dass sie offenbar einfach Angst hatten, kurz vor der Hochzeit einen Streit vom Zaun zu brechen. Aber was ist das dann für eine Ehe, wenn man schon während der Hochzeitsvorbereitungen seine Wünsche nicht äußern darf? Wo bleibt da bitte die Gleichberechtigung, auf der alle immer herumreiten?«

Die Verkäuferin räusperte sich tadelnd. Was verständlich war. Woher sollte sie auch wissen, dass Antonio keine veralteten Ansichten zum Thema Gleichberechtigung hat? Sondern einfach nur über maximal ein Prozent der Worte nachdenkt, die seinen Mund verlassen.

Trotz der verqueren Aussage hatte er irgendwie recht. Zumindest dachte Alex das in diesem Moment. Weswegen er erneut an dem Ensemble aus Hemd, Weste, Jackett und Hose herunterblickte. Würde er nur Gast auf seiner eigenen Hochzeit sein? Antonio hatte den Zylinder indes wieder abgenommen und drehte ihn wie einen Pizzateig über die Hände.

»Von dem Ding hier will ich gar nicht erst anfangen.«

»Und was soll ich sonst tragen?« Mittlerweile fühlte Alex eine stetig zunehmende Resignation, als er in den Spiegel vor sich sah.

»Was würdest du denn gerne tragen?«

»Keine Ahnung. Echt.«

Antonio war inzwischen aufgestanden, hatte sich hinter seinen Freund gestellt und legte ihm die Hände auf die Schultern. »Ich mach jetzt mal das, was meine Mutter immer mit ihren Kundinnen macht, wenn die planlos zu ihr und Maya in den Laden stolpern. Also … Schließ die Augen und stell dir deinen Hochzeitstag vor. Jetzt schau mich nicht so an! Mach schon! Okay, super. Und jetzt stellst du dir vor, wie du die Torte anschneidest, den ersten Tanz mit Laura tanzt und die Hochzeitsgäste begrüßt. Was siehst du? Wie siehst du aus in dieser Vorstellung?«

Alex tat, was Antonio ihm befohlen hatte. Doch das alles fühlte sich sehr seltsam an. Er konnte sich nämlich nicht sehen. Und Laura auch nicht. Was er stattdessen sah, waren die Hochzeitsbilder seiner Eltern.

Seine Mutter in einem Kleid, in dem sie wie ein Schneehuhn aussah und das trotzdem nicht davon ablenken konnte, dass sie sehr glücklich war.

Daneben sein Vater, das Kinn ein wenig angehoben und ein schiefes Lächeln im Gesicht. Groß und stattlich, in einem karierten Anzug, den seine Mutter für ihn geschneidert hatte. Das Muster rührte von dessen obsessiver Affinität für Schottland her. Obwohl er der Mauer sei Dank niemals dort gewesen war. Ausgelöst worden war diese Leidenschaft von einem Fußballspiel der DDR gegen Schottland Anfang der Achtzigerjahre. Seiner Mutter zufolge hatte Alex' Großvater dank seinen Parteifreundschaften eine Karte für seinen Sohn ergattern können.

Der war vollkommen fasziniert zurückgekommen. Zwar hatte die schottische Mannschaft zwei zu eins verloren. Doch Alex' Mutter erzählte noch heute davon, wie beeindruckt er von den aggressiven Angriffen und dem dominanten Auftreten der Schotten gewesen sei.

»Mutig wie ein Schotte wollte er immer sein.«

Das waren die Worte seiner Mutter, die vielleicht erklären sollten, warum der Vater nur ein halbes Jahr vor dem Fall der Mauer versuchte, mit einem aufblasbaren Kajak von Rügen aus nach

Dänemark zu flüchten. Was nicht nur ein sinnloser Tod gewesen war, sondern auch ein äußerst egoistischer. Schließlich ließ er Frau und Kind zurück.

Mutig aber war es. Mutig und furchtlos.

Langsam öffnete Alex die Augen wieder und sah sich im Raum um. Sein Blick blieb an einem karierten Stück Stoff hängen. Was wäre, wenn …

»Wäre es … na ja … ich weiß gar nicht so richtig, wie ich das jetzt sagen soll … aber … wäre es sehr seltsam, würde ich in einem schottischen Kilt heiraten?«

»Seltsam?« Antonios Stimme überschlug sich fast vor Euphorie. »Das wäre der Hammer!«

Zu Alex' Überraschung hatte der riesige Laden sogar einen Kilt mit passender Jacke und Plaid im Repertoire. Als er sich dieses Mal im Spiegel sah, lächelte er. Und Antonio lächelte mit, nickte zustimmend und gratulierte, als Alex am Ende seine Visa-Karte über den Tresen reichte.

Nach der Anprobe gingen beide in einen Irish Pub (schottische Pubs konnten sie in einer kurzen Google-Suche leider nicht finden). Sie tranken einige Guinness und feierten – wie Alex leider zugeben muss – auf peinliche Art ihre Männlichkeit.

Oh Gott.

Mittlerweile versteht er selbst nicht mehr, warum er sich nicht an Lauras Anweisungen gehalten hat. So wichtig ist ihm die ganze Anzug-Geschichte doch gar nicht. Und den Winter-Wonderland-Quatsch würde er auch überleben.

Eleonora reißt ihn aus seinen Gedanken. Sie fängt wild und wütend an zu krächzen, noch bevor das Rasseln von Lauras großem Schlüsselbund ertönt.

Showtime.

MAYA

Etwas ratlos schaue ich in die Kamera der jungen Frau. Innerhalb weniger Sekunden hat die das Alphatier im Raum identifiziert und geht auf meine Mutter zu. »Ich bin Lena Berg, Reporterin vom *Inside-Magazin.*«

»Alice Steiner«, antwortet meine Mutter und schüttelt ihr die Hand.

»Keine Sorge, Adriana weiß, dass ich hier bin. Wir kennen uns noch aus der Schule. Sie hat mich gestern Abend spontan angerufen und gefragt, ob das nicht eine nette Story für uns wäre. Leider war das jetzt alles ziemlich spontan. Deshalb habe ich es nicht mehr geschafft, Sie vorher anzurufen. Das geht doch in Ordnung, oder?«

Wäre Mama die Chefin der Duden-Redaktion, würde sie das Wort *spontan* streichen lassen. Trotzdem antwortet sie, dass das natürlich in Ordnung gehe, solange unsere Kundin damit einverstanden sei. Die junge Frau nickt und reicht erst Isabell, dann mir ihre feste, raue Hand. Als ich mich vorstelle, lächelt sie.

»Montoya. Das ist doch ein spanischer Nachname. Sie sehen gar nicht spanisch aus.«

Ihre Worte klingen ein bisschen vorwurfsvoll. So als hätte ich gefälligst spanisch auszusehen, wenn ich schon so heiße. Ich sehe nervös zu meiner Mutter. Nicht gerade ihr Lieblingsthema.

Ich antworte kurz, dass mein Vater Spanier war. Zum Glück bohrt die junge Frau nicht weiter nach, sondern sieht sich lächelnd um. »Ist es okay, wenn ich ein paar Fotos mache?«, fragt sie, obwohl sie die Kamera schon vor dem Gesicht und den Finger auf dem Auslöser hat.

Mama nickt, woraufhin die Journalistin im Laden umhergeht,

verschiedene Perspektiven ausprobiert und vorsichtig einzelne Kleider herauszieht, um sie zu begutachten.

Obwohl mich ihre Anwesenheit noch nervöser macht, steht eines fest: Ob Adriana nun ein Kleid findet oder nicht – diese Story wird gut fürs Geschäft. Zumal sich der Laden von seiner besten Seite zeigt.

Ibuprofen sei Dank kann ich mittlerweile mit Wohlwollen in die Sonne blinzeln, die durch die beiden großen Schaufenster strahlt, auf denen *Kleider für Träume* steht.

Die perlgrau gestrichenen Wände, der dunkle Boden, die strahlenden Stoffe. Ich kann schon vor mir sehen, wie all das auf einer Doppelseite aussehen wird. Na ja, oder zumindest auf der Website des Magazins.

»Von welcher Zeitung kommen Sie noch mal?«, frage ich, als die Fotografin gerade ein Bild von unserem antiken Verkaufstresen macht. Den hat meine Mutter zusammen mit dem Laden und dem Haus, in dem wir wohnen, von ihrer Tante geerbt, die ihn wiederum von ihrem Vater übernommen hat. Ein Schmuckstück, denke ich, als ich über Lenas Schulter blicke und die Aufnahme sehe.

»Wie gesagt, ich arbeite unter anderem fürs *Inside-Magazin*. Sie wissen schon, Stars mit Cellulite, Promihochzeiten und sehr viel Heidi Klum.« Sie überprüft mit einem schnellen Blick, ob der eingeübte Kommentar das bezweckte Lachen hervorgerufen hat, und bittet uns dann, uns vor dem alten Tresen aufzustellen.

Meine Mutter in der Mitte, lächeln wir in die Kamera. Danach bitte ich sie, mir die Fotos zu zeigen. Ich stelle mich auf die Zehenspitzen, um über ihre Schulter hinweg auf den kleinen Bildschirm blicken zu können. Der Laden, wir und die Kleider im Hintergrund wirken genau so, wie meine Mutter es liebt: edel, elegant, makellos.

Wenn wir uns ganz nah an die Wand stellen, sind wir fast

unsichtbar, denke ich plötzlich. Weil wir genauso konturlos sind wie alles hier.

»Ist das eine alte ›Veritas‹?«

Ich sehe in den hinteren Teil des Ladens, wo Lena gerade ein Foto meiner alten Nähmaschine schießt.

»Von der kann sich meine Tochter leider nicht trennen.« Meine Mutter wischt nicht vorhandenen Staub von der hellblauen, uralten Maschine, die nicht in ihr Raumkonzept passt, die ich aber trotzdem nicht hergeben werde.

»Kann ich verstehen.« Lena dreht sich zu mir und nickt. »Meine Mutter hat auch noch so eine alte DDR-Maschine zu Hause und schwört auf das Ding, weil …«

»Hallo, Mädels!«

Ein Kreischen übertönt unsere eigentlich laute Türglocke. Adriana und ihre Schwester betreten den Laden, und mit ihnen ein kalter Schwall Luft.

»Du hast es geschafft, Lena. Mega.«

Umarmungen und Küsschen rechts, Küsschen links werden ausgetauscht. Dann begrüßen die beiden Schwestern meine Mutter. Weder Adriana noch ihre Schwester scheinen mich zu sehen – bis ich das Tablett mit den Sektgläsern von dem kleinen Glastisch nehme und sie sich auf mich stürzen. Schon nach wenigen Minuten hat Adriana das erste Glas leer getrunken und ersetzt es durch ihr glitzerndes Smartphone.

»Hallo, meine Süßen, eure Adri hier. Wir sind heute bei *Kleider für Träume* und schon mega, mega aufgeregt. Aber hier finden wir was, oder, Elli?«, sagt sie und greift nach dem Arm ihrer Schwester, um sie vor die Kamera zu ziehen.

Die lächelt und versucht gleichzeitig, die Lippen zu schürzen, was sehr anstrengend aussieht. Dann wirft Elli ihr Haar hinter die Schulter und antwortet: »Ja klar, Sister, ich sag nur #Brautkleid-Marathon!«

Die sprechen sogar in Hashtags, denke ich.

Positive Gedanken, ermahne ich mich. Außerdem gehört der Sprech wohl zur Jobbeschreibung, wenn man von der eigenen Instagram-Seite lebt. Im wirklichen Leben sind die sicher ganz anders. Außerdem scheint dem Rest der Welt zu gefallen, was sie sehen. Wer also bin ich, die beiden zu verurteilen?

Also schenke ich nach, während Adriana und Elli mir ihre Mäntel entgegenstrecken, ohne von ihren Smartphones aufzusehen. Eines der beiden bunten Kleidungsstücke über meinem Arm riecht nach einem blumigen Parfum. Ein aufregender und selbstbewusster Duft.

Ich frage die beiden nach dem Namen des Parfums, werde jedoch von einem Video übertönt, das sich beide auf Adrianas Handy ansehen.

Also nehme ich das Modell aus pinkfarbenem Webpelz und hänge es auf den Bügel. Es ist der Mantel, den ich auf Adrianas Instagram-Seite gesehen habe. Kein Kleidungsstück bringt die junge Frau besser auf den Punkt. Ich sehe an mir hinunter. Helle Jeans, grauer Kaschmirpulli, weiße Sneaker. Mmh.

Die zwei Frauen sind in der Zwischenzeit dazu übergegangen, Selfies zu schießen. Dann fängt meine Mutter an, ihnen unterschiedliche Kleider zu zeigen.

Adriana wirkt allerdings wenig enthusiastisch. Ich denke an das Kleid, das im Hinterzimmer hängt. An das einfache, hellrosa Korsett und das bodenlange Rockteil, das aus vielen dichten Lagen von rosa eingefärbtem Tüll besteht.

Der Farbton wird von oben nach unten intensiver, sodass er am Boden in einem kräftigen Altrosa leuchtet. Das Färben hat meiner Badewanne einen hellrosa Schimmer verliehen, der wohl nie wieder weggehen wird. Doch das war es wert.

Schon nach den ersten zwei Anproben fühle ich, dass es eine gute Idee war, ihr mein Kleid erst einmal vorzuenthalten. So bleibt uns noch ein Überraschungseffekt. Den werden wir brauchen, denn Adriana sieht nicht zufrieden aus. Was ich bei ihrem Anblick nicht verstehen kann.

Zarte Finger mit glitzernden Nägeln streichen den Rock des rückenfreien, reinweißen Kleides glatt, gleiten über die schmalen Hüften, ziehen das spitzenbesetzte, tief geschnittene Oberteil zurecht, in dem ein perfekt geformter Busen sitzt. Währenddessen hockt die Journalistin mit ihrer Kamera vor ihr.

»Aber nicht von unten, okay, Lena? Da sieht man mein Doppelkinn, und dann seh ich megafett aus.« Adriana dreht sich um und blickt verunsichert zu ihrer Schwester. »Was sagst du, Elli?«

Die steht auf und geht um sie herum. Sie schweigt eine Weile, die eine Hand in die Hüften gestemmt, die andere nachdenklich ans Kinn gepresst.

»Es ist superschön, und deine Möpse sehen echt mega aus.«

Kein Shakespeare, aber zumindest ist sie nicht völlig abgeneigt.

»Aber das ist nicht dein Kleid, oder, Süße?«

Adriana schüttelt den Kopf. »Oh Mann, ich weiß auch nicht. Also echt jetzt, das ist voll schwer, Mann.« Sie seufzt und schürzt die Lippen.

»Was genau stört Sie denn?«, fragt meine Mutter in den Spiegel, in dem sich Adriana kritisch betrachtet.

»Das ist einfach nicht mein Kleid. Das bin nicht ich, versteht ihr, was ich meine?«

Alle nicken, als hätte sie gerade etwas Tiefsinniges gesagt.

Meine Mutter räuspert sich und steigt zu Adriana auf das kleine Podest. »Wie wäre es denn, wenn Sie einfach mal die Augen schließen und an Ihren Hochzeitstag denken«, sagt sie mit ihrer tiefen, sonoren Stimme.

Die junge Frau kommt ihrer Bitte nach. Meine Mutter zieht ihr

Standardprogramm ab und bittet sie, sich ihre Hochzeit vorzustellen, wie sie die Gäste begrüßt und so weiter. Ich muss ein Grinsen unterdrücken.

»Und jetzt …«, fährt sie fort und setzt eine dramatische Pause genau dort, wo sie immer eine dramatische Pause setzt, »… jetzt stellen Sie sich vor, wie Sie aussehen. Ganz spontan: In welchem Kleid sehen Sie sich?«

Adriana drückt konzentriert die Brauen zusammen. Dann sieht sie verzweifelt in den Spiegel und lässt die Schultern sinken. »Keine Ahnung. Echt nicht. Aber das ist es nicht. Und die anderen auch nicht. Ich will halt was, was so ein richtiges *Bäm* macht, verstehen Sie? Sorry.«

Wieder sieht sie zu ihrer Schwester und hebt die Schultern. Was auch immer *ein richtiges Bäm* sein soll, ich fühle, dass jetzt mein Moment gekommen ist, und räuspere mich. »Wir haben noch ein Kleid hier, das du noch nicht gesehen hast.«

Beide Frauen sehen zu mir und wirken überrascht, dass der Sektständer plötzlich sprechen kann. Und noch dazu die Frechheit besitzt, sie zu duzen. Ich räuspere mich ein zweites Mal und versuche, dem Blick meiner Mutter auszuweichen.

Jetzt bloß nicht verunsichern lassen.

»Es ist … na ja, ein bisschen anders als der Rest der Kleider. Und bestimmt auch ganz anders als die meisten Roben, die du auf den Hochzeiten deiner Freundinnen siehst. Willst du es trotzdem mal probieren?«

Adriana sieht erst zu ihrer Schwester, dann zu mir.

»Okay«, sagt sie, lässt das Wort allerdings wie eine Frage klingen.

Ich bitte sie, zurück in die Umkleidekabine zu gehen, und hole den Kleidersack, der noch immer gut versteckt hinter der Tür unseres Hinterzimmers hängt. Ohne sie anzusehen, gehe ich an Mama vorbei. Wie gesagt ist das mit der Spontaneität nicht so ihr

Ding. Dieses Mal helfe ich Adriana in die vielen Schichten Tüll. Vorsichtig schließe ich den Reißverschluss des trägerfreien Kleides und muss lächeln.

Adriana hebt die Brauen, als sie über das üppige rosa Rockteil streicht. Statt eines Schleiers setze ich ihr eine kleine, goldene Blumenkrone auf den Kopf. Keine Ahnung, wie ich den Blick deuten soll, mit dem sie an sich selbst hinunterblickt. Zumindest ist sie bereit, aus der Kabine zu treten.

Als ich den Vorhang zur Seite schiebe, höre ich, wie ihre Schwester einatmet, sich mit beiden Händen Luft zufächelt und einige Tränen wegzublinzeln versucht. Selbst der winzige weiße Hund ist aufgestanden und blickt zitternd zu Adriana, während die Fotografin lächelnd Fotos schießt.

»Eine Prinzessin!« Eine hohe Stimme kreischt über das Läuten der Ladenglocke hinweg. Eine Stimme, die der deutsche Katastrophenschutz hervorragend als Warnsignal einsetzen könnte. Die meiner Nichte Matilda.

Bingo.

In der Tür stehen mein Bruder Antonio und seine Tochter, die mit offenem Mund auf Adriana starrt. Die dreht sich vor dem großen Spiegel hin und her und hält dann die Hand vor den lächelnden Mund. Ihre Schwester steigt zu ihr auf das kleine Podest und nimmt sie in die Arme. Die Journalistin hockt sich vor die beiden und dokumentiert den Moment.

Ich traue mich nun doch, zu Mama zu schauen, die mit gehobenen Brauen *Chapeau!* zu sagen scheint. Mein Herz klopft. Besser hätte das hier nicht laufen können.

»Was sagst du?«, frage ich zu Adriana hinauf.

Die löst sich von ihrer Schwester, wischt sich vorsichtig die letzten Tränen aus den Augenwinkeln und fächert sich mit beiden Händen Luft zu. »Was denkst du denn? Das ist mein Kleid!«

Die nächsten Minuten sind gefüllt von klirrenden Sektgläsern, von aufgeregtem Kreischen und Quieken und einer neuen Flut Selfies.

Noch einmal läutet die Türglocke. Lauter und intensiver als zuvor. Doch vielleicht bilde ich mir das auch nur ein, als ich sehe, wer da steht.

Mattias. Die dunkel umrandete Brille, das leicht gelockte Haar sauber nach hinten gekämmt, den blauen Schal vorm Hals verknotet, wirkt er wie … wie ein Fels.

Plötzlich fühle ich mich sehr, sehr glücklich. Das Kleid ist verkauft, mein Businessplan steht unter dem besten aller Sterne, und ich habe Mattias. Mehr darf ich nicht verlangen, und mehr verlange ich auch nicht. Nur mein Anstand hält mich davon ab, ihm in die Arme zu springen.

Mmhhh … und sein Blick vielleicht. Ein Blick, der aus einem offenen Mund, weit aufgerissenen Augen und einem leicht zitternden Unterkiefer besteht. Ein Blick, der mich nicht einmal gestreift hat. Sondern der nur auf einer ruht: Adriana. In die Stille des Raumes hinein kreischt die plötzlich und rennt zurück in die Umkleidekabine, meine Mutter mit verwirrtem Blick hinterher. Elli schiebt sich indes vor Mattias und hält ihm die Hände vor die Augen.

»Du darfst sie nicht sehen, du Vollidiot!«, ruft sie.

Als sie sich umdreht und sieht, dass ihre Schwester in der Umkleidekabine verschwunden ist, nimmt sie die Hände runter und stemmt sie in die Hüfte. »Was machst du denn hier, und warum bist du nicht in Brüssel? Adri ist jetzt bestimmt megasauer auf dich. Das bringt Unglück, Mann. Und was ist das für eine komische Brille?«

Mattias nimmt die Brille ab und steckt sie in die Tasche des dunkelblauen Mantels. Er sieht zu mir, an mir vorbei, nach unten, dann zu Elli. Langsam öffnet er die Lippen, um sie dann wieder aufeinanderzupressen, sich umzudrehen und *tut mir echt leid* murmelnd Richtung Tür zu gehen.

»Vergiss es. Du bleibst schön hier und lädst uns zum Samstagsbrunch ein. Und dann erzählst du uns, wie du uns gefunden hast.«

Elli hält ihn am Arm fest. Ich fühle, wie erst mein Mund und dann mein ganzes Gesicht zu kribbeln beginnen. Mattias' flehenden Blick treffend, beginne ich langsam zu verstehen, was ich nicht verstehen will.

Isabell räuspert sich und fragt Mattias, ob er einen Kaffee möchte. Dann schiebt sie mich ins Hinterzimmer, drückt mich auf einen Stuhl und wirft die Kaffeemaschine an. Als die Mahlmaschine läuft und uns niemand hören kann, hockt sie sich vor mich.

»Tief ein- und ausatmen«, flüstert sie und reibt die Hände auf meinen Hüften hoch und runter.

Ich verstehe diesen Kommentar erst nicht, bis ich merke, dass ich seit einigen Minuten kaum geatmet habe.

Das bringt Unglück.

Der Satz rotiert wie ein Propeller in meinem Kopf. Was passiert denn hier gerade? Das kann doch nicht sein.

»Wir machen jetzt Folgendes«, flüstert Isabell und versucht, meinen Blick aufzufangen. »Du bleibst hier und kommst nicht mehr raus, bis alle weg sind. Weder deine Mutter noch dein Bruder kennen Mattias, alles klar? Ich sag jetzt einfach, es geht dir nicht so gut, und wenn alle weg sind, besprechen wir den Rest.«

Langsam nicke ich, obwohl ich noch immer nicht hinterherkomme. Die nächsten Minuten sitze ich eingesunken auf dem harten Stuhl und lausche den Geschehnissen im anderen Zimmer. Meine Hände sind eiskalt, das Kribbeln hat sich auf Hals und Brust ausgeweitet.

Meine Mutter bespricht einige praktische Dinge und sagt, dass wir Änderungen am Kleid auch beim nächsten Mal abstecken können, damit der Bräutigam keinen weiteren Blick auf das Kleid erhaschen kann.

Das Wort *Bräutigam* geht ihr ganz einfach über die Lippen. Sie ahnt nicht, dass mein Herz jedes Mal ein Stück tiefer sinkt, wenn sie das sagt. Außerdem höre ich im Hintergrund meine Nichte Matilda, die Adriana alle möglichen Fragen dazu stellt, wie es so ist, als Prinzessin zu leben. Und meinen Bruder, der seine Tochter daran erinnert, wie sie eben noch so dringend auf die Toilette musste, dass sie es nicht mal bis hoch in ihre Wohnung geschafft hätte.

Doch nichts davon kann mich ablenken. Alles rauscht vorbei an einer riesigen Tatsache, die alles in meinem Hirn blockiert: Ich habe für die Verlobte meines neuen Freundes ein Hochzeitskleid entworfen, genäht und es ihr am Ende sogar verkauft. Ungläubig schüttle ich den Kopf. Das Kribbeln ist jetzt ein Stechen geworden, zwickt auch in Arme und Hände. Alles in mir fühlt sich kalt und schwach, dann wieder heiß und gespannt an.

»Dann sind wir so weit durch«, sagt Mama.

Ich atme aus, als ich das Klirren der Bügel höre, von denen Isabell wohl gerade die Mäntel holt.

Wieder die Türglocke. Doch die schrillen Stimmen verstummen nicht. Stattdessen kommt eine weitere dazu. Gretas.

»Mattias! Gut geschlafen?«, tönt sie in eine plötzlich eingetretene Stille hinein.

Dann holt sie zum Todesstoß aus. »Ist Maya hinten, oder schnarcht sie noch? Ich frage mich echt, wie du das aushältst.«

ALEX

Die Tür wird aufgerissen und knallt wieder ins Schloss. Ein Schimpfwort hallt an den hohen Wänden des langen Flurs entlang, als Lauras Mantel vom Bügel auf den Boden fällt. Keine guten Vorzeichen.

»Lass das, du blödes Vieh.«

Alex vermutet, dass seine Papageidame gerade den ersten Angriff des Abends geflogen hat. Eleonora ist sehr eifersüchtig. Pathologisch eifersüchtig. Das hat zumindest der Tierpsychologe mit der nasalen Stimme gesagt, den Alex einmal und nie wieder konsultiert hatte. Dabei notierte er irgendetwas auf seinem Block.

Leider konnte Alex ihm ab dem Moment nicht mehr folgen, weil er nicht mehr von der Frage loskam, was ein Tierpsychologe wohl so in seinen Akten vermerkt. Alex weiß es bis heute nicht. Was er weiß, ist, dass weder die Therapiestunde noch mehrere Bücher etwas gebracht haben. Eleonora und Laura werden wohl keine Freunde mehr. Und das bereitet Alex ziemliche Sorgen.

»Alles okay?« Alex geht in den Flur, drückt Laura einen Kuss auf die Wange und bückt sich nach dem schweren, kamelfarbenen Wollmantel. Er hängt ihn auf einen Bügel und dann in den großen, weißen Flurschrank. Lauras Gesichtsausdruck bestätigt seine Befürchtung. Schlechte Laune. Den hängenden Mundwinkeln zufolge sogar sehr schlechte Laune. Ihren schönen Gesichtszügen kann das nichts anhaben.

»Sie sieht aus wie eine Fee.« Das hat Alex' Mutter ihm zugeflüstert, als er ihr Laura vorstellte. Mama ist zierlich und ihr früher hellblondes Haar mittlerweile komplett weiß. Ein krasser Gegensatz zu Lauras langen Beinen, den dicken, dunkelbraunen Haaren und ihren tiefblauen Augen.

Die dreht sie jetzt zur Decke und schüttelt den Kopf. »Nee, gar nichts ist okay«, sagt sie und geht an ihm vorbei in die Küche.

Kerzen und Essen bemerkt sie nicht. Ihre hohen Absätze hacken in den Boden, als sie zum Kühlschrank geht, nach einer Flasche Weißwein greift und sie dann wieder loslässt, um stattdessen den Maracujasaft zu nehmen. Erst nachdem sie einen großen Schluck getrunken und die entsprechenden Kalorien in ihre App eingetragen hat, spricht sie weiter. »Meine Mutter war vorhin bei mir im Büro. Sie meint, wir können Großonkel Jörn doch nicht neben Tante Katharina setzen. Katharina ist immer noch überzeugt davon, dass Jörn ein Serienkiller ist. Mama sagt, dass sie sicher wieder anfängt, seine benutzten Servietten einzusammeln.«

Alex verengt die Augen. »Deine Tante denkt, dass dein Großonkel ein Serienmörder ist?«

»Oh Gott, ja. Das geht schon seit einer halben Ewigkeit so. Vor zehn Jahren haben Katharina und ihr damaliger Mann irgendwelche Knochen in Jörns Wand gefunden, als sie geholfen haben, sein Haus zu renovieren. Tante Kathi hat sogar schon Oma davon überzeugt, dass ihr dreiundachtzigjähriger Bruder der deutsche Ted Bundy ist.«

»Und was hat das mit den Servietten zu tun?«

»Ach, die sammelt sie, um der Polizei die DNA-Analyse zu erleichtern.« Sie verdreht die Augen.

»Sie haben Knochen in der Wand deines Großonkels gefunden? Und ihr findet das nicht ein bisschen bedenklich?«

»Wahrscheinlich nur irgendein Tier oder so. Ist doch auch egal …«

Alex fallen etwa tausend Fragen dazu ein. Und tausend Gründe, weshalb das eben nicht *ganz egal* ist. Doch Laura ist mit den Gedanken schon wieder bei dem Sitzplan für das Essen nach der

Trauung. Der hängt in A3 ausgedruckt vor ihr am Kühlschrank, befestigt mit Lauras Lieblingsmagneten, der den Spruch *Prinzessin ist kein Titel. Prinzessin ist eine Lebenseinstellung* trägt. Napoleon hat seine Kriegszüge nicht weniger professionell geplant als Laura diese Hochzeit.

Mit gerunzelter Stirn starrt sie auf den Plan. Ihre Hände spielen mit den drei dünnen Ketten, die über den hohen Kragen des blauen Kleides hängen. Plötzlich lösen sich die Stirnfalten, und ihr Gesicht wirkt gelöst.

»Ich glaub, ich hab's … Ja genau, so könnte das funktionieren …«

Sie tauscht zwei Magnetkärtchen aus, die mit zwei Gästenamen versehen sind, und lehnt sich konzentriert zurück. Die Magnetkärtchen hat Laura selbst gebastelt, und sie wurde sehr wütend, als Alex vorsichtig nachfragte, ob das nicht eine ziemliche Ressourcenverschwendung sei. Denn ein Kärtchen mit dem Namen ihrer Großtante Gesa Wurst (denn ja, das war ihr Nachname) würde sie doch niemals mehr brauchen können, sobald die Feier vorbei war und sie den Tischplan vom Kühlschrank abnehmen würden. Zumal Tante Gesa weit über neunzig und laut Laura eine »hinterhältige alte Fregatte« ist. Alex sieht zu dem Plan. Liest die Namen auf den kleinen Kärtchen. Und dann noch einmal.

»Hast du gerade meine Mutter zu Großonkel Jörn gesetzt und deine Tante an unseren Tisch?«

»Ist doch perfekt! Deine Mutter liebt Verschwörungstheorien. Wir erzählen ihr einfach von Tante Katharinas Verdacht, und voilà – schon ist sie an Bord.«

Ungläubig sieht Alex zu ihr und wartet auf ihre Erkenntnis, dass das keine akzeptable Lösung ist. Doch sie erwidert seinen Blick nicht einmal.

»Du denkst, es ist okay für meine Mutter, bei der Hochzeit ihres einzigen Sohnes nicht an seinem Tisch zu sitzen? Und was ist mit Martin?«

»Dein Stiefvater kann mit Papa über Fußball reden, das heißt, es wird schwer, die beiden überhaupt wieder voneinander zu trennen.«

Alex ermahnt sich dazu, jetzt tief ein- und auszuatmen und nicht die Kontrolle zu verlieren. Diese Hochzeit hat ihn schon zu viele Nerven gekostet. Zeit, zu deeskalieren. Vor allem, weil er das mit dem Schottenrock noch loswerden muss.

»Wie wäre es denn, wenn wir uns erst mal hinsetzen. Ich habe gekocht. Und Kerzen habe ich auch angezündet.«

Er zeigt auf den Tisch. Als ihm klar wird, mit wie viel Stolz er das gesagt hat, fühlt er sich ein bisschen armselig. Jeder Strahlenparadiesvogel hat mehr Würde.

»Ich kann mich nicht einfach hinsetzen und essen. Wir müssen das mit der Sitzordnung jetzt klären, sonst dreh ich durch. Also … redest du mit deiner Mutter, oder soll ich das machen?«

Von der Gelassenheit, zu der er sich eben noch gezwungen hat, ist nichts mehr übrig. Alex' Kiefer und Schultern verspannen sich. Eigentlich ist er kein aufbrausender Typ. Doch diese Hochzeit macht ein Monster aus ihm. Aus ihnen beiden.

»Wie wäre es denn, wenn wir deine Mutter neben Ted Bundy setzen?«, fragt er deshalb mit gepresster Stimme.

»Das geht nicht.« Laura blickt noch immer konzentriert auf den Plan. Die Aggression in seiner Stimme hat sie offensichtlich überhört. Oder hat entschieden, sie zu überhören. »Die glaubt mittlerweile auch ein bisschen an die ganzen Mordtheorien.«

Nicht einmal Lauras unterhaltsame Familienfehden können Alex jetzt besänftigen. »Laura, du kannst nicht ernsthaft erwarten, dass das für mich okay ist. Denn nein, das ist es nicht. Das hier ist auch meine Hochzeit.«

Sie sieht zu ihm, ihre Augenbrauen heben sich, die verschränkten Arme kommen einer Kriegserklärung gleich. »Aha. Dann übernimm du halt den Sitzplan, such die Hochzeitstorte aus, und – hey! – wenn du gerade dabei bist, entscheide doch gleich noch, welchen Brautstrauß ich nehmen soll!«

Sie geht zu ihrer Tasche im Flur, holt einen dicken, schweren Ordner hervor, auf dem *Unsere Hochzeit* steht, und wirft ihn auf den Tisch, sodass die wohlpositionierten Gläser klirren.

Warum hat er sich die ganze Mühe mit dem Essen überhaupt gemacht? Alex sieht sie schweigend an, dreht sich dann zum Kühlschrank mit dem Sitzplan und setzt Tante Katharina wieder zurück zu Großonkel Jörn.

Deeskalation abgebrochen.

»Deine Tante kann von mir aus eine ganze Kiste Servietten bekommen, um genug DNA-Material zu sammeln. Auf jeden Fall werden wir nicht meine Mutter umsetzen, nur damit deine Familie sich nicht wieder an den Hals springt.«

»*An die Gurgel geht*, heißt das«, berichtigt sie ihn mit genervtem Tonfall.

Ein freudloses Lachen platzt aus seinen Lippen. Laura kann eine solche Besserwisserin sein. Alex' Atem geht kurz und schnell, als er den Ordner öffnet und den Prospekt des irrsinnig teuren Konditors herausholt. Auf der zweiten Seite entdeckt er eine dreistöckige Torte mit schwarz-weißen Punkten, Streifen und mit pinkfarbenen Blumen auf einer Seite.

»*Ein eleganter Traum aus Schokolade und Himbeercreme, der ihren Gästen den Atem rauben wird.* Der Laden heißt«, er dreht den Prospekt herum, »*Wenn's perfekt schmecken muss.* Du sprichst doch immer davon, dass alles perfekt werden muss. Well, there you go. Die nehmen wir.«

Laura sieht zu Alex und schnaubt. Bevor sie etwas sagen kann, beugt er sich über den Ordner und fährt fort. In der Ordnerkategorie Brautstrauß fällt ihm eine weiße Broschüre in die Hände.

»*Der Brautstrauß mit dem gewissen Etwas*«, liest er und hält das

Heftchen hoch. »Was auch immer das heißt, der hier sieht doch ganz ordentlich aus.«

Er zeigt auf einen riesigen Strauß in Gelb und Orange.

»Ganz ordentlich?«

Lauras Stimme tönt so hoch, dass Eleonora von Alex' Schulter aus zu meckern beginnt. Er dagegen empfindet eine peinliche Freude darüber, diese Reaktion hervorgerufen zu haben.

»Du kannst doch nicht einfach irgendeinen Brautstrauß aussuchen. Und auch keine Torte, ohne sie vorher probiert zu haben.«

»Doch, das kann ich. Genau genommen hab ich das gerade getan.«

»Außerdem ist der Stil überhaupt nicht winterlich! Alle Torten, die zu unserem Motto passen, habe ich mit Post-its markiert.«

Sie zeigt mit zitternden Fingern auf die kleinen Zettel, die überall in dem dicken Prospekt verteilt sind. Alex weiß, dass dieser Streit heftig werden kann, wenn er jetzt nicht einlenkt. Doch er kann nicht anders.

»Was soll das eigentlich heißen, *Winter-Wonderland?* Warum können wir nicht einfach ganz normal heiraten, so wie alle anderen auch? Warum muss unsere Hochzeit wie ein Pinterest-Board aussehen?«

»Jetzt gefällt dir unser Motto nicht, oder was? Das fällt dir ja echt früh ein.«

»Nein, das tut es nicht. Ich habe mehrmals gesagt, dass ich nicht der größte Fan von Motto-Hochzeiten bin.«

Laura schüttelt den Kopf und stellt sich mit dem Rücken an das dunkle Küchenfenster. »Nicht der größte Fan von etwas zu sein ist ja wohl nicht dasselbe, wie zu sagen, dass du das nicht willst«, zischt sie.

Damit hat sie recht. Aber das kann Alex jetzt unmöglich zugeben.

»Dann sag ich es jetzt: Ich möchte kein Winter-Wonderland. Weil ich nämlich keine Lust habe, mich zu verkleiden. Ich bin kein schicker fancy Typ, und das weißt du. Ich bin aus Mecklenburg-Vorpommern, verdammt noch mal.«

Damit verschließt er den Deckel des Ordners, steckt die Hände in die Hosentaschen und hebt die Schultern. Ein lächerlicher Versuch, sie mit gespielter Lässigkeit weiter zu provozieren.

Trotzdem kam der Satz von Herzen. Wenn er genau darüber nachdenkt, will er das alles tatsächlich nicht. Er will nicht zu einem der Paare stilisiert werden, die Laura jeden Abend im Bett auf Instagram bewundert.

Sie neigt den Kopf zur Seite und verengt die Augen. »Du trägst nur Schuhe von Floris van Bommel und hast eine Treuekarte bei Starbucks. Also versuch bitte nicht wieder, die Ossi-Dorfjungennummer auszuspielen.«

Laura dreht sich von ihm weg und schaut auf die Straße. Und Alex? Der weiß nicht so recht, was er jetzt tun soll. Die Restwut, die seinem Körper nur langsam entweicht, rät ihm, aus dem Zimmer zu stürmen. Doch ein nicht beendeter Streit ist ein verschleppter Streit.

Und ein verschleppter Streit ist wie eine verschleppte Nierenentzündung. Sie vergiftet den Rest des Körpers. So wie die unerklärliche, unterschwellige Wut zwischen ihnen während der letzten Monate ihr sonst eigentlich harmonisches Zusammenleben vergiftet hat. Aber was soll er tun?

Noch als Alex das denkt, sieht er aus dem Augenwinkel, wie Lauras Schultern zu zucken beginnen. Oh nein. Ihre Tränen sind sein Kryptonit, und es passiert, was immer passiert. Automatisch tritt er zu ihr ans Fenster und legt ihr von hinten die Arme um den Körper.

Ihre schmalen Schultern drücken gegen seine Brust, die dünnen Arme hängen seitlich herunter. Sie hat sicher fünf Kilo abgenommen. Offiziell, um auch wirklich in ihr Hochzeitskleid zu passen. Alex aber hat die Vermutung, dass das eher mit irgendeinem Kommentar von Aurelia der Schrecklichen zu tun hat. Lauras Schwester.

Plötzlich überrumpelt ihn ein Beschützerinstinkt. Der Druck, dass diese Hochzeit perfekt werden muss, kommt von ihrer Familie. Er weiß nicht, wie oft sie Einladung, Menü oder Location verändert haben, weil Lauras Mutter und Schwester in irgendwelchen gekonnt gesetzten Nebensätzen miese kleine Kritikbomben gezündet haben.

Er schlingt die Arme noch fester um sie. Doch Laura befreit sich vorsichtig und dreht sich zu ihm. Mit zitternden, beringten Fingern wischt sie einige Tränen von den langen Wimpern und den hohen Wangenknochen und räuspert sich. Sie sieht Alex nicht an, als sie zu sprechen beginnt. »Sorry. Wirklich. Ich bin einfach so gestresst wegen allem.«

»Ich auch, tut mir leid.« Die Antwort kommt schnell und automatisch. Doch Erleichterung will sich trotzdem nicht einstellen. Also legt Alex noch einmal nach. »Streit kurz vor der Hochzeit ist ganz normal, das sagt jeder. Wahrscheinlich ist das hier sogar noch harmlos.«

Er zeichnet eine schnelle Linie zwischen sich und Laura. Als er den Mund auf ihre Stirn drücken will, räuspert sie sich und dreht den Kopf zur Seite, sodass er die kalte Luft küsst statt ihre warme Haut. Ein klares Zeichen dafür, dass noch nicht alles wieder gut ist. Aber das wird es sein. Spätestens, wenn diese Hochzeit endlich geschafft ist.

»Das glaub ich auch. Trotzdem tut mir das mit dem Sitzplan leid. Deine Mutter sitzt natürlich an unserem Tisch, okay? Ich hab mich einfach von Mama und Aurelia mitreißen lassen.«

»Das ist okay, ich weiß ja, wie die beiden sind.«

Laura schüttelt den Kopf. Ihre Lippen sind zu einem freudlosen

Lächeln verzogen. »Ich auch. Und gerade deshalb hätte mir früher auffallen sollen, dass das alles Wahnsinn ist.«

Sie atmet einmal tief ein und aus und setzt sich vor den dicken Ordner an den Tisch. Kurz sieht sie zu Alex hoch und lächelt. Dann senkt sie den Blick wieder und öffnet eine Seite mit bunten Bildern von Lampions und Blumen.

»Also, welches Motto wäre denn okay für dich? Und jetzt sag bitte nicht, gar keins. An irgendwas müssen wir uns orientieren. Nicht, dass wir noch sonderlich viel Zeit haben, uns etwas komplett Neues auszudenken. Aber vielleicht finden wir ja was, womit wir beide leben können.«

»Meinst du das ernst?«

Sie nickt, und ihr Lächeln wird breiter. Nimm dies, Antonio! Das hier hat Laura sehr viel Kraft gekostet, und das weiß er. Einfach, weil sie nicht der Typ Mensch ist, der gerne an getroffenen Entscheidungen rüttelt. Alex umarmt sie noch einmal und bittet sie, sich zu setzen.

»Nur einen Moment, ich bin gleich wieder da«, sagt er und geht ins Schlafzimmer.

Jetzt ist der Moment, Laura den Kilt zu präsentieren. Einen besseren wird es nicht geben. Vielleicht war der Streit ja Schicksal. Schnell zieht Alex Hemd, Kilt, Schärpe und Schuhe an. Wirft alles über, so als könnte der *richtige Moment* gleich vorbei sein, weil ihn der Mut verlässt.

Mut ist, Angst zu haben und es trotzdem zu tun. Mut ist, Angst zu haben und es trotzdem zu tun. Mut ist, Angst zu haben und es trotzdem zu tun.

Das hat sein Vater immer gesagt. Zumindest laut seiner Mutter. Wobei er nicht mehr so recht weiß, was von all ihren Geschichten wahr ist und was sich im Bereich ihrer Wunschvorstellung abspielte. Noch ein Blick in den Spiegel, der an der Außenseite des Schranks befestigt ist. Doch, das sieht gut aus. Ungewohnt, aber gut.

Mit großen Schritten läuft Alex in die Küche, wo Laura wieder am Esstisch sitzt, den Kopf über den Ordner gebeugt. Er stellt sich in die Mitte des Raums und versucht, sich möglichst gerade hinzustellen.

»Okay, du kannst dich umdrehen …«

Laura sieht ihn lange an. So, als würde sie Alex das erste Mal sehen. Fragend, verwundert, überrascht. Ihr Blick wandert an ihm runter, dann wieder hoch. Schließlich bricht sie in Gelächter aus. Als sie merkt, dass er ihre Reaktion nicht teilt, ebbt ihr Lachen ab.

»Das ist ein Scherz. Warum lachst du nicht? Das muss doch ein Scherz sein. Du hast …«

Sie steht auf, geht um ihn herum, den Blick fest auf seinen Kilt gerichtet.

»Du hast einen Rock an.«

Ihre Reaktion trifft Alex nicht unvorbereitet. Trotzdem ist das hier sein Worst-Case-Szenario.

»Das ist ein schottischer Kilt«, sagt er, als könne sie das nicht sehen.

»Und was soll ich tragen? Ein kariertes Kleid mit Dudelsack? Und … Moment … du schlägst nicht ernsthaft vor, dass … Oh Gott, du willst, dass unser Motto Schottland ist?«

Mut ist, Angst zu haben und es trotzdem zu tun. Was, wenn man es trotzdem tut und ausgelacht wird? Was, wenn Mut mit Scham belohnt wird? Was dann, Papa?

»Ist mir egal, was unser Motto ist. Ich trage meinen Kilt.« Alex sagt das mit überraschend fester Stimme.

»Das kannst du nicht ernst meinen?«

Laura sieht ihn an, als hätte er ihr gerade eröffnet, er wolle nackt und mit Würstchen in den Ohren zur Hochzeit erscheinen. Gleichzeitig scheint sie zu begreifen, dass sie ihn gerade wirklich verletzt hat.

»Schau, wir gehen nächste Woche einfach noch mal zusammen in den Laden und suchen dir was Schönes raus«, sagt sie und lächelt ein schreckliches Lächeln.

Ein Lächeln, das man einem Kind schenkt, dem man gerade erklärt, dass es zwar das irrsinnig laute, blinkende Spielzeug nicht bekommen wird, aber dafür ein supertolles Vorschulbuch.

»Das werden wir nicht tun. Ich trage meinen Kilt. Warum darfst du dir dein Kleid raussuchen, ohne dass ich was zu sagen habe, und ich nicht? Nein.« Alex schüttelt den Kopf und verschränkt die Arme vor der Brust. »Ich trage den Kilt. Und wenn du mich liebst, dann akzeptierst du das auch.«

Was ist denn nur los mit ihm? Bis vor wenigen Stunden war er selbst unsicher, ob seine Kleiderwahl nicht ein bisschen zu exzentrisch ist. Mittlerweile geht es hier längst nicht mehr um ein Stück karierte Wolle. Jetzt geht es darum, dass auch er ein Mitspracherecht hat.

Was ihre Hochzeit *und* ihr Leben betrifft. Und vielleicht geht es auch ein bisschen darum, dass er gerade eine Seite seiner Verlobten kennenlernt, die er bisher nicht gesehen hat. Oder nicht sehen wollte?

Wenn du mich liebst, dann akzeptierst du das auch. Emotionale Erpressung nennt man das. Kein sauberer Schachzug. Ist das denn eine Seite, die er von sich selbst schon kennt?

Zumindest hat Laura verstanden, dass es ihm ernst ist. Sie steht auf und kommt ein Stück näher. Eleonora drückt sich an Alex' Wange, so als würden sie beide gleich in den Krieg ziehen.

Laura sieht überrascht aus, als sie ihn noch einmal von oben bis unten ansieht. Dann sieht sie ihm in die Augen. Klar, direkt und nüchtern wirkt sie, als sie ihm mit nur einigen Worten den Boden unter den Füßen wegzieht.

»Aber ich glaube ... ich glaube ... ich liebe dich gar nicht.«

MAYA

Das passiert gerade nicht.

Mit geschlossenen Augen wiederhole ich dieses Mantra, während ich mit der Stirn auf der kalten Tischplatte liege. Immer und immer wieder, bis mich Stille und gleichmäßige Atemzüge dazu bringen, kurz zu vergessen.

Dann das Quietschen von Gummisohlen, das Klatschen von Hand auf Haut, das Knallen der Tür unseres Hinterzimmers gegen die Wand. Ich setze mich auf und blinzle direkt in Adrianas Gesicht, das nur wenige Zentimeter von meinem entfernt ist.

»Du verkaufst mir also ein Brautkleid, während du hinter meinem Rücken meinen Verlobten vögelst?«, zischt sie.

Ihr bleiches Gesicht wirkt wie das einer Löwin, bereit, ihre Beute gegen einen Fressfeind zu verteidigen. Langsam weiche ich zurück und sehe Hilfe suchend in Richtung Tür. Dort steht Mattias, den Kopf leicht eingezogen wie eine dunkelhaarige und ziemlich feige Schildkröte, und schaut ins Leere. Wohl in der Hoffnung, als Nebenfigur dieses Dramas durchzugehen.

Aber nicht mit Greta. Meine Cousine steht neben ihm, boxt ihm in die Seite und hebt ihr Kinn in unsere Richtung. Als ich ihm dabei zusehe, wie er unsicher auf mich und seine Verlobte – ich wiederhole: seine Verlobte – zugeht und neben uns stehen bleibt, ist es, als hätte jemand einen Kübel Wasser über ein wunderschönes Bild geleert. Alles, was mir vorher farbig und klar erschien, ist plötzlich verzogen, verschwommen, befreit von jeglicher Ästhetik.

»Schatz … ich … wir … es … es tut mir so leid … komm, wir gehen, und du beruhigst dich erst mal …«, sagt er leise und legt vorsichtig die Hand auf Adrianas Schulter.

Nichts ist mehr übrig von dem souveränen Mann, den ich noch heute Morgen zu kennen glaubte.

»Ich soll mich beruhigen?«, schreit sie, schüttelt seine Hand ab und zeigt mit vor Wut zitternden, beringten Fingern auf mich. »Dieses … dieses … *das* hier hat mir ein Brautkleid verkauft für eine Hochzeit, die es gar nicht geben wird.«

»Ich stimme dem kleinen Hochstapler da zwar ungern zu …«, sagt meine Cousine, die sich neben Mattias gestellt hat. Sie holt eine Zigarette hinter dem Ohr hervor, mit der sie auf Mattias zeigt. »Aber er hat recht. Jetzt beruhigen sich alle erst mal. Dann wird hoffentlich auch jedem klar, dass meine Cousine hier nicht die Übeltäterin ist. Und außerdem: *das da?*«, fragt sie und schüttelt schnaubend den Kopf. »Nicht sehr solidarisch, wenn du mich fragst. Also jetzt von Frau zu Frau, meine ich.«

Elli schiebt sich vor ihre Schwester. Sie verschränkt die Arme und hebt das Kinn. »Ich habe keine Ahnung, wer du bist …«, beginnt sie und wird von Greta unterbrochen.

»Mayas Cousine«, sagt sie, doch Elli hebt abwehrend die Hände.

»Das ist mir scheißegal. Wer auch immer du bist, deine Cousine ist ein Flittchen. Oder wie nennst du jemanden, der den Verlobten einer anderen fickt?«

Bei ihrem letzten Wort zucke ich zusammen. Wer sagt denn so was? Also im echten Leben? Trotzdem: Wenn Adrianas Schwester mit ihrer Wortwahl versucht hat, das zwischen Mattias und mir auf etwas Ordinäres, Beschämendes herabzusetzen, dann hat sie es geschafft, das muss ich zugeben. Wer hätte gedacht, dass ich jemals so nach den Worten *mega* oder *super* dürsten würde.

Als ich unruhig auf meinem Stuhl hin und her wackle, fällt mir auf, wie armselig das alles ist. Ich sollte aufstehen. Also stehe ich auf. Und verteidigen sollte ich mich auch. Also fange ich an zu sprechen. »Was redest du denn da? Woher sollte ich denn bitte wissen, dass Mattias Adrianas Verlobter ist?«

Ich klinge weitaus kleinlauter, als ich beabsichtigt habe. Mattias weicht indes langsam zurück, was nicht unbemerkt bleibt.

»Moment mal …« Greta dreht sich zu ihm. »Wie wäre es denn, wenn du mal ein Statement abgibst, Freundchen?«

Alle sehen zu Mattias. Der zwinkert nervös und öffnet gerade den Mund, als Antonio ihn rettet. Mein Bruder steht mit Isabell und der Journalistin in der Tür. Letztere sieht aus, als hätte ihr gerade jemand ein sehr großes, sehr teures Geschenk gemacht.

»Kann mal einer erklären, was hier los ist?«, fordert mein Bruder. »Warum nennt hier jemand meine Schwester ein Flittchen, und wer ist der Typ hier überhaupt?« Er zeigt auf Mattias.

»Was ist ein Frittchen?«, fragt meine Nichte, die sich an Antonio vorbei in den Raum drängelt und ihn am Arm zieht.

»Nicht Frittchen, Flittchen, mein Schatz. Mit L, so wie Llllisa oder Lllina. So nennt man jemanden …«

»Meinst du, du kannst deiner Tochter dieses Stück deutscher Sprachkunst später erklären?« Greta verdreht die Augen.

»Wer nennt hier wen Flittchen?« Jetzt betritt auch meine Mutter den kleinen Raum.

»Ich glaube, wir sollten Adriana, Maya und Mattias lieber alleine lassen«, schlägt Isabell mit ruhiger Stimme vor und macht eine Handbewegung in Richtung Verkaufsraum.

»Ich geh nirgendwohin, bis diese Schlampe erklärt, was sie mit dem Verlobten meiner Schwester macht.« Elli geht einen Schritt auf Isabell zu, die verstört zurückweicht.

Unterstützt von ihrer Schwester und dem sich heiser bellenden Hund fangen Adriana und Elli wieder an, auf mich einzuschimpfen. Ich stehe noch immer hinter dem kleinen Tisch und blinzle hilflos von den zwei Frauen zu meiner Mutter. Die versucht, die klickende Kamera der Journalistin mit den Händen zu bedecken. Isabell ist indes bemüht, meinen Bruder und Matilda aus dem Zimmer zu schieben.

Plötzlich ist ein lauter, schriller Pfiff zu hören. Meine Cousine steht in der Mitte des Zimmers, zwei Finger zwischen den Lippen.

»Jetzt haltet alle mal kurz die Klappe, okay?«

Eine klirrende Stille tritt ein, nur unterbrochen von den tiefen Atemzügen derjenigen, deren Wutstimmen gerade noch durch den Raum geschmettert sind.

»Du!«, ruft Greta und zeigt mit der Zigarette auf die Journalistin. »Du gehst jetzt! Sofort! Und schau nicht so blöd. Husch, husch, raus hier!«

Meine Cousine geht auf sie zu und drängt sie aus dem Türrahmen in Richtung Verkaufsraum. Die junge Frau ist so perplex, dass sie rückwärts laufend fast über die Schwelle fällt. Kurz darauf hört man die Ladenglocke. Wahrscheinlich hat sie ohnehin schon alles auf der Kamera, was sie für eine dramatische Aufmacherseite braucht.

»Antonio, ihr geht jetzt auch, und ihr«, Gretas Zigarette zeigt in Richtung Adriana und Elli, »ihr kommt jetzt erst mal runter. Ist ja wohl nicht Mayas Schuld, dass die kleine Pissnelke euch beide betrogen hat.«

»Runterkommen? Das ist ja wohl nicht dein Ernst?!« Adriana öffnet kaum den Mund, als sich diese leisen, drohenden Worte durch ihre Lippen pressen. Dann dreht sie den Kopf zu mir. Ich würde jetzt sehr gerne nach hinten in das helle Grau der Wand eintauchen.

Meine Cousine ist weniger beeindruckt. »Offenbar wusste ja niemand, was dieses Würstchen hier die letzten Wochen getrieben hat. Gestern Abend hat der kleine Armleuchter noch unseren Backofen gereinigt, und jetzt das. Eine echt negative Wendung, das muss ich schon zugeben.« Greta zündet sich die Zigarette an, die jetzt in ihrem Mundwinkel hängt.

Auch meine Mutter ist mit der Situation überfordert. Sonst hätte sie sich jetzt in Zeitlupe und »Neeeeiiiiiiiinnnnnnn!« schreiend vor meine Cousine geworfen, um sie davon abzuhalten, im Laden zu rauchen.

»Eine negative Wendung? Du hältst dich wohl für besonders schlau, was? Das ist keine negative Wendung. Das ist alles die Schuld von dieser fetten, hässlichen Kuh da.« Bei dem Wort *fett* sieht Adriana mir direkt in die Augen, um zu sehen, ob das Wort die gewünschte Wirkung erzielt hat. Das hat es. Natürlich hat es das. Alles, was an ihr fest und muskulös ist, ist an mir rund und weich. Ich möchte etwas sagen. Doch was antwortet man denn auf so was?

»Was soll das jetzt? Warum gehst du dir nicht einfach die Nägel oder die Wimpern oder sonst was machen lassen, statt meine Schwester so anzumachen?«, meldet sich mein Bruder zu Wort, der natürlich geblieben ist.

»Das solltest du vielleicht der da mal sagen. Wobei eine Maniküre da auch nichts mehr retten kann.« Adriana hebt das Kinn in meine Richtung.

»Okay, jetzt reicht's.«

Greta reicht Antonio erst ihre Zigarette, dann ihre riesigen Ohrringe. Sie tritt so nah an Adriana heran, dass sich ihre Nasenspitzen fast berühren. »Frauen wie du sind der Grund dafür, dass wir niemals gleichberechtigt sein werden. Frauen, die andere Frauen verraten, weil sie zu bequem oder zu feige sind, das eigentliche Problem zu erkennen: nämlich die kleine Evolutionsbremse hier!« Sie zeigt auf Mattias, der schweigend allen Blicken ausweicht. »Misogyn ist das! Nichts weniger!«

»Was laberst du denn da?«

»Dann übersetz ich mal für dich: Du bist eine dumme, frauenfeindliche Nuss, verstanden?«

Ich habe nie ganz verstanden, was gemeint ist, wenn Leute davon sprechen, dass die Zeit stillsteht. Bis zu diesem Moment. Denn jetzt tut sie genau das. Sie steht still. Sie steht still, als

Adriana noch ein Stück näher an meine Cousine heranrückt. Sie steht still, als sie Greta einen kleinen Schubs gibt, der bestenfalls wie der Auftakt eines Kindergartengerangels aussieht. Sie will auch nicht weiterwandern, als meine Cousine zu einem gleichermaßen Kindergarten-würdigen Schubs ausholt. Sie stoppt noch immer, als ich mich zwischen die beiden quetsche.

Erst als ich Gretas überraschend festen, heftigen Schubs abfange, nach hinten gegen Adriana stoße, sie mit mir erst nach hinten und dann nach unten reiße, wir beide auf den kalten, harten Tisch prallen, ich mit dem Gesicht auf die Tischkante, Adriana irgendwo anders hin – erst dann fangen die Sekunden wieder zu ticken an.

Und dann ist alles still. In meinem rechten Auge tanzt ein aufgeregtes Flimmern. Das Einzige, das die Stille übertönt, ist ein dicker, hämmernder, kreischender Schmerz. Irgendjemand setzt mich auf, gibt mir einen vorsichtigen Klaps auf die Wange. Vor meinen Augen flimmert es, als sähe ich durch ein Kaleidoskop.

Dann wird die Stille wieder eingezogen. Schnell wie Wasser durch einen Strohhalm. Wird ersetzt durch Schreie und Stimmengewirr.

»Scheiße, Maya. Alles okay? Jetzt schau doch nicht so, antworte!«

Langsam erkenne ich dunkle kurze Locken und große braune Augen. Mein Bruder hält mein Gesicht zwischen den Händen, ich erkenne seinen Geruch nach Wollpullover und … Lolli? Ich blicke weiter runter und sehe, dass meine Nichte Matilda neben mir auf dem Boden kauert.

»Schau mal, sie lächelt sogar schon wieder.« Meine Cousine drängt sich vor mein Gesicht.

»Das ist kein Lächeln, du Wahnsinnige. Sie sieht aus wie Batmans Joker. Maya, hörst du mich? Kannst du aufstehen?« Antonio zieht mich langsam auf die Beine. Neben ihm steht jetzt auch Isabell, die wie ein verschrecktes Rehkitz dreinschaut.

»Ja, alles okay«, sage ich und führe vorsichtig eine Hand zu meinem rechten Auge.

Noch bevor ich es erreiche, hebt Isabell den Arm, um mich aufzuhalten.

»Fass da lieber nicht hin«, sagt sie und geht zum Kühlschrank.

Als sie zurückkommt, drückt sie mir eine kalte Flasche Sekt in die Hand und führt sie langsam zu meinem Auge. »Kühl das am besten eine Weile.«

Langsam drehe ich mich nach rechts, wo Adriana mit schmerzverzerrtem Gesicht auf dem Boden sitzt und sich den Bauch hält. Vor ihr kauern ihre Schwester und … und Mattias. Natürlich.

»Baby, es tut mir leid. Ich weiß echt nicht, was ich sagen soll oder wie ich das hier wiedergutmachen kann.«

Ich blinzle. Irgendwo habe ich mal gelesen, dass das Gefühl der Erniedrigung stärkere Gehirnaktivitäten verursacht als Freude oder sogar Wut. Dass Demütigungen sich deshalb viel intensiver anfühlen als andere Empfindungen. Das geht mir durch den Kopf, während Adriana von Mattias zu mir sieht und die Augen zu Schlitzen verzieht.

Warum dieser Blick? Sie muss hier doch gar keine Schlacht gewinnen. Mattias ist bei ihr. Rettet, was eine Rettung aus seiner Sicht wert ist. Durch eine halbtransparente Schicht Tränen sehe ich eine Bewegung an der Tür. Dann ein Klicken. Und noch eines.

»Ich glaub's ja nicht!«

Meine Cousine drängelt sich an meiner Mutter vorbei in Richtung der Journalistin, die wieder in der Tür steht.

»Gib das Ding her! Hast du denn gar keinen Anstand?«

Greta reißt der jungen Frau die Kamera aus der Hand. Die verschränkt lächelnd die Arme vor der Brust und erwidert, dass die Bilder direkt auf den Server der Zeitschrift hochgeladen werden.

Also reicht Greta ihr das große Gerät schnaubend zurück, und ich schließe die Augen, entschieden, sie so lange geschlossen zu halten, bis ich aus diesem Albtraum aufwache. Ein Stechen in meinem Ausschnitt durchkreuzt dieses Vorhaben. Ich sehe an mir runter, wo sich ein langer, wohlmanikürter Nagel in meinen Pulli gräbt. Meine Augen wandern nach oben zu Adrianas verzerrten Gesichtszügen.

»Dich mach ich fertig, darauf kannst du Gift nehmen!«, zischt sie.

In diesem Moment weiß ich, dass ich noch nie gehasst worden bin. Nicht gemocht, ja. Doch diese Art Blick ist mir völlig fremd. Ich habe noch nie einen Feind gehabt. Und schon gar keinen, der in meinem Leben einen echten Schaden hätte anrichten können. Doch Adriana kann das. Wahrscheinlich hat sie das sogar schon. Nämlich durch ihre und meine Präsenz auf den Fotos, für die sich die Journalistin jetzt sicher schon Bildunterschriften überlegt.

Plötzlich werde ich sehr, sehr müde. Ich sehe noch einmal in Adrianas Gesicht, wende mich ab, um die Sektflasche auf den Tisch zu stellen, und schüttle den Kopf. »Verpisst euch doch einfach alle«, sage ich kraftlos und schwanke Richtung Tür.

ALEX

Ich kann dich nicht heiraten … ich … es tut mir leid.«
Ihre Worte sind klar und deutlich formuliert. Die Enden so scharf, dass die Ecken und Kanten eines jeden Lautes über sein Trommelfell schneiden.

Kurz ist Alex verunsichert, fängt sich aber schnell wieder. Er schließt die Augen, atmet mehrmals tief ein und aus. Jetzt reicht es. Wirklich. Er wird diesen Wahnsinn beenden. Mit Kilt – oder ohne.

»Du kannst aufhören. Du hast gewonnen, wir machen das mit dem Winter-Wonderland, und gut ist.«

»Du verstehst nicht«, sagt Laura, schüttelt den Kopf und sieht ihm direkt in die Augen. »Die Sitzordnung, die Torte, der blöde Strauß …« Sie lässt die Schultern wieder sinken. »Das ist doch gar nicht das Problem.«

Plötzlich fühlt sich sein Kilt viel zu warm an, der süßliche Geruch von Garnelen und Reis zu intensiv. Da er nicht antwortet, redet sie weiter.

»Es tut mir echt leid, aber … aber ich glaube, wir haben uns da in was reingesteigert. Es ist alles zu schnell, es fühlt sich nicht richtig an, es … es fühlt sich nicht richtig an.«

»Zu schnell?« Alex' Stimme ist so laut, dass er selbst erschreckt. »Du warst doch diejenige, die mich schon nach einem Monat gefragt hat, ob ich hier einziehen will. Die so schnell wie möglich heiraten wollte …«

»Ich weiß nicht, was ich sagen soll. Es tut mir wirklich leid.«

Alex tritt einen Schritt zurück und schüttelt den Kopf, kurz und heftig. Diese fünf Worte sind endgültig. Sie sind das Satzzeichen einer Entscheidung, bei der er kein Mitspracherecht hatte. Außerdem klang der Ton ihrer Stimme fast ein bisschen anklagend. So, als sei es eine ziemliche Frechheit, dass er ihre Entscheidung nicht einfach akzeptieren könne.

»Und wie stellst du dir das vor? Was passiert denn jetzt?« Er macht eine Pause, weil er erst schlucken muss, um weitersprechen zu können. »Sind wir … Sind wir dann überhaupt noch zusammen?«

Die Frau, die eben noch seine Verlobte war, schüttelt langsam den Kopf. Sie zwinkert mehrmals, kratzt sich über den Handrücken, so, wie sie es immer macht, wenn sie etwas beschäftigt. Doch alles in allem wirkt sie unverkrampft. Sogar gelöst? Während Alex' Kiefer mahlen und seine Fäuste sich immer wieder öffnen und schließen.

»Es tut mir leid. Wirklich. Bis eben hatte ich auch keine Ahnung, dass ich so fühle, aber …«

Klar hattest du eine Ahnung, denkt er. Die fünf Worte, dieses *es tut mir wirklich leid,* sind die Abschlusserklärung. Die Abschlusserklärung eines Gedankens, den sie nicht erst seit einigen Minuten mit sich herumträgt.

Ihr Körper ist entspannt, weil für sie das Schlimmste jetzt vorbei ist. Seiner fühlt sich an, als ob ihn jeder seiner hämmernden Herzschläge durchschüttelt.

Sie nickt, senkt den Blick, weil sie zu überlegen scheint, hebt ihn wieder, um ihm direkt in die Augen zu sehen. »Ich glaube, es ist besser, wenn du jetzt gehst.«

Alex zwinkert mehrmals. »Ich soll *was?* Das kann nicht dein Ernst sein, du kannst mich jetzt nicht einfach rauswerfen. Bis vor wenigen Minuten haben wir noch unsere Hochzeit geplant, und jetzt … also … ich weiß echt nicht, was ich sagen soll …«

Die nächste halbe Stunde ist wie ein Tanz. Ein Vor und Zurück zwischen Küche, Schlafzimmer, Flur und Bad. Während Alex hinter Laura herläuft und immer wieder fragt, ob sie das ernst meine. Ob er etwas tun könne. Was er getan *habe*. Ob sie nicht reparieren könnten, was kaputtgegangen zu sein scheint. Während all dieser Fragen läuft Laura von einer Ecke zur anderen, um Kleidungsstücke, Handtücher, Kabel, Rasierer und andere seiner wenigen Habseligkeiten in eine große Reisetasche zu packen. Und natürlich den Kilt, den Alex in der Zwischenzeit ausgezogen und gegen eine Chino getauscht hat. Ganz oben in der Reisetasche liegt er und wirkt wie eine Anklage.

Dabei schüttelt sie immer wieder den Kopf, jedes Mal ein wenig entschlossener. Am Ende bleibt sie stehen, vor dem Kühlschrank, und damit dort, wo der Streit begonnen hat, und lässt die inzwischen schwere Reisetasche zwischen sie sinken.

»Hör jetzt auf, Alex.«

Er versucht, einen Schritt auf sie zuzugehen. Doch da ist ja die Tasche.

»Jetzt setz dich doch erst mal, und wir reden in Ruhe.«

Sie schüttelt den Kopf, dieses Mal, ohne den Blick von ihm zu wenden. »Ich hab das ernst gemeint. Bitte nimm deine Tasche und geh. Den Rest deiner Sachen kannst du im Lauf der Woche abholen.«

Alex ist … Was ist er eigentlich? Verwirrt? Wütend? Entrüstet? Er weiß es nicht. So, als ob er ebenso wenig Zugang zu seinen eigenen Gefühlen hätte wie zu ihren. Gleichzeitig versteht er plötzlich etwas. Nämlich, warum Laura von ihren Mitarbeitern auch *Samurai-Laura* genannt wird.

»Wenn man keine Leistung bringt, dann wusch …«, hat ihm eine sehr junge, sehr betrunkene Frau auf der Weihnachtsfeier von Lauras Unternehmen zugeraunt und eine schneidende Bewegung mit dem Arm gemacht, »… dann wird man einfach abgesäbelt.«

Damals wusste sie noch nicht, dass er Lauras Freund war. Sicher dachte das arme Mädchen mit dem Rentiergeweih-Haarreifen, er wäre ein Kollege aus einer der anderen Abteilungen des riesigen Kosmetikunternehmens, das Lauras Eltern gehört. Und begann, ohne zu fragen, ihm ihr Herz über die *furchtbare Chefin* auszuschütten.

Aber es stimmt, denkt er jetzt. Wenn sie eine Entscheidung getroffen hat, gibt es kein Zurück. Doch es sollte da doch einen Unterschied geben zwischen der Entscheidung, ob man einen Mitarbeiter rauswirft oder den eben noch Verlobten.

»Alex! Jetzt mach's mir bitte nicht noch schwerer.«

Doch das kann er gar nicht. Denn dafür sind Schock und Verwirrung viel zu groß. Wie die Sekunden nach einem Unfall fühlt sich das Ganze an, denkt er. Der Zeitraum, in dem man weiß, dass da gerade etwas wirklich Schlimmes passiert ist. Dass man womöglich gleich große Schmerzen haben wird. Doch Adrenalin und Schock benebeln alles. Lassen Gedanken stoppen und setzen einen Korken auf den Herd des Schmerzes.

Deshalb steht er reglos im Flur wie ein Möbelstück, während Laura noch einige Dinge in seine Reisetasche wirft und ihn dann vorsichtig, aber bestimmt aus der Tür in den dunklen Hausflur schiebt. Auch wie ein Möbelstück, denkt er. Wie eine alte Kommode, die man nicht mehr braucht.

Und da steht er jetzt. Seine Reisetasche in der einen, Eleonoras abgedeckten Käfig in der anderen Hand, unter dem Arm seine senfgelbe Louis-Poulsen-Tischleuchte. Das einzige Möbelstück, das er mit in Lauras Wohnung hat bringen dürfen.

Und da ist tatsächlich nicht ein Gedanke in seinem Kopf … gar nichts. Außer, dass es verdammt kalt ist und er den Lichtschalter finden muss, damit er nicht samt Tasche und Käfig die Treppe runterfällt. Also tut er das, setzt dann einen Fuß vor den anderen und bleibt vor dem Briefkasten stehen. Sein Kopf so frei, dass er nur noch in Reflexen zu handeln scheint.

Sonst hätte er wohl nie den Briefkasten geöffnet, so, wie er es eben tut, wenn er hier steht. Und den Aufkleber mit seinem Namen festdrückt, der immer wieder abgeht, seit er ihn vor knapp einem Jahr neben Lauras geklebt hat. Dann holt er einen großen Packen Post heraus und klemmt ihn sich unter den Arm.

Was soll ich denn damit?, fragt er sich und will das Bündel gerade auf die Treppe legen, als ihm auffällt, dass ein Taxi vor der Tür gehalten hat. Ist das ... ist das für ihn?

Natürlich ist es das. Er kann Laura gerade sehr viel vorwerfen, aber niemals, dass sie nicht effizient wäre. Und was kann er jetzt schon anderes tun, als hinauszugehen und dem Taxifahrer Koffer und Käfig entgegenzustrecken?

Bevor er einsteigt, sieht er ins Fenster des Italieners im Erdgeschoss des Nebengebäudes. Vater, Mutter und ein kleines Mädchen sitzen an einem der vielen Tische am Fenster. Nur wenige Meter entfernt, und doch trennen ihn Welten von diesem Szenario. Das Mädchen muss über irgendetwas lachen. So sehr, dass ein bisschen Fanta aus ihren Nasenlöchern quillt. Ihr Vater nimmt eine Serviette und wischt ihr lachend übers Gesicht.

Ist das ein so großer Wunsch? Alex schüttelt leicht den Kopf. *Mehr will ich doch gar nicht. Mehr wollte ich nie. Nur eine Familie. Vielleicht ein Kind, das mich Papa nennt.*

Er steigt ein und muss dem Fahrer noch nicht einmal sagen, wohin er will. Denn auch das hat Laura schon für ihn erledigt.

Noch bevor er mechanisch nach dem Gurt greift, fragt er sich, ob das hier gerade wirklich passiert. Kurz vor der Hochzeit verlassen zu werden gehört in die Vorabendserien, die seine Mutter gerne sieht. Nicht in das echte Leben echter Menschen.

Als der Taxifahrer anhält, hebt Alex langsam den Blick. Weil er weiß, auf welche Eingangstür er gleich sehen wird. Und weil er nicht sicher ist, ob er es heute noch einmal aushält, in einem Zuhause nicht willkommen zu sein.

MAYA

Ich gehe nach vorne in den Laden, wo das rosa Hochzeitskleid in der Mitte des Zimmers liegt. Jemand hat es zu Boden geworfen und ist darauf herumgetrampelt. Der Schmutz hat den rosa Tüll in trauriges Grau gefärbt.

Kurz habe ich den Impuls, es aufzuheben. Doch der Sog Richtung Tür ist zu stark. Also gehe ich durch den Raum auf die Straße, biege links ab und verschwinde in dem großen Hauseingang, der in unsere Wohnungen führt.

Bevor das schwere Holz hinter mir ins Schloss fällt, wird sie aufgehalten, und jemand kommt hinter mir her. Ich drehe mich nicht um, höre aber Gretas Stimme hinter mir. »Maya.«

Ich renne die knarrenden Holzstufen hinauf, bis Greta mich einholt. Wortlos zieht sie mich an sich, *kleine Maya* murmelnd. Antonio und ich sind fast ein Jahr älter als unsere Cousine Greta. Trotzdem war ich früher für sie immer die *kleine Maya.* Doch so hat sie mich lange nicht mehr genannt. Mehr als ein Jahrzehnt nicht mehr. Ich habe das mal gemocht. Früher, als kein Blatt Papier zwischen uns passte.

Eigentlich möchte ich diese Umarmung nicht. Möchte nicht gehalten, gerettet werden müssen. Nie wieder wollte ich das. Doch jede Kraft ist von mir abgefallen. Mit jedem Schritt aus dem Laden heraus und die Treppe hinauf.

Greta drückt mich von sich weg und schiebt mich die knarrende Treppe hoch. Sie nimmt mir den Schlüssel aus der Hand, eskortiert mich in unsere Wohnung und direkt in die Küche, wo sie mich auf einen der hellen Holzstühle drückt.

Auf dem Tisch steht eine schwarze Vase mit weißen Chrysanthemen. Als ich mich setze, fallen einige Blütenblätter auf den Tisch. Ich nehme sie in die Hand und zerdrücke sie, während ich meiner Cousine zusehe. Die steht vorm Kühlschrank und räumt klirrend irgendwelche Dinge von einer Seite zur anderen.

»Der Wodka ist alle. Ich geh runter zu Fjodor und hol neuen«, sagt sie. Als sie fast aus der Tür ist, dreht sie sich noch einmal um. »Du bleibst hier sitzen, verstanden? Wir trinken jetzt den Schock weg, dann geht's dir besser.«

Mit einem Kopfschütteln konzentriere ich mich wieder auf die weißen Blätter, die ich zwischen den Fingern zerreibe. Wenn doch nur Mattias nicht in den Laden gekommen wäre. Wenn doch meine Cousine den Tag im Bett verbracht hätte. Wenn ich doch nur nicht so dumm gewesen wäre, irgendwelche Träume von irgendwelchen Läden zu haben. Oder überhaupt irgendwelche Träume.

Ich schlage die Hände vor dem Gesicht zusammen, so als könnten sie ein Stück der Scham abfangen, die sich wie ein klebriger Teig über mich legt. Was ist da nur eben passiert? Wie konnte die Situation nur auf so lächerliche Art und Weise eskalieren? Welche Art erwachsene Frau kommt denn auf die Idee, jemanden zu schubsen?

Ich sehe zur Küchentür und dann auf den Boden, wo die Antwort auf diese Frage in Form des eingetrockneten Rests Smoothie zu sehen ist, der meiner Cousine gestern aus dem Rucksack lief. Jemand, der es noch nicht mal schafft, Flaschen zuzuschrauben. So jemand.

Ich reibe mir mit den Händen über die Augen und zucke vor Schmerz zusammen. Langsam wandert meine rechte Hand erneut zu meinem rechten Auge, das erst zu stechen, dann zu hämmern beginnt. Ich springe auf und laufe in den Flur, direkt vor den großen Spiegel mit dem dicken, weißen Rahmen. Lange betrachte ich mich. Ungläubig und matt. Die Haut um mein Auge schimmert leicht grün, an einigen Stellen dahinter treten kleine lila Stellen hervor.

»Sieht schlimmer aus, als es ist. Mit einer dicken Schicht Make-up lässt sich das bestimmt überdecken.«

Greta steht hinter mir in der offenen Wohnungstür. In einer Hand hält sie eine Flasche Wodka Gorbatschow, in der anderen eine Packung Gummibärchen. Sie beugt sich runter, stellt die Flasche ab und wirft die Tüte auf den Boden, um ihre Doc Martens auszuziehen. Sie zeigt auf die Gummibärchen. »Hat Fjodor mitgeschickt. Er sagt, die holst du dir sonst immer freitags bei ihm ab. Was mich zu einer echt wichtigen Frage führt: Wer isst denn bitte Gummibärchen in kleinen Tüten? Von Gummibärchen muss man mindestens eine Handvoll essen. Man muss sich die Dinger in den Mund stopfen, als gäbe es kein Morgen, damit das Zeug nach was schmeckt. Weißt du, was für Leute Gummibärchen in kleinen Tüten essen?«, fragt sie und macht eine kurze Pause.

Sie will mich ablenken. Und vielleicht auch sich selbst. Davon, dass sie eine ohnehin beschissene Situation noch weitaus schlimmer gemacht hat. Ich sehe sie an, ohne zu antworten.

»Leute, die Gummibärchen in kleinen Tüten essen, sind auch Leute, die Dinge wie *Back mal kleine Brötchen* sagen oder, noch schlimmer: *Schuster, bleib bei deinen Leisten!*«

»Bist du jetzt fertig?«, frage ich durch knirschende Zähne, während ich noch immer mein Auge im Spiegel betrachte. »Falls es dir nicht aufgefallen ist: Ich hab gerade echt andere Sorgen, als mich mit dir über Gummibärchen in kleinen Tüten zu unterhalten.«

Greta hebt die Hände. »Ist ja gut, ist ja gut. Nichts zu danken dafür, dass ich da unten deine Ehre und die der gesamten Frauenschaft verteidigt habe.«

Langsam drehe ich mich zu ihr. »Ist das dein Ernst?« Ich bemerke, wie mein Herzschlag schneller wird. »Das ist alles deine Schuld! Deinetwegen hat Adriana das mit Mattias und mir herausgefunden. Wegen dir und deiner verdammten großen Klappe.«

Was ich da sage, ist irrational. Greta konnte nicht wissen, dass Adriana und Mattias verlobt sind. Schließlich wusste ich das auch nicht. Doch jetzt bin ich nicht mehr Chefin meiner Worte. Die Wut hat übernommen. Sie formt scharfe Silben, setzt sie zu noch schärferen Worten zusammen und schießt sie aus meinem Mund, schießt, schießt, schießt, um bloß keine anderen Gedanken zuzulassen.

»Und dann auch noch das!« Ich zeige auf mein Auge, mein Finger wie ein Pfeil, der auf sein Ziel zurast. »Welcher erwachsene Mensch prügelt sich denn bitte? Und noch dazu, ohne betrunken zu sein, verdammte Scheiße noch mal, Greta.«

Meine Cousine schüttelt den Kopf. »Erstens mal, werd bitte nicht ordinär, okay? Und zweitens war das kein Prügeln, sondern die Aneinanderreihung unglücklicher Umstände.«

»Ist mir scheißegal, ob das eine Prügelei war oder nicht«, brülle ich und zeige noch einmal auf mein blaues Auge, »das Resultat ist ja wohl dasselbe, verdammt. Und erzähl du mir bitte nichts vom ordinär werden. Hast du Adriana nicht gerade eine dumme, frauenfeindliche Nuss genannt? Und Mattias Armleuchter, Evolutionsbremse und was weiß ich noch alles?«

»Klar hab ich das. Das mit Adriana war zugegeben kein feiner Schachzug. Die ist ja selbst ein Produkt unseres frauenverachtenden Systems. Aber sag nicht, dass du den Pimmelotter jetzt auch noch verteidigen willst!« Greta stemmt die Hände in die Seiten und reißt ungläubig die Augen auf.

»Nein, oder ja, vielleicht … Also … keine Ahnung, was ich will, verdammt … Oder doch: Ich will, dass ihr mich in Ruhe lasst. Und zwar alle!«

Ihre Antwort höre ich mir gar nicht erst an. Ich trample an ihr vorbei zu meiner Zimmertür, quetsche mich durch den Rahmen und verschließe sie hinter mir. Ich drehe den Schlüssel einmal rum und laufe von einer Ecke zur anderen, dann ans Fenster und wieder weg.

Doch Moment. Langsam nähere ich mich noch einmal dem Fenster. Die Sonne ist weg, und große, dicke Tropfen klatschen gegen die Scheiben, lassen lange, nasse Fäden zurück.

Halb versteckt hinter dem schweren hellen Vorhang blicke ich auf die andere Straßenseite. Dort stehen Elli, Adriana und die Journalistin. Adriana schwankt zwischen wilden Gesten und stummen Schluchzern, ihre Schultern heben und senken sich. Ihre Schwester hat den Arm um ihre schmalen Schultern gelegt.

Adriana zeigt auf die Kamera, woraufhin die Journalistin sich neben sie stellt und ihr die Aufnahmen zeigt. Ich lehne mich nach vorne, so, als könnte ich so selbst einen Blick auf die Bilder werfen. Mit der Stirn an dem kalten Glas beobachte ich, wie die Journalistin auf Adriana einredet. Die hört zu und nickt.

Plötzlich sieht sie nach oben, direkt in meine Augen. Ich will zurückweichen, aber ihr Lächeln hält mich fest. Ein Lächeln, das ausdrückt, was sie mir eben schon in Worten klargemacht hat: Dich mach ich fertig. Auch Elli hat mich entdeckt. Sie macht die Aussage noch klarer, indem sie den Kopf schüttelt und mir den Mittelfinger entgegenstreckt.

Fast stolpere ich über meine Schneiderpuppe, als ich nach hinten in die Sicherheit meines Zimmers weiche. Greta klopft an meine Tür, das kann ich hören. Was ich nicht höre, sind ihre Worte. Dafür ist das Rauschen in meinen Ohren zu laut. Ich schüttle mich. Nicht nur, um das Rauschen abzuschütteln. Sondern auch meine Gefühle.

Ich laufe um mein Bett, zum Schrank, dann wieder zurück, bleibe vor dem großen Spiegel in der Zimmerecke stehen. Na komm schon, sage ich zu meinem Spiegelbild und schüttle noch einmal den Kopf. Ich bin gut darin. Gut darin, meine Gefühle irgendwo zu vergraben. Weit, weit weg an einem Ort, zu dem ich nicht gehe. Niemals.

Doch sie wollen nicht, die Gefühle. Lassen sich nicht begraben und noch nicht einmal verdrängen.

Mein Telefon vibriert in der Hosentasche. Eine Direktnachricht auf Instagram. Von Adriana. Ich werfe das Telefon auf mein Bett, als hätte ich mir eben die Finger daran verbrannt. Dann nehme ich es wieder in die Hand, gehe zu meinem Nachttisch, schmeiße es in die Schublade und schiebe sie zu.

Ich sollte ... ich sollte ... Mir fällt einfach nicht ein, was ich tun sollte, was ich tun könnte, um nicht an das zu denken, was eben passiert ist. Und an das, was mir heute, morgen, übermorgen bevorsteht.

Oder doch. Noch einmal ziehe ich die Schublade auf, schließe die Augen halb, um nicht zu sehen, was auf dem Bildschirm meines Telefons erscheint, als sich das Display erhellt. Ich stelle den Ton aus. Dann greife ich nach der Packung Ohrstöpsel. Noch während sich die weiche Masse in meinem Ohr ausbreitet und mich mit der Stille versorgt, die ich jetzt will, brauche, fordere, höre ich das Klingeln der Wohnungstür.

Ich lege mich ins Bett, schiebe den Kopf unter meine Kissen und ziehe Decke und Tagesdecke darüber. Zu hören ist jetzt nichts mehr. Doch ich will auch nichts erahnen, kein Geräusch interpretieren müssen. Also setze ich mich auf und öffne den Schieber des Nachttischs ein drittes Mal.

Mit steifen Fingern drücke ich erst eine, dann eine zweite Tablette aus dem Blister. Keine Ahnung, ob die Dinger nicht längst abgelaufen sind. Doch eine Alternative bleibt mir gerade nicht. Ich muss mich forttragen lassen, fort von dem Ort, an den meine Gedanken nicht gehen dürfen.

Den Kopf zurück unter den Kissen, zähle ich immer wieder von zwanzig bis null, dann wieder zurück, atme dabei ein und aus und aus und ein … bis … bis sich alles in angenehmes Nichts hüllt.

Als ich erwache, liege ich noch immer unter der Last der Decken und Kissen. Es ist dunkel, nur die Straßenlaternen scheinen matt durch den dicken Vorhang. Mein Haar klebt an der Stirn, mein Shirt am Dekolleté. An einem Arm hängt noch der Kaschmirpullover, den ich mir irgendwann ausgezogen haben muss. Oder es zumindest versucht habe. Mein Körper fühlt sich völlig erschöpft und gänzlich falsch an.

Durst. Ich stolpere aus dem Bett zur Zimmertür. Ich will sie aufmachen und stocke, als ich merke, dass ich sie abgeschlossen habe.

Im Flur ist es kalt, und die Härchen meines verschwitzten Körpers stellen sich auf. In der Küche trinke ich direkt vom Wasserhahn. Trinke, trinke, trinke, als wäre ich eine Pflanze, die ihre hängenden Blätter mit Flüssigkeit betanken muss. Als ich mein Gesicht wasche, reißt mich der Schmerz am Auge aus dem Moment zwischen Schlafen und Wachen, in dem ich eben noch getrieben bin.

Ich mache das Licht der Dunstabzugshaube an und blinzle. Das ist keine normale Nacht. Und das ist nicht mein normales Spiegelbild, das da im Fenster reflektiert wird. Vorsichtig nähere ich mich, und je näher ich der Maya im Fensterspiegel komme, desto näher rücken die Erinnerungen an das, was passiert ist.

Die Wanduhr verrät, dass es halb drei Uhr nachts ist. Adriana hat gegen ein Uhr Mittag den Laden verlassen. Genug Zeit, um viel Zerstörung anzurichten.

Der Impuls ist groß, mein stummgeschaltetes Smartphone aus seinem Verbannungsort zu holen. Ich gehe in Richtung meines

Zimmers, bleibe aber im Türrahmen stehen. Da drin pulsiert es, obwohl das unmöglich ist. Und trotzdem: Tonlos und bewegungslos schüttelt etwas den kleinen Nachttisch durch, bringt dabei auch mein Inneres zum Beben. Ich sollte es nicht herausholen. Nicht jetzt. Die Nacht bietet keinen Trost. Die Nacht ist eine hysterische Verschwörungstheoretikerin.

Vielleicht lässt mir der Morgen ein bisschen Raum für Objektivität und Gelassenheit. Ich trete einen Schritt zurück in den Flur. Doch rationale Gedanken helfen nicht gegen den Impuls, nachzusehen, ob der Absturz schon begonnen hat. Mit jedem Schritt in Richtung Zimmer erhöht sich der Rhythmus meines Herzschlags.

Bevor ich die kleine Schublade öffne, schließe ich die Augen. Tief ein- und ausatmen. Ich bin gesund, mein Leben ist nicht in Gefahr. Für alles, was jetzt passiert, gibt es eine Lösung. Obwohl ich mir diesen letzten Satz nicht glaube und mich fast an meinen schnellen Atemzügen verschlucke, öffne ich die Augen und beuge mich nach unten.

Die Schublade muss ich ein bisschen hin und her ziehen, damit sich das verzogene Holz bewegen lässt. Vorsichtig greife ich nach meinem Telefon, halte in der Bewegung inne, gebe dann aber doch nach.

Doch hier kann ich das nicht lesen. Ich laufe in den Flur und setze mich vor Gretas Zimmer. Die Tür ist einen Spaltbreit offen, sodass ich ihr leises Schnärcheln höre.

Jetzt bin ich zumindest nicht ganz allein. Noch mal das tiefe Atmen, dann das Entsperren des Telefons, während ich mir einrede, dass die Dinge meistens nicht so schlimm sind, wie man sie sich ausgemalt hat.

Als ich auf mein erleuchtetes Display und die Website des *Inside-Magazins* hinunterblicke, lerne ich jedoch etwas, das niemals jemand lernen sollte: Dass die Dinge nämlich manchmal noch viel, viel schlimmer sind.

ALEX

Deshalb geht das leider nicht. Tut mir leid, mein Junge.«

Alex hasst es, wenn ihn sein Stiefvater als *sein Junge* bezeichnet. Denn das ist er nicht. Er ist das unvermeidliche Anhängsel, mit dem seine Frau geliefert wurde.

Ein Anhängsel, für das seit jeher nur sie zuständig ist.

Was auch der Satz eben bestätigt. Alex legt das Brot zurück auf den Teller, das er sich eben geschmiert hat. Seine Mutter schiebt ihm ihre selbst gemachte Erdbeermarmelade rüber und fordert ihn auf, doch zu essen.

Als würde das wiedergutmachen, dass Alex nicht mehr als die eine Nacht in seinem alten Zimmer wird schlafen dürfen. Denn Martin installiert dort gerade sein Werkzeugzimmer.

Das Ganze ist natürlich nicht auf dem Mist seiner Mutter gewachsen. Die ist mit fahrigen Bewegungen aufgestanden, um noch mehr Kaffee zu kochen – und um ihm nicht in die Augen sehen zu müssen.

»Ist schon gut.« Alex hofft, sein Stiefvater kann seinem Gesichtsausdruck ansehen, dass es das eigentlich nicht ist. Doch da erwartet er mal wieder zu viel.

»Wusste doch, dass du das verstehst.« Die Worte drängen sich an Wurststücken vorbei durch Martins dichten Schnauzer. Angewidert schiebt Alex den Teller von sich und steht auf. Sie haben nicht einmal ernsthaft nachgefragt, was passiert ist, als er gestern Abend vor ihrer Tür stand. Das sollte ihn nicht überraschen. Schließlich wird unter diesem Reihenhausdach nicht über Dramen gesprochen. Und noch weniger über Gefühle. Trotzdem tut es weh zu wissen, dass da keiner ist, der ihn jetzt auffängt.

Doch das stimmt nicht, denkt er. Da ist jemand. Natürlich. Wie hat Laura überhaupt auf die Idee kommen können, dem Taxifahrer diese Adresse zu nennen?

So schnell er kann, springt Alex unter die Dusche, zieht sich an und schnappt sich die wenigen Sachen, die er am Abend aus dem Taxi und in den Flur seines alten Zuhauses gehievt hat.

Er nimmt seine Reisetasche von der kleinen Bank im Vorraum, behängt Eleonoras Käfig wieder mit der dünnen Decke, klemmt sich die Lampe unter den Arm und knallt den Rauchquarzkristall auf die Eichengarderobe. Den hat seine Mutter ihm eben mit den Worten in die Hand gedrückt, der Stein habe eine heilende Wirkung bei Kummer und Trauer.

Weißt du, was auch eine heilende Wirkung bei Kummer und Trauer hat? Eine Mutter, die einen nicht aus dem Haus wirft.

Das hätte er sagen sollen. Doch das hat er nicht gesagt. Klar. Stattdessen hat er genickt und sich umarmen lassen.

Jetzt aber, als er in dem muffigen, fast leeren Waggon der S-Bahn sitzt, wünscht er sich, es getan zu haben.

Die Fahrt von Zehlendorf nach Schöneberg dauert eine halbe Stunde. Lange starrt Alex geradeaus ins Nichts, die Reisetasche auf dem Schoß, den Käfig und die senfgelbe Lampe auf dem Sitz neben sich. Bis er sieht, dass da gar kein Nichts ist. Sondern seine Reflexion im Fenster gegenüber. *Tragische Gestalt mit Lampe und Papagei.* So würde die pathetische Überschrift dieses pathetischen Stilllebens lauten.

Als er an seinem Ziel ankommt, fällt die große Haustür aus geschnitztem Holz gerade ins Schloss. Auf sein Klingeln reagiert niemand. Da er keine Ahnung hat, was er jetzt tun soll, lässt sich Alex auf die Treppe vor der Tür fallen. Er kramt nach seinem Handy in der Tasche und wählt Antonios Nummer. Der geht nicht ran.

Alex will gerade ansetzen, das Geschehene in eine WhatsApp-Nachricht zu quetschen, als er die Ladenglocke des Brautmodengeschäfts nebenan scheppern hört. Schnaubend tritt sein Freund aus dem Laden seiner Mutter. Antonio sieht besorgt aus, während seine Tochter Matilda über die Schwelle hüpft, eine Tasche in Form eines rosa Schweins über der Schulter.

»Alex!«, ruft sie und springt auf ihn zu.

Kaugummishampoo, denkt er, als sie mit überraschend viel Kraft seinen Kopf zu sich zieht, um ihm einen Kuss auf die Wange zu schmatzen. Ein Matilda-Kuss und der Kaugummigeruch sind ein Garant dafür, alles Schlechte zu vergessen. Normalerweise.

»Alles okay, *amigo*? Du siehst scheiße aus, wenn ich das mal so sagen darf.«

Alex schüttelt den Kopf. Bevor er antwortet, drückt er die Nase noch einmal tief in Matildas Haar.

»Laura hallewat millewich verlallewassellewen.«

»Tante Laura hat dich verlassen?«, fragt Matilda und legt den Kopf schief. »Wo ist sie denn hingegangen?«

»Löffelsprache ist nicht mehr. Hat sie im Kindergarten gelernt«, mischt sich Antonio ein. »Wir müssen uns was Neues ausdenken.«

Seine Tochter dreht sich zu ihm und verschränkt die Arme vor dem schmächtigen Körper. Keine Frage, wer der Chef dieser Beziehung ist.

»Das müsst ihr ni-hicht!«, ruft sie und pustet sich einige Ponyfransen aus der Stirn. »Tante Maya sagt, dass ich schon viel enotionale Intelligenz habe und viel mehr verstehe, als du glaubst, Papa.«

»Emotional, mit M.«

Antonio verdreht die Augen und schließt die Haustür auf.

Zwei große brünette Frauen verlassen den Brautladen, knallen die Tür zu und kommen wild fluchend an ihnen vorbeigetrampelt, hinterher eilt eine weitere Frau, die eine Kamera auf die beiden hält.

»Tschüs, wütende Prinzessin.« Matilda winkt den Frauen hinterher.

Alex hebt die Brauen und sieht zu Antonio.

»Lange Geschichte«, antwortet der und zeigt mit dem Kopf in Richtung der offenen Tür.

Auf dem Weg durchs Treppenhaus kommt ihnen Antonios Cousine Greta entgegen. Als ihre Augen von Alex' Gesicht hinunter bis zum Boden wandern, hebt sie die Brauen. »Wollewodkallewa-Situation?«

Greta zeigt auf seine Hose, und Alex bemerkt jetzt erst, dass er tatsächlich in Jogginghose das Haus verlassen hat. Er nickt.

»Bin eh gerade beim Wodkakaufen, soll ich euch was mitbringen?«

»Nee, hab ich selbst. Matilda, du bringst Alex hoch. Ich muss noch kurz was mit Tante Greta besprechen.«

Antonio schiebt Alex und seine Tochter weiter die Treppen hinauf. Matilda murmelt noch immer die Silben vor sich hin. Beruhigend, dass sie zumindest das Wort Wodka noch nicht zusammenbekommt, denkt Alex.

Hinter sich hört er Antonio und Greta flüstern. Da sein Freund aber nicht besonders gut im Flüstern ist, bekommt er das meiste davon trotzdem mit. Irgendetwas über … über Maya?

»Nein, du gehst hoch, Toni. Du kennst deine Schwester, diese Nuss müssen wir erst mal weich klopfen, damit wir an sie rankommen. Na ja, und außerdem hast du ja hier auch 'ne eigene Baustelle«, sagt Greta. »Ich geh jetzt zu deiner Schwester und melde mich dann mit einem Lagebericht.«

Antonio murmelt etwas, und Alex hört, wie er die Treppe hochsprintet, bis er direkt hinter ihnen ist.

In der Dachgeschosswohnung angekommen, räumt Antonio ein altes Spielzeugtelefon vom Küchenstuhl und weist seinen Freund an, sich zu setzen. Er geht ins Wohnzimmer und stellt den Fernseher an. Als Matilda die Eröffnungsmusik von *Peppa Pig* hört, flitzt sie dem Geräusch hinterher.

Antonio kommt zurück in die knallrot gestrichene Küche. Er geht an den Kühlschrank, holt eine Flasche Wodka daraus hervor und greift nach einem der großen Gläser im roten Küchenregal. Er füllt das halbe Glas voll und stellt es vor Alex auf den Tisch. Dann schiebt er Brot und Geschirr zur Seite und setzt sich ihm gegenüber. Nachdem er etwas in sein Telefon getippt hat, legt er es weg und verschränkt die Arme vor der Brust.

»So, und jetzt erzähl …«

Eigentlich weiß Alex, dass Wodka immer eine schlechte Idee ist. Doch vielleicht sind schlechte Ideen ja besser als gar keine. Denn im Moment fühlt er sich ziemlich ideen- und ahnungslos.

Antonio greift nach einem benutzten rosa Plastikbecher auf dem Tisch und schenkt sich auch einen Fingerbreit ein und prostet Alex damit zu. »Na los jetzt!«

Mit einem Seufzen reibt sich Alex mit der Hand übers stoppelige Kinn. Dann erzählt er alles, was Laura gesagt hat. Und auch das, was sie nicht gesagt und was er zwischen, über und unter den Zeilen gelesen hat.

Antonio nickt immer wieder, fragt und hinterfragt. Als es nichts mehr zu erzählen gibt, sitzen beide eine Weile lang einfach da. Antonio sprachlos zu machen ist eine ziemliche Errungenschaft.

»Scheiße«, sagt er dann doch irgendwann, und Alex nickt.

»Eine gute Zusammenfassung.«

Es klingelt noch einmal, und dieses Mal ist es Matilda, die »illewich mallewach aullewauch« ruft.

Antonios Frau Frieda kommt in die Küche, wirft eine Tasche mit Einkaufen und ihre Regenjacke ab und legt wortlos die Arme um Alex' Schultern.

Dann räumt sie ein Malbuch von einem der Stühle auf den Tisch, setzt sich neben ihn, und er muss noch einmal erzählen. Was ihm dank Wodka nun weitaus leichter fällt.

Frieda hört zu und nickt, während sie ihre langen hellen Haare zu einem seitlichen Zopf flicht.

Als er fertig ist, nickt sie noch immer, sagt aber lange nichts. Stattdessen tauschen sie und Antonio einen Blick aus. Ganz kurz nur. Doch noch ist Alex' Hirn nicht vernebelt genug, den Austausch zu verpassen.

»Irgendwelche Gedanken dazu?« Misstrauisch schaut er erst zu Antonio, dann zu Frieda.

»Also … ich weiß nicht recht, wie ich dir das jetzt sagen soll, aber …« Sie reibt kräftig über den Nasenrücken und bringt dabei den kleinen Ring zum Wackeln, der in ihrem linken Nasenloch steckt. »Ich, also eigentlich wir …«, mit einem Blick holt sie noch einmal Antonios Zustimmung ein, »… wir waren nicht ganz so sicher, ob ihr, also Laura und du … also ob ihr beiden …«

»Wir hassen Laura«, fällt Antonio ihr ins Wort und verschränkt die Arme vor der Brust.

Die Wucht seiner Worte drückt Alex in seinen Stuhl zurück.

»Antonio!« Frieda schüttelt den Kopf und verdreht die Augen. Dann lehnt sie sich nach vorne und legt ihre kleinen Hände mit den vielen bunten Armbändern auf die von Alex.

»Was Antonio sagen will, ist, dass wir tatsächlich nicht ganz so sicher waren, ob du und Laura … also … ob ihr beiden wirklich so gut zusammenpasst.«

Sie atmet schwer aus, als hätte ihr das schon lange auf der Seele gelegen. Was wohl genauso gewesen ist.

»Aber alle haben sich doch gefreut, als ich bei ihr eingezogen bin. Mal ganz zu schweigen von dem ganzen Gekreische, als ihr den Verlobungsring gesehen habt.«

Wieder allgemeines Schweigen. Frieda seufzt und dreht den Blumentopf mit der riesigen Basilikumpflanze auf dem Tisch. »Oh Mann, Alex, na klar haben wir uns gefreut. Schließlich hat keine deiner vorherigen Beziehungen länger als ein paar Monate gehalten. Wir dachten einfach, dass sie der erste Schritt in Richtung Besserung wäre. Und gekreischt habe ich übrigens noch nie im Leben. Das war Antonio. Trotzdem hat das unser aller Meinung zu Laura nicht unbedingt geändert, weil … na ja, also …« Sie dreht noch einmal den Topf hin und her, überlegt, scheint nach den richtigen Worten zu suchen. Doch Antonio hat die schon zur Hand.

»Tut mir leid, Alex. Ich hab echt alles getan, was ich konnte, um sie zu mögen, aber schon allein die ganzen stocksteifen Designerklamotten … Bäh. Gott, und der Blick, mit dem sie unsere Wohnung auseinandergenommen hat … Die hat sich ja kaum getraut, sich irgendwo hinzusetzen, und Matilda hat sie angesehen, als ob sie die Pest wäre, nur weil ihr ein bisschen die Nase gelaufen ist. Und dann das mit der Käseplatte.«

»Hä?« Alex schüttelt den Kopf. »Was denn jetzt für 'ne Käseplatte?«

»Na, die Käseplatte, die wir uns mal beim Italiener bei euch um die Ecke als Vorspeise zusammen bestellt haben. Matilda hat an dem Abend ihre Leidenschaft für Käse entdeckt, und als du ihr noch ein Stück Pecorino geben wolltest, hat Laura dir mit dem Ellbogen in die Seite gepikst und dir zu verstehen gegeben, dass du das sein lassen sollst, weil das ihr Lieblingskäse ist. Wer macht denn so was? Das ist ein Kind, Mann. Zumal Matilda isst wie ein Vögelchen und da definitiv noch genug für sie da gewesen wäre. Und selbst wenn nicht, kann sie für ein Kind doch auch mal auf den blöden Käse verzichten, oder nicht? Das ist doch nicht normal. Ach ja, und dann diese immerwährenden Gespräche über die Arbeit, so als gäbe es nix Wichtigeres, als Kosmetik zu verkaufen. Und Humor hatte sie auch keinen, noch nicht mal über meinen besten Rotkäppchenwitz hat sie lachen können, obwohl der wirklich gut ist.«

»Das stimmt, das ist er wirklich«, unterbricht Frieda, woraufhin Antonio sich zu ihr lehnt und ihr einen Kuss gibt. Was Alex schmerzt. Viel mehr noch als alles, was er gerade über Laura gesagt hat.

Außerdem ist er geschockt von allem, was er gerade gehört hat. Seine besten Freunde mögen Laura nicht. Und er hat nichts davon mitbekommen. Er dreht sich zu Frieda.

»Und du denkst das auch?«

Sie zieht die Nase kraus und versucht dann, seinem Blick auszuweichen. »Na ja, also, Laura hat schon die eine oder andere Ansicht, die vielleicht nicht so ganz in unser Weltbild passt. Was ja an und für sich völlig okay ist. Wenn du nicht irgendwie unsere Ansichten teilen würdest … verstehst du?«

Alex schüttelt den Kopf.

Sie überlegt kurz und dreht sich dann zu Antonio. »Kannst du dich noch an die Diskussion über die private und gesetzliche Krankenversicherung erinnern?«

Antonio schnaubt. »Du meinst, als sie uns erklärt hat, dass sich doch grundsätzlich jeder privat versichern könne und man eben nur durch harte Arbeit und Fleiß einen gewissen Lebensstandard erreichen könne und dass dadurch ja auch postwendend ein gewisser Anreiz geschaffen wird für all die Leute, die wirtschaftlich zu wenig leisten?«

Frieda verdreht die Augen und nickt. Auch Alex kann sich an das unangenehme Gespräch erinnern. Er selbst hat das Thema Politik immer geschickt umschifft. Wohl wissend, dass Lauras und seine Ansichten da sehr weit auseinanderlagen. Doch da war doch irgendwas in dem, was Frieda gerade gesagt hat. Irgendein Wort … Was war das noch? Ah ja … *Postwendend* … Alex überlegt, weshalb ihn das Wort so völlig aus diesem Gespräch und in den gestrigen Tag gesogen hat.

Postwendend. Was war da nur?

Der Packen Briefe. Die Post, die er gestern Abend aus dem

Briefkasten geholt und im Taxi in seine Reisetasche gesteckt hat. Da war ein großer brauner Umschlag dabei. Ohne Briefmarke. Nur *Laura* stand darauf. Kein Nachname, nur ein kleines Herz dahinter.

Langsam steht Alex auf und geht zu seiner Reisetasche im Flur. Frieda und Antonio fragen etwas, doch er hört nicht hin.

Sicher ist das nichts. Einfach ein Umschlag von einer Freundin. Allerdings kann er sich an keine Freundin von Laura erinnern, der er kleine Herzen zuordnen würde. Wie eine Bombe hält er den Umschlag weit von sich entfernt, als er zurück in die Küche geht. Er denkt noch nicht einmal nach, jede seiner Bewegungen geht ineinander über, als er direkt an den Schieber tritt, in dem Antonio seine Messer und Scheren aufbewahrt, und fein säuberlich den Umschlag an dessen oberer Kante aufschneidet. Wenn er schon etwas Verwerfliches tut, dann zumindest mit Stil.

Er dreht das braune Papier um, sodass eine kleine weiße Box mit schwarzen Punkten in seine andere Hand fällt. Vorsichtig nimmt er sie in die Hand und wiegt sie auf und ab.

Sehr leicht ist sie. Er hält inne. Wenn er die kleine schwarze Schleife jetzt löst, hat er bewusst nicht nur Lauras Post geöffnet, sondern sogar ein Geschenk, auf dem klar und in filigraner Schrift ihr Name verzeichnet ist.

Doch da ist es schon zu spät, und er sieht ein, dass er nicht anders gekonnt hat. Obwohl das, was sich in der Box befindet, definitiv niemals für seine Augen bestimmt war.

»Was ist denn …«

Antonio hat sich an ihm vorbeigedrängt und starrt auf den Inhalt des Umschlags.

»Ihr habt doch nicht etwa …«

MAYA

»Betrogen, belogen, verprügelt: Hochzeitsdrama bei Adriana-4Real!«

Schock für YouTube-Star Adriana (Adriana4Real): Die schöne Halbbrasilianerin wollte gerade in einem der Top-Brautläden Berlins mit ihrer Schwester auf den Kauf ihres Kleides anstoßen, als ihr Verlobter auftauchte – nicht nur eine böse Überraschung für die zukünftige Braut, die ihre Robe bis zur Hochzeit geheim halten wollte. Auch die junge Verkäuferin des Ladens (siehe Bild oben) schien sichtlich schockiert. Doch aus einem ganz anderen Grund, wie sich herausstellen sollte:
Nur durch einen Zufall kam heraus, dass Adrianas Verlobter, der bisher noch nie auf ihrem Insta-Kanal zu sehen war, gar nicht gekommen war, um einen Blick auf die sexy Latina im Brautkleid zu erhaschen! Sein eigentliches Ziel war es, die kurvige Verkäuferin zu treffen, mit der er offenbar bereits seit einiger Zeit ein geheimes Verhältnis hat. Doch nicht genug: Verkäuferin Maya M. ließ ihrer Wut über die Entdeckung ihres schmutzigen Geheimnisses freien Lauf und prügelte auf den attraktiven Instagram-Star ein. Die exklusiven Bilder des Eklats seht ihr in unserer Fotogalerie!

Ich sitze immer noch vor Gretas Zimmer. Das Handy in der Hand, der Raum nur erleuchtet vom Licht des Displays. Vom Licht dieser schrecklichen, peinlichen, furchtbaren Fotos. Das perfekte Hassobjekt. Das bin ich. Abgelichtet in dem Moment, als ich zwischen Adriana und Greta stehe, sieht es tatsächlich so aus, als würde ich auf sie losgehen. Adriana dagegen erfüllt die Opferrolle, als hätte sie noch nie etwas anderes gespielt. Die Fotogalerie zeigt einige blaue Flecken an ihrem Bauch, die entstanden sein müssen, als ich auf sie gefallen bin.

Einem der Top-Brautläden Berlins. Noch gestern hätte ich Pirouetten gedreht vor Freude. Jetzt denke ich, dass der Ausspruch seit einigen Stunden der Vergangenheit angehört. Zwar wird der Laden nicht genannt. Doch spätestens sobald Adriana etwas zum Thema veröffentlicht, können wir die Türen vernageln.

Mit schweißnassen Händen fahre ich mir übers Gesicht. Dann muss ich lachen. Ein kreischendes Lachen, das ich in die Stille meiner Wohnung hineinbelle. Ein Lachen, das wie nichts sonst Schock und Ungläubigkeit darüber zum Ausdruck bringt, in was für einer unmöglichen Lage ich mich befinde.

Noch einmal denke ich an das rosa Kleid in der Mitte des Ladens. Sicher war es Adriana, die darauf herumgetrampelt ist und dem Tüllstoff einen grauen Schleier verpasst hat. Sinnbildlich dafür, was sie mit mir machen wird: Auf mir herumtrampeln wird sie. Auf mir und allem, was ich mir aufzubauen versucht habe. Gemeinsam mit tausend anderen, wenn mich der Blick auf die Kommentarleiste ganz unten nicht trügt.

Und das tut er nicht: Schon als ich die ersten Wörter lese, weiß ich, dass ich gerade einen großen Fehler begehe.

»Alter, diese hässliche Bitch. Weniger fremde Männer und mehr Sport, würd ich mal sagen. Fette Kuh!!!«
»Arme Adriana ... vielleicht ist Steinigen doch 'ne gute Möglichkeit, um so Weiber zu bestrafen.«
»Verkauft vorne ein Brautkleid und vögelt hinten den Verlobten! Dichtmachen, den Laden, und zwar sofort!!«

Der Artikel ist erst seit dem gestrigen Abend online. Trotzdem sind das nur drei von Dutzenden Kommentaren. Manchmal muss ich zwei Mal hinsehen, weil ich nicht glauben kann, dass diese durch und durch unästhetischen, hasserfüllten Worte wirklich mir gelten können.

Mir wird schlecht, während mir Tränen vor Schock und Wut über die Wangen fließen. Ich will mich verstecken, weiß aber, dass das nichts nützen wird. Das hier ist überall, für jeden zu finden, der ein bisschen niveaulose Unterhaltung sucht. Ich aber werde für diese paar Minuten Promi-Ablenkung einen hohen Preis zahlen.

Das Schlimmste daran ist, dass ich Adrianas Wut verstehen kann. Ich hatte eine Affäre mit ihrem Verlobten. Und ich habe ihr für die Hochzeit mit ihm ein Kleid verkauft. Dass ich nichts von ihrer Beziehung wusste, ist für sie dabei natürlich nebensächlich. Vielleicht wäre es das für mich sogar auch.

Nur hätte ich außer einigen Beschimpfungen nichts, womit ich sie hätte bestrafen können, wären unsere Rollen vertauscht. Sie aber hat eine ganze Armee an Anhängerinnen und Anhängern, die in mir nun ihren Staatsfeind Nummer eins gefunden haben.

Ich scrolle durch die vielen Nachrichten, die mir mein Bruder, Frieda und einige Bekannte geschickt haben. Allesamt freundlich und lieb gemeint. Doch das Einzige, was sie mich fühlen lassen, ist die Tatsache, dass das hier überall ist. Zumindest bei all den Menschen, die mir wichtig sind.

Aus der Zimmertür neben mir höre ich noch immer Gretas Schnarchen. Vielleicht sollte ich sie wecken. Vielleicht würden ein paar nette Worte, eine andere Perspektive alles weniger schlimm machen. Doch nein, das würden sie nicht. Das weiß ich. Greta würde schimpfen und wettern, und nichts von all ihren Worten würde etwas verändern an meiner Situation.

Ich erinnere mich an die Flasche Wodka, die Greta vorhin mitgebracht und auf den Küchentisch gestellt hat. In die Dunkelheit hinein schüttle ich heftig den Kopf. Wodka. Das sollte ich wirklich besser wissen.

Nein. Ich brauche etwas, das mir hilft, all die hässlichen Wortfetzen aus dem Kopf zu bannen. Zumindest für ein paar Momente.

Ich überlege, meine noch immer kaum benutzten Laufschuhe anzuziehen und einfach loszurennen, die Straße runter und immer weiter, bis ich nicht mehr kann und bis jeder Gedanke und jede Erinnerung von Erschöpfung ertränkt werden.

Doch da ist dieses Gefühl, dass da draußen etwas Böses wartet. Wobei das komplett irrational ist. Weder Adriana noch einer ihrer Fans werden mitten in der Nacht vor meiner Tür lauern. Was nichts daran ändert, dass ich vor der Welt da draußen Angst habe. Und dass ich Lust habe, mich für die nächsten Jahre unter Kissen und Decken zu verstecken. Doch das Verstecken alleine wird nichts bringen. Denn meine Gedanken haben natürlich Zugriff auf mich. Vor allem die Erinnerung an diese eine Person, die mir das hier eingebrockt hat und deren Bild vor meinen Augen mein Herz trotz allem laut und schwer pochen lässt. Nicht an Mattias denken. Jetzt bloß nicht an Mattias denken. Das hat er nicht verdient – und ich auch nicht.

Bevor ich diese Überlegung weiterführen kann, hat mein Unterbewusstsein schon entschieden, hat meinen Beinen die Anweisung erteilt, in mein Zimmer zu gehen, die linke Seite des riesigen Schrankes zu öffnen, der eine Seite meines Schlafzimmers einnimmt, und einen Teil seines Inhalts vor mir auszubreiten.

Erst greife ich nach einem Pinsel und einem kleinen blauen Töpfchen mit Seidenmalfarbe. Doch meine Hände zittern so sehr, dass kein Pinselstrich gelingen wird. Also lege ich beides zurück und greife stattdessen nach einem bereits fertig bemalten Stück Seide.

Ich breite es vor mir auf dem Boden aus und lasse die Augen über die Vögel in Orange und Rot wandern, die um einen Busch mit dichtem Blätterwerk und roten Früchten schwirren. Inspiriert von einem der berühmten Hermès-Seidentücher hat mich das knapp zwei Meter lange Stück viele Stunden Arbeit gekostet.

Schon jetzt kann ich ein bisschen Erleichterung spüren. Na gut, vielleicht ist Erleichterung ein zu starkes Wort. Doch zumindest mein Atem geht wieder langsamer. Also weiter, bevor die Worte zurückkehren und mich lähmen können.

Ich gehe zurück zu meinem breiten Schreibtisch, öffne den obersten Schieber des Containers, der darunter steht, und blättere durch die kleinen Umschläge, in denen sich meine Schnittmuster befinden.

Etwas Einfaches brauche ich. Etwas, das ich schon viele Male genäht habe und das mir Raum geben wird, nicht nachzudenken, mit geübten Griffen zum Ziel zu kommen. Ich bleibe an einem Umschlag hängen, auf den das Bild eines Seidenhemdchens gedruckt ist. Ärmellos ist es, mit einem runden, nicht zu tiefen Ausschnitt.

Das ist es. Ich mache die große Deckenleuchte an und breite den zarten Stoff vor mir auf dem Boden aus. Ich lege die nur vier Papier-Schnittteile darauf, beschwere sie mit den kleinen Gewichten in Donut-Form, die meine Schwägerin Frieda mir zu Weihnachten geschenkt hat, und fange an, die Teile auszuschneiden.

Die Schere gleitet geräuschlos durch den dünnen Stoff, und obwohl die Ränder der Schnittteile durch meine noch immer leicht zitternden Hände nicht ganz gerade sind, fühlt sich das hier in Ordnung an. Vertraut und routiniert. Hier ist nichts, was mir Angst machen könnte. Nur Stoff und Schere und Papier.

Doch als ich mich an die Nähmaschine auf meinem Schreibtisch setze, weiß ich, dass das hier keine gute Idee war. Der Oberfaden reißt mehrmals, meine Hände sind zu verschwitzt, als dass ich den Stoff darunter durchgleiten und die Maschine ihre Arbeit machen lassen kann, und auf einmal verliere ich mich in meinen Gedanken, denke wieder an das Foto von mir im Laden und trete kräftig auf das Nähmaschinenpedal, sodass die Maschine vor mir laut zu rattern beginnt und die Naht auf einmal kein bisschen gerade, sondern völlig schief wird.

Ich hebe das Füßchen der Nähmaschine an, um den Stoff darunter hervorzuholen. Ein Blick auf die Schulternaht, und ich möchte am liebsten schreien. Die Stiche sind schief und krumm, und obwohl ich weiß, dass ich überreagiere, weil ich das alles auch einfach auftrennen und noch mal nähen könnte, reiße ich an den beiden Stoffstücken, lege alle Kraft in meine Hände, ächze und stöhne, bis ein furchtbares Geräusch ertönt und ich zwei Stücke kaputten Seidenstoffs in meinen Händen halte.

Lange starre ich darauf, während ich tief ein- und ausatme. Dann springe ich auf, stopfe alle Stoffe, Farben und Pinsel zurück in den Schrank, das Schnittmuster in seinen Umschlag und lösche das Licht.

Einen Moment lang bleibe ich in der Mitte des Raumes stehen. Noch immer außer Atem. Noch immer verzweifelt. Vielleicht sogar ein bisschen mehr als zuvor. Nähen und Malen. Das Surren der Maschine und ein Strich über die feinen Härchen meiner Pinsel. Vor langer, langer Zeit war das hier ein Anker gewesen, ein Garant für Rettung und Ruhe. Wenn nicht einmal mehr das mehr helfen kann, was soll ich dann tun?

Dieser Businessplan, das rosa Kleid, Mattias. Unvorsichtig und dumm bin ich gewesen. Unvorsichtig und dumm. Doch das ist jetzt vorbei. Träumen ist für Scheiternde, das darf ich nie vergessen.

Ja, Träumen ist für Scheiternde. Vorsicht ist für Überlebende.

ALEX

Ist der tot?«

Eine kleine Fingerspitze bohrt sich in seinen Rücken.

»Quatsch, dann wäre er doch ein Gerippe.«

»Wenn man tot ist, ist man nicht gleich ein Gerippe.«

Alex fühlt einen warmen, nach Kakao riechenden Kinderatem am Ohr.

»Er riecht auf jeden Fall komisch. Aber sein Rücken bewegt sich. Außerdem heißt das nicht Gerippe. Das heißt Gelett.«

»Gerippe!«

»Gelett!«

»Gerippe!«

Alex hat seinen Zivildienst im Kindergarten gemacht und viel Erfahrung mit Kinderstreit. Der hier wird gleich eskalieren, wenn er sich nicht einschaltet. Und Gott weiß, dass sein Kopf explodieren wird, sobald eines der beiden Kinder, die über ihn wachen, zu schreien beginnt. Also setzt er sich auf. Nur, um zusammenzuzucken und den Kopf gleich wieder langsam auf das kleine Kissen zurückzulegen.

»Alex! Du lebst!« Matilda springt neben ihn aufs Bett.

»Nur ein bisschen«, murmelt er und legt sich ein Kissen über den Kopf. »Aber könnt ihr aufhören, so laut zu sein? Onkel Alex hat Kopfweh.«

»Aber du hast mir versprochen, dass wir heute aufs Tempelhofer Feld gehen. Und dass ich durch dein Fernglas Vögel sehen darf! Und das Buch über die kleine Blaumeise hast du gestern auch nicht mit mir zu Ende angeschaut!«

Sie hat recht. Das hat er wirklich versprochen. Und Versprechen sind heilig. Deshalb muss das Trinken heute aufhören. Vier Tage, seit er den schrecklichen Umschlag geöffnet hat. Vier Abende voller Wodka, Bier und Selbstmitleid. Das perfekte Rezept für den Untergang. Er blickt auf das Duran-Duran-Poster, das über der Matratze hängt. Die einzige Dekoration in dem kleinen Zimmer, das Antonio und Frieda als Abstellraum benutzen. *Ordinary World,* steht darauf. Er erinnert sich dunkel an den Refrain des Liedes. Der Frontman sang irgendwas davon, dass er dem Gestern nicht nachweinen und er einen Weg finden müsse, um wieder zurückzukehren in die normale Welt. Um überleben zu können.

Ernsthaft? Fange ich jetzt an, mich in Songtexten wiederzufinden?

Alex schüttelt den Kopf. Pathetisch. Das scheint der kleine, dicke Junge genauso zu sehen, der sich neben ihn aufs Bett setzt. Alex mag kleine, dicke Jungen. Wahrscheinlich, weil er selbst mal einer war. Der hier ist blass und rotbäckig.

»Du muffelst.« Der Kleine kräuselt die winzige Nase, deren Spitze nach oben zeigt. Er steckt einen Finger ins Nasenloch und hält ihn dann vor sein Gesicht. Seinem Gesichtsausdruck nach war die Grabung nicht sonderlich erfolgreich.

»Lass Alex in Ruhe, Malte! Seine Freundin will ihn nicht heiraten!«

»Weil er muffelt?«

»Okay, Freunde ...«

Alex versucht noch einmal, sich aufzusetzen, als Antonios Kopf in der Tür erscheint. »Was ist denn hier los? Kommt da mal lieber raus, Kinder. Da wird man ja allein vom Geruch völlig betrunken.«

Antonio betritt das Zimmer und lehnt sich über die Matratze. »*Amigo!* Du lebst! Es ist Nachmittag, mein Freund, halb vier, um genau zu sein, und Mittwoch. Du hast den ganzen Tag verschlafen, was mich nicht sonderlich wundert angesichts dessen, was du gestern getrunken hast. Schaut euch Alex genau an, Kinder«, er sieht zu Malte und Matilda, »das wird aus einem, wenn man Alkohol trinkt. Eine graue, bärtige Schnapsdrossel. Und noch dazu eine, die das wichtigste Meeting ihrer Karriere verpasst.«

Alex springt auf, sodass Malte und Matilda neben ihm zusammenzucken.

»Shit, shit, shit! Der Pitch-Termin mit *FashionBoom*?«

Shit, shit, shit, rufen die Kinder wie ein Echo. Antonio streichelt seiner Tochter über den Kopf und schickt sie und Malte aus dem Zimmer.

»Zum Glück haben manche grauen, bärtigen Schnapsdrosseln ziemlich coole Geschäftspartner. Das Team und ich, wir haben das Meeting gerockt, *amigo*. Frieda ist Sekt kaufen gegangen, und Greta kommt gleich zum Anstoßen vorbei.«

Alex fährt sich übers Gesicht und massiert sich mit den Fingern die Schläfen. Mehrere Monate haben sie an diesem Pitch gearbeitet. Für den wichtigsten potenziellen Auftrag, seit sie die Agentur vor vier Jahren gegründet haben. Und er hat verschlafen. Inakzeptabel ist das. Absolut inakzeptabel.

»Ich weiß nicht, was ich sagen soll …« Mit einem Kopfschütteln blickt er zu seinem Freund. Und dann noch einmal. »Was hast du denn da an, um Himmels willen? Sag bitte, dass du das nicht zum Pitch getragen hast!«

Antonio rückt die dunkelgrüne Trachtenjacke zurecht, unter der er ein weißes T-Shirt und graue Skinny-Jeans trägt. »Genau das hatte ich, und es hat ganz offensichtlich nicht geschadet, mein Freund. Außerdem lass ich mir keine Modetipps von Mr Ich-trag-Chino-selbst-im-Kino geben. Vor allem nicht von einem Mr Chino, der nicht mal zum Termin erschienen ist.«

Er hat recht, und wieder kann Alex nur den Kopf schütteln. Antonio lässt sich auf die Matratze fallen und verschränkt die Arme hinterm Kopf. »Jetzt bleib mal ruhig. War eh besser, dass du nicht dabei warst. Du siehst nämlich aus wie dieser komische Vogel … du weißt schon, der, wegen dem du extra nach Afrika geflogen bist, was eine ziemliche Verschwendung war, wenn man sich das Foto anschaut, das du von dem Knaben geschossen hast. Wie hieß das Vieh noch mal … Ma… Ma… du weißt schon, der hässliche mit den Puscheln auf dem Kopf …«

»Marabu.«

Antonio nickt und schüttelt sich, bevor er weiterspricht. »Echt kein guter Look für jemanden, der eine superhippe Shoppingplattform verkaufen will. Außerdem war alles perfekt vorbereitet und, was soll ich sagen, dank mir und unseren genialen Mitarbeitern zählen wir jetzt zu den Top-Webagenturen Berlins.«

Freuen sollte er sich, denkt Alex. Schließlich ist er selbst der strategische Teil der kleinen Agentur. Pitches und Präsentationen gelingen seinem Freund als kreativem Kopf sowieso viel besser. Trotzdem ist er enttäuscht. Von sich. Und von allem.

»Hör auf, so zu gucken. Du gehst jetzt duschen, und dann feiern wir.«

Vor dem runden Badezimmerspiegel versucht Alex, seinem bärtigen Spiegelbild einzureden, dass offenbar doch nicht alles zugrunde geht – selbst wenn seine hängenden Schultern das nicht vermuten lassen. Und die Farbe seines Gesichtstons auch nicht, die stark an die unzähligen Zimmerpflanzen in Antonios und Friedas Wohnung erinnert.

Die Agentur läuft. Und das seit fast vier Jahren. Trotz aller Prognosen seines Stiefvaters, dass er sich auch gleich mit einer Mütze an den Alexanderplatz stellen könne, wenn er plane, mit Antonio eine Agentur zu gründen. Und dass jemand wie er besser in der Informatikabteilung eines großen Unternehmens aufgehoben sei.

Jemand wie er.

Sein Blick wandert zur Zahnbürste in seinem Mund. Die hat

Matilda ihm geliehen. Sie ist sehr klein und sehr pink. Auf dem Ende ohne Bürste thront eine Prinzessin. Er setzt sich auf die kalte Klobrille und überlegt.

Jemand wie er.

Martin hat damals nicht gesagt, was er damit meinte. Doch das brauchte er auch gar nicht. Alex denkt wieder an die winzigen grauen Schuhe, die sich in der kleinen weißen Box mit den schwarzen Punkten befanden.

Und an die Worte, die auf der kleinen silbernen Karte gestanden haben, die darunter lag.

Für meine Laura und für das Kleine. In Liebe, Yasin.

Dahinter noch ein Herz. Wie auf dem unheilvollen Umschlag.

Natürlich haben Antonio und Frieda ihm die kleine Karte sofort aus der Hand gerissen. Und daraufhin alle Kanäle durchsucht, denen Laura auf Instagram folgt, bis sie jemanden mit dem Namen Yasin fanden.

»Yasin Sülün … Sein Profil ist offen und … Oh scheiße, Alex, ich glaub, das willst du nicht sehen …«

Doch da hat Alex seinem Freund bereits das Telefon aus der Hand gerissen. Öffnete das Profil dieses Yasin und starrte auf den Bildschirm. Auf das schwarz-weiße Bild. Das Schwarz-Weiß-Foto, das einen großen dunklen Fleck zeigte, in dem ein kleiner weißer Fleck lebte. Dann noch die Bildunterschrift:

Sieben Wochen alt und schon so schön wie die Frau Mama. #blessed.

Sieben Wochen. Alex hat nur kurz nachrechnen müssen. Lauras Geschäftsreisewoche in New York. Und die monatelang fehlende Zärtlichkeit zwischen ihnen, die er auf die Aufregung vor der Hochzeit geschoben hat. Das ließ eigentlich nur einen Schluss zu. Das antwortete er auch, als Antonio fragte, warum er denn so sicher sei, dass das nicht die *Frucht seiner Lenden* sei.

Nein. Das war nicht sein Kind, das dieser Yasin da präsentierte.

Dieser Yasin … Die nächsten Minuten hat Alex den Blick kaum abwenden können von dem Profilbild des Mannes.

Nicht von den dunklen Augen mit den vielen Lachfältchen. Nicht von den kurz geschorenen Haaren und nicht von dem Schlangentattoo, das am Hals des gut aussehenden Mannes nach oben aus dem weißen Hemd kroch.

Die muskulösen Oberarme waren nicht nur deshalb muskulös, weil er sie verschränkt gegen den Körper presste. Und sein Kinn nicht so breit und rau, weil der Fotograf auf eine gute Ausleuchtung geachtet hatte.

Irgendwie ist es klar, dass jemand wie Laura ihn mit jemandem wie dem hier betrügt. Und … ein Kind mit ihm hat. Trotzdem ist Alex immer noch nicht sicher, ob er das alles nur träumt. Wie kann dieser Typ nur ein Ultraschallbild online stellen? Wohl wissend, dass jeder auf seinen Instagram-Account zugreifen kann.

Weiß dieser Yasin nichts von seiner Existenz? Er muss sich doch gefragt haben, warum sie nie zu Laura nach Hause gingen. Oder weshalb sie immer nur einige Tage am Stück zusammen sein konnten. Oder waren da gar nicht so viele Meetings, so viele Geschäftsessen und Workshops?

Nur eines steht fest. Dass Alex zu leichtgläubig gewesen ist. Und dass es lange dauern wird, bevor er das hier wirklich verstehen kann.

Vor allem, weil er seit Samstag nicht mit Laura gesprochen hat. Nicht mehr als einen WhatsApp-Austausch hat sie ihm gewidmet. Und das nur, nachdem er ihr mindestens zehn Nachrichten auf den Anrufbeantworter gesprochen hatte. Und irgendwann eben auf eine schriftliche Nachricht hatte zurückgreifen müssen.

Du bist schwanger? Wann hattest du denn vor, mir das zu sagen? Niemals? Ruf mich zurück. Ich habe ein Recht auf eine Erklärung, meinst du nicht? Alex

Nach einer Weile kam dann tatsächlich eine Antwort.

> Wie gesagt tut mir das alles wirklich leid. Aber, um ehrlich zu sein, habe ich gerade wirklich andere Sorgen, wie du dir sicher vorstellen kannst. L.

Nur L. So, als hätte sie nicht einmal Zeit und Lust genug, um ihren Namen zumindest auszuschreiben. Seine nächsten Nachrichten kamen nicht einmal mehr bei ihr an. Sie hat ihn einfach blockiert, wie einen Stalker, der alle Grenzen überschreitet. Nicht wie ein Mann, der innerhalb weniger Stunden ohne Erklärung vor die Tür gesetzt wurde und jetzt im Abstellzimmer seines Freundes neben einem Playmobilschloss schlafen muss. Und der verdammt noch mal einige Antworten verdient hätte.

Er spuckt die Zahnpasta mit voller Wucht ins Waschbecken. Zumindest würde er keinen Zylinder tragen müssen. Und keinen Frack. Und einen kleinen Schritt in Sachen Trauerbewältigung hat er wohl auch schon gemacht.

Denn anders als am Sonntag, Montag und Dienstag überlegt er nicht mehr ständig, wo man sich am besten erhängen könnte, würde man in Matildas Puppenhaus wohnen.

Alex holt einen von Antonios Instant-Rasierern aus der Plastiktüte und trägt Rasierschaum auf. Bevor die Klinge seine Haut berührt, hält er inne. Vielleicht ist es Zeit für eine Veränderung.

Er tritt einen Schritt zurück und legt den Kopf schief. Dann nimmt er die pinke Zahnbürste noch einmal in die Hand. Er hält sich den rosa Stab vor die schaumige Oberlippe und überlegt.

Hat der Marketingchef von *FashionBoom* nicht einen Schnauzbart? Der Typ sieht gut aus. Selbstbewusst. Nicht wie jemand, den man *eigentlich gar nicht liebt*. Also wäscht er den Schaum wieder ab und beginnt, nur einige Stellen zu trimmen.

»Ein Trennungsbart!? Yes!«, ruft Antonio, während er zur Toilette geht und seine Hose öffnet. Dass es für das Badezimmer dieser Wohnung keinen Schlüssel gibt, daran wird sich Alex niemals gewöhnen. Auch nicht daran, dass Antonio es liebt, bei offener Tür und in Gesellschaft zu pinkeln. Als er fertig ist, wäscht er sich neben ihm die Hände und hebt anerkennend einen Daumen, während er nickend Alex' Schnauzbart betrachtet.

Als sie später zu ihnen kommen, vermeiden es sowohl Frieda als auch Antonios Cousine Greta, den Bart anzusprechen. Doch sie tauschen Blicke aus. Und pressen dabei die Münder zusammen, um ein Lächeln zu verbergen. Doch was soll's, denkt Alex. Ein Lachobjekt ist er ja gerade ohnehin.

»Wie haben ihnen die Texte gefallen?«, fragt Greta, als alle am Tisch um mehrere Flaschen Sekt sitzen.

Antonios Cousine hat die Agentur als freie Mitarbeiterin unterstützt und die Texte für die neue Verkaufsplattform geschrieben, die Alex und sein Team für den Online-Modehandel *Fashion-Boom* entworfen haben. Mit viel Schimpfen über das ganze Bullshit-Bingo zwar. Aber mit exzellentem Ergebnis.

»Extrem gut, echt. Erklär mir noch mal, warum du nicht bei *La Agencia* einsteigst.«

Antonio nimmt Greta ihr leeres Glas aus der Hand, um es noch mal zu befüllen. Greta schnaubt, schüttelt den Kopf und schiebt die weiten Ärmel ihres bunten Kleides nach oben, bevor sie die Arme vor der Brust verschränkt.

»Weil mir das Zeit und Raum für meine Kunst rauben würde.«

»Aber das Taxifahren nicht, oder wie?«, fragt Antonio um eine Portion Chips herum, die Matilda ihm von Friedas Schoß aus in den Mund geschoben hat.

»Taxifahren ist meine Inspirationsquelle. Ich spreche täglich mit Hunderten Menschen. Viele von ihnen sind ziemliche Evolutionsbremsen, aber andere total interessant. Ohne das Taxifahren kann ich nicht schreiben. Und ohne Schreiben kann ich die Welt nicht in Brand setzen. Und darum geht es doch.«

Antonio will gerade antworten, als Frieda ihm die Hand auf den Arm legt. »Lass deine Cousine jetzt mal in Ruhe, das hier ist schließlich kein Event zur Mitarbeiterakquise.«

»Genauso ist es.« Greta lässt sich über den Tisch hinweg von Matilda mit einem Chip füttern, bevor sie weiterspricht. »Und sag mir lieber, ob du mich nun morgen zum Flughafen fährst. Ich muss Punkt zehn Uhr dort sein, denn wenn ich den Flieger verpasse, flippt Viktoria aus.«

»Natürlich. Und du vergisst dafür die Schlüssel von Abuelas Haus nicht, alles klar?«

Greta zeigt auf die Tasche, die über ihrem Stuhl hängt. »Hab ich schon eingepackt. Aber erwarte nicht, dass ich mehr mache, als einmal kurz durchzulüften und nachzusehen, ob da irgendwas im Kühlschrank verschimmelt, was ihr beim letzten Mal vergessen habt.«

Frieda schließt die Augen und seufzt. »Erst Urlaub in Frankreich, jetzt Hochzeit in Spanien. Ich bin so neidisch, das glaubst du gar nicht.«

Greta schüttelt den Kopf. »Urlaub würde ich das nicht nennen. Also weder den Zwangsbesuch bei Mama und Papa noch den ganzen Hochzeitsschmonz.«

»Pff.« Frieda verdreht die Augen. »Ich werde in Gedanken bei dir sein, wenn du mit Mascha Champagner schlürfst und während des Junggesellinnenabschieds einen Hut in Form eines Penis trägst.«

»Wenn Penis-Hüte nur alles wären …« Greta seufzt und sieht kopfschüttelnd zur Decke. »Da ist ja auch noch das mit der bescheuerten Traurede, die ich halten muss. Und das, nachdem ich schon ihren Junggesellinnenabschied, die Deko und was weiß ich noch alles mit organisiert habe. Ich frag mich echt, wann die

Leute um uns mal wieder damit aufhören können zu heiraten. Das nervt.«

Frieda stößt sie mit dem Ellbogen an und schüttelt leicht den Kopf. Alex tut so, als habe er den stummen Austausch zwischen den beiden nicht wahrgenommen. Wie lange? Wie lange werden die Leute versuchen, das Thema Hochzeit in seiner Gegenwart zu umgehen? Anscheinend nicht sehr lange. Zumindest Greta nicht.

»Ah, sorry, Alex. Laura ist echt eine Dumpfbacke.« Alex ist froh, dass Greta nicht der subtile Typ Mensch ist, der um sensible Themen herumschifft. Sondern eher der Typ, der direkt in sie reinschlittert. Wobei er bei ihrem nächsten Satz nicht mehr ganz so sicher ist, ob er ihre Offenheit wirklich so schätzen sollte.

»Das muss echt schrecklich für dich sein. Ein Kind mit diesem Elyas-M'Barek-Verschnitt. Das ist beschissen. Wirklich beschissen.«

»Greta!« Frieda reißt die Augen auf und schüttelt so vehement den Kopf, dass die vielen Ringe in ihren Ohrläppchen klimpern.

»Was denn? Immer dieses *nicht über Dinge reden*. Das bringt doch nichts, verdammte Scheiße. Zur Schnecke machen solltest du das Bonzenmädchen. Bestimmt hat sie sich noch nicht einmal darum gekümmert, die Hochzeit abzusagen, oder?«

Alex weicht ihrem Blick aus. Das weiß er nicht. Weil er dem Alkohol sei Dank noch gar nicht darüber nachgedacht hat. Doch jetzt, wo da nur Orangensaft im Glas vor ihm ist, wird ihm die Dringlichkeit dieser Frage bewusst.

Catering, Location, Band und … Oh Gott, die Familie. Er muss der kompletten Familie, allen Tanten, Onkels, Cousins und Cousinen und dem ganzen Rest der Gäste absagen, die seine Hälfte der Kirchenbänke besetzen sollten. Und so, wie es jetzt aussieht, wird er es sein, der diesen unangenehmen Teil übernehmen muss. Denn Laura hat ja jetzt *Wichtigeres zu tun*.

»Alex!« Greta lehnt sich vor. Ihr Ton klingt streng und mahnend. »Du willst mir jetzt aber nicht erzählen, dass du das alles alleine machen willst?« Sie dreht sich zu Antonio. »Sag mir, dass das nicht wahr ist.«

»Was soll ich sagen? Alex kann halt ein richtiger Fußabtreter sein.«

»Erklär mir bitte noch mal, warum ich mit dir befreundet bin«, murmelt Alex und geht zur Küchenanrichte, um seinen Orangensaft in den Ausguss zu schütten.

Hinter ihm geht das Gespräch weiter und konzentriert sich nach einer Weile zum Glück auf etwas anderes als ihn und seine Nicht-Hochzeit. Er hört mehrmals Mayas Namen. Obwohl er zugeben muss, dass er normalerweise sehr gut und hoffentlich auch ausreichend unauffällig zuhört, wenn es um Maya geht, sind seine Gedanken hier unten im Spülbecken. Ein alter Lappen gammelt da vor sich hin, der sicher mal rosa gewesen ist. Labbrig und zusammengeschrumpelt liegt er da, während kaltes Wasser auf ihn hinabprasselt.

Das bin ich, denkt er. Vielleicht ist diese Metapher sogar noch zu wohlwollend. Denn der Lappen hier hat wenigstens noch das Potenzial, nach einem Waschgang wieder zu funktionieren. Alex dagegen hat das Gefühl, dass an ihm überhaupt nichts mehr funktioniert.

Was sonst kann sein Verhalten der letzten Tage erklären. Mehrere Erinnerungen erscheinen da unten im Wasser des Waschbeckens. Der Mann mit den Papageien und der Lampe neben sich in der S-Bahn. Das nach Holz und Öl riechende Werkzeugzimmer seines Stiefvaters, in dem kein Platz mehr für ihn war. Die kleinen Schuhe, die aus dem Umschlag fielen.

Plötzlich rumoren die Gefühle in ihm so stark, als würden zwei tektonische Platten aneinanderstoßen, nein, -knallen, plötzlich sprühen da Funken vor seinen Augen, und ganz tief in ihm explodiert eine solche Wut auf Laura, auf diesen Yasin, auf seine Eltern … vor allem aber – auf sich selbst.

Wichtigeres zu tun. Warum habe ich eigentlich nichts Wichtigeres zu tun? Wer bin ich, dass ich das alles einfach stumm aushalte und am besten noch die andere Wange hinhalte?

Es ist genug. Genug. Weg muss er von hier. Irgendwohin, egal wohin, egal mit wem, alles ganz egal, wenn es nur so schnell wie möglich passiert, weil … Er hält inne. Das alte Haus im Baskenland. Das Haus von Antonios Oma. Sonne und Wärme und Ruhe und einfach weg sein. Plötzlich liegt auf der Hand, was er tun sollte. Alex dreht sich um und unterbricht mit lauter Stimme das Gekicher am Tisch.

»Du musst nicht nach Spanien fliegen, Greta. Ich fahr dich. Gleich morgen früh, wenn du willst. Oder auch jetzt. Wir fahren durch, und dann sind wir schon morgen Abend da. Ich geh noch kurz ins Büro und hol meinen Laptop und alles, was ich sonst noch brauche, um in Maitasuna arbeiten zu können. Antonio, du kannst doch bestimmt für die nächsten Wochen im Büro die Stellung halten.«

Er wartet die Antwort seines Freundes gar nicht erst ab, sondern zieht sein Telefon aus der Tasche. Er öffnet Instagram und hämmert eine kurze Nachricht in die Tasten.

Hallo, Laura. Bitte alle Dinge canceln, die wir für die Hochzeit gebucht haben. Ist alles auf deinen Namen, d. h., die Rechnungen kommen zu dir, falls du vergisst, was abzusagen. Ich hab leider Wichtigeres zu tun – muss nämlich dringend in den Urlaub.

MAYA

Es ist Mittwoch. Das weiß ich nur deshalb, weil mein Handy es anzeigt. Denn mein Leben fühlt sich an, als wäre es zeit- und konturlos geworden.

Die letzten Tage habe ich in unserer Wohnung verbracht, bin auf und ab gelaufen, den Kopf gesenkt, den Blick auf mein Telefon gerichtet. Um auch bloß keinen Kommentar, keine Hassnachricht zu verpassen.

Wobei das ohnehin kaum möglich gewesen wäre. Worte von Hass und sehr explizit beschriebenen Gewaltandrohungen sind während der letzten Tage wie Hagelkörner auf mich niedergegangen. Wer auch immer da hinter seinem Bildschirm saß, war noch nicht einmal besonders kreativ. Denn in den meisten Fällen ging es darum, wie *hässlich* und *unstylish* und, allem voran, wie *fett* ich sei. Ich las diese Dinge so lange, bis sich der Blick in den großen Wandspiegel in meinem Zimmer anfühlte, als würde ich in einen dieser Zerrspiegel sehen. Alles war zu groß, zu wellig, zu breit. Obwohl ich sonst gar kein Problem mit meiner Figur habe. Klar fände ich es toll, Oberarme zu haben, die beim Winken nicht so herumflattern. Und auf mein Doppelkinn könnte ich auch gut verzichten. Trotzdem war mein Spiegelbild nie ein Grund zur Besorgnis gewesen. Das, was ich sah, war ein Teil von mir. So wie meine Stimme, wie meine Gedanken, wie meine Gesten und mein Gang. Kein Projekt, das es mit Sport und der richtigen Ernährung zu optimieren galt, so, wie all diese Leute es jetzt einforderten. Alles an mir schien ihnen zu viel, und ich fragte mich, wie es kommt, dass der Wert von allem auf dieser Welt höher ist, je mehr es auf die Waage bringt? Und bei Frauen genau das Gegenteil zutrifft: Je mehr Gewicht, desto weniger Wert. Die Tiraden wurden sogar noch schlimmer, nachdem Adriana am Montagabend ihre »Leidensgeschichte« per Livevideo auf ihrem Instagram-Account veröffentlichte. Dabei wurde aus dem unglücklichen Sturz im Hinterzimmer unseres Geschäfts plötzlich eine von mir angezettelte Schlägerei. Das hätte mich nicht überraschen sollen. Und doch war es ein unerwarteter, gezielt gesetzter Tiefschlag.

Ich saß währenddessen auf meinem Bett und sah zu. Und schüttelte den Kopf. Und lief auf und ab. Und setzte mich wieder, um noch einmal mit den Augen die Bögen und Striche der Wörter nachzufahren, mit denen man mich bedachte. Bis irgendwann und immer wieder alles vor meinen Augen verschwamm und ich beschloss, unseren Instagram-Account vorläufig zu deaktivieren.

Kurz überlegte ich, ob ich vielleicht ein Gegenstatement publizieren sollte. Aber irgendwie wusste ich, dass mir niemand glauben würde, da Adrianas Wahrheit viel spannender war und belebender für die Art Zerstreuung, die ihre Follower suchten.

Mein Bruder, Frieda, Greta und Isabell haben während der ganzen Zeit versucht, mich aufzuheitern. Doch beschwichtigen ließ sich da leider nichts.

Auch mit meiner Mutter habe ich gesprochen. Also nicht direkt gesprochen. Da waren nur einige WhatsApp-Nachrichten. Was seltsam ist angesichts der Tatsache, dass sie direkt über mir wohnt. Doch ich konnte einfach nicht zu ihr hochgehen. Und sie offenbar auch nicht zu mir herunter. Selbst in unseren Textnachrichten haben wir den Vorfall umschifft wie zwei routinierte Seglerinnen und sind zur Schlussfolgerung gekommen, dass ich erst einmal freinehme.

Vielleicht ist nächste Woche ja schon Gras über die Sache gewachsen.

Das hat Mama geschrieben. *Die Sache*. Ein Versuch, mich zu trösten? Ich weiß nicht, wie weit Mamas Wissen über soziale

Medien reicht. Vielleicht weiß sie tatsächlich nicht, dass das kleine Gerät auf meinem Schoß eine detonierte Bombe ist. Dass die Kommentare und Nachrichten, die dort bis zur Deaktivierung unseres Kontos im Sekundentakt aufflackerten, ein Geschäft zerstören können. Es womöglich schon getan haben. Jeder Kommentar wie der Schlag einer Abrissbirne, der die eigentlich festen Mauern unseres Geschäfts in Trümmern legt. Gleichzeitig sagt die Krisenkommunikation zwischen Mama und mir auch ziemlich viel über unsere sonstige Mutter-Tochter-Beziehung aus. Unsere Kommunikation ist genauso eine schwammige Metapher, wie unser Verhältnis selbst es ist. Und obwohl ich an alldem schuld bin, was da gerade passiert, habe ich dieses Um-den-heißen-Brei-Schippern so unglaublich satt.

Ich drücke den Kopf in mein frisch bezogenes Kissen, muss ihn aber gleich wieder heben und blicke in den halbdunklen Raum. Ich muss akzeptieren, dass es tatsächlich nichts mehr zu tun gibt. Nichts, was meine Gedanken davon abhalten könnte, sich anzuschleichen und sich auf mich zu stürzen. Und mit ihnen die Scham, die mir den Rücken hochklettert, sich weit über mich beugt und mir das Atmen unmöglich macht.

Nach dem gescheiterten Nähversuch habe ich mich nicht noch einmal an die Maschine getraut. Stattdessen sind meine Stoffe jetzt nach Farben geordnet, genauso meine Kleider. Das Badezimmer ist grundgereinigt, die Küchenschränke sind aufgeräumt und selbst die Gewürze alphabetisch sortiert.

Doch ich habe all die bedrohlichen Gedanken nur zusammengekehrt, auf einen schmutzigen, staubigen Haufen, der jetzt wie vom Wind erfasst wieder durch meinen Kopf wirbelt. Im Auge des Sturms sind aber nicht etwa die Hassnachrichten und Kommentare. In der Mitte des unbändigen Winds steht Mattias.

Keine Nachricht, kein Anruf, kein nichts. Was schlüssig ist, wenn man sein Verhalten im Laden betrachtet. Was deshalb aber nicht weniger wehtut. Ich bin irrelevant für ihn. Sicher hat er einfach Angst bekommen, so kurz vor der Hochzeit. Hat eine einfache, schnelle Ablenkung gesucht. Irgendetwas Loses, etwas, das Spaß macht. Das seinem richtigen Leben trotzdem nicht zu gefährlich werden kann. Jemanden wie mich. Einen Sektständer.

Aber darf ich mich überhaupt herz-gebrochen fühlen? Weit sind wir beiden doch gar nicht gekommen. Was sind schon zwei Monate?

Was mich noch wütender macht, ist, dass die Zeichen da waren. Treffen nie bei ihm, immer bei mir. Und außerhalb meiner Wohnung nur in seltsamen kleinen Kneipen, in denen man Flecken von den laminierten Speisekarten kratzen musste, um sie lesen zu können. Und auf deren Böden die Schuhe Schmatzgeräusche machten, wenn man die Füße hob.

Stimmt überhaupt irgendetwas, was er mir von sich erzählt hat? Ist er womöglich gar kein Unternehmensberater? War das nur die perfekte Ausrede dafür, dass er immer unterwegs und selten erreichbar war? Gibt es womöglich noch mehr wie mich? Darf er von uns nicht erkannt werden und hat deshalb kein Foto von sich auf Adrianas Instagram-Seite erlaubt? Denn dass er sich weigert, auf ihrem Kanal zu erscheinen, hat sie schon einige Male erwähnt.

Stopp, stopp, stopp. Das muss aufhören. Ich setze mich auf und sehe auf die Uhr. Viertel nach sechs, das heißt, der Laden macht in etwa fünfundvierzig Minuten zu. Ich werde jetzt runtergehen ins Geschäft und mit Mama sprechen. Und dann werde ich einen Krisenplan entwerfen. Schließlich habe ich uns das alles hier eingebrockt.

Ich gehe unter die Dusche und wasche Putzmittel und Staub herunter. Nachdem ich meine Haare geföhnt und meinen Schlafanzug durch eine schwarze Leggins und einen überlangen, grauen Strickpullover getauscht habe, verlasse ich die Wohnung und gehe sehr, sehr langsam die Stufen hinunter. Das Licht im Hausflur habe ich nicht angemacht, und die Dunkelheit fühlt sich kein bisschen bedrohlich, sondern vielmehr angenehm schützend an.

Einen langen Moment drücke ich die Stirn an die schwere, riesige Holztür Richtung Straße. Das wird schon, sage ich mir, weil man so was doch sagt zu Leuten, die man aufheitern will. Die Tür riecht nach altem Holzlack und fühlt sich angenehm kalt an. Mehrere Autos fahren vorbei, und auch zahlreiche Stimmen reichen durch die Tür in den dunklen Hausflur hinein von Fußgängern, die mit Sicherheit gerade einen weniger schweren Weg gehen, als ich das tue.

Andererseits: Was weiß ich schon? Jeder hat sein Päckchen zu tragen. Sagt man das nicht so? Ich auf jeden Fall werde meines jetzt fest zusammenzurren, es auf meine Schulter hieven und anfangen, es mit geradem Rücken und Würde zu tragen.

Meine Mutter steht hinter einer jungen Frau, vermutlich die letzte Kundin für heute, deren riesiger, unechter Busen aus einem trägerlosen Korsett quillt wie der Teig aus einer zu kleinen Muffinform. Als sie sich gerade einen langen Schleier auf den Kopf setzt, sieht Mama mich im Spiegel und bittet Isabell, kurz für sie zu übernehmen. Die zwinkert mir aufmunternd zu und drückt kurz meinen Arm.

Wir betreten unser Hinterzimmer, und ich achte darauf, die Tür richtig zu schließen.

»Ich habe unseren Instagram-Account jetzt erst mal deaktiviert«, sage ich als vorsichtige Gesprächseröffnung, öffne mein Telefon und drehe es zu ihr.

Doch meine Mutter sieht nicht mal auf das Display, sondern verschränkt nur die Arme vor der Brust und sieht mich an. Sie sieht nicht verärgert aus. Doch sie lächelt auch nicht. »Das weiß ich. Thomas ist auch schon an der Sache mit diesem albernen Magazin dran.«

Ich nicke. Okay. Das ist eine gute Nachricht. Thomas ist Mamas Freund und Eigentümer einer großen Kanzlei. Sicher hat er mehrere seiner Lakaien darauf angesetzt, sich mit der ganzen Sache zu befassen. Trotzdem gefallen mir Haltung und Worte meiner Mutter nicht.

»Und?« Ich versuche, ihrem Blick nicht auszuweichen. Ein Blick, der ohne … na ja, vollkommen ohne Gefühl ist. Und plötzlich kann ich nicht mehr so kleinlaut sein, wie ich es mir vorgenommen habe. Und das Um-die-Sache-Herumsegeln geht jetzt auch nicht mehr.

»Was und?«, fragt sie zurück.

»Du hast noch nicht einmal gefragt, wie es mir geht und wie meine Seite der Geschichte aussieht. Und warum schaust du mich so an? Oh Gott, du denkst doch nicht etwa …«

»Was redest du denn da? Was soll ich denken?«

Sie dreht sich von mir weg und macht sich daran, die saubere Arbeitsplatte der kleinen Küchenzeile abzuwischen. An ihrem Tonfall erkenne ich, dass sie exakt das denkt, was ich befürchtet habe.

»Du glaubst, ich hab gewusst, dass Mattias verlobt ist.«

Ihr ausweichender Blick und die ruckhaften Bewegungen, mit denen sie über die Arbeitsplatte kratzt, bestätigen meine Annahme.

»Das habe ich nicht gesagt.« Sie redet ganz nüchtern, legt mit ausdruckslosem Gesicht den Lappen zur Seite und verschränkt die Arme vor der Brust.

»Unglaublich.« Mehr bringe ich nicht heraus. Mehr fällt mir nicht ein, weil Wut, Schmerz und Panik mir die unterschiedlichsten Dinge zurufen. Wie drei Souffleusen, denen verschiedene Texte vorliegen.

»Es …«, beginne ich und überlege kurz, ob das, was ich gleich sage, wirklich stimmt.

Doch, das tut es. Also spreche ich weiter. Leise und bestimmt, obwohl mir nach laut und rebellisch zumute ist. »Es fühlt sich wirklich, wirklich schrecklich an, von Leuten als *Flittchen*, *Hure* und was weiß ich noch alles beschimpft zu werden. Aber da ist doch immer der Trost, dass die mich ja gar nicht kennen. Wenn aber die eigene Mutter so was denkt, dann …«

Bevor ich es verhindern kann, laufen mir Tränen über die Wangen. Als sie genervt eine Augenbraue hebt, statt mich in die Arme zu nehmen, übernimmt *laut und rebellisch* doch noch das Kommando.

»Dabei weiß ich gar nicht, was du noch von mir willst? Ich hab das Kunststudium geschmissen, ich arbeite hier bei dir im Laden, ich trinke nicht, ich rauche nicht, ich führe ein vollkommen durchschnittliches, unbeflecktes Leben. Was willst du noch? Sag es mir, denn ich weiß es einfach nicht!«

Ich weiß, dass ich zu laut rede, dass man uns im Laden vorne sicher hören kann. Doch mein Körper zittert, muss alles rauslassen, damit der Druck in mir mich nicht in zwei Teile sprengt. Halten nicht sogar die Eltern vieler Serienmörder bis zum Schluss zu ihnen? Warum fällt es dann meiner Mutter schwer, mir zu glauben?

»Ich kann mich nicht erinnern, dich zu irgendeiner der Sachen gezwungen zu haben, die du da gerade aufgezählt hast.« Sie schüttelt resigniert den Kopf, und als ich schon denke, dass ich es einfach nicht schaffen kann, sie aus der Fassung zu bringen, schnauft sie plötzlich und erhöht die Spannung, die auf ihren verschränkten Armen liegt. »Weißt du, ich hab es wirklich so satt, immer die Böse zu sein. Hast du mal überlegt, ob du nicht eigentlich auf dich selbst wütend bist? Also wirklich, Maya. Manchmal bist du genau wie …«

Sie löst resigniert die Arme, schüttelt den Kopf und versucht, an mir vorbeizugehen. Doch ich versperre ihr den Weg.

»Wie wer?«

Die Antwort kenne ich, möchte sie aber dazu zwingen, sie auszusprechen.

»Können wir das jetzt nicht einfach lassen? Thomas kümmert sich um alles, und nächste Woche ist die ganze Geschichte hoffentlich vergessen. Dann können wir wieder zur Normalität übergehen.«

Der Satz trifft mich. Ich will nicht, dass alles wie vorher wird. Diese Tatsache verblüfft mich selbst so sehr, dass ich kurz Luft holen muss. Meine Pläne waren ganz andere. Größere. Bessere.

»Ich will aber nicht *zur Normalität übergehen*, verstehst du? Was soll das überhaupt für eine Art Normalität sein, nachdem ich gerade herausgefunden habe, dass du kein bisschen zu mir stehst, egal, was ich getan oder nicht getan habe.«

Sie lacht freudlos auf und schüttelt den Kopf. »Oh ja, du armes Kind. Ich bin eine schreckliche Mutter. Hab dir eine Wohnung in Berlin geschenkt und einen Job, bei dem du mehr oder weniger tun kannst, was du möchtest. Weißt du, was meine Eltern mir mit auf den Weg gegeben haben?«

Sie hält kurz inne, obwohl wir beide wissen, dass sie sich die Frage gleich selbst beantworten wird. Und zwar mit einer Antwort, die ich schon so viele Male gehört habe, dass ich sie mit einer genervten Handbewegung unterbreche.

»Gar nichts, Mama. Außer der Voraussage, dass du dein Leben aus dem Fenster wirfst, wenn du meinen Vater heiratest. Du lenkst ab. Nämlich davon, dass du denkst, ich wäre wie er. Genau das tust du doch, oder nicht?«

Und da sind sie. Diese fünf Sekunden zu lange, die sie braucht, um über ihre Antwort nachzudenken. Wie habe ich nur davon ausgehen können, dass wir jemals Geschäftspartnerinnen oder – Gott bewahre – in ihren Augen gleichwertig sein könnten? Sie hätte den Plänen für den Laden niemals zugestimmt, geschweige denn auch nur den kleinsten Betrag in eine Idee investiert, die von mir stammt.

Meine Mutter räuspert sich und streckt die Schultern durch. »Es reicht jetzt. Wir sprechen heute Abend. Dann hast du hoffentlich genug Zeit gehabt, dich zu beruhigen.«

Mit diesen Worten will sie an mir vorbeigehen. Sie hat nicht geantwortet, denke ich und stelle mich ihr erneut in den Weg. Überrascht hebt sie die Brauen. Das ist sie nicht mehr gewohnt von mir. Ein aufmüpfiges Verhalten.

Ich bin genauso überrascht wie sie von der plötzlichen Sicherheit, mit der ich mich vor ihr aufbaue.

»Weißt du was?«

Obwohl mein Kopf die Worte noch nicht formuliert hat, weiß ich, dass sie ein Davor und ein Danach bedeuten werden.

»Das war's. Ich kann das hier nicht mehr machen.«

Mama legt den Kopf zur Seite und verschränkt die Arme. »Dann geh hoch, und wir reden später, wie ich gesagt habe. Außerdem haben wir eine Kundin vorne, also reiß dich zusammen.«

Langsam schüttle ich den Kopf. »Du hast mich nicht verstanden. Ich kündige. Und zwar jetzt sofort und für absolut immer.«

Bevor sie etwas sagen kann, drehe ich mich um und gehe aus dem kleinen Zimmer durch den Laden, vorbei an der Frau im trägerlosen Kleid, die mich mit offenem Mund anstarrt, und hinaus auf die Straße. Die Luft ist kälter als zuvor, viel kälter, fast beißend. Ich zittere.

Schnell gehe ich weiter die Straße hinunter. Ohne Richtung, ohne Ziel. Außer, so viel Raum wie möglich zwischen den Laden und mich zu bringen. Mein Telefon vibriert in meiner Hosentasche. Dass ich das Gespräch annehme, ist eher ein Impuls.

»Hallo? Hallo, Maya? Hier spricht Lena«, höre ich die Stimme der Journalistin, nachdem ich irgendein Geräusch von mir gegeben haben muss.

Ihr Tonfall hört sich nach alter Freundschaft an. Und kein bisschen so, als hätte sie mich erst vor ein paar Tagen bloßgestellt und ihrer zweifelhaften Leserschaft zum Fraß vorgeworfen. Ich sollte auflegen, denke ich noch, bevor sie eine Salve Fragen auf mich abfeuert.

»Den Beitrag hast du ja sicher gesehen, und ich wollte einfach mal wissen, wie du dich gerade fühlst. Hast du mit Mattias gesprochen? Oder mit Adriana?«

Als ich nicht antworte, spricht sie einfach weiter. »Die schrecklichen Kommentare unter dem Beitrag hast du ja sicher gesehen. Ich persönlich finde es ja nicht richtig, dass du jetzt die Böse bist, und du?«

Dieses Mal schlängelt sich eine Antwort durch mein Räuspern. »Ich … äh … was soll das denn? Woher hast du überhaupt meine private Nummer? Ich leg jetzt auf.«

Noch während ich diesen letzten Satz stottere, fährt Lena stärkere Geschütze auf. »Obwohl ich die Verwunderung unserer Leser auch verstehen kann. Schließlich seid ihr ja schon ganz schön unterschiedlich, du und Adriana. Ich meine, auf der einen Seite Typ brasilianisches Bikinimodell und auf der anderen kurvige Bibliothekarin.« Sie lacht. »Du musst schon zugeben, dass das ein bisschen wie Sushi neben Bratwurst mit Kartoffelbrei ist.«

Wow.

Ich halte das Telefon von mir weg und sehe es an, bis mein zitternder Daumen endlich den roten Hörer trifft.

Noch immer starre ich auf die Reflexion meines Gesichts auf der glänzenden Oberfläche meines Smartphones. Bratwurst mit Kartoffelbrei?

Mit Verwunderung sehe ich die Veränderung meines Spiegelbilds. Wie mein Gesicht sich zu einer wütenden Fratze verzieht, die Lippen zusammengepresst, die Nasenflügel geweitet.

Dann entsperren meine Finger den Bildschirm wieder, suchen

einen Kontakt im Telefonbuch, drücken auf Anrufen, knallen das Telefon ans Ohr. Ich kann förmlich spüren, wie jemand am anderen Ende der Stadt unruhig auf seinen Bildschirm blickt, sein Telefon weglegt, es wieder nimmt, die Unausweichlichkeit dieses Telefonats akzeptiert und auf *Annehmen* drückt.

»Hallo.« Die Stimme am anderen Ende klingt leise und kleinlaut.

»Du Arschloch.« Mehr kann ich im ersten Moment nicht sagen. Dann aber brechen alle Fragen aus mir heraus, die ich mich seit Samstag nicht zu stellen getraut habe.

»Was bitte hast du dir denn dabei gedacht? Du heiratest in vier Wochen. Und wie hast du das überhaupt gemacht? Zwei Freundinnen in derselben Stadt? Wer macht denn so was? Wer bist du überhaupt? Am Samstag warst du noch der verantwortungsvolle Karrieretyp. Du warst sogar hilfreich im Haushalt und hast verdammt noch mal nicht einmal gesabbert im Schlaf. Heute ist Mittwoch. Und ehrlich gesagt würd ich echt gern wissen, wo dieser Mann hin ist?«

Lange sagt er nichts, was mich noch wütender macht. »Jetzt antworte, verdammt noch mal! Sag irgendwas! Das bist du mir schuldig nach der ganzen Scheiße, die hier gerade über mir abgeladen wird!«

Ich stehe auf dem Gehweg vor dem Eingang des neuen Biomarkts. Ein junger Mann mit zurückgekämmten Haaren und teurem Daunenmantel sieht zu mir, geht dann aber weiter. Mein Ausbruch ist definitiv kein Schocker im Prenzlauer Berg.

»Okay, okay. Sorry, natürlich.« Mattias räuspert sich. »Du hast eine Erklärung verdient, und ich hätte dich längst anrufen sollen. Sorry.«

Ich stelle mir vor, wie er in irgendeiner – wahrscheinlich in ihrer gemeinsamen – Wohnung vor dem Spiegel steht und sich mit der Hand übers Gesicht fährt.

Ein erneutes Räuspern, bevor er weiterspricht. »Das mit dir und mir ist einfach so passiert, und …«

»Einfach so passiert? Wir haben uns auf Tinder kennengelernt. Wie soll das denn bitte einfach so passiert sein? Huch, jetzt hab ich doch tatsächlich ein Tinder-Profil angelegt, bei dem man nur meinen Rücken und mein Profil sieht, damit meine Verlobte auch bloß nicht mitbekommt, dass ich mir gerade eine andere suche. Huch, jetzt hat mein Daumen doch einfach zur Seite gewischt und – oh nein! – jetzt habe ich mich auch noch mit dieser Frau getroffen … Und – riesiges Huch! – jetzt habe ich ihr doch tatsächlich gesagt, dass ich mich in sie verliebt habe!«

»Maya, ich hab keine Ahnung, wie ich es erklären soll. Ich hab das nicht einfach so gesagt … ich bin verliebt in dich … also … in euch beide … und es tut mir echt, echt leid …«

Das L-Wort hat er schon nach zwei Wochen ausgepackt. Was ein leichtes Unwohlsein in mir auslöste. Doch statt auf dieses Gefühl zu hören, habe ich mich auf das konzentriert, was da vor mir stand.

Ein anständiger, hart arbeitender Typ.

Das macht mich noch wütender. So wütend, dass ich mit dem Fuß aufstampfe und die Aufmerksamkeit einer älteren Dame mit Einkaufstrolley auf mich ziehe. Sie trägt eine verfilzte, aschblonde Perücke, die ein wenig schief auf ihrem Kopf sitzt.

»Weißt du was?«, frage ich und warte nicht auf eine Antwort. »Ich habe gedacht, dieses Gespräch hier würde mir etwas bringen. Dass mir eine Erklärung die Möglichkeit geben würde, zu verstehen, und ich mich vielleicht sogar ein bisschen besser fühlen würde. Doch das Einzige, was ich fühle, ist Wut. Und dabei bin ich noch nicht einmal wütend auf dich. Sondern auf mich selbst. Und darauf, dass ich anscheinend überhaupt nicht dazu fähig bin, Menschen einzuschätzen. Könnte ich das, hätte ich sofort erkannt, dass du … dass du …«

Ich muss kurz überlegen, weil meine Empörung meinen Wortschatz gerade lahmlegt. Zum Glück teilen Greta und ich eine gewisse Anzahl an Genen.

»Dass du ein Pimmelotter bist!«

Damit lege ich auf und starre aufs Display.

Die alte Dame steht noch immer neben mir. »Hamse Liebeskummer? Keene Sorge, Männer kommen und gehen, det können Sie mir glauben.«

Sie zeigt auf mein Handy. Ich sehe zu ihr hoch, und mir fällt auf, dass sie die erste Person ist, die heute etwas Nettes, Tröstendes zu mir gesagt hat. Trotz der eventuell nicht ganz wohlriechenden Perücke habe ich Lust, mich von ihr umarmen zu lassen – bis sie weiterspricht.

»Wichtig ist, dat wir wenijer von die Ausländer hier reinlassen. Die übervölkern uns noch, und dann wird allet zwangsverheiratet, wat nich bei drei aufen Bäumen ist. Dann heißense plötzlich Atatürk oder so wat Bescheuertet. Armes Deutschland.«

Sie hält mir einen Schokoriegel hin, auf den ich angewidert herunterstarre. »Packen Sie Ihre Nazi-Schokolade wieder ein, verdammt. Sind denn jetzt alle verrückt geworden?«

Ich gehe an ihr vorbei und verschränke zitternd die Arme vor der Brust, während ich einfach die Straße weiter runterlaufe. Was keine gute Idee ist angesichts der Tatsache, dass es kaum fünf Grad haben kann und ich nicht mehr als einen Strickpullover, eine dünne Leggins und Fellpantoffeln anhabe.

Kann ich nicht einfach einen Filter über mein eigenes Leben legen? Ein Stück Butterbrotpapier, das nur noch die schwammigen Ansätze meiner Probleme, nicht aber deren Ausmaß und Folgen und Wurzeln zeigt.

Ein großer, schlaksiger Rockertyp läuft an mir vorbei. Durch die offene Lederjacke sieht man ein Shirt mit der Aufschrift *Komm, ich mach den Wodka auf, hält doch sonst keiner aus hier.*

Konzentriert starre ich auf die Worte. Er bleibt stehen, kratzt sich am Kopf und lächelt. Noch bevor er etwas sagen und mich ansprechen kann, laufe ich weiter.

Hält doch sonst keiner aus hier. Natürlich.

Innerhalb von fünf Minuten bin ich wieder zu Hause in meiner vor Sauberkeit glänzenden Küche, die eiskalte Wodkaflasche in der Hand, die Greta vor einigen Tagen gekauft hatte, *um den Schock wegzutrinken.*

Der Deckel knackt, als ich ihn drehe.

Bevor ich noch einmal nachdenken und verstehen kann, dass das hier keine gute Idee ist, hebe ich die kalte Flasche an die Lippen, schlucke einmal, zweimal, dreimal. Mein leerer Magen versucht kurz, den Alkohol von sich und wieder nach oben zu drücken. Doch dann gibt er auf, und schon nach kurzer Zeit in dem leeren Raum fühlt sich mein Kopf angenehm leicht an.

Zwei Stunden und eine halbe Flasche Wodka später ist alles um mich schwammig und sehr, sehr weich. Perfekt für eine Bratwurst mit Kartoffelsalat. Ich grunze ein Lachen, das sich ziemlich hässlich anhört und das ich deshalb wiederhole, um sicherzugehen, dass es auch von mir kommt. Ich drehe mich nach links und rechts, weil das Lachen gerne noch mal grunzen will, damit Greta es auch hört. Früher haben wir uns doch über so was kaputtlachen können. Ich gehe in den Gang, der sehr weiß und irgendwie wabbelig ist. Aber Greta ist nicht in ihrem Zimmer. Abends fährt sie doch gar nicht mehr Taxi, also wo … Ach ja, da war doch irgendwas mit der Firma meines Bruders. Irgendwas mit irgendeinem Projekt.

Vielleicht nehme ich noch einen Schluck, bevor ich in mein Zimmer geh und … na ja, was kann ich schon machen … vielleicht malen? Ja, Malen ist immer eine gute Idee. Ich sollte … ich sollte die Welt anmalen … das wär's doch. Das würde ganz sicher keine Bratwurst mit Kartoffelsalat tun.

Ich öffne die Türen meines Schranks und hole die Kiste mit den Seidenmalfarben heraus. Worüber hab ich mich denn eben noch so aufgeregt? Es ist Mittwoch. Ich weiß nicht genau, warum, aber ich glaub, Mittwoch ist mein Lieblingstag. Und Viertel nach zehn die beste Uhrzeit, um die Welt anzumalen. Noch ein Schluck … die Welt anmalen.

Ja, das ist eine echt gute Idee.

ALEX

Eine multiple Persönlichkeit. Das muss es sein. Ein anderer Alex, der am Abend zuvor entschieden hat, ins Baskenland zu fahren. So als ob alle Probleme hier in Berlin bleiben würden, während er in irgendeinen glutroten Sonnenuntergang fährt.

Nur, dass da kein Sonnenuntergang wartet, als er auf die Straße in die kalte Morgenluft stolpert, sondern ein halbdunkler, tiefgrauer Himmel, dessen Wolken schwer und tief über der Stadt hängen.

Antonios rot-weißer VW-Bus steht direkt vor der Haustür. Das muss bei der Parkplatzsituation im Prenzlauer Berg ein Zeichen Gottes sein, denkt Alex. Zumindest der befürwortet die spontanen Reisepläne also, denen sich Antonio angeschlossen hat.

»Matilda und ich kommen mit.«

Das hat sein Freund gestern Abend verkündet und dabei prüfend zu seiner Frau geblickt. Frieda witterte offenbar sofort die Chance auf ein paar familienfreie Tage und nickte etwas zu eifrig. »Super Idee, Schatz, wir sollten die Zeit wirklich noch genießen, bevor Matilda nächstes Jahr in die Schule kommt und es keine Spontanurlaube mehr geben wird. Am besten nehmt ihr den Bus. Das wird bestimmt ein voll cooler Roadtrip.«

Beim Blick in den Kofferraum des Busses ist Alex nicht sicher, ob es klug war, dem Vorschlag seines Freundes zuzustimmen: Bis zur Decke ist alles mit Koffern, Taschen und Tüten gefüllt. Aus einigen davon hängen zerknüllte Kleidungsstücke. Handtücher, Decken und Kekspackungen aus anderen. Alex atmet tief ein und aus und presst seine Reisetasche zwischen einen pinkfarbenen Peppa-Pig-Koffer und eine XXL-Packung Katzenfutter.

»Was willst du denn damit?« Alex zeigt auf eine große Kiste voller Farbtöpfchen und Pinsel, die Antonio eben auf dem Bordstein abgestellt hat und die er unmöglich noch irgendwo wird unterbringen können.

Antonio presst eine Kiste Playmobil in die letzte freie Ecke des Kofferraums. Dann bückt er sich, um eine Thermostasse vom feuchten Bordstein aufzuheben und sie Alex zu reichen. Er zeigt auf die Kiste mit den Farbtöpfen. »Gehört Greta, wenn ich das richtig verstanden habe. Stand gerade im Hausflur mit einem Zettel drauf, dass ich das Zeug noch einpacken soll. Obwohl das hier so schon ziemlich eng wird …«

Er kratzt sich am Kopf. Alex öffnet die Thermostasse, riecht daran und verschließt sie sofort wieder. Instantpulver. Und wie er seinen kulinarisch wenig ambitionierten Freund kennt, sicher das billigste.

»Mmh … Außer natürlich, wir machen richtig Urlaub und lassen den ganzen Krempel hier in Berlin …«

Antonio zeigt auf die PCs und das technische Equipment, das in der zweiten Sitzreihe zwischen Matildas Kindersitz und Eleonoras Käfig verstaut ist. Dabei wackeln seine Brauen auf und ab. »Jetzt, wo wir den *FashionBoom*-Auftrag haben? Auf gar keinen Fall.«

»Okay, okay. Einen Versuch war's ja wert.« Antonio prostet ihm mit einer zweiten Thermostasse zu, zieht dann kräftig Luft durch den Mund und schlägt mit der Hand auf das Seitenfenster des Busses. »Scheiße, ist das heiß.«

Eleonoras aufgeregter Flügelschlag ist von innen zu hören, obwohl der Käfig des Papageis mit einer dicken Decke abgedeckt ist. Als Alex die eben angehoben hat, sah der Vogel nicht sonderlich amüsiert aus. Sicher, weil sie Antonios Katze Ralphie in der Reihe hinter sich weiß.

Den Vogel mitzunehmen ist eine sehr schlechte Idee. Viel zu

viel Stress wäre das. Aber so spontan hat Alex keine Alternative gefunden. Vor allem deshalb, weil Eleonora sich nicht mit ihren Artgenossen versteht.

Streng genommen hasst sie andere Papageien sogar. Und Hunde. Und Nager. Na ja, eigentlich alle anderen Lebewesen. Vor allem die, denen Alex zugetan ist. Und dafür hat sie einen sechsten Sinn.

Mittlerweile fallen dicke, kalte Tropfen vom Himmel. Eine Gänsehaut kriecht seinen Rücken hoch, was nicht nur an der kalten, feuchten Berliner Luft liegt. Sondern auch an Alex' morgendlicher Internetrecherche. Die hat gezeigt, dass das baskische Novemberwetter genauso verregnet ist wie das, was sie hier gleich hinter sich lassen werden.

Noch ein letzter Blick in Richtung Haustür und der Gedanke, ob er seinen Koffer nicht doch noch aus dem Kofferraum-Tetris holen sollte. Doch dann bewegt sich etwas hinter dem Vogelkäfig. Matilda lehnt sich nach vorne und lächelt ihn an.

Die Wangen leicht gerötet, der Mund voller Brösel eines Milchbrötchens, mit dem sie ihm zuwinkt. Ihr Schoß ist voller Bücher, und vor ihren Sitz hat Antonio einen kleinen DVD-Player montiert.

»Matilda hat gesagt, dass sie in Spanien in deinem Bett schlafen will, damit du nicht so einsam bist. Ihr Kinderfernglas hat sie auch eingepackt, zum Vögelschauen und so. Und ihren extra Papageienschlafanzug musste ich gerade noch aus der Wäsche ziehen, damit Eleonora auch ein bisschen Gesellschaft hat. Was Laura betrifft, ist der Zug vielleicht abgefahren, aber zumindest sitzt hier dein größter Fan an Bord.« Antonio zeigt mit dem Kopf Richtung Matilda.

Wenn Alex sich jetzt aus der Affäre zieht, ist er also nicht nur ein pathetischer Loser. Sondern ein pathetischer Loser, der das weltbeste Mädchen zum Weinen bringt.

Er sieht, wie Antonio vorsichtig die Kofferraumklappe schließt und dann nach vorne geht, um sich auf den Fahrersitz zu setzen. Alex sieht, wie der Bürgersteig neben ihm immer voller wird. Er hebt den Arm mit der Smartwatch vors Gesicht, öffnet die Tür und setzt sich auf den Beifahrersitz. Zwanzig nach sieben.

»Sollte Greta nicht langsam kommen?«

»Nee. Ich hab ihr gesagt, dass sie gegen sieben da sein soll, also kommt sie um halb acht, was bedeutet, dass wir vier Stunden fahren und pünktlich um halb zwölf bei McDonald's ankommen, um Mittag zu essen. Es sind gerade Texas-Wochen, Jihaa!« Er reibt sich die Hände.

»McDonald's? Ernsthaft? Können wir nicht einfach irgendwo anders …« Noch bevor Alex weiter protestieren kann, trifft ihn etwas Weiches an der linken Seite seines Kopfes.

In seinem Schoß landet ein großes Stück Teig, das er als Teil des Milchbrötchens identifiziert, mit dem Matilda ihm gerade noch zugewinkt hat. Langsam dreht er sich nach hinten. Zwei sehr dunkle, sehr wütende Augen blicken unter einem etwas zu langen Pony hervor.

»McDonald's also«, murmelt er und öffnet die Bustür. Er steigt aus und schüttelt sich die Teigklumpen und Krümel von der dunkelblauen Jeans. Dann bückt er sich, um den Schnürsenkel seines Turnschuhs zur verknoten. Als er sich wieder erhebt, steht jemand vor ihm.

Im ersten Moment erkennt er sie nicht. Doch als er es tut, ist da eine seltsame Mischung verschiedenster Gefühle in ihm: Unglaube. Verwirrung. Unverständnis. Und eine große Portion Nervosität.

Ihr blondes Haar fällt zerzaust über ein zu großes, graues Sweatshirt. Ihr Gesicht hat einen grünlichen Unterton, und ist das da der Rest eines blauen Auges? Weiter unten eine schwarze Leggins und graue, flauschige Pantoffeln, mit denen sie mitten in der einzigen Pfütze des Gehwegs steht.

Als Alex' Augen wieder hochwandern, sieht er in ein blassgraues Gesicht, aus dem ihn zwei rot unterlaufene Augen anstarren, die Wimpern schwarz und verklebt. Erst beim zweiten Blick sieht er, dass ihr Gesicht und ihre Haare von kleinen Farbspritzern übersät sind. Und dass in ihrem Mundwinkel ein Rest Zahnpasta klebt.

Das ist nicht die Maya, die er kennt. Was hier vor ihm steht, ist keine souveräne, unterkühlte Sphinx. Was hier vor ihm steht, ist die Insassin einer geschlossenen Psychiatrie.

»Was glotzt du denn so?«, fragt sie, das Kinn leicht angehoben, die Worte langsam, weich, so, als würde sie um einen riesigen Marshmallow herumsprechen.

Sie stemmt die rechte Hand in die Hüfte und schwankt dabei ein bisschen nach links.

Langsam öffnet Alex den Mund, ohne zu wissen, was er eigentlich sagen will. Doch sie ist schneller. »Hat dir schon mal jemand gesagt, wie nervig das ist?« Sie zeigt auf seinen Kopf. Oder die Straßenlaterne hinter ihm. Da ist er nicht ganz sicher. Alex' Hand wandert in Richtung seines Gesichts.

Das ist die längste Konversation, die sie seit dreizehn Jahren geführt haben. Dabei waren ihre Begegnungen in dieser Zeit zahlreich: die längeren auf Geburtstagen, Partys, Matildas Taufe, die kürzeren im Hausflur, wenn Alex die Treppe zu Tonis Wohnung hochstieg. Irgendwie haben sie es dabei immer geschafft, ihren Austausch auf ein höfliches, ernstes Hallo zu beschränken. Oder auf eine gemurmelte *Entschuldigung* ohne Blickkontakt, falls es ihnen trotz aller Vorsicht doch einmal nicht gelungen war, dem anderen ganz aus dem Weg zu gehen.

Was nicht bedeutet, dass ihm ihre Bewegungen, ihre raue Stimme, die Art, wie sich ihre Nase kräuselt, wenn sie lacht, nicht noch immer so vertraut sind wie damals. Nicht, dass er sie beobachtet hätte. Doch sein Blick ist trotzdem bei jedem Treffen immer wieder zu ihr gewandert. Weshalb ihn das, was er hier vor sich sieht, ziemlich sprachlos macht.

»Ich, äh, also … wie nervig *was* ist?«

Maya schnaubt und schwankt noch einmal gefährlich zur Seite. Bevor Alex einen Arm ausstrecken kann, um sie abzufangen, steht sie wieder einigermaßen gerade und macht einen schwankenden Schritt auf ihn zu. Sie hebt einen Finger und zeigt damit auf seine angehobene Braue. »Na, das mit deiner beschissenen linken Augenbraue. Wer bist du denn? James Dean?«

Maya macht eine Pause und lacht ein bisschen zu laut. Eine junge Frau im roten Regenmantel weicht aus, als sie weit mit dem Arm ausholt, um noch einmal auf sein Gesicht zu zeigen.

»Und was ist das denn überhaupt für eine Brille … und … ist das ein Schnauzbart? … Was schaust du denn jetzt auf einmal so … war doch nicht böse gemeint … ist doch einfach echt lustig, ich meine … deine Jeans hat eine Bügelfalte. Das ist doch nicht normal, das kannst du mir doch nicht erzählen, dass das normal ist …«

Sie lacht noch einmal, und plötzlich ist alles wieder da in Alex' Kopf. Ein ähnliches Gespräch haben sie schon einmal geführt. An diesem Ort, direkt vor dieser Haustür. Wobei die Worte der damals nüchternen, achtzehnjährigen Maya weitaus gewählter waren.

Die Veränderung ist aber nicht nur auf ihre Trunkenheit zurückzuführen.

Sondern, weil sie sich besagte Worte damals vorher klar zurechtgelegt hatte. Präzise wie eine Chirurgin legte sie sie an und schnitt damit dort ein, wo sie Alex am tiefsten, am schmerzlichsten treffen konnte.

Genau hier haben sie gestanden. Sie in einem weißen Kleid mit dünnen Trägern und irgendeinem blauen Muster. Er in einem gestreiften T-Shirt, das sie ihm genäht hatte, und hellen Shorts. Die rechte Hand in der Hosentasche, die Finger auf die kleine Schatulle aus Samt gelegt, in der sich eine Kette befand, die er ihr mitgebracht hatte.

Drei Wochen hatten sie einander nicht gesehen damals. Für zwei Achtzehnjährige eine echte Unendlichkeit. Eigentlich hatte er mit Maya nach Spanien fahren wollen, um das Abitur und ihre Freiheit zu feiern. Doch Mama bestand auf einen letzten gemeinsamen Urlaub auf Rügen.

Im Kopf aber war er während der drei Wochen die ganze Zeit hier in Berlin gewesen. Hier, bei seinen - nein *ihren* - Plänen. Einen Nebenjob als Kassierer oder Kellner finden. Geld für eine Kaution sparen. Mit Maya zusammenziehen. Gemeinsam stundenlang in der Unibibliothek sitzen, dann zusammen nach Hause. *Ihr* Zuhause.

Das war alles, worum seine Gedanken kreisten, als der kühle Wind der Ostseeküste sein Haar zerzauste, als seine Cousins ihn über die Schulter und dann ins eisige Wasser schmissen.

Selbst als eine ehemalige Klassenkameradin aus der Grundschule, die nun groß und hübsch war, während irgendeiner wilden Party mit zu viel Whiskey die Arme um ihn legte und ihm ins Ohr flüsterte, dass er jetzt genau wie Ryan Gosling aussähe …

Alles war in Maya getränkt. In ihr rotes Haar, in die Lücke zwischen ihren Vorderzähnen, in dieses *verdammt*, was in jeden Satz einfloss. In jenem Sommer hatte er gelernt, was Sehnsucht bedeutet. Und dass Verlust immer gleich schmerzt, egal, wie oft man ihn erlebt. Und egal, wen man verliert.

Ich bin einfach noch nicht bereit, Alex. Ich möchte … keine Ahnung … was erleben. Aber du hast überhaupt nichts falsch gemacht. Du bist lieb und immer da und wirklich perfekt … aber eben nicht für mich.

Aber eben nicht für mich. Das waren ihre Worte gewesen. Da

ist sie wieder. Die Wut, die ihn am gestrigen Abend bereits ergriffen hat und jetzt noch einmal seinen Körper durchzieht, durch alle Venen schnellt.

Doch als er zumindest dieser erwachsenen, betrunkenen Version von Maya etwas erwidern will, stolpert Greta aus der Haustür. Sie stürmt auf Maya zu und packt ihre Cousine am Arm. In der anderen hält sie einen alten Lappen.

»Maya! Was war denn bitte nicht zu verstehen daran, dass du sofort in den Bus steigen sollst? Hat dir der Wodka komplett den Geist verkackt, oder was? Und was hast du da an? Mit Schuheanziehen meinte ich nicht Pantoffeln, Mann. Oh Gott, ich dreh noch durch.«

Sie schubst Maya Richtung Bus.

»Was ist denn hier los?« Antonio geht um den Bus und hebt die Brauen bei Mayas Anblick.

»Scheißegal, erzähl ich euch gleich. Du«, Greta zeigt auf Alex, »du nimmst Maya und schnallst sie an. Na los, mach schon! Antonio, du packst ihre Tasche ein!«

Sie zeigt auf einen riesigen Rucksack, der auf der Schwelle der Haustür liegt. »Ich muss noch mal rein, und dann nichts wie weg hier.«

Damit dreht sie sich um und rennt zurück ins Haus. Greta ist nicht der Typ Mensch, der schnell in Panik verfällt. Genau genommen ist das hier das erste Mal, dass Alex sie sich schnell hat bewegen sehen.

Angesteckt von Gretas Panik schiebt er Maya in den Bus, vorbei an Ralphies Transportbox und in die letzte Reihe des Busses. Er schnallt sie an, fast wie ein Kind, das man nur so am Weglaufen wird hindern können, setzt ihr die Transportbox auf den Schoß und drängt sich neben sie. Dabei ignoriert er ihre immer schläfriger werdenden Proteste. Erst als Greta schnaufend auf den Beifahrersitz gesprungen ist, sie aus Berlin hinausfahren und Mayas

Kopf auf seine Schulter gesackt ist, kommt folgende Gewissheit in ihm hoch:

Eine Fahrt ins Baskenland dauert zwei Tage.

Zwei Tage.

Neben Maya.

MAYA

Ein Geruch nach Wald, nach Minze und frisch gewaschener Wäsche. Ich lächle, drehe den Kopf, streiche mit der Nase über den weichen Stoff, drücke mich an die warme Haut, die sich darunter verbirgt. Heimelig fühlt sich das an. Sicher und bekannt.

»Tante Maya kuschelt mit Alex!«

Ich reiße die Augen auf. Über eine Transportbox, die auf meinem Schoß steht, hinweg sehe ich eine kichernde Matilda mit riesigen Kopfhörern auf den Ohren, die vom Vordersitz her auf mich zeigt.

Auf mich und …

Nein.

Was?

Geschlossene Augen, ein halb geöffneter Mund, den Kopf an einen Stapel Tüten und Koffer neben sich gelehnt. Das ist er.

Tatsächlich. Mein Herz klopft, und erst, als ich einige Male geblinzelt habe, verstehe ich, wo ich bin. Auf der Rückbank von Antonios Bus, so dicht an Alex gedrängt, dass sich unsere Knie berühren und unsere Schultern.

Von der Transportbox auf meinen Beinen heraus glotzen mich Kater Ralphs Augen an.

Kurz habe ich das Bedürfnis, das alles einfach zu akzeptieren. Nicht nachzufragen und keine Rückschlüsse zu ziehen. Doch schon hämmern die Erinnerungen auf mich ein:

Textilfarbe, Acryl und Öl auf schneeweißem Tüll. Meine Hände, die immer neue Kleider von den Bügeln reißen, sie auf einen Haufen in der Mitte des Ladens werfen, sie als Leinwand für stets neue Muster nutzen.

Was habe ich nur getan? Und wie bin ich vom Tatort hierhergekommen?

Scheiße.

Ich muss das Wort laut ausgesprochen haben, denn Greta dreht sich vom Beifahrersitz aus zu mir um. »Das kannst du laut sagen.«

Eine neue Sequenz. Meine Cousine, wie sie die verschmierten Sachen von meinem Körper schält, mich unter kaltes Wasser stellt und auf mich einredet. Ich blicke auf meine Hände, die von kleinen und großen Farbspritzern bedeckt sind und die unterstreichen, dass die Sequenzen keine Fetzen quälender Albträume sind. Sondern Realität.

Eine Gewissheit sinkt tief in mein Bewusstsein ein und mit ihr eine große Welle Panik: Ich befinde mich auf der Flucht. Aber wohin?

Ich muss mich mehrmals räuspern, bevor ich sprechen kann. »Wo... wohin fahren wir?«

»Maitasuna.«

Die Augen meines Bruders im Rückspiegel überraschen mich. Sieht er ... besorgt aus? Das gefällt mir nicht, weil es sich nach vertauschten Rollen anfühlt. Eigentlich bin ich der vernünftige Zwilling. War stets diejenige, die die Zeitungsschnipsel mit einer Schüssel Wasser begoss, die mein Bruder mit neun in der Mitte unseres Zimmers zu einem Lagerfeuer aufgebauscht hatte, oder ... Aber Moment. Was hat er da gerade gesagt? Nach Maitasuna?

»Nein«, sage ich um das ohrenbetäubende Pochen meines Herzens herum und anscheinend so überzeugend, dass mein Bruder die Musik leiser dreht. »Ich möchte hier raus. Jetzt sofort.«

»Das würde ich an deiner Stelle nicht tun. Jetzt schau nicht so.« Greta hat sich wieder zu mir umgedreht. »Ich hab schon mit deiner Mutter telefoniert. Offiziell, um ihr zu erzählen, dass wir heute Nacht zusammen in den Urlaub gefahren sind. Deshalb musst du unbedingt an Bord bleiben. Inoffiziell hab ich dabei herausgefunden, dass sie davon ausgeht, einer deiner Internetfeinde wäre in den Laden eingestiegen, um dort zu randalieren und die Kleider mit Farbe zu beschmieren. Die Polizei war schon da, und die Versicherung übernimmt wahrscheinlich alles. Eine schlechte Nachricht hab ich allerdings …«

Ich setze mich auf. Mein Herz schlägt. Was kann schlechter sein als die Nachricht, dass eine betrunkene Version von mir im Laden meiner Mutter einen Schaden in fünfstelliger Höhe angerichtet hat?

»Du wirst wohl niemals auf eine Karriere als Verbrecherin zurückgreifen können. Die Farbspuren an deinen Schuhen haben vom Laden direkt in unsere Wohnung geführt. Jetzt mach den Mund wieder zu, ich hab die Farbe komplett wegbekommen und deine Schuhe in den Müll geworfen. Aber sonderlich professionell war das nicht. Sei froh, dass deine Mutter so eine Langschläferin ist und ich so früh wach war.«

Sie dreht sich wieder um, und mein Blick wandert zum Rückspiegel. Die Augen meines Bruders schnellen immer wieder von der Straße zu mir zurück. Täusche ich mich, oder ist die Sorge seiner zusammengekniffenen Augen jetzt einem Lächeln gewichen?

»Findest du das lustig?« Die Frage klingt gereizter, als er es verdient hat.

»Nicht lustig«, sagt er und schüttelt den Kopf, sodass seine dunklen Locken von einer in die andere Richtung wippen. »Aber eine Erleichterung ist das schon.«

»Wie bitte?«

Noch einmal der amüsierte Blick in den Rückspiegel. »Dass da noch ein bisschen Feuer in dir brennt, natürlich. Aber vielleicht sollte ich lieber nicht von Feuer reden. Nicht, dass ich dein neu entdecktes kriminelles Superhirn noch auf weitaus gefährlichere Ideen bringe.«

Er klatscht mit seiner auf die Hand, die Greta lachend für ihn in die Höhe hält, und ruft dann: »*Viva la revolución, hermana!*« Er legt wieder beide Hände ans Steuer. »Aber jetzt mal im Ernst, Schwester: Warum bist du nicht zu uns gekommen, wenn es dir so schlecht geht, dass du Mamas Laden zerstörst? Der Anzug-Heini war doch eh 'ne peinliche Nummer. Viel zu spießig für dich. Oder bist du wegen der Geschichte mit der Internet-Tante so ausgeflippt? Für die interessiert sich in ein paar Monaten sowieso keiner mehr.«

Ich will ihm gerade erklären, dass es egal ist, ob sich die Leute in ein paar Monaten noch dafür interessieren oder nicht. Denn im Moment tun sie es, und an keinem normalen Menschen würden all die schrecklichen Beschimpfungen einfach so vorbeigehen.

Doch neben mir dreht Alex den Kopf von der einen zur anderen Seite. Ich möchte ihn nicht wecken. Vor allem, weil ich nicht möchte, dass er sich in irgendeiner Form an diesem Gespräch beteiligt.

Also verdrehe ich nur die Augen und lasse den Kopf wieder auf die Rückenlehne fallen. Mein Adrenalinspiegel scheint zu sinken, denn plötzlich fühle ich meinen Körper wieder. Kein gutes Gefühl. Ein säuerlicher Geschmack im Mund, ein geblähter Bauch, der gegen das Gummi meiner Leggins drückt, das abwechselnde Hämmern an Schläfe und Hinterkopf.

Und immer wieder die Frage: Warum habe ich das getan, verdammt? Warum? Und: Wie komme ich hier wieder da raus? Also nicht nur aus der Situation, das Geschäft meiner Mutter zerstört zu haben. Sondern ganz konkret aus den vier Wänden dieses Busses.

Die Beschilderung der Autobahn verrät, dass wir kurz vor Aachen sind. Kann ich vielleicht irgendwo in Frankreich aussteigen und mich dort für einige Wochen einnisten?

Ich muss mich beruhigen, muss langsam ein- und ausatmen, meinen schmerzenden Körper entspannen und kurz an nichts und niemanden denken. Dann wird mir sicher etwas einfallen. Ich fühle einen leichten Lufthauch an meiner Wange und drehe mich zur Seite.

Alex' Kopf ist jetzt in meine Richtung gedreht. Geschlossene Augen mit hellbraunen Wimpern, eine breite Brust, die sich unter seinen verschränkten Armen hebt und senkt.

Er kann überall schlafen, das konnte er schon immer. Es gibt ein Bild vom ihm als Baby auf dem Arm seiner Mutter, das zeigt, wie er mit offenem Mund schläft, sein Schnuller auf der Brust.

Dieses Kind könnten nicht einmal die Trompeten von Jericho wecken, hat seine Mutter damals kommentiert.

Das weiß ich, habe ich damals nur in Gedanken geantwortet. Mein sechzehnjähriges Ich wusste einfach nicht, wie viele Informationen man mit der Mutter seines neuen Freundes teilen sollte, was dessen Schlafverhalten betraf.

Dabei war mein Wissen reichhaltig. Das wusste sie ganz sicher auch, schließlich waren Alex und ich damals seit einigen Wochen untrennbar. Nachdem wir die erste Nacht nebeneinander verbracht hatten, war ich sicher gewesen, niemals mehr ohne ihn schlafen zu können.

Lange hatte ich am nächsten Morgen wach gelegen und ihn angesehen. Erstaunt und überzeugt davon, dass es nichts in diesem Gesicht gab, was man hätte verbessern können. Dass jede Wölbung, jede Wimper, jeder kleinste Fleck dort waren, wo sie hingehörten.

Mehrere Leben später, und ich ertappe mich wieder dabei, wie ich genau das denke. Ich kann den gleichmäßigen Atem spüren, der von ihm ausgeht. Bis auf diesen seltsamen Oberlippenbart sieht er kaum anders aus als damals.

Einige Falten haben sich horizontal auf seine Stirn gesetzt, und rechts über der Wölbung der Oberlippe befindet sich eine kleine Narbe, die damals noch nicht da war. Es ist nicht so, als hätte ich ihn seit damals nicht mehr gesehen. Also seit wir uns getrennt haben. Doch diese extreme Nähe ist doch überraschend und auf seltsame Weise schön und …

»Was ist denn?«

Auf einmal sieht Alex mir direkt in die Augen. Einen Moment lang kann ich es nicht zusammenführen, das Bild des schlafenden, weichen Mannes und den leicht genervten Ton seiner Stimme.

»Wie bitte?«

»Na, du hast mich angestarrt.«

»Das hab ich nicht. Ich hab einfach hier gesessen, und ich … Es ist ja nicht so, dass ich … Igitt, verdammt, was ist das denn?«

Über meine Hand fährt etwas Raues. Ich halte die Transportbox auf meinem Schoß ein wenig von mir weg, um hineinschauen zu können. Kater Ralph erwidert meinen Blick, liebkost mit dem Kopf den Teil der Gitterstäbe, wo meine Finger sind, und schleckt noch einmal beherzt darüber.

»Was ist denn mit der Katze los?«, rufe ich vor zu meinem Bruder. Dankbar dafür, einen Weg aus der seltsam aggressiven Konversation mit Alex zu finden.

»Was meinst du?«

Antonio blickt in den Rückspiegel.

»Sie hat sich gerade an mich gekuschelt und mich abgeschleckt.«

»Ach so. Das sind die Psychopharmaka.«

Ich warte auf ein Lachen. Aber da kommt keins.

»Das ist ein Scherz, oder?«

Matilda hebt den Kopfhörer von ihren Ohren und dreht sich zu mir. »Ralphie hat wieder angefangen, alles vollzupullern. Er hat Papa sogar aufs Kopfkissen gemacht. Das war so eklig. Und die Haare hat er sich auch wieder von den Beinen geschleckt.« Sie verzieht die kleine Nase, gähnt und dreht sich wieder nach vorne.

»Außerdem hat er abends immer ins Nichts gefaucht, so als wäre da jemand. Ganz schön gruselig, das kann ich dir sagen«, fügt Antonio hinzu und schüttelt sich. »Dabei ist das arme Vieh einfach depressiv. Sagt zumindest der Tierpsychologe, den Alex uns empfohlen hat. Er meinte, wir sollten das Zeug einfach mal probieren, und Tadaa! Schon haben wir eine richtige Schmusekatze, oder, Ralphie?«

Um das zu bestätigen, fährt der Kater fort, sich an meine Hand zu kuscheln.

»Antidepressiva für eine Katze? Das ist ja wohl nicht dein Ernst.« Ich schüttle den Kopf.

»Würdest du dich auch nur ein bisschen mit der Materie auskennen, würdest du wissen, dass die Anwendung von Antidepressiva bei Katzen ganz normal ist«, höre ich Alex' Stimme neben mir. »Den gleichen Wirkstoff gibt es übrigens auch für ständig depressive und gereizte Menschen. Also, nur so nebenbei.«

Ich schlucke. Was ist denn mit dem los? Da kommt plötzlich wieder eine der Sequenzen. Irgendwas mit Alex' Augenbrauen und gebügelten Jeans … Oh nein. Aber ich war doch betrunken. Und sein Kommentar von eben war echt unter der Gürtellinie, egal, was ich über seine Augenbrauen gesagt habe. Seit wann ist Alex überhaupt so schlagfertig?

Ständig depressive und gereizte Menschen. Was für eine Frechheit. Wir haben seit gut dreizehn Jahren nicht mehr als ein paar oberflächliche Sätze miteinander gewechselt. Antonio blickt in den Rückspiegel. An den Lachfältchen um seine Augen kann ich sehen, dass der Kommentar zumindest ihn belustigt hat. Ich schnaube.

»Scherze über die mentale Gesundheit anderer Menschen also? Sehr elegant, muss ich schon sagen.«

»Du bist so eine Dramaqueen«, sagt Alex und dreht sich von mir weg.

Aus dem Augenwinkel sehe ich, wie er den Kopf schüttelnd aus dem Fenster auf die verregnete, flache Landschaft blickt, die sich links und rechts der Autobahn erstreckt. Als ob es da irgendwas zu sehen gäbe außer grasige Böschungen und kahle Bäume. Er hat noch nicht einmal den Anstand, mich anzusehen, während er mich beleidigt.

Ich sollte den Satz einfach stehen lassen. Ist doch völlig egal, was er denkt und was nicht. Das will ich auch, wirklich. Aber da ist so eine Aggression in mir. Eine Aggression, die sich, wie ich gerade feststelle, mit der aufsteigenden Wodka-Übelkeit nicht sonderlich gut verträgt. Ich schlucke einmal stark, dann gehe ich zum Angriff über.

»Dann lass mich noch mal kurz nachdenken, was mich zu einem Opfer machen könnte. Ach ja, genau: Ich sitze in einem VW-Bus mit einer depressiven Katze, dem schrägen Vogel da vorne – nicht du, Antonio, der Papagei verdammt! – und mit dem langweiligsten Typen Berlins. Ich meine, schau dir das an.« Ich zeige auf die Zeitschrift, die auf seinem Schoß liegt, und lese vor. »*Gefiederte Welt – das Magazin für Ornithologie in Deutschland.* Wohoo, ich hoffe, du hast deine Blutdruckmedikamente dabei.«

Ruckartig setzt Alex sich auf, sein Körper neben mir fühlt sich hart und gespannt an.

»Du bist so eine Zicke«, murmelt er und schnauft.

»Wie bitte?«

Ich hoffe, dass sich die Frage so scharf anhört wie die Ohrfeige, die ich ihm gerade in meinem Kopf gebe. Noch ein Schwall Wut vermischt sich mit meiner Übelkeit und drückt meinen Mageninhalt Richtung Kehle.

»Ich habe gesagt, dass du eine richtige … Scheiße, Maya, du wirst ganz grün. Antonio, halt an!«

Doch dafür ist es zu spät. Mein Magen zieht sich zusammen, entkrampft sich und drückt einen riesigen Schwall saure Flüssigkeit in meinen Mund. Ich halte die Hand vor meine Lippen, bis Antonio von der Autobahn auf eine kleine Raststätte abfährt, und noch bevor der Bus richtig zum Stehen kommt, habe ich einhändig die Transportbox auf Alex' Schoß gesetzt, mich an ihm vorbeigedrängelt und lasse mich auf den Parkplatz fallen.

Ich erbreche mich mehrmals und so heftig, dass ich nichts mehr sehen kann durch die dicke Schicht Tränen, die über meine Lider spült.

Nach einer Weile spüre ich, wie eine Hand meine Haare zurückhält und eine andere mir beruhigend auf den Rücken klopft. Nicht Antonios kühle, raue Hand. Nicht Gretas warme, kleine. Sondern eine mit langen Fingern und großen Handballen, deren Wärme und Gefühl meine Haut offenbar nie ganz vergessen hat.

Als ich fertig bin, lehne ich mich mit Rücken und Kopf an den Bus und sehe in den Himmel, dessen Wolken schiefergrau über uns thronen und langsam von der Dunkelheit eingenommen werden.

Ich streiche einige Haarsträhnen aus dem kühlen, fettigen Schweiß, der sich auf meiner Stirn gebildet hat. Als ich den Kopf senke, sehe ich, dass Antonio, Alex und Greta um mich herumstehen. Alle drei mit gerunzelten Brauen.

»Verbrecherin und Alkoholikerin sind also die zwei Dinge, die du ganz sicher niemals werden kannst, *hermana.*« Antonio drückt meine Schulter. »Ich geh kurz zur Raststätte und kauf dir 'ne Cola, okay? Will irgendwer die Chance zum Pipimachen nutzen?«

Er sieht in den offenen Bus hinein, doch Matilda verneint mit der Begründung, dass ihre Sendung gerade viel zu spannend sei. Greta aber schließt sich ihm an, weshalb nur Alex und ich und eine unangenehme Stille zurückbleiben.

Nein, denke ich. Jetzt ist Schluss damit, Opfer zu spielen. Mit zitternden Beinen versuche ich, mich vom Bus wegzudrücken, um mich gerade hinzustellen. Doch ich verliere das Gleichgewicht und stolpere nach vorne. Scheiße, ich weiß wirklich nicht, wann ich das letzte Mal so einen Kater hatte. Oder ob überhaupt. Alex hält mich am Unterarm fest. Er lehnt mich wieder gegen den Bus und sieht mich an. So, als wolle er etwas sagen.

Was ihm nicht gelingt, denn plötzlich sind da nur noch aufgeplusterte Federn und spitze Krallen und ein ohrenbetäubendes Kreischen überall.

ALEX

Es knackt, als Alex den Kopf nach links und rechts, nach vorne und hinten neigt. In sein rechtes Ohr dringt leises Schnarchen. Kurz dreht er den Kopf von der dunklen Autobahn in Richtung Beifahrersitz. Antonio hat die Arme vor dem Körper verschränkt und den Kopf auf die helle Jeansjacke gedrückt, die er zwischen sich und das Seitenfenster geklemmt hat.

Weit mehr als die Hälfte der Strecke liegt hinter ihnen. Über sechzehn Stunden Fahrt mit nur einer langen Pause. Und die war wenig erholsam, weil sie einzig der Jagd nach Eleonora gewidmet war. Das hat alle anderen erschöpft. Auch Alex sollte müde sein.

Doch er sitzt seit viel zu vielen Stunden hinter dem Steuer des Busses. Fährt mit nervös klopfendem Herzen durch das dunkle Frankreich, während in seinem Kopf die Gedanken kreisen. Gedanken von der Art, die Ecken und Kanten haben. Die sich immer wieder gegenseitig anziehen und abstoßen und ihm die Ruhe der anderen vorenthalten würden, selbst wenn er mit einem von ihnen die Plätze tauschte.

Sein Kopf fühlt sich an wie ein konstant rotierendes Kettenkarussell. Die Passagiere auf den Karussellsitzen wechseln: Während der ersten Stunden war da vor allem Laura und hat ihre Runden gedreht. Jedes ihrer Worte hat Alex mehrmals umgedreht und ist doch nicht vorangekommen.

Denn am Ende kam er immer wieder auf nur einen Satz und eine Erkenntnis zurück: Irgendetwas kann nicht stimmen mit ihm. Auf den Punkt gebracht läuft es doch darauf hinaus.

Er hat versucht, das einfach so hinzunehmen. Wie eine Tatsache, die es abzuheften gilt, um weiterzumachen. Doch diese Wut lässt ihn nicht, und am liebsten will er ein tiefes, kaltes Loch graben, um all diese Gefühle hineinzuwerfen und sie mit ebenso kalter, schwarzer Erde zu bedecken. Dabei weiß er, dass das so nicht funktionieren würde. Denn die Gefühle würden unter der Erde wachsen. So lange, bis kleine, unheilvolle Pflanzen ihre ersten Blätter Richtung Himmel recken.

Nein, dann lieber darauf herumkauen, einen dicken, wütenden Ball formen und sie dem Nächstbesten ins Gesicht spucken. Was er genau genommen schon getan hat. Leider mit dem völlig falschen Ziel und … Oh Mann, hat er sie wirklich als *Dramaqueen* bezeichnet? Antonio und Frieda haben während der letzten Tage immer wieder darüber geredet, was gerade alles bei Maya los war. Sehr, sehr leise und immer in Momenten, in denen sie dachten, Alex wäre mit etwas anderem beschäftigt. Wie sie es immer taten, wenn sie in seiner Gegenwart über Maya sprachen. Einiges bekam er aber trotzdem mit.

Kombiniert mit dem, was Greta am Anfang der Fahrt über Mayas Ausbruch letzte Nach berichtet hat, fühlt sich das mit der *Dramaqueen* jetzt schäbig an. Den Freund verlieren und den Job. Wenn jemand gerade ein Recht auf ein bisschen Drama hat, dann ja wohl sie.

Und trotzdem. Irgendwie hat sich plötzlich alles wie ein Muster angefühlt. Lauras Verhalten und das von Maya vor so vielen Jahren. Ein Muster, dem er nicht entkommen kann. Und Maya war nun mal hier, und irgendwie machte ihn ihre bloße Anwesenheit so unglaublich wütend. Und sehr, sehr irrational. Er reibt sich mit den warmen Händen über die Augen und sieht in den Rückspiegel und in die letzte Reihe.

Maya. Die kleine Nase und die spitzen Ohren. Sie sieht noch immer wie eine Elfe aus. Auch ohne das rote Haar, das sie seit Jahren unter einem hellen Blond versteckt. Ein Aussehen wie ein

Betrug. Denn an ihr ist nichts so sanft und zauberhaft wie ein Fabelwesen.

Er lächelt, als er an die Raststätte und Eleonoras Angriff auf Maya denkt. Der war überraschend, aber rückblickend doch gerechtfertigt. Wie ein Pfeil schoss sie aus dem Auto auf Maya zu, versuchte, mit Krallen und Schnabel auf sie einzuhacken, bis er es schaffte, sie aus ihren Haaren zu klauben.

Bevor Alex reagieren konnte, hatte sie sich allerdings aus seinem Griff befreit und war in Richtung der kleinen, heruntergekommenen Raststätte geflogen.

Laut kreischend flatterte sie durch die Kälte und nahm auf dem Dach des Hauses Platz, wo sie auch eine halbe Stunde später noch saß. Der müde aussehende Betreiber des Restaurants, dessen Hose den Ansatz seines Hinterns preisgab, stellte Alex eine Leiter hin.

Doch als er schon fast bei ihr angekommen war, drehte Eleonora den Kopf erst in die eine, dann in die andere Richtung, sah ihm tief in die Augen und hüpfte ein wenig auf ihn zu. Nur, um dann noch ein Stückchen weiter hochzufliegen. Sodass er unmöglich an sie herankommen konnte.

Also stieg Alex die Sprossen wieder hinunter und stellte sich neben Antonio, der ebenso ahnungslos wirkte wie er selbst.

»Fahrt einfach weiter. Ich bleib hier und versuch, sie einzufangen. Zur Not schlaf ich drüben im Motel.«

Bei einem Blick in Richtung des zwielichtigen Etablissements neben der Raststätte musste sich Alex allerdings ein wenig schütteln. Sicher waren die Betten mit diesen harten, alten Bettlaken bezogen. Und Klobrille und Nachttische wurden mit denselben Lappen geputzt.

»Quatsch, auf gar keinen Fall, hier wird keiner zurückgelassen«, antwortete Antonio in Mel-Gibson-Braveheart-Manier und schüttelte den Kopf.

Maya indes brachte an, dass es schon dunkel werde und sie nicht ewig hier herumhängen könnten, nur weil der *blöde Vogel nicht alle Tassen im Schrank hat.* Eindeutig eine Retourkutsche für den Dramaqueen-Kommentar und für die *Blöde Zicke* sicher auch. Wie war Alex überhaupt auf den Ausdruck gekommen? Sagten das nicht nur vorpubertierende Sechstklässler mit Zahnspange und ungewaschenen Haaren?

»Gibt es nicht irgendwas, was sie wirklich, wirklich gerne frisst? Irgendwas, womit wir sie locken könnten?« Der Vorschlag kam von Greta, die neben ihm stand und eine verweinte Matilda an der Hand hielt. Matildas andere Hand hielt die von Maya, die misstrauisch zu Eleonora hinaufsah.

»Das tut mir so leid, Alex.« Die Worte wiederholte die Kleine immer wieder, sah mit ihren großen, braunen Augen zu ihm hoch, um dann erneut in Tränen auszubrechen. »Aber Eleonora sah so traurig aus in ihrem Käfig. Und da dachte ich, dass es ja unfair ist, wenn wir frische Luft schnappen können und sie nicht, und dann …«

»Das ist nicht deine Schuld, kleine Matilda«, unterbrach Alex sie, beugte sich hinunter und umarmte sie.

Als er den Blick wieder hob, sah Maya ihn an. Konzentriert und etwas ratlos.

»Doch, das ist es. Und Tante Maya hat jetzt überall Kratzer im Gesicht, und wir können nicht weiterfahren, und dann kommen wir niemals in Spanien an, und dann kann ich keine Tortilla essen und …«

Maya löste sich von seinem Blick und hockte sich zu ihrer Nichte. »Das stimmt nicht, mein Schatz. Wir fangen den Vogel jetzt ein, und dann geht's auch schon weiter, okay? Ich hab auch schon einen Plan.«

»Wirklich?« Matilda schnupfte noch ein paarmal und wischte sich die Nase an ihrem Ärmel ab.

»Jawohl.« Maya atmete tief durch und schloss die Augen, öffnete sie wieder und ging auf Alex zu. Langsam und den Blick nicht von ihm abwendend. Bis sie wenige Zentimeter vor ihm stand und die Arme um ihn legte. Es fühlte sich ein wenig so an, als ob einen eine Schaufensterpuppe umarmte.

Was passiert hier? Alex stand ebenso steif da, wie sich Mayas Umarmung anfühlte. Doch zur Erörterung der Frage kam er nicht. Denn schon kam der Papagei im Sturzflug auf Maya zu. Die war dieses Mal zum Glück vorbereitet und duckte sich weg. Alex erschrak kurz, griff dann aber nach dem Vogel und legte behutsam die Hände um die weichen Federn.

Darunter konnte er ein Pochen fühlen, das mindestens so schnell war wie das seines eigenen Herzens. Eleonora versuchte noch ein paarmal zu flattern. Alles in allem aber schien sie froh, wieder bei Alex zu sein.

Er brachte den Vogel zurück in ihren Käfig und legte ein Tuch darüber. Dabei fühlte er sich nicht unbedingt erleichtert. Weil er nur an eines denken konnte: ihre Umarmung.

Und so ist es mehrere Stunden später immer noch. Dabei war nichts herzlich oder leidenschaftlich daran, erinnerte nichts daran an die Maya, die er einmal gekannt hatte. Die Maya, an die er sich erinnert, hätte jetzt tiefe, lange Lachfältchen neben den braunen Augen. Die Version auf der Rückbank dagegen zieht eine tiefe Falte zwischen den Brauen und sieht sogar im Schlaf leicht gequält aus.

Alex greift in seine Hosentasche und zieht ein Päckchen Kaugummi daraus hervor.

Er zuckt zusammen, als sich hinter ihm eine hohe Stimme meldet.

»Darf ich auch einen?« Matilda lehnt sich nach vorne und streckt fordernd die kleine Hand aus. Ein Blick nach rechts. Antonio schläft immer noch, eigentlich sollte er ihn fragen, ob das okay ist. Obwohl er Matilda sehr gut kennt, weiß er nicht, ob Kaugummikauen für Fünfjährige schon in Ordnung ist. Oder ob er an ihrem Erstickungstod schuld sein wird.

»Hast du denn schon mal Kaugummi gegessen?« Er sieht in den Rückspiegel.

»Ich glaube schon«, sagt sie, weicht seinem Blick aber aus.

Kurz denkt Alex nach. Aber was kann schon passieren? Er hat sie im Blick und kann jederzeit auf dem Seitenstreifen anhalten, falls sie sich doch daran verschluckt. Er reicht ihr einen Streifen nach hinten.

Sie gluckst erfreut und steckt ihn in den Mund. »Wie lange noch, Alex?« Schmatzend sieht sie aus dem Fenster in die dunkle Nacht, in der nur die immer wieder angestrahlten Schilder verraten, wo sie sich befinden.

»Jetzt ist es nicht mehr weit, Matilda. Und du hast richtig gut durchgehalten.«

»Sind wir schon in Spanien?« Sie gähnt und streckt die kleinen Arme von sich.

Alex schüttelt den Kopf. »Noch nicht. Im Moment fahren wir durch Frankreich. Aber wir sind schon fast bei Bordeaux, und das ist gar nicht so weit entfernt von der spanischen Grenze.«

»Was ist Bordo?«

Ein Kind, das mich Papa nennt, denkt er wieder. *Ein Kind, das mich solche Dinge fragt. Ein Kind, dessen kleine Hand meinen Nacken kitzelt.* Alex greift nach den kleinen Fingern, die immer noch auf seiner Rückenlehne liegen, und hält sie einen Moment ganz fest. Reiß dich zusammen, sagt er sich und lässt die Hand wieder los.

»Das ist eine Stadt, Matilda. Eine Stadt in Frankreich.« Alex muss um das geschwollene Gefühl im Hals herumsprechen.

»Ist es schön dort?«

»Ja. Sehr«, antwortet er.

»Und warum?«

»Warum was?« Er blickt in den Rückspiegel, wo die Kleine noch immer aus dem Fenster sieht.

»Na, warum es schön dort ist?«

Er erzählt, dass es in dieser Region Weinberge gibt und Steinhäuser, die auf sanften Hügeln stehen, sich manchmal aneinanderreihen und kleine Dörfer bilden. Dass die Menschen eine wunderschöne Sprache sprechen und alles in allem ziemlich interessant sind. Dass es leckeres Gebäck gibt und für die Erwachsenen guten Wein.

Dass ihr Papa, ihre Tante und er hier viele schöne Stunden verbracht haben. Dass er irgendwann einmal zurückkehren möchte, weil es hier im Herbst wunderschöne Kraniche und Grauenten zu beobachten gibt. Als er das nächste Mal nach hinten sieht, ist Matilda wieder eingeschlafen.

Doch noch weiter hinten, auf der Rückbank, da ist noch etwas anderes. Ihre Augen. Maya sieht ihn an, senkt die Lider wieder, rutscht auf ihrem Sitz hin und her. Seine Hände fühlen sich plötzlich feucht an. Nervös klopft er einige Male mit den Fingern auf das Leder des Lenkrads. Hat sie zugehört? Denkt sie auch an diese Reise? Die erste und einzige Reise, die sie zusammen unternommen haben?

Alex' Mutter hatte ihm damals widerwillig erlaubt, zwei Wochen mit Antonio, Maya und ihrem Vater ins Baskenland zu fahren. Sie waren siebzehn, schon im nächsten Jahr würden sie ihr Abitur machen und fühlten sich sehr erwachsen. Antonios und Mayas Vater war eher von der entspannten Sorte und erlaubte ihnen, eine Woche dieser Reise ins nur wenige Stunden entfernte Frankreich zu fahren. Ganz ohne Eltern. Nur mit ein bisschen Geld und drei Rucksäcken.

Die Reise vom Norden Spaniens bis Bordeaux hatten sie mit dem Zug zurückgelegt. Freudetrunken und übermütig feierten sie ihre neu gewonnene Unabhängigkeit. Die Art Unabhängigkeit, die nur mit Freiheit und ganz ohne Verantwortung einhergeht. Ohne jeden Zweifel die beste Art der Unabhängigkeit.

In kaputten Converse liefen sie über die Pflastersteine und tranken billigen Wein, während sie auf dem Rand schmutziger Springbrunnen saßen und über unglaublich philosophische Themen sprachen.

Wenn er sich nur gut genug konzentriert, kehrt sogar die Säure des billigen Weins auf seine Zunge zurück. Das weiß Alex, weil er das viele Male nach diesem Sommer getan hat.

So, wie er versucht hat, sich Mayas raues, lautes Lachen ins Gedächtnis zu rufen. Oder ihr rotes Haar, wie es auf und ab wippte beim Tanzen zur Musik einer Straßenband. Oder wie sie die Hand beim Lachen vor den Mund hielt, damit man die Zahnlücke zwischen den Vorderzähnen nicht sah, die zurückgekommen war, weil sie ihre lockere Zahnspange nicht getragen hatte. Doch jetzt … jetzt war das alles weg.

Damals hat sie sich selbst ausradiert, denkt er plötzlich. Damals, als wir vor ihrer Haustür standen und sie mit ein paar wohl dosierten Worten all unsere Pläne über den Haufen warf. Hat all ihre bunten Farben weggekratzt und sie durch die vorsichtigen Striche einer grauen Bleistiftmine ersetzt. Warum, wusste er nicht. Das hatte ihn nicht nur fast verrückt werden lassen. Ihre Worte, ihr Verhalten, wie sie sich zurückgezogen, gekleidet und wie sie ihn fortan ignoriert hatte. Das alles hatte einfach keinen Sinn ergeben.

Ein weiterer Blick nach hinten. Und dann – ihr Blick ist noch immer gesenkt, die Kiefer um das spitze Kinn mahlen, ihre schmalen Hände streichen über die spitze Nase mit den hellen Sommersprossen, die sich wie eine kleine Brücke von Wange zu Wange direkt über ihren Nasenrücken erstrecken – ganz plötzlich, ohne Vorwarnung, ohne die Möglichkeit, sich auf die

Gewissheit einzustellen, fällt es Alex auf, zieht in einem solchen Schock durch seinen Körper, dass sein Kinn nach unten klappt und er mehrmals blinzeln muss, um sich wieder auf die Straße vor ihm zu konzentrieren:

Da ist noch etwas. Da ist tatsächlich noch etwas da in ihm. Trotz all der Gedanken an Laura, trotz all dem Schmerz, den er empfindet, wenn er daran denkt, dass sie das Kind eines anderen in sich trägt. Doch. Es ist eindeutig: Sie ist nicht weg, die Liebe zu Maya. Sie war gefroren. Konserviert. Immer in Gefahr, wieder aufzutauen, sobald er ihr zu nahekommt. Das muss er gewusst haben, irgendwie. Ist ihr deshalb ausgewichen, im Slalom um sie gekreist, wann immer sich ein direkter Kontakt nicht vermeiden ließ.

»Was?«, fragt Maya von hinten. »Was hast du gesagt?«

Überrascht dreht Alex sich zu ihr, als ihm auffällt, dass er laut gesagt haben muss, was er bei dem Gedanken an zwei Wochen gemeinsam mit ihr gedacht hat:

Ich bin erledigt.

ERLEDIGT.

MAYA

Meine Cousine muss vollkommen verrückt sein. Anders lässt sich der Inhalt der Reisetasche nicht erklären, die auf dem breiten Holzbett vor mir liegt.

Keine Jeans, kein Pullover, nicht einmal ein einfaches T-Shirt. Kopfschüttelnd sehe ich auf den riesigen Stoffhaufen vor mir. Der setzt sich aus handgemachten seidigen Kleidern, Hemdchen, Röcken und Kimonos zusammen, die sich eigentlich in meinem Schrank in Berlin befinden sollten. Sehnsuchtskleidung ist das, die ich geschaffen habe, weil irgendein Teil von mir immer noch irgendwelchen Träumen nachhängt. Die aber definitiv nicht als Alltagskleidung gedacht sind. Vor allem nicht für mich selbst.

Außerdem aus meterweise bemalten Stoffen, die meine Cousine vermutlich in die Tasche geworfen hat, ohne sie vorher überhaupt anzusehen. Zu meinem Glück finde ich zumindest am Boden der Tasche einige Strumpfhosen, Leggins und – Gott sei Dank – Unterwäsche.

Ich ziehe den grauen Pulli am Kragen ein wenig von mir weg und schnüffle. Nach vielen Stunden Autofahrt riecht mein Körper nach altem Alkohol, nach Schweiß und Müdigkeit. Unmöglich, dass ich eines der Kleidungsstücke vor mir anziehen werde. Was bedeutet, dass ich mir von meinem Bruder etwas werde leihen müssen.

Mit verschränkten Armen trete ich ans Fenster des Zimmers und blicke auf die Bucht. Es ist später Nachmittag, wir sind vor ein paar Stunden angekommen und allesamt erschöpft, unsere Körper steif und klebrig. Die Sonne schimmert nur noch schwach durch die Bäume, wird schon bald von einigen Wolken verschluckt werden. Mit einem Ruck öffne ich das Fenster, das schon klemmt, seit ich denken kann, und lehne mich nach vorne, um in den tiefen Abhang zu sehen, der sich unter dem Haus hinunter bis ins Meerwasser stürzt.

Vor fast dreizehn Jahren habe ich mir ausgemalt, wie es wäre, das Fenster zu öffnen, langsam ein Bein nach dem anderen über den Fenstersims zu schwingen und mich fallen zu lassen.

Bei der Erinnerung zucke ich zusammen und ziehe mich wieder ins Innere des Zimmers zurück. Was habe ich mir bloß dabei gedacht, hierher zurückzukommen? Warum bin ich sitzen geblieben in diesem gottverdammten Bus, statt einfach auszusteigen, um zurück nach Berlin zu fahren und mich meinen Problemen zu stellen. Aus Angst, muss ich mir eingestehen.

Was keinen Sinn ergibt, denn ein Blick auf mein Telefon genügt, um zu wissen, dass nichts hinter mir liegt, sondern dass mich die letzten Tage verfolgen werden, da können noch so viele Kilometer zwischen mir und Berlin liegen.

Je heller der Himmel wurde und die vielen Schilder erleuchtete, die zeigten, dass wir uns Spanien näherten, desto stärker schlug mein Herz. Baskenland, nicht Spanien. Darauf hatte Papa immer bestanden.

Als wir dann den schwarz-weißen Straßenschildern Richtung Maitasuna zu folgen begannen, trat mir warmer, schmieriger Schweiß auf die Stirn. Vor mir plapperte Matilda ohne Unterlass, offenbar die Einzige, die nach über zwanzig Stunden Autofahrt mit viel zu wenig Pausen nicht am Ende ihrer Kräfte war. Einige Male sprach sie sicher auch mich an. Doch ich konnte nur mit zustimmenden Lauten und einem unechten Lächeln antworten.

Neben mir saß mittlerweile Greta, die mich beobachtete und untypisch wenig sprach.

Irgendwann fuhren wir dann am Eingangsschild des kleinen Örtchens vorbei.

Maitasuna stand da. Und darunter: *Ongi etorri.*

Herzlich willkommen.

Den Kopf an die Fensterscheibe gelehnt, beobachtete ich, wie Alex den Bus durch die engen, steilen Straßen der kleinen Küstenstadt fädelte. Ich ließ die Namen von Cafés und Straßen in meinem geschlossenen Mund über die Zunge gleiten.

Viele Jahre habe ich fast kein Spanisch mehr gesprochen, und im Baskischen war ich noch nie gut. Mein Vater sprach beide Sprachen. Und das, obwohl meine Großeltern beide gebürtige Andalusier waren und mein Großvater die Basken bis zu seinem Tod nicht ausstehen konnte.

Er war als junger Mann Teil von Francos Polizeigarde gewesen und ins Baskenland geschickt worden, um mit seinen Kollegen *für Ordnung zu sorgen zwischen den gottverdammten Separatisten*, wie er sich wutentbrannt ausgedrückt hatte. Er war gerne und sehr oft wutentbrannt. Daran kann ich mich erinnern, obwohl ich gerade einmal fünf war, als er starb. Was im Rückblick für meine Abuela eine Erleichterung gewesen sein muss. So hatte sie zumindest noch zehn Jahre Lebenszeit ohne ihn.

Während wir so durch den noch immer vertrauten Ort fuhren, blickte ich auf die Schilder hinaus und fragte mich, wie es sein würde, die Worte laut auszusprechen, die ich da las. Hatte meine Zunge verlernt, das R zu rollen? Würde mir spontan überhaupt etwas einfallen, was nicht über Floskeln hinausging?

Langsam fuhren wir stadteinwärts. In der Zwischenzeit begrüßte uns ein sonniger Vormittag. Nur einige dunkle Wolken rotteten sich über dem Meer zusammen und deuteten an, dass der Tag auch noch stürmisch werden könnte. So genau wusste man das hier nie. Antonio kurbelte die Scheibe herunter und ließ milde, salzige Luft herein.

Ich wollte nicht, wirklich alles in mir wehrte sich dagegen, und trotzdem, trotz all der Erinnerungen, die hinter mir saßen und immer wieder versuchten, sich auf mich zu stürzen – trotz allem war da Freude in mir.

Freude an dem Duft nach Meer und dem Brot, das in der kleinen Bäckerei an der Ecke gerade gebacken wurde. Freude an dem Anblick, der sich dämmrig vor mir ausbreitete.

Maitasuna, wie es sich um die kleine Küste krümmte. Die hohen, schmalen Häuser aus hellem Stein oder in blassem Gelb, Blau oder Rot bemalt, die eng aneinandergebaut waren und die in ihrer Fröhlichkeit den dunklen Bäumen, den steilen Bergen und scharfen Klippen zu widersprechen schienen, die sich über Meer und Stadt erhoben.

»Was in Gottes Namen ist das denn?«, fragte ich Antonio und zeigte auf ein weißes, kastiges Gebäude ganz am Ende des kleinen Hafens.

Der moderne Komplex glich zwar nicht den billigen Hotels, die an der Costa Brava oder Costa del Sol wie die gleichförmigen Perlen einer scheußlichen Kette aneinandergereiht sind, trotzdem passte es nicht in die Landschaft.

»Hotel La Spe«, sagte Antonio. »Hat irgendein Südspanier gebaut.« Er räusperte sich. »Wird wohl vor allem für Seminare und Hochzeiten genutzt. Verschandelt die Landschaft zwar ein bisschen, ist aber alles in allem gar nicht so schlecht für den Ort. Und der Hotelbesitzer ist … na ja, ganz in Ordnung würd ich mal sagen.«

Ich konnte mir die Diskussionen der Ortsbewohner nur zu gut vorstellen, als darüber entschieden wurde, ob man dieses Monstrum an eine der schönsten Stellen der Bucht bauen dürfe. Wie sie stritten, diskutierten, abwogen und letztlich wohl zu dem Entschluss kamen, dass man sich öffnen müsse, um zu überleben.

Und wie sie sich gleichzeitig schworen, dass dies der einzige Kompromiss war, den sie zulassen würden. Davon zeugte die

Tatsache, dass im Ort nur hier und da ein Lädchen fehlte, das jedoch durch ein anderes ersetzt worden war.

An der Straße, die in den winzigen Hafen mündete, hielt mein Bruder an. Widerwillig stieg ich aus, weil ich einfach nur ins Haus meiner Abuela und dort direkt ins Bett wollte. Trotzdem musste ich zugeben, dass die Aussicht auf Wellen und Schiffchen schön war und die Luft nach den vielen Stunden im Auto guttat. Ich schloss die Augen, blinzelte in die schwache Sonne und entspannte mich tatsächlich ein bisschen. Bis uns eine Gruppe von Leuten unseres Alters entdeckte und uns erkannte. Da waren zwei Freundinnen aus Kindertagen, Amaia und Luisa, die den obligatorischen zwei Küssen auf die Wange zwei stürmische Umarmungen hinterherschoben und mir das Versprechen abrangen, sie unbedingt zu besuchen, solange ich hier war. Und einige Männer, in denen ich kaum noch die Jungen erkennen konnte, die sie einmal gewesen waren, als ich und meine Freundinnen kreischend und lachend vor ihnen ins Meer flüchteten. Zum Glück war die Freude aller größer als deren Neugier, warum ich mich all die Jahre nicht bei ihnen gemeldet hatte. Oder kannten sie den Grund? Diesen Gedanken im Hinterkopf, wich alle Wiedersehensfreude aus meinem Körper, und die Rückkehr in den Bus war eine Erleichterung.

Wir fuhren die Anhöhe hinauf bis zum Haus meiner Großmutter, das am Ende einer Sackgasse versteckt hinter üppigen Kiefern stand. Wenn auch etwas mitgenommen, war es noch immer schön. Viel schöner als das Bild, das ich meiner Erinnerung zu malen erlaubt hatte.

Hellrosa gestrichen, mit hellblauen Fensterrahmen und Fensterläden. Ein Balkon erstreckte sich über die ganze Breite des oberen Stockwerks. Ich konnte mich an Abuelas Geranien erinnern, die das Haus jeden Sommer geschmückt hatten und auf die sie sehr stolz gewesen war.

Nach ihrem Tod hatte sich eine Nachbarin darum gekümmert, wenn wir nicht da waren. Jetzt waren sie verschwunden. Die Fensterläden waren geschlossen, das Rosa der Fassade hatte den winterlichen Stürmen zwar getrotzt, doch das Haus sah etwas verblasst und müde aus.

Antonio und ich hatten schon lange nicht mehr über das Haus gesprochen. Eigentlich war ich es, die nicht darüber sprach und die Antonios Versuche abwehrte, sich mit mir über den Verbleib der Immobilie zu unterhalten.

Immobilie. Wie das klingt. So kalt. Ich sehe mich in dem Zimmer um, das ich bis zu jenem schicksalhaften Tag jeden Sommer seit meiner Geburt für mehrere Wochen bezogen habe. Das hier ist keine Immobilie. Früher war das hier mein Zuhause gewesen. Mehr noch als unser eigentliches Heim in Berlin. Und ich habe es vermisst, dieses Zimmer.

Bis auf den Raum da oben unter dem Dach. Doch an den würde ich nicht denken, das darf ich auch nicht. Sonst würde der Regen aus tausend Glassplittern noch einmal auf mich herabprasseln. Also werde ich alle Erinnerungen im Hinterkopf meines Hinterkopfs verstauen, fest verschnürt und verknotet.

Ich lasse mich auf die Decke fallen, die auf der weichen Matratze des dunklen Holzbetts liegt. Irgendwann hat Papa meiner Großmutter einmal vier Daunendecken aus Deutschland mitgebracht, die sie wie einen Schatz hütete und nur für besondere Gäste herausholte. Natürlich waren die im Sommer immer viel zu warm.

Trotzdem bezog sie die schweren Decken jedes Mal, wenn ihr Sohn und ihre Enkel kamen – so, als wären wir royaler Besuch.

Ob meine Mutter uns damals vermisste, wenn wir im Sommer fast sechs Wochen hier verbrachten? Als freier Künstler konnte mein Vater arbeiten, wo er wollte. Meine Mutter dagegen kam meistens nur für eine Woche und sehr unwillig nach Maitasuna, da sie den Laden während der Sommersaison nicht schließen konnte.

Meine Finger fahren über die weiße Bettwäsche, von der ein Geruch nach spanischem Waschmittel aufsteigt. Ein Geruch nach pedantischer Sauberkeit, der ein automatisches Glücksgefühl in mir auslöst. Jemand aus dem Ort muss das Haus für uns vorbereitet haben. Kein Flöckchen Staub ist zu sehen. Weder auf dem kleinen dunkelbraunen Nachttisch noch auf der schwarzen Holzkommode mit den schönen Schnitzereien. Die Luft in den Räumen ist frisch und sauber.

Mein Blick fällt auf die Rahmen mit den Fotografien, die überall an den burgunderroten Wänden des kleinen Raumes hängen. Einige davon vom Meer und von den Fischern von Maitasuna. Andere von längst verstorbenen Familienmitgliedern.

Als Kind haben mir diese Fotos immer ein wenig Angst gemacht. Wenn meine Nachttischlampe ihr Halblicht auf die Gesichter warf, die meistens eher misstrauisch und scheu in die Kamera blickten, versteckte ich mich oft unter meiner Bettdecke und dachte darüber nach, warum die Menschen darauf so ärmlich aussahen und alles um sie so karg und fremd.

Irgendwann teilte ich Angst und Sorge um die Foto-Menschen mit meiner Abuela. Meine Großmutter umarmte mich und setzte sich mit mir auf die Bettkante. Genau dort, wo ich jetzt mit hängenden Schultern hocke.

Lange und ausgiebig erklärte sie mir, welche der Männer und Frauen auf den schwarz-weißen Bildern meine Urgroßmutter, wer irgendein Großonkel- oder -cousin von mir war. Wer von ihnen sich gewehrt hatte, »Viva Franco!« zu rufen, und wer die beste Gazpacho aufgetischt hatte. Dass die karge Landschaft im Hintergrund die Region um Cádiz in Andalusien zeige. Ihre eigentliche Heimat.

Jetzt frage ich mich, warum die Familie meiner Abuela nur hier in diesem kleinen Zimmer einen Platz einnehmen durfte. Ein Zimmer, das meine Großmutter immer Mayas Reich nannte und das tatsächlich nur von mir genutzt wurde und ansonsten als Aufbewahrungsort für Bettwäsche und -decken diente. Im Rest des Hauses hatten vor dem Tod meines Großvaters Domingo nur Fotos seiner Verwandtschaft gestanden.

Alles stattliche Andalusier in schicken Anzügen und Kleidern, die immer sehr gerade standen und mit erhobenem Kinn in die Kamera sahen. Sogar ein Stierkämpfer war unter seinen Cousins. Das hat er uns Kindern immer und immer wieder erzählt.

Bis er es irgendwann vergaß und seine Worte nur mehr aus Erinnerungen an die alte Zeit und Beschimpfungen gegenüber allen und jedem bestanden. Vor allem gegenüber den Basken, die er trotz seiner vielen Jahre hier niemals hatte leiden können. Oder Geschichten aus der Zeit, in der Franco noch am Leben war und er und seine Kollegen von der Guardia Civil bei »den Terroristen« – wie er die Basken immer nannte – richtig für Ordnung sorgen durften.

Als er starb, war es, als hätte jemand einen dunklen Schleier von diesem Haus und meiner Großmutter gehoben – und von meinem Vater. Die Veränderung muss fundamental gewesen sein. Schließlich war sie mir damals aufgefallen, obwohl ich noch ein kleines Kind war.

»Gefällt dir meine Auswahl?«

An den Türrahmen gelehnt steht meine Cousine und zeigt auf den seidigen Haufen auf meinem Bett. Ich habe keine Ahnung, was ich auf diese bescheuerte Frage antworten soll, und verdrehe die Augen. Doch sie sieht mich gar nicht an, sondern geht auf die Matratze zu, nimmt sich einen mit lila Astern bemalten Kimono und zieht ihn über ihren dicken Strickpullover. Sie fährt mit der linken Hand über den rechten Ärmel, dann mit der rechten Hand über den linken.

»Maya, das ist vollkommen verrückt.«

»Gut, dass du das einsiehst. Ich werde mir den Tod holen, und für bescheuert halten werden mich die Leute hier auch, wenn ich irgendwas von dem Zeug da anziehe.«

»Dem *Zeug*? Ich glaube, du verstehst nicht, was ich sagen will …« Meine Cousine hebt den Blick von den Ärmeln und schüttelt den Kopf. »Es ist Wahnsinn, dass das da alles in deinem Schrank versteckt war, und … na ja, dass du das alles hier selbst gemacht hast, ist noch viel verrückter. Maya, das ist exquisit, das ist Kunst, das ist, auch wenn ich mich wiederhole … völlig verrückt.«

Ich möchte etwas antworten, weiß aber nicht, was. Einerseits ist es, als hätte ich mich jemandem offenbart. Unfreiwillig zwar. Aber trotzdem liegt da ein großes Geheimnis auf dem Bett. Für das ich nicht belächelt oder ausgelacht wurde, sondern das bestaunt und bewundert wird.

Andererseits möchte ich diese Bewunderung nicht. Weil sie nämlich zu nichts führt. Außer zu einem Haufen Problemen, der weitaus größer wäre als der Seidenberg vor mir. Und Probleme habe ich wahrlich genug. Also nehme ich die Sachen und stopfe sie schnaufend zurück in die Tasche.

»Was machst du denn da?« Greta hebt die Brauen und verschränkt die Arme vor der Brust.

»Ich hab keine Ahnung, warum du die Sachen eingepackt hast. Was soll ich denn die nächsten Tage anziehen? Es hat nicht mehr als zehn Grad, und Seide ist nicht für seine wärmenden Eigenschaften bekannt. Außerdem … außerdem sind die Sachen hier privat, also … Ach, was weiß ich.«

Mit einem Ratschen ziehe ich den Reißverschluss der Tasche zu, nehme sie vom Bett und werfe sie in den offenen alten Schrank in der Ecke des Zimmers.

»Was redest du denn? Strickjacken und Wollpullis kannst du

von mir bekommen, die halten dich auf jeden Fall warm, und Strumpfhosen hab ich dir auch eingepackt. Und zur Not kaufst du dir halt was. Darum geht's auch gar nicht. Ich will viel lieber mal wissen, warum du die Kleider und den ganzen Rest dieser Sachen hier im Schrank versteckt hast. Das ist Kunst, Maya. Nichts weniger. Diese Schnitte, die Farben, die Formen. Bestimmt hast du die Stoffe sogar selbst bemalt. Weißt du, wie viel Geld du damit verdienen könntest?«

Ich verdrehe die Augen und gehe auf meine Cousine zu, um sie aus dem Zimmer zu drängen. Ich bin ihr dankbar dafür, dass sie mich aus der schrecklichen Situation in Berlin gerettet hat. Doch das hier geht zu weit und ist ganz sicher kein Thema, über das ich jetzt sprechen werde.

»Das weiß ich nicht und, um ehrlich zu sein, ist mir das auch egal. Das alles«, ich zeige in Richtung des Schranks, »ist ein schönes Hobby, und es ist … na ja … wie schon gesagt, es ist privat.«

»Was soll das denn heißen, *privat*? Warum versteckst du das?«

»Ich verstecke gar nichts«, sage ich, obwohl ich das natürlich ein bisschen getan habe. »Und ich habe ehrlich gesagt keine Lust, mit dir darüber zu sprechen. Ich bin müde, ich will duschen und dann nur ins Bett, also bitte, lass uns …«

»Tante Maya!«, tönt es hinter mir aus der geöffneten Tür.

Matilda rennt mit polternden Schritten über den Holzboden und springt auf die Matratze. Auf dem Bauch liegend und das Kinn auf die Ellbogen gestützt, blickt sie zu mir hoch. Ich wende mich dankbar von meiner Cousine ab.

»Wir sind noch nicht fertig.« Greta sieht mit zusammengekniffenen Augen zu mir, verlässt aber den Raum.

»Papa sagt, ich schlafe heute Abend bei ihm im Bett, aber der redet immer beim Schlafen, und Papa redet eh schon so viel, und das kann ich dann nicht auch noch nachts aushalten, und dann wach ich immer auf und hab am nächsten Tag so schlechte Laune, und eigentlich wollte ich ja auch bei Alex im Wohnzimmer schlafen, aber jetzt hat Papa gesagt, dass der ganz laut schnarcht, und jetzt weiß ich nicht, wo ich schlafen soll …«

Sie holt tief Luft und blinzelt mich einige Male mit ihren langen dunklen Wimpern an. Sie ist zwar erst fünf Jahre alt, hat aber schon das strategische Geschick eines gewieften Teenagers.

Ich streichle ihr über die dunklen Locken. »Wie wäre es denn, wenn du hier schläfst, Matilda-Kind?«

Jubelnd hüpft sie einige Male auf der Matratze auf und ab.

Nach dem Abendessen – mein Bruder hat sich mit einem Menü aus Fünf-Minuten-Terrine und Erasco-Erbseneintopf mal wieder als wahrer Feinschmecker entpuppt – kuscheln Matilda und ich uns ins Bett.

»Schön, dass du mitgekommen bist«, murmelt meine Nichte, während ihr die Augen zufallen.

»Find ich auch.«

Das ist noch nicht mal eine Lüge, denn hier mit ihr liegen zu dürfen ist schön. Ich denke über den Abend nach und darüber, wie wir alle gemeinsam in der großen Küche gesessen haben. Dort hat sich nicht viel verändert: blaue Fliesen über einer alten hölzernen Arbeitsplatte weckten die Erinnerungen daran, wie ich mit baumelnden Beinen meiner Großmutter beim Kochen zusah.

Auf dem großen Holztisch, der vor dem Fenster steht, das zu der kleinen Straße zeigt, ist noch immer ein schwarzer, großer Fleck zu sehen, von dem ich sehr gut weiß, woher er kommt.

Meine Abuela hatte uns Reis mit einer schwarzen Soße gekocht. Als ich erfuhr, dass diese Soße aus Tinte von echten Tintenfischen gemacht wurde, spuckte ich einen riesigen Schwall davon auf den Platz vor mir. Die Tinte hat meine Großmutter nie wieder aus der unbehandelten Tischplatte bekommen.

Auch an Alex und sein Verhalten heute Abend muss ich denken. Obwohl er sich eigentlich gar nicht verhalten hat. Er ist mir aus dem Weg gegangen, hat kaum etwas gesagt, sondern still und etwas widerwillig sein Essen verspeist. Dabei hat er irgendwie verloren ausgesehen. Ein großer Mann mit einem Papagei auf der Schulter, dessen Blick sich an irgendeinem Punkt auf dem rauen Steinboden verlor.

Während der letzten Pause kurz vor der spanischen Grenze hatte mein Bruder mir erzählt, was Alex in den vollgepackten Bus und hier ins Baskenland gebracht hatte. Verlassen und direkt vor die Tür gesetzt. Puh. Trotzdem ärgere ich mich noch immer ein bisschen über die Art, wie er auf der Fahrt mit mir gesprochen hat. Und vielleicht hatte seine Ex-Verlobte ja gute Gründe dafür, kurzen Prozess zu machen.

Im Halbdunkel streifen meine Augen noch einmal die Fotos, die sich schemenhaft von der dunklen Wand abheben. Wie seltsam, denke ich, während meine Atmung so langsam wird, dass zwei von Matildas Atemzügen in einen meiner passen. Dass ich in diesem Leben noch einmal hier liegen und auf diese Menschen schauen würde, die irgendwie zu mir gehören.

Noch dazu unter diesen Umständen.

ALEX

In dieser Nacht kann Alex nicht schlafen. Was nicht nur an der harten Couch liegt, auf der er sich seit Stunden hin und her wälzt. Denn es ist zurück, das Gedankenkarussell. Also tut er das, was er definitiv nicht tun sollte. Er greift nach dem Telefon, das auf seinem Nachttisch liegt, und ruft Yasins Instagram-Seite auf.

Da ist es wieder. Das Ultraschallbild. Strahlt in Grau und Schwarz und Weiß und lässt Alex immer wieder den Kopf schütteln. Unglaublich ist das alles. Er legt sein Handy auf seine Brust und starrt kopfschüttelnd in die Dunkelheit des Wohnzimmers. Einfach unglaublich.

Unruhig dreht er sich erst auf die eine und dann auf die andere Seite. Keine Position fühlt sich richtig an, immer drückt oder zwickt irgendwas, was nicht nur an dem uralten Sofa liegt, auf dem er zu schlafen verdammt ist. Sicher würde es sich in einem Kingsize-Bett genauso anfühlen. Nein. An Schlaf ist nicht zu denken.

Also setzt Alex erst einen, dann den zweiten Fuß auf den kalten Steinboden und wankt zu den bodentiefen Fenstern des großen Wohnzimmers. In der dunklen Bucht tanzen die Lichter der Stadt auf dem Wasser. Er lehnt den Kopf an die kalte Fensterscheibe und überlegt. Nur um ihn dann wieder zu entfernen, weil seine Stirn sicher hässliche Fettflecken auf der sauberen Scheibe hinterlässt. Und das will er nicht, weil er dieses Haus wirklich mag. Die anderen Häuser, die Alex während der Handvoll Spanienurlaube gesehen hatte, waren ihm zu spärlich dekoriert oder in einigen Fällen richtiggehend spartanisch vorgekommen. Was verständlich ist in einem Land, in dem ein großer Teil des Lebens außerhalb der eigenen vier Wände stattfindet. Dieses Haus hier aber ist mit viel Liebe dekoriert worden. Man sieht förmlich, wie Antonios und Mayas Großmutter den Platz eines jeden Bildes geplant, mit wie viel Sorgfalt sie den Platz eines jeden Möbelstücks gewählt und deren Oberflächen dann mit Bilderrahmen, mit Muscheln und kleinen Porzellanfiguren dekoriert hat. Was in einem anderen Kontext vielleicht kitschig gewirkt hätte, schenkt den Räumen absolute Behaglichkeit. Antonios Oma hatte dieses Haus verstanden, entschied Alex. Hatte verstanden, welches Dekor es wo brauchte, und das Haus hatte sich damit bedankt, dass es jeden in sich aufnahm wie in eine sichere, warme Höhle.

Und doch: Noch nicht einmal das konnte Alex jetzt aufheitern. Wann hat er sich das letzte Mal so beschissen gefühlt? Desaströser kann es nicht mehr werden. Das Schlimmste ist, dass er noch nicht mal etwas ändern kann an der ganzen Situation. Er hätte nicht übel Lust, diesem Yasin einige Beschimpfungen unter dem Ultraschallbild zu hinterlassen. Doch das kann er natürlich nicht tun. Welcher Unmensch beschimpft schon einen werdenden Vater? Außerdem hat Alex immer noch das Gefühl, dass der Typ keine Ahnung von Lauras Verlobung hat. Und am Ende würden irgendwelche Beschimpfungen an seiner eigenen Situation auch nichts ändern.

Alex seufzt und erinnert sich an die Rede, die Antonio Maya im Bus gehalten hat. Darüber, dass es Millionen von Menschen gibt, denen es weitaus schlechter geht als ihr. Recht hatte er. Dabei will Alex im Moment auch nicht unbedingt in Mayas Haut stecken. Okay, in seiner eigenen auch nicht. Aber zumindest haben seiner Tragödie nicht Tausende von Menschen zugesehen. Er überlegt und hält sich das Telefon vors Gesicht, das noch immer in seiner kalten Hand liegt.

Als sich seine Augen an das grelle Licht gewöhnt haben, tippt er Mayas Namen in die Google-Suchleiste ein. Doch der erscheint einzig im Impressum der Website des Brautmodengeschäfts.

Nicht das, was er sucht. Also gibt er *Maya* und *Brautmoden* und *Adriana* in die Suchleiste ein.

Da ist er. Der Artikel, von dem Antonio und seine Frau vor einigen Tagen getuschelt haben. Irgendwas von *journalistischem Abschaum* haben sie geraunt und damit nicht übertrieben: Weder in dem Beitrag selbst noch in den Kommentaren wird ein gutes Haar an Maya gelassen. Alex blickt auf das Foto. Ihr überraschtes Gesicht, die leicht gekrümmte Haltung. Vorsichtig fährt er mit einem Finger über ihr Gesicht, zieht die Hand aber schnell zurück.

Was macht er denn hier? Nennt man das, was da passiert ist, nicht Karma? Oder ist der Gedanke kleinlich? Schließlich sind viele Jahre vergangen, seit sie beide vor ihrem Hauseingang in Berlin standen. Trotzdem hallen ihre Worte noch immer in seinem Kopf. Brüllen und schmettern ihm jeden Buchstaben lautlos ins Ohr.

Du hast überhaupt nichts falsch gemacht. Du bist lieb und immer da und wirklich perfekt … aber eben nicht für mich.

Trotzdem kann er das Mitgefühl nicht leugnen, das er beim Blick auf das Foto empfindet.

Sein Blick wandert wieder in Richtung Fenster, vor dem er steht. Der Bildschirm seines Telefons scheint so hell in sein Gesicht, dass er es auf dem Glas vor sich sehen kann.

Sein Atem hört sich plötzlich lauter an als zuvor, wie ein lautes Rauschen. Als würde jemand … er dreht sich um, und da steht sie. Maya.

Ein langes, weißes T-Shirt, das nur bis zur Mitte ihrer Oberschenkel reicht. Die Arme ratlos neben dem Körper hängend. So, als ob sie selbst genauso überrascht davon wäre, hier zu stehen, wie er es ist.

So sehen sie einander an. Durch die dickflüssige, schützende Dunkelheit hindurch, die nur durch den sachten Schein des Telefons erhellt wird und die den Moment noch unwirklicher macht.

Langsam geht Maya auf Alex zu. Bleibt stehen und dreht den Kopf in Richtung Tür, dann wieder zu ihm zurück. Noch zwei weitere vorsichtige Schritte, und sie steht nur noch wenige Zentimeter weit entfernt. Vorsichtig streckt Maya die rechte Hand aus, legt ihm die warme Fläche auf die Brust.

Alex atmet tief ein. Sie kommt noch ein Stück näher, und er hat Angst davor, die Luft in seinen Lungen wieder rauszulassen. So, als wäre Maya ein scheues Tier, das durch die kleinste Bewegung vertrieben werden könnte.

Dabei scheint diese Angst völlig unbegründet. Denn sie kommt noch einen Schritt näher. Dieses Mal weniger vorsichtig, stellt sie sich auf die Zehenspitzen und drückt ihre Nase an seine Wange.

Alex kann erst ihren Atem, dann einen leichten Kuss auf seiner Haut spüren. Ihr Mund zieht weiter, beißt ihm vorsichtig ins rechte Ohrläppchen, doch als er sich zu ihr drehen will, lässt sie diese Bewegung nicht zu. Seine Hände schiebt sie von sich, fährt aber mit ihren eigenen Handflächen über seine Brust, seine Arme, vergräbt sie tief in seinem Haar.

Er lässt alles geschehen, während sie sich nimmt, was sie zu brauchen scheint. Doch irgendwann hebt er die Arme trotzdem, nimmt ihr heißes Gesicht in seine kalten Hände.

Dieser Kuss. Alex hat immer geglaubt, dass seine Erinnerung Mayas Küsse verklärt hätte. Dass dieses Gefühl nur deshalb nicht mit allen folgenden Küssen vergleichbar schien, weil er so jung und unerfahren war. Ihre Leidenschaft damals war unbeholfen. Stolpernd ließen sie ihre unwissenden Finger über den Körper des anderen wandern. Suchend, lernend, unwissend.

Wie viel andere Haut hat sich in der Zwischenzeit unter seinen Fingern schon gewölbt?

Und doch ist nichts wie dieser Moment, als er sich herunterlehnt und seine Lippen immer wieder auf ihre drückt. Ihr Kuss ist hart und drückend und fordernd. Kurz spürt er einen stechenden Schmerz, als sie ihm in die Unterlippe beißt, um sie gleich danach wieder sanft zu umschmeicheln. Wie eine Katze, die nicht recht weiß, ob sie die Zuneigung genießt oder lieber weglaufen will.

Doch Maya möchte hier nicht weg, das kann Alex spüren, als sie sein Shirt nach oben drückt.

Als sie es ihm über den Kopf ziehen will, ertönt hinter ihnen ein leises Quietschen, dann fällt sein noch immer erleuchtetes Telefon aus der Hand auf den Boden. Als Maya sich bückt, um es aufzuheben und in Richtung des Geräuschs zu leuchten, hält sie inne. Sie starrt auf den hell erleuchteten Bildschirm, und er kann sehen, wie ihre Brauen über den Augen sich zusammenkrampfen, wie sich die Muskeln ihres Kiefers spannen und lösen.

Plötzlich steht sie gerade und völlig steif vor ihm und reicht ihm das Telefon. Sie zieht das weiße T-Shirt nach unten über ihre Schenkel und tritt einen Schritt zurück. Kurz überlegt Alex, sie wieder an sich zu ziehen.

Doch dann versteht er. Der Artikel. Das große Foto, das über dem schrecklichen Beitrag prangt. Der Moment ist vorbei. Was verständlich ist und ihn doch verzweifeln lässt.

»Sorry. Das war … keine Ahnung …«

Bevor er überhaupt die Möglichkeit hat, über eine Antwort auf ihren unvollendeten Satz nachzudenken, ist sie aus dem Zimmer verschwunden, und Alex bleibt mit der Frage zurück, ob das gerade wirklich passiert ist.

Kurz steht er einfach da und hebt die Hand an seinen Mund. Dann läuft er in den Flur, die alte Steintreppe hinauf in Richtung der Tür, hinter der Maya gerade verschwunden sein muss.

Er legt erst seine heiße Hand, dann sein vom Adrenalin pochendes Ohr auf das kühle, glatte Holz. Auf der Innenseite der Tür hört er ein leises Kratzen und stellt sich vor, wie Maya sich nur fünf Zentimeter entfernt am kalten Holz heruntergleiten lässt. Wie sie auf dem Boden kauert, den Rücken an die Tür gelehnt, ebenso ratlos, wie er selbst es ist.

Alex weiß nicht, was er jetzt tun soll. Und: ob er überhaupt etwas tun soll. Also tritt er ein Stück zurück, die Hand noch immer auf dem Holz, die Gedanken noch immer bei der Frau auf der anderen Seite.

Er zuckt zusammen, als sich die Badezimmertür neben ihm öffnet und Matilda an ihm vorbeitappt, »Nacht, Alex« murmelt, die Tür öffnet und in dem dunklen Zimmer verschwindet. Hat sie … hat sie wohl was mitbekommen?

Alex hält inne, dreht sich dann aber in Richtung Treppe, um wieder hinunter auf die kalte Couch zu gehen. Selbst wenn Matilda irgendwas mitbekommen hat, ist ihr zartes, unbeflecktes Hirn für die richtigen Rückschlüsse noch zu klein.

Hoffentlich.

MAYA

Ich wache von einem Tritt in den Unterleib auf. Davon muss ich heute Nacht einige abbekommen haben, denn mein Körper schmerzt, als ich versuche, mich zu strecken. Was kaum funktioniert, weil Matilda schnarchend und quer über dem Bett auf meinen Beinen liegt.

Langsam winde ich meine Unterschenkel unter ihrem überraschend schweren Körper hervor und drehe mich zur Seite. Nur, um direkt in die grünen Augen von Ralphie zu blicken. Der Kater liegt in einer fast skurrilen Pose auf dem Rücken.

Die kahlen Beine vom flauschigen, dicken Körper gestreckt, ähnelt er einer Kastanienfigur. Seiner Pose nach zu urteilen, scheint zumindest er unser Schlafarrangement zu genießen. Als er bemerkt, dass ich ihn bemerkt habe, schreckt er nicht etwa zurück. Stattdessen rollt er sich schnurrend auf die Seite, als würde er gleich in verführerischem Ton so was wie »Hallo, schöne Frau« miauen, und reibt seinen Kopf an meinem.

Ich drehe mein Gesicht von ihm weg und schlängle mich aus dem Bett. An die beiden bodentiefen Fenster peitscht der Regen, hinterlässt lange, feuchte Tropfen, die immer wieder von einem neuen Schwall Flüssigkeit weggespült werden.

Im kleinen Hafen unten in der Stadt tanzen die Fischerboote gefährlich über die Wellen, in einem Rhythmus, den wohl nur das Meer versteht. Um den riesigen Felsen, der inmitten der Bucht aus dem Meer ragt, peitschen wütende Wellen. Der Felsbrocken sieht wie ein riesiger Stein aus, den jemand vom Inneren der Erde mit voller Wucht nach oben durch Sand und Wasser geschmettert hat.

»Wenn man in einer Stadt wie Berlin wohnt, kann man schnell mal vergessen, was das Wort *Natur* eigentlich heißt«, hat mein Vater immer gesagt.

Und dass man ihrer Kraft im Grunde genommen kein bisschen gewachsen ist, füge ich in Gedanken hinzu. Maitasuna mit den wettergegerbten Häusern, mit dem dunkelgrauen, wilden Himmel am Ende des Horizonts und seinen Menschen, die seit Jahrhunderten versuchen, all das zu dominieren, mal mit, mal ohne Erfolg – das alles fühlt sich gerade sehr viel ehrlicher an als das Leben am Prenzlauer Berg, mit dem Bubble-Tea-Geschäft um die Ecke und dem Geschäft gegenüber, dessen Verkäufer nur Klamotten in der Farbe Türkis verkauft (wer auch immer ihm zugestimmt hat, dass das eine gute Geschäftsidee sei).

Mein Kopf ist voller Wohlwollen, als mir die letzte Nacht wieder einfällt. Oh nein. Hab ich das echt getan? Bin ich wirklich zu Alex gegangen und … Okay, jetzt mal entspannt bleiben. Nur ein Kuss. Es war nur ein Kuss. Der sich gut angefühlt hat. Der aber nur dazu diente, die Panik zu verdrängen, die plötzlich bei der Erinnerung an den ganzen Mist in Berlin in mir aufgestiegen ist.

Oder vielleicht, weil ich immer noch einen Kater hatte. Oder vielleicht, weil ich schlicht und einfach völlig verrückt werde. Leute sind schon wegen weniger durchgedreht. Ich erinnere mich an das Bild von mir auf Alex' Handydisplay. Er hat also den Artikel gelesen – und die Bilder gesehen. Was mir ganz klar etwas ausmacht, weil mein Herz gerade zu rasen beginnt. Ich schüttle den Kopf. Als wäre das alles nicht schon kompliziert genug.

Kaffee. Ich brauche einen Kaffee und dann einen Spaziergang. Also gehe ich die Treppe runter.

Vom Wohnzimmer dringt lautes Atmen auf den Flur.

Ich schließe die Tür des Raumes, jedoch nicht ohne einen Blick auf Alex zu werfen, der gekrümmt auf dem Sofa liegt. Seine Pose sieht sehr unbequem aus: Die dünne Decke liegt nur halb über seinem Körper, und verschiedene Gliedmaßen ragen über jede Ecke des Sofas.

Dieser Kuss. Ich atme tief aus und schließe die Wohnzimmertür und damit hoffentlich das Gedankenfenster in Richtung letzter Nacht.

Ralphie folgt mir in die Küche und beobachtet, wie ich mit fahrigen Bewegungen den Kaffee zubereite. Dabei murmle ich immer wieder die Worte *nur ein Kuss, es war nur ein Kuss, und ich werde nicht verrückt* vor mich hin, während der Kater mir mit wiederkehrendem Miauen zustimmt. Na ja, oder nach ein bisschen Milch verlangt. Aber das mit dem Zustimmen wäre auf jeden Fall angebrachter.

»Ich will euer Gespräch ja nicht stören, *hermana* …«

In einen alten geblümten Morgenmantel meiner Abuela gehüllt, steht Antonio lässig gegen den alten Rahmen der Küchentür gelehnt.

»… aber leider muss ich dich davon in Kenntnis setzen, dass da ein riesiger Kaugummi in deinen Haaren klebt.«

Innerhalb weniger Sekunden stehe ich im Badezimmer vor dem großen Spiegel über dem avocadogrünen Waschbecken.

Was ich da sehe, was ich da fühle, kann nicht echt sein. Ist nichts, was im wirklichen Leben passiert. Mit angewidertem Gesicht befühle ich einen riesigen Klumpen. Leider besteht da trotz meines Unglaubens kein Zweifel: Rechts auf meinem Hinterkopf klebt ein Kaugummi.

Hinter mir steht Antonio und versucht konzentriert, nicht zu lachen.

»Findest du das lustig? Schau mich doch mal an! Wie kann das denn passiert sein? Woher kommt das blöde Ding nur?«

Ich drehe den Klumpen zu ihm, in dem auch zahlreiche dunkle Haarbüschel kleben, die zu Matilda und/oder Ralphie gehören müssen. Ich schüttle mich und drehe mich zurück zum Spiegel.

Dann fällt sie mir ein. Die Diskussion nach dem Abendessen darüber, ob Matilda noch einen Kaugummi von Alex haben dürfe. Und die zugunsten von Matilda ausging, unter der Bedingung, dass sie ihn vorm Zubettgehen ausspuckt.

Was sie nicht getan hat. Ganz offensichtlich.

»Oh Mist.«

Alex steht in der Badezimmertür, eine Hand vor dem Mund.

Er kommt näher und lehnt sich vor, um den Klumpen näher zu betrachten.

»Das sieht nicht gut aus. Hast du schon gegoogelt, was man da machen kann?«

»Ich hab das selbst gerade erst bemerkt und … Aua, verdammt, Antonio, hör auf, an dem blöden Ding herumzuziehen!«

»Tut mir leid«, sagt er, lässt den Klumpen los und tritt einen Schritt zurück. »Aber du musst schon zugeben, dass du gerade nicht unbedingt eine Glückssträhne hast. Also im wahrsten Sinne des Wortes.«

Jetzt kann auch Alex ein Lachen nicht unterdrücken. Ich drehe mich zu ihm und gehe einige Schritte auf ihn zu. »Wie kannst *du* es wagen zu lachen? Das hier ist alles deine Schuld. Das ist nämlich der Kaugummi, den Matilda dir gestern Abend noch abgeluchst hat, obwohl ich gesagt habe, dass sie bestimmt vergisst, ihn auszuspucken. Und jetzt sieh dir das an!« Ich zeige auf den Klumpen.

»Jetzt beruhig dich doch erst mal«, antwortet Alex, und ich bemerke, wie sich die Fäuste neben meinem Körper zu dicken Klumpen ballen. »Ein Kaugummi sollte sich eigentlich ganz einfach aus den Haaren kämmen lassen. Während meiner Zeit als Zivi hatte ständig eins der Kitakinder einen Kaugummi im Haar. Also nicht ständig, aber es ist auf jeden Fall ab und an vorgekommen. Und dann hat eine der Erzieherinnen das Ding ganz ohne Probleme rausgekämmt. Na ja, bis auf den Kaugummi im Haar der arme Ebru …« Er verzieht das Gesicht.

»Was war mit *der armen Ebru?*«

Ich höre mich ziemlich hysterisch an. Was sicher daran liegt, dass ich mich ziemlich hysterisch fühle.

»Ist doch egal, *hermana*. Passt doch perfekt in den Moment, das mit den Haaren. Frauen lieben es, sich nach Trennungen eine irrationale Frisur verpassen zu lassen, damit man die ›inneren Veränderungen‹ auch außen sehen kann.« Mein Bruder nickt bedeutungsschwanger, und wie so oft frage ich mich, wie es sein kann, dass wir die gleichen Gene teilen.

»Nicht, wenn sie alle zwei Monate den Wert einer halben Niere für ihren Friseur ausgeben, so, wie ich das mache.«

Alex ist in der Zwischenzeit wieder näher gekommen und dreht die Strähne hin und her. »So schlimm ist es doch gar nicht«, sagt er und seine Finger berühren versehentlich meinen Nacken.

»Genau, *hermana*, das bekommen wir sicher in null Komma nichts wieder in den Griff.«

Die beiden fachsimpeln eine Weile darüber, wie sich die Kaugummimasse am besten entfernen lässt.

Doch trotz einer ausgiebigen Google-Suche und einem langen Gespräch mit der armen Frieda, die extra aus Berlin zugeschaltet wurde, ist natürlich gar nichts in *null Komma nichts* geregelt. Eine Dreiviertelstunde später sitze ich noch immer auf einem Schemel in der Mitte des Badezimmers. Matilda hockt mit schuldbewusstem Blick auf dem Rand der Badewanne und isst Cornflakes.

Ob Eiswürfel, Creme, Olivenöl und in einem letzten verzweifelten Versuch sogar Nagellackentferner – nichts hilft. Noch immer hängt ein Klumpen in meinen Haaren, die nach dem Versuch mit dem Nagellack auch noch so sehr stinken, dass meine Augen zu tränen beginnen.

»Ich glaub, hier hilft nur noch die Schere, *hermana*.« Antonio hebt die Schultern und öffnet eine Schublade der Holzkommode in der Ecke des Badezimmers.

»Bleib mir bloß vom Leib!« Ich springe auf und halte die Hände schützend um den Klumpen. »Du denkst doch wohl nicht ernsthaft, dass ich einen von euch meine Haare schneiden lasse.«

In diesem Moment betritt Greta pfeifend den Raum. Ihr Pfiff wird unterbrochen, als sie sieht, was los ist. Sie hebt die Brauen und schiebt die Ärmel ihres pink gestreiften Schlafanzugs nach oben. »Okay, Leute, alle raus! Bis auf Maya und meine kleine Assistentin hier.«

Sie zeigt auf Matilda, die stolz die Brust reckt.

Greta geht zu ihrer Waschtasche und holt eine Schere und einen Kamm hervor.

»Äh, darf ich mal fragen, was du vorhast?« Ich stehe auf und flüchte mich in Richtung Tür.

»Liebe Cousine«, sagt Greta und kramt noch einmal in ihrer Waschtasche. »Heute ist Sonntag. Das heißt, es werden noch mindestens vierundzwanzig Stunden vergehen, bis sich ein Friseur diesen Schlamassel hier ansehen kann. Bis dahin hat sich mindestens noch ein Viertel deines Resthaars zu dem interessanten Objekt da oben hinzugesellt. Und vielleicht das eine oder andere Insekt. Na ja, oder aber du vertraust der Cousine, die ihre Haare schon selbst schneidet, seit sie sechzehn ist, und für ihre Schnitttechnik sogar schon von echten Friseuren gelobt wurde. Die Entscheidung liegt also bei dir.« Sie lehnt sich an das grüne Waschbecken und verschränkt die Arme vor der Brust.

Ich denke über ihre Worte nach, obwohl ich das gar nicht tun müsste, denn natürlich hat sie recht. Es muss jetzt etwas passieren, und Greta ist meine beste Option. Also nicke ich sehr widerwillig.

»Okay, dann mal los«, sagt sie und schiebt noch einmal die Ärmel ihres Schlafanzugs nach oben. Sie beauftragt Matilda, ihr eine große Tasse Kaffee zu bringen, greift nach Schere und Kamm und beginnt, meine Haare zu bearbeiten.

»Kein Wunder, dass der Kaugummi so festklebt. Die Haarstruktur ist vom vielen Blondieren und Glätten total angegriffen. Dreh dich lieber vom Spiegel weg, ich muss nämlich ein Stück abschneiden, dann müsste das mit dem Rauskämmen eigentlich gut funktionieren. Nicht, dass du noch anfängst zu heulen, okay?«

Also drehe ich mich um hundertachtzig Grad und blicke in Richtung Wand. Mit jedem Geräusch der scharfen Schere und jeder wirklich langen Strähne, die auf den Boden rieselt, fühle ich mich ein bisschen elender. Vielleicht hätte ich doch bis zum nächsten Tag warten sollen.

In dem kleinen Holzregal über der Badewanne sehe ich die alte Parfumsammlung meiner Großmutter. Meine Abuela ist seit fast zwanzig Jahren tot, und sicher riecht das Zeug nach gar nichts mehr. Oder die Flüssigkeiten in den bunten Flakons sind schon verdunstet, das kann ich nicht genau erkennen. Mit zwölf bin ich mal auf den Wannenrand geklettert und habe jede einzelne Flasche ausprobiert. Dazu malte ich mir die Wangen mit Rouge an, das ich in dem Spiegelschrank über dem Waschbecken fand, wischte mit schwarzen Lidschatten über meine Augen, der damals vermutlich schon Jahrzehnte alt war, und betupfte meine Lippen in Ermangelung eines Lippenstifts ebenfalls mit dem roten Puder.

Als ich dann runter in die Küche kam, grunzte mein Bruder laut auf. »Du siehst aus wie Edurne und riechst fast so wie ihr Laden«, sagte er und hielt sich die Nase zu.

Edurne betrieb den einzigen Laden mit Parfum und Kosmetik des Ortes und wurde damals die *Brigitte Bardot* von Maitasuna genannt. Ich fand sie unheimlich toll mit ihren blonden toupierten Haaren, dem dramatischen Eyeliner und dem winzigen rotbraunen Dackel, der ihr überallhin folgte und der Patxi hieß. Manchmal schenkte sie mir Parfumproben, wenn ich mit meiner Großmutter in den Laden ging, und einmal sogar einen kleinen, hellrosa Lippenstift.

»Danke«, antwortete ich meinem Bruder deshalb und streckte ihm die Zunge raus. Antonio erwiderte den Zungenstrecker. Meine Abuela aber drehte sich zu mir und schüttelte den Kopf. »Nicht doch wie Edurne. Unsere Maya ist nicht nur hübsch, sie hat auch was im Kopf. Du wirst es weit bringen, *mi amor*. Ganz weit.«

Kurz nach diesem Sommer kam der Krebs. Wie das klingt. Der Krebs *kommt* ja nicht einfach. Er bricht über einen herein wie eine Flutwelle. Nicht mal zwei Jahre später standen wir auf dem Friedhof von Maitasuna. Ein schöner Ort, von dem aus man übers Meer sehen kann. Anders als mein Abuelo Domingo liebte meine Großmutter das Baskenland, vor allem aber Maitasuna. Einmal erklärte sie mir, wenn sie eine Landschaft sein müsste, dann wolle sie keine andere als diese hier sein: unangepasst und liebreizend zugleich. Ich war mehr als traurig nach ihrem Tod. Sie war *der Mensch* in meinem Leben. Nicht nur der beste, der tollste, der liebste Mensch. Einfach *der Mensch. Mein Mensch.* Ein Teil von mir.

Trotzdem wusste ich, dass ihr Platz auf dem Friedhof mit Blick auf Meer und Ort ihr gefiel. Zur Beerdigung trug ich ein hellblaues Kleid, das ich selbst genäht hatte. Auf der alten blauen Veritas-Nähmaschine, die mein Vater meiner Großmutter aus einem Secondhandladen aus Berlin mitgebracht und die sie mir vererbt hatte. Denn Hellblau war ihre Lieblingsfarbe.

Ich spüre, dass ich gleich weinen werde, und das will ich auf gar keinen Fall, weil Greta dann wissen will, warum, und ich nicht in der Stimmung bin für tiefsinnige Gespräche.

»So, und jetzt noch meine Spezialpflege. Die muss zwanzig Minuten einwirken, aber danach wirst du dich wie neu geboren fühlen. Und dann, liebe Cousine, darfst du mich auf das größte Bier einladen, das Maitasuna zu bieten hat. Als Bezahlung für einen hoffentlich nicht ganz schiefen Haarschnitt. Wobei …«, sagt sie und schürzt die Lippen.

»Was?«, frage ich und ahne, dass mir ihre Überlegung nicht gefallen wird.

»Vielleicht will ich doch kein Bier für den Haarschnitt.« Sie schüttelt den Kopf und fährt sich durch die roten Haare, die ihr über die Schultern fallen.

»Mmh … Okay …«

»Ich hab mehr Lust auf etwas anderes, etwas viel Erfrischenderes.« Sie lächelt. »Ich glaube, ich möchte lieber einen Schluck Wahrheit.«

»Aha.« Ich drehe mich zu ihr. »Geht's auch weniger metaphorisch?«

Greta lacht schnaubend. »Klar geht das. Aber es wird dir nicht gefallen.«

Ich hebe kurz das Kinn, um ihr zu zeigen, dass sie sprechen soll.

»Ich bin gestern Abend auf dem Dachboden gewesen.«

Ich setze mich auf. Sehr langsam und ohne den Blick von ihr abzuwenden. Mir ist bewusst, dass meine Cousine jede meiner Bewegungen beobachtet und etwas hineindeuten wird, was es vielleicht gar nicht gibt. Oder was es vielleicht doch gibt. Was noch schlimmer wäre.

»Da habe ich deine alte Mappe gefunden. Du weißt schon, die Mappe, an der du vorm Abi über ein Jahr gearbeitet hast, weil sie deine Eintrittskarte in die Kunsthochschule sein sollte. Und die du irgendwo verloren hattest und dich dann nicht mehr bewerben konntest.«

Sie umrahmt das Wort »verloren«, indem sie mit den Fingern Anführungsstriche in die Luft zeichnet. Ich drehe mich von ihr weg und sehe auf den Steinboden.

»Maya?«, fragt Greta, und ich bin überrascht davon, wie sanft ihre Stimme plötzlich klingt.

»Ich …« Ich schlucke, die Augen immer noch auf den Boden

gerichtet, der im Sommer angenehme Kühle spendet, jedoch jetzt meine nackten Füße zu Eis gefrieren lässt.

»Ich hatte eben meine Meinung geändert. Und keine Lust darauf, jedem erklären zu müssen, dass ich doch nicht nach Weißensee will.«

»Was redest du denn da? Seine Meinung ändert man vielleicht mal, wenn es um ... was weiß ich denn ... wenn es um ein Kleid geht oder ein Paar Schuhe. Aber doch nicht bei seinem Lebenstraum. Seit wir klein sind, wolltest du nichts anderes werden als Künstlerin. Mal abgesehen von der kurzen Phase, als wir rausfanden, dass es Leute gibt, die als Wasserrutschentester arbeiten.«

Ich habe wirklich keine Lust, jetzt darüber zu sprechen. Dennoch ziehe ich ein Stück zerknüllte Wahrheit aus meinem Bewusstsein, entfalte sie und atme tief ein, um mich darauf vorzubereiten, sie mit ihr zu teilen, da werde ich durch die vehemente Vibration ihres Telefons erlöst.

Das Gerät hat schon während der ganzen Haarprozedur mindestens sieben Mal wütend vibriert. Doch Greta tat das Geräusch damit ab, dass Mascha sicher wieder anrufe, weil irgendeine Suppe, die zur Hochzeit gereicht werden soll, zu viel Kurkuma enthalte.

»Hallo«, presst sie hervor, reibt sich dabei vorsorglich mit den Fingern über die Schläfen. »Was ist mit dem Kleid? Gott, jetzt beruhig dich doch erst mal ... Ich kann jetzt nicht kommen ... Okay, dann komm du ... Arbieto Kalea heißt die Straße, Hausnummer fünf. Nimm dir am besten ein Taxi, oder lass dich von irgendwem fahren ... So durchgedreht, wie du dich anhörst, solltest du dich nicht ans Steuer setzen ... alles klar ... bis gleich!«

Sie hält das Telefon von sich weg und schüttelt den Kopf.

»Was ist?«

Greta atmet schnaufend aus und hebt den Kopf mit geschlossenen Augen zur Decke. »Jetzt ist es das Kleid. Sie sagt, dass sie so nicht heiraten kann.«

Ich schlucke. *Das Kleid* hat Gretas Freundin Mascha bei uns im Laden gekauft.

Und das war eine wirklich schwierige Prozedur gewesen. Immerzu schüttelte sie den Kopf, als wir Kleid um Kleid von den Stangen holten. So heftig, dass die zwei Ringe klimperten, die in der Mitte ihrer Nase hingen. Alles war ihr zu pompös, zu prinzessinnenhaft, zu *hochzeitsmäßig*. Was auch immer Letzteres bedeuten sollte.

Irgendwann bekamen wir sie dann tatsächlich dazu, eines der Kleider anzuprobieren. Ein Modell aus cremeweißem Satin ohne Ärmel und mit Rockteil in A-Linie. So ziemlich das Schlichteste, was wir im Laden hatten. Doch selbst dieses Kleid erntete nur ein tiefes Seufzen. Immer wieder strich sich Mascha mit den Händen durch ihr schwarzes Haar, ließ den Blick kritisch vom Rockteil bis zu ihrem kurzen Pony wandern und verschränkte dabei die tätowierten Arme vor der Brust.

Und das machte mich irgendwann wütend. Warum war sie überhaupt zu uns gekommen? Warum waren sie und Greta nicht in irgendeinen hippen Secondhandladen gegangen? Sie schien nicht der Typ für eine Hochzeit in Reinweiß und Spitze. Was ja völlig okay war. Aber dann musste sie uns nicht die Zeit stehlen.

Natürlich war die Wut völlig übertrieben. Jeder, der im direkten Kundenkontakt arbeitet, weiß, dass die Menschheit teilweise grenzwertig seltsame Exemplare hervorbringt. Und dass je nach Durchlaufzahl wöchentlich mindestens eines dieser Exemplare bei einem auftaucht. Das gehört einfach dazu.

Eine Kundin hatte zum Beispiel mal drei Porzellanpuppen dabei, die ihr bei der Wahl ihres Kleides helfen sollten. Bevor sie auch nur eines der Kleider anzog, drapierte sie die Puppen auf einem der Sofas, damit sie sie sehen konnten. Sie wurde von ihrer Mutter begleitet, die am Ende auspendelte, ob ihre Tochter das Kleid nehmen sollte.

Maschas Verhalten war da im Vergleich harmlos. Weshalb meine übertriebene Wut sich eigentlich nur darauf zurückführen ließ, dass ich Mascha einfach nicht mag. Sie kommt aus einer sehr reichen Familie und geht mit einer natürlichen Überlegenheit und mit der Gewissheit durchs Leben, dass sie sich alles erlauben kann.

Greta imponiert das natürlich. Weil Greta … na ja, weil Greta eben Greta ist. Wie es für diese Art Mensch typisch ist, kam Mascha mit dieser Attitüde sehr weit und leitete schon mit Ende zwanzig die Redaktion einer großen Musikzeitschrift. Weshalb dieses ganze *Hochzeit-in-Weiß-Ding* keinen echten Sinn ergab.

Weshalb sie es trotzdem versuchte, verstand ich erst, als Maschas Mutter den Laden betrat. Oder ihn vielmehr wie eine glamouröse Lawine überflutete.

»Tut mir leid, meine Lieben«, rief sie in fast perfekt gezirkeltem Deutsch, das nur winzige Rückstände eines Akzents erahnen ließ. Sie gab erst Mascha und dann Greta einen Kuss auf jede Wange, den Rest der Personen im Raum ignorierte sie geflissentlich. »Aber die Frau von der Reinigung hat meiner Assistentin den falschen Blazer unterjubeln wollen, weshalb ich selbst noch mal durch die halbe Stadt fahren und mich mit dieser unfähigen Frau herumstreiten musste. Das war eine Diskussion! Unmöglich war das. Aber jetzt bin ich ja da, meine Lieben, und … lass mich mal sehen …«

Hätte ich als Stylistin beim Film gearbeitet, hätte ich eine Präsidentengattin genau so ausgestattet, wie Maschas Mutter sich präsentierte: Hellblondes Haar, das in einem eleganten Knoten im schmalen Nacken lag. Ihre Kleidung eine Melange aus Beige und Weiß und Gold und komplett abgestimmt auf die hellen, hochhackigen Schuhe und eine weiße, eckige Tasche, auf der das winzige Label von Hermès prangte.

»Jetzt steh nicht so da, Mascha, Schatz. Dreh dich mal, damit ich dich sehen kann, und ein Lächeln wäre sicher auch angebracht.«

Zu meinem Erstaunen ließ sich Mascha von ihrer Mutter in Richtung Spiegel drehen. Und plötzlich wurde aus der gepiercten Journalistin mit der riesigen Tätowierung von Simone de Beauvoir auf dem Unterarm ein kleines Mädchen, das von seiner Mutter zum Einkaufen geschleppt wurde. Und das so aussah, als ob es sich wirklich gerne schreiend auf den Boden fallen lassen würde.

Die Frau, die sich zumindest meiner Mutter mittlerweile als Anastasia vorgestellt hatte, suchte in der Zwischenzeit fünf weitere sehr schöne, aber für Mascha sehr unpassende Kleider heraus und schickte ihre Tochter damit in die Umkleidekabine. Wo war es nun hin, das Mädchen, das mich als Teenager dafür ausgelacht hatte, dass ich mir bei meiner ersten Zigarette hinter Gretas Haus die Seele aus dem Leib hustete?

»Ich wusste es! Das ist es!«, sagte Maschas Mutter dann nach einigen Kleidern klar und bestimmt. Noch bevor Mascha protestieren konnte, ging Anastasia auf ihre Tochter zu, legte den Kopf zur Seite und blickte an ihr hinunter. Sie lächelte. Ein Lächeln, das sicher wohlwollend aussehen sollte. Doch Wohlwollen ließ sich mit der anspruchsvollen, distanzierten Frau nicht vereinen.

»Schon als du ein kleines Mädchen warst, hab ich mir das alles genau so vorgestellt. Vielleicht nicht, dass du eine Frau heiratest«, sie lachte und blickte zu meiner Mutter, »aber dass du mir den Wunsch mit dem Kleid erfüllst«, sie schloss ihre Tochter in eine steife Umarmung, in die sicher noch zwei, drei andere Personen gepasst hätten, »das macht mich wirklich glücklich.«

Ich sah zu Greta hinüber, die zwar die Augen verdrehte, sich aber während der kompletten Anprobe auffällig kleinlaut verhielt. Auch Mascha schien ein wenig sprachlos, als sie im Spiegel das riesige weiße Rockteil betrachtete und an dem engen langärmeligen Spitzenoberteil herumzupfte. Sie sah toll aus, ohne Zweifel. Aber auch ein bisschen so, als bekäme sie keine Luft.

»Wie Prinzessin Kate, finde ich. Bis auf die Nasenringe, aber die kannst du zur Hochzeit ja für mich abnehmen. Und die Tätowierungen werden von den langen Ärmeln gut überdeckt. Ich bin sehr, sehr glücklich. Sehr glücklich, Mascha.«

Anastasia prostete Mascha zu und kippte ein ganzes Glas Sekt hinunter. Ob sie wohl schon mal jemand darauf aufmerksam gemacht hatte, wie inflationär sie die Worte *ich* und *mich* verwendete? Offenbar nicht. »Ich glaube, so wird dich dein Vater ganz bestimmt zum Altar führen. Ob da nun ein Bräutigam wartet oder eine Braut.«

Das war wohl die entscheidende Aussage gewesen. Mascha nickte ein paarmal. Sie sah nicht glücklich aus. Eher, als würde sie sich mit dem Nicken selbst Mut zusprechen.

»Sind Sie sich sicher? Sie sehen nicht ganz überzeugt aus. Ich kann Ihnen auch noch mehr Kleider zeigen.«

Der Satz kam von meiner Mutter. Man kann ihr viel nachsagen, nicht aber, dass sie eine Braut unglücklich aus ihrem Laden gehen lässt. Doch Mascha erwiderte nur gedankenverloren ihren Blick im Spiegel und nickte erneut. »Das ist schon okay. Wahrscheinlich muss ich mich noch dran gewöhnen.«

»Okay? Ich finde, du siehst fantastisch aus! Ich seh schon die Fotos vor mir. Vielleicht kann der Fotograf ja sogar ein paar Aufnahmen von dir alleine machen, dann kann ich sogar deiner Babuschka eins schicken.« Anastasia nickte zufrieden.

Und damit war der Kauf entschieden. Dem Blick meiner Cousine nach zu urteilen, hat sich Mascha am Ende aber doch nicht an ihren Anblick in dem Kleid gewöhnen können.

»Wer hätte gedacht, dass selbst jemand wie Mascha beim Thema Hochzeit die Nerven verliert«, sagt sie und greift wieder zu dem Kamm auf dem Rand der Badewanne. »Aber darum kümmere ich mich später. Jetzt wollen wir mal sehen, wie ich das hinbekommen habe. Nicht umdrehen und in den Spiegel sehen, bis ich fertig geföhnt habe, okay? Am besten lässt du die Augen einfach ganz zu. Dann ist der Überraschungseffekt größer.«

Greta nimmt das Handtuch von meinem Haar und sagt, dass ich auf dem kleinen Hocker sitzen bleiben und den Kopf nach hinten aufs Waschbecken legen soll. Dann wäscht sie mein Haar mit lauwarmem Wasser, bürstet und macht sich schließlich ans Föhnen. Dabei ermahnt sie mich immer wieder, die Augen geschlossen zu halten. Bis sie irgendwann noch einmal durch meine Haare wuschelt, mir sagt, dass ich aufstehen soll, und mich dann an den Schultern in Richtung Spiegel dreht.

»Okay, dann wollen wir mal. Du kannst die Augen aufmachen.«

Als Greta zur Seite tritt und die Sicht auf den Spiegel freimacht, fühlt es sich kurz so an, als bekäme ich keine Luft mehr. Der Schnitt ist schön. Ein langer Bob, der in edle Wellen gelegt ist. Auch der dichte, seitlich gescheitelte Pony ist überraschend gut geschnitten. Und verdeckt ein wenig das blaue Auge, das noch immer nicht ganz verschwunden ist.

Doch das ist nicht, was mich nicht atmen lässt. Ich sehe in meine aufgerissenen Augen, und es ist ein Blick in die Vergangenheit. Mein Haar ist rot. Rot wie eine helle Erdbeere.

Gerade noch in freudiger Erwartung auf meine Reaktion, fühle ich, wie Greta hinter mir unruhig das Gewicht von einem Bein auf das andere verlagert. Ich sehe ihr in die Augen, meine Hände formen feste, verschwitzte Bälle, und beim erneuten Blick in mein Gesicht sehe ich, dass meine Wangen, sogar meine Lippen bleich sind vor Schock und Wut.

»Du bist doch nicht ganz richtig im Kopf.« Die Worte kommen leise, fast wie ein Knurren aus meinen zusammengepressten Lippen.

»Was sagst du denn da? Du siehst fantastisch aus und tausendmal besser als mit dem eisigen Blond, das du vorher auf dem Kopf hattest.«

Ich schüttle ungläubig den Kopf, nehme eine Strähne zwischen die Finger und halte sie ganz dicht vor meine Augen. Noch immer nicht ganz sicher, ob sie das wirklich getan hat.

»Du kannst mir doch nicht einfach die Haare färben, ohne mich vorher zu fragen! Weißt du, wie viel ich dafür ausgebe, dieses fiese Naturrot zu überfärben?«

»Also bitte! Erstens hätte ohne mich dein Bruder Hand angelegt, und dann würdest du jetzt wie Boris Johnson aussehen. Zweitens ist das nur mein Henna-Farbauffrischer, der nach fünf oder sechs Wäschen wieder weg ist. Und drittens hat dieses Blond weder zu deinem Hautton noch zu deiner Persönlichkeit gepasst!«

»Zu meiner Persönlichkeit?«, spucke ich aus und verschränke die Arme vor der Brust. »Du kennst meine Persönlichkeit also besser als ich, oder was?«

Ich stehe auf und stelle mich ihr gegenüber. Sicher sehen wir wie zwei Westernheldinnen aus, bereit, den Revolver zu ziehen, um den Feind zur Strecke zu bringen.

»Menschen können sich verändern, aber die Grundfesten der Persönlichkeit bleiben bestehen, da kannst du mir erzählen, was du willst. Und das da …«, sie zeigt mit selbstgefälliger Miene auf den kleinen Haufen abgeschnittener blonder Haare neben dem Waschbecken, »… das bist doch nicht du.«

Ich schüttle noch einmal den Kopf und sehe sie fassungslos an. »Das ist echt die größte Scheiße, die du dir je geleistet hast. Du bist … du bist nicht nur übergriffig, sondern vollkommen verrückt geworden.«

Noch immer mit einem Kopfschütteln laufe ich aus dem Bad, die Treppe hinunter, ziehe meine Pantoffeln an und renne so wütend und dramatisch aus der Haustür über den kleinen Hof auf die Straße, wie das mit grauen Flauschpantoffeln eben möglich ist.

Es können nicht mehr als ein paar Sekunden vergangen sein, seit ich hinter der dicken Hecke vor Abuelas Einfahrt auf die Straße gestolpert bin, als das laute Quietschen von Bremsen ertönt, begleitet von einem Schrei, der von mir selbst kommen muss.

Danach ist alles geräuschlos, ohne Gefühle, ohne Schmerzen. Nur warme Stille und wohlige Dunkelheit legen sich über mich.

ALEX

Mit einem Lächeln tritt der grauhaarige Arzt aus dem Wohnzimmer hinaus auf den Flur. Er sagt irgendetwas, reicht Antonio eine Schachtel mit Tabletten, klopft ihm auf die Schulter und geht aus der Haustür. Alex hat keine Ahnung, was Antonio und er besprochen haben. Selbst wenn er mehr als sein erbärmliches Schulspanisch sprechen könnte, hätte er keine Chance gehabt, irgendetwas zu verstehen.

Denn sein Herz schlägt. Hämmert. Klopft so laut, dass es ihm schwerfällt, überhaupt etwas zu hören.

Es kann nicht mehr als eine Stunde vergangen sein, seit ein junger Mann in einem hellblauen Anzug und eine dunkelhaarige Frau Maya hereingetragen und von Antonio geleitet ins Wohnzimmer gebracht haben.

Maya hatte eine blutende Wunde an der Stirn und einige Schrammen an Kinn, Armen und Beinen. Zusammen mit dem noch immer vorhandenen blauen Auge sah sie ziemlich erbärmlich aus, und Alex wünschte sich, sie umarmen zu können. Was natürlich völlig unpassend gewesen wäre.

Alex, der Ritter und Retter? Peinlich wäre das gewesen. Zumal er keinen Funken medizinisches Wissen hat. Deshalb konnte er nur zuschauen, wie Maya sich den Kopf hielt und dabei ununterbrochen und auf schnellstem Spanisch auf ihren Bruder, den Arzt und den jungen Mann im blauen Anzug einredete. Obwohl Alex auch ihre Worte nicht verstand, war klar, dass sie die Sorgen der Anwesenden für übertrieben hielt.

Als sie aber versuchte, sich von dem alten geblümten Sofa aufzusetzen, drückte Antonio sie wieder zurück in die Kissen. Erst nachdem der Arzt sie untersucht hatte, löste sich die Spannung im Raum ein wenig.

Besonders der junge Mann im Anzug scheint jetzt erleichtert. Er hat aufgehört, in dem kleinen Zimmer auf und ab zu gehen, und reibt sich mit den gebräunten Händen über das ebenso gebräunte Gesicht und die zurückgekämmten, dunklen Haare.

Dann lässt er sich in einen Sessel fallen und starrt Maya an. Ergo Alex' erhöhter Herzschlag. Was dessen Geschwindigkeit zusätzlich gefährlich beschleunigt, ist die Tatsache, dass Maya den Blick des Mannes erwidert. Eher mit Ver- als mit Bewunderung. Trotzdem kann er sehen, wie ihre Augen immer wieder zu dem Anzugträger wandern.

Alex' Blick dagegen ruht auf ihr. Eigentlich ist ruhen das falsche Wort. Denn sein Blick wandert. Von den Spitzen ihres jetzt roten Haares über den Scheitel und die Wellen entlang bis auf die andere Seite.

Irgendwann übersetzt Antonio auch für den Rest von ihnen das Geschehene. Nämlich, dass Maya gerade vor das Auto des jungen Mannes im blauen Anzug gelaufen ist, der anscheinend Miguel heißt. Klar tut er das, denkt Alex und starrt auf dessen buntes Einstecktuch.

Er möchte gerne cool und emotionslos wirken. Doch das gelingt nicht. Viel zu groß ist der Wunsch, Miguel das Anstecktuch aus dem Jackett zu ziehen und mal so richtig ausgiebig da reinzuschnäuzen. Für den Unfall konnte der Typ anscheinend nichts. Trotzdem fühlt Alex eine sofortige Abneigung gegen ihn.

Sicher hat er einen Instagram-Account, der von viel gebräuntem Oberkörper und noch mehr weißen Zähnen dominiert wird. Von gesunden Smoothies, Action-Skiwanderungen und Bildern am Strand irgendwelcher tropischer Orte, die Alex schon beim Hinsehen einen Sonnenbrand verursachen.

»Ihm gehört das neue Hotel direkt am Strand, und er ist eigentlich nur hergekommen, um mich vorbeizubringen.«

Alex sieht zu der jungen dunkelhaarigen Frau, der er bis jetzt keine Beachtung geschenkt hatte. Das muss Gretas Freundin Mascha sein. Die Freundin, wegen der sie Greta nach Spanien gefahren haben und die hier im Ort in wenigen Tagen heiraten wird.

Dann sieht er zurück zu Maya, die aufmerksam das Gespräch zwischen ihrem Bruder und dem Anzugträger verfolgt. Alex hat keine Ahnung, was die drei besprechen. Doch es scheint Maya nicht zu gefallen. Sie zieht die Brauen zusammen, verschränkt die Arme vor der Brust und antwortet widerwillig, als Antonio sie etwas fragt.

Ist das da … ist das Zwinkern und das schnelle Atmen, was Mayas Brust füllt und sich dann wieder entlädt, Panik? Außerdem gefällt Alex noch immer nicht, wie dieser Miguel sie betrachtet.

Er murmelt, dass er Kaffee machen geht, und verschwindet in die Küche. Ein bisschen Abstand wird diese unangebrachten Gefühle vielleicht mildern.

In der Küche sitzt Matilda vor Alex' Laptop, Eleonora auf ihrer Schulter. Bevor Maya reingetragen wurde, haben sie und Alex dort gemeinsam nach den besten Plätzen zur Vogelbeobachtung gesucht, die es in der Gegend gibt. Nachdem Matilda gesehen hatte, dass ihre Tante in Ordnung war, nutzte sie anscheinend den Moment, um sich mehr Laptop-Zeit zu erschleichen. Die letzte Seite, die sie zusammen betrachtet haben, ist noch immer auf dem Bildschirm zu sehen.

»Was machst du, Matilda?«, fragt er, während er den kleinen Espressokocher aus Aluminium mit Kaffeepulver befüllt und auf den Herd stellt.

»Können wir die hier beobachten, Alex?«

Sie zeigt auf einen kleinen Vogel mit schwarz-weißem Rücken und einem roten Köpfchen. Ein Mittelspecht.

Während Miguel und sein Einstecktuch um die Welt reisen, beobachte ich in irgendeiner Schlucht also Mittelspechte, denkt Alex. Wahnsinn.

Er räuspert sich. »Klar können wir das«, antwortet er und streicht über Matildas Kopf.

»Und können wir auch ein Foto von ihm machen?«

»Natürlich. Wir machen ein Foto, und wenn wir wieder in Berlin sind, drucken wir es aus. Dann kannst du es in dein Zimmer hängen.«

Sie nickt. »Oder Malte zeigen.«

Jetzt nickt Alex.

»Oder verkaufen.«

Er nickt etwas weniger.

»Weißt du was, Alex?«

»Erzähl, Matilda.«

Sie dreht sich zu ihm und überlegt kurz. »Du bist ziemlich cool.« Sie schlingt ihm die Arme um die Hüfte und drückt überraschend fest zu. Miguel und sein Einstecktuch machen vielleicht Urlaub in der Karibik. Aber Alex wird dafür vom coolsten Kind der Welt *ziemlich cool* gefunden.

Er lächelt, schließt den Laptop, schenkt sich einen Becher Kaffee ein und spült ihn mit wenigen Schlucken runter. Dann erst fällt ihm der Schriftzug auf der Tasse auf. *Beste Oma der Welt* steht mit rotem Keramikstift auf Deutsch geschrieben. Darunter hat jemand ein großes, rotes Herz gemalt. Die Schrift ist krakelig und kindlich. Und doch kann Alex erkennen, dass sie zu Maya gehört haben muss. Sie ist leicht nach links geneigt und bauchig, hat aber gleichzeitig etwas gekonnt Filigranes. Als Alex Maya und Antonio mit dreizehn kennenlernte, war deren Großmutter kurz zuvor gestorben. An Brustkrebs, wenn er sich richtig erinnert. Darüber haben sie damals nicht direkt gesprochen, also über den Tod der Großmutter an sich. Doch über ihre Abuela hat Maya ständig gesprochen. Immer hieß es, *meine Abuela würde jetzt sagen …* oder, *also meine Abuela hat das früher ja so gemacht …* Als Dreizehnjähriger hat Alex nicht darüber nachgedacht, was der Tod für Maya bedeutet haben muss. Großeltern verstarben nun einmal. Nicht die seinen. Die lebten immer noch ihr mürrisches Leben auf Rügen. Aber die von Mitschülern schon. Das war nichts, worüber man sich lange unterhielt. Aber dieses Haus hier zeigt nicht nur den Geschmack und das Leben einer starken, komplexen, kreativen Persönlichkeit. Es zeigt auch ein Stück Maya. Ein sehr großes und eines, das sie vielleicht zu unterdrücken versucht …

Vorsichtig wäscht er die Tasse aus und stellt sie ins Spülbecken. Als er zurück ins Wohnzimmer laufen will, hört er Antonios Stimme. Die kommt nun vom oberen Stockwerk. Da er den Kontakt mit Maya gerade lieber minimieren will, folgt er dem Klang der Stimme die schmale Treppe hinauf auf den dunklen Dachboden.

Die Luft ist stickig und schwer. Erhellt wird der Raum nur von einer kleinen Lampe auf einem alten Schreibtisch. Trotz des fehlenden Lichts kann Alex erkennen, dass bis auf das Möbelstück und den alten Schrank in der Ecke nichts mehr so aussieht wie früher. Der Holzboden wirkt heller, wurde offenbar abgeschliffen. Ein helles großes Sofa steht vor dem Fenster, darunter ein rot gemusterter Perserteppich.

»Ah, Alex.« Antonio dreht sich zu ihm und zeigt auf eine riesige Leinwand, von der er das weiße Laken gezogen hat. »Miguel will für sein Hotel ein paar von Papas alten Bildern kaufen. Aber wartet, ich mach's uns ein bisschen heller.«

Alex kneift leicht die Augen zusammen. Natürlich kennt er Miguels Beweggründe nicht. Vielleicht ist er wirklich an Albertos Bildern interessiert. Wenn es allerdings sein Ziel ist, so bei Maya Eindruck zu schinden, hat er die Beziehung zwischen ihr und ihrem Vater falsch eingeschätzt.

Antonio öffnet die beiden großen Fenster, die sich an jeweils einer Stirnseite des großen Raums befinden. Sofort wird der schwere, staubige Geruch von einer salzigen, feuchten Luft verdrängt. Helligkeit flutet jede Ecke.

Die Wände sind hellblau gestrichen. Als Alex diesen Raum das letzte Mal sah, war er warm und hellrot. Hat Antonio den Dachboden renoviert? Oder war das sein Vater? Aber hat Antonio nicht gesagt, dass er ihm das Haus komplett überlassen habe? Mitsamt allen Möbeln und Bildern, die hier oben lagern?

Antonio tritt an die vielen Leinwände, die zugedeckt an den Wänden lehnen. Als er mit einem schnellen Ruck die Laken von den Bildern zieht, geschieht etwas mit dem Raum.

Alex mag Kunst, kann allerdings nicht behaupten, sonderlich viel Ahnung davon zu haben. Als er aber mit dreizehn das erste Mal eines von Albertos Bildern sah, verstand er, dass das etwas war, was … was irgendwie wichtig war. Und groß.

Dasselbe fühlt er jetzt, als die grellen Farben der abstrakten Landschaftsbilder über sie hereinbrechen.

Alex hat Alberto nicht mehr gesehen, seit er siebzehn war. Da hatten sich Antonios Eltern scheiden lassen, und Alberto ist seitdem nicht mehr nach Deutschland gekommen. Alex wiederum hat Antonios tausend Einladungen ausgeschlagen, mit nach Maitasuna zu reisen.

Einfach, weil er sich definitiv etwas Besseres vorstellen konnte, als seinen Urlaub mit Maya zu verbringen. Obwohl sein Freund ihm versichert hatte, dass die *nie* ins Baskenland reise. Alex aber schreckte schon die Perspektive ab, sich mit all den Erinnerungen an Maya konfrontiert zu sehen. Dann lieber Mallorca mit *Zehn nackte Friseusen* grölenden Deutschen.

Auf jeden Fall konnte sich Alex trotz der vielen Jahre gut daran erinnern, dass Antonios Vater eine echte Naturgewalt war. Er sprach laut, schnell und viel. Dabei verlor er sich oft in den verschiedenen Gedanken, die er in einem Satz unterzubringen versuchte. Sein rollender spanischer Akzent schien immer mit der tiefen Stimme zu ringen, die über seine Stimmbänder raunte, sodass seine Sprache wie ein Kampf zwischen warm und weich auf der einen und kraftvoll und lebendig auf der anderen Seite wirkte. Genauso wie seine Bilder.

Matilda, Maya, Greta und Mascha kommen die Treppe herauf. Fachmännisch geht die kleine Matilda zu einem großen Holzschrank, öffnet ihn und holt eine kleine, rote Truhe heraus. In der geöffneten Schranktür hinter ihr türmen sich bunte Stoffe. Sie klettert auf den Schreibtisch und knallt die rote Truhe neben sich.

Maya dagegen steht einfach da. Die Hände um den Körper geschlungen, die Schultern gesenkt, die Augen groß und voller … Doch. Er hat ihre Emotion offenbar richtig gedeutet. Da liegt Panik in ihrem Blick. Sie zwinkert ein paarmal, bevor sie ein lautes Rattern von ihren Gedanken befreit.

»Vorsicht, Matilda.« Maya tritt zu ihrer Nichte und zieht den Stecker der großen Nähmaschine, die auf dem alten Schreibtisch steht. »Vorsichtig mit Uromas Nähmaschine, okay?«

»Womit wir bei einem wirklich guten Thema wären.« Greta geht zu der alten Maschine und steckt den Stecker wieder in die Steckdose darunter. »Die funktioniert noch, oder?«

»Sieht ganz so aus«, antwortet Maya und lehnt sich zu der alten Maschine hinunter. Dann hebt sie den Blick und verengt die Augen. »Meine Oma hat die hier nur wenig benutzt, weil sie ja die gute Veritas-Maschine hatte. Warum fragst du?«

Greta dreht sich erst zu Mascha, dann zu Maya. »Weil ich eine ziemlich gute Idee habe.«

Eigentlich will Alex hören, was das für eine Idee ist. Doch da sieht er aus dem Augenwinkel, dass dieser Miguel wieder zu Maya starrt, obwohl Antonio ihm gerade die Bilder seines Vaters präsentiert.

»Was ist los, Alex? Warum schaust du so komisch?« Matilda sieht neugierig zu ihm hoch und legt den Kopf schief.

»Wie schaue ich denn?«

Sie legt kurz einen Finger an ihr Kinn, um zu zeigen, wie scharf sie nachdenkt. Dann sieht sie mit abgeklärter Miene zu ihm hoch. »Wie Ralphie, wenn er zu viel gefressen hat und gleich brechen muss.«

Er nickt langsam. Das bringt es wohl auf den Punkt.

MAYA

Das kann ich nicht machen, tut mir leid.« Ich schüttle den Kopf und bemerke, dass meine Brust unter meinen verkrampft verschränkten Armen schmerzt. »Drei Tage … das ist unmöglich.«

Ich sage das mit einem Lachen. Ein Lachen, das hoffentlich klarmacht, dass die mir eben vorgetragene Idee nicht nur unmöglich, sondern sogar lachhaft ist. Mascha kommt auf mich zu und nimmt meine Hände in ihre. Die Berührung ihrer warmen Handflächen ist mir unangenehm. Genauso unangenehm wie die Geste selbst.

»Hör zu, Maya …«

Sie sieht mich an. Der tiefe, gelassene Ton ihrer Stimme zeigt, dass sie noch immer eine Person ist, die bekommt, worum sie bittet. Und die davon überzeugt ist, dass sie das gleich tun wird. Weshalb sich meine Schultern noch mehr verkrampfen, als sie den Kopf neigt, um mir in die Augen zu sehen. Sie will weitersprechen, doch ich unterbreche sie, noch bevor die erste Silbe über ihre Lippen kommt.

»Es tut mir echt leid, Mascha. Wirklich. Aber ich kann dir nicht innerhalb weniger Tage ein neues Hochzeitskleid schneidern. Warum fährst du nicht einfach nach Bilbao? Spanien hat die schönsten Brautkleider überhaupt, viele der Modelle in unserem Laden kommen direkt von hier und …«

»Das geht nicht«, unterbricht sie mich und schüttelt den Kopf. Ich trete einen Schritt zurück und stoße an Alex, der hinter mir steht und Matilda auf dem Arm hat. Er lächelt mich an. Ein seltsames Lächeln.

»Nicht, nachdem Greta mir das hier gezeigt hat.« Sie kramt ihr Handy aus ihrer schwarzen, schmalen Lederhose und reicht es mir.

Darauf zu sehen ist ein Bild von einem meiner bemalten Seidenstoffe. Warum hat sie den denn fotografiert und überhaupt … Ich drehe mich zu Greta und will sie gerade fragen, ob ich eine einstweilige Verfügung gegen sie erwirken muss, damit sie sich nicht ständig an meinen Sachen zu schaffen macht, mir einfach so die Haare färbt oder sich sonst wie in mein Leben einmischt. Doch da nimmt Mascha mir das Telefon aus den Händen und neigt noch einmal den Kopf, um mich anzusehen.

In ihrem unsicheren Blick ist jetzt nicht mehr die dominante Person zu erkennen, von der ich mich immer noch einschüchtern lasse. Das vorsichtige Lächeln erinnert vielmehr an das unsichere kleine Mädchen, das da mitten im Brautladen vor seiner Mutter gestanden und sich zum Kauf eines Kleides hat zwingen lassen. Ein Kleid, mit dem sie schon damals sehr, sehr unglücklich ausgesehen hat.

Doch das ist nicht meine Schuld. Ich habe es ihr nicht verkauft. Und selbst wenn ich diejenige gewesen wäre, hat Mascha ohne Widerrede dabei zugesehen, wie ihre Mutter ihre Kreditkarte über den Tresen reichte. Außerdem ist es verdammt noch mal nur ein Hochzeitskleid. Trotzdem regt sich da so etwas wie ein schlechtes Gewissen in mir. Was völlig bescheuert ist und unnötig noch dazu.

»Wie gesagt … ich kann in dem Kleid nicht heiraten. Ich fühle mich wie ein riesiger Ball aus Kokos und Baiser. Oder noch schlimmer: Wie Kaiserin Sisi fühl ich mich. Außerdem«, sie atmet tief aus, reibt sich mit den Händen über die Augen und schüttelt den Kopf, »bekommt sie dann wieder, was sie will.«

Natürlich weiß ich, auf wen sie anspielt. Aber auch das ist nicht mein Problem.

»Tut mir leid«, setze ich an und schüttle den Kopf. Doch da schaltet sich meine Cousine ein.

»Hör zu, Maya. Ich weiß, dass das alles eine echt krasse Idee ist. Aber ich weiß auch, dass du das auf jeden Fall schaffen kannst. Und vielleicht wär das ja eine gute Ablenkung für dich. Außerdem geht es hier echt nicht nur um irgendein Kleid. Es geht irgendwie auch um Maschas Mutter, verstehst du? Du hast sie kennengelernt. Es soll ja auch gar kein typisches Brautkleid sein mit tausend Schichten Stoff und bestickten Perlen und was weiß ich noch alles, oder, Mascha?«

»Ganz im Gegenteil. Das hier«, sie hebt noch mal das Handy, auf dem immer noch das Foto des bemalten Stoffs zu sehen ist, »also ein Kleid aus dem Stoff hier, das wäre echt der Wahnsinn. Wirklich. Das ist Kunst, Maya.«

Mascha sieht mich an, die Brauen angehoben, das Kinn leicht geneigt. Mit wachsendem Ärger stelle ich fest, dass ich mich geschmeichelt fühle. Meine eigene Eitelkeit darf mich jetzt nicht zu Fehlentscheidungen verleiten.

»Es tut mir wirklich sehr, sehr leid, Mascha. Also, dass wir dir das falsche Kleid verkauft haben, aber …«

Ich hoffe, mein Tonfall lässt kaum Zweifel daran, dass ich sie gleich noch einmal zurückweisen werde.

Was mir nicht nur deshalb schwerfällt, weil ich tatsächlich ein schlechtes Gewissen habe, weil wir uns mit dem Verkauf eines völlig unpassenden Kleides ja irgendwie mitschuldig gemacht haben. Gleichzeitig wird da gerade ein Gefühl in mir gezündet. Ein Gefühl, das ich sofort unterbinden muss, damit es nicht die Kontrolle übernimmt.

Ich räuspere mich. »Aber ich kann dir in so kurzer Zeit kein neues Kleid schneidern. Außerdem bin ich sicher, dass du in einem der Läden in Bilbao auch was Tolles finden wirst.«

Mascha lächelt und scheint kein bisschen demotiviert, mich

weiterhin überzeugen zu können. »Ich werde nichts finden. Da bin ich sicher.«

Mit einem erneuten Kopfschütteln signalisiere ich, dass ich nichts für sie tun kann. Doch das Kopfschütteln gilt auch mir selbst. Es soll auch mich überzeugen, dass das unmöglich ist. Denn da ist es noch einmal, das Gefühl. Ein kleines Licht, so als würde jemand versuchen, in einem sehr dunklen Raum ein Streichholz anzuzünden. Aufflammen will es, das Licht. Doch das wird es nicht.

Was es dann doch zündet, ist die Erinnerung an den Stoff, den Mascha mir eben auf ihrem Bildschirm gezeigt hat. Die Unterwasserlandschaft voller hellrosa Koi-Karpfen, die in sanftem, blaugrünem Wasser schwimmen, um filigrane Paläste herum, die ich auf schmerzenden Knien hockend mit vorsichtigen schwarzen Pinselstrichen auf den weißen Stoff gebracht habe. Doch der Schmerz ist es wert gewesen, das muss mir nicht erst jemand anderes sagen.

Wie wäre es, mit der Schere durch den dünnen Stoff zu schneiden? Wie, die Nadel der Nähmaschine präzise durch die feinen Fasern schnellen zu lassen? Wie würde es aussehen, würde die Unterwasserlandschaft durch eine Schicht dünnen, weißen Tüll scheinen?

Nein. Was ich da mache, ist zu gefährlich. Denn ich lasse den winzigen Funken gerade größer werden.

»Und was, wenn ich dir helfe? Ich schneide und stecke Stoffbahnen, und du nähst sie zusammen.« Greta ist von dem großen Schreibtisch zu uns gekommen und stemmt die Hände in die Hüften. Ich schnaube.

»Nichts für ungut, aber mit Seide zu nähen ist nicht so einfach, wie du dir das vorstellst, und außerdem …« Plötzlich bin ich wieder sehr wütend auf meine Cousine. »Außerdem hab ich Nein gesagt, verdammt.«

»Aber du wirst doch wohl einer verzweifelten Frau helfen …«

»Okay, genug gestritten, das bringt ja niemanden weiter. Ich glaube, jetzt gilt es, auf die Entscheidungsriten unserer Urväter zurückzugreifen.« Mein Bruder blickt konzentriert nickend von Mascha zu mir und dann wieder zurück. Dann hebt er einen Finger und zeigt damit auf mich.

»Ene, mene, Mopel, wer frisst Popel, wer frisst Speck, und du biiiiisst …« Antonio zeigt dramatisch von einer zur anderen und unterbricht sich nur kurz, um uns mitzuteilen, dass, wenn der Finger auf mir landet, ich Mascha nicht helfen muss, und wenn nicht, dann schon.

»Ihr seid doch nicht ganz richtig im Kopf.« Ich drehe mich kopfschüttelnd zur Seite.

»Was passiert denn gerade, was macht er?« Miguel wirft den Satz in gebrochenem Englisch in den Raum und blickt mit schief gelegtem Kopf zu Antonio.

Der will gerade weiter seinem Reim nachgehen, wird allerdings von Matilda unterbrochen, die fordert, dass er lieber den Spruch über Mickymaus nutzen soll, weil der viel lustiger sei.

»Schau mal, da sind ja echt noch kiloweise Schnittmuster im Schrank«, sagt in der Zwischenzeit Greta, holt Stapel der kleinen Umschläge aus dem großen alten Holzschrank in der Ecke und legt sie vor Mascha auf den Schreibtisch. »Wusst ich's doch. Schau die schon mal durch, Mascha. Aber, wie gesagt, nichts zu Ausgefeiltes. Der Fokus liegt auf dem Stoff, für alles andere bleibt uns definitiv keine Zeit.«

Uns? Ich schüttle den Kopf, und plötzlich ist mir das alles zu viel, zu eng, zu laut. Aus dem Zimmer laufen möchte ich. Rennen sogar. Aber der Befehl, den mein Hirn an meine Beine sendet, wird übertönt von den Diskussionen um mich herum.

Als sich eine große Hand um meinen Arm legt und mich Richtung Treppe und hinunter bis in die Küche führt, merken die

Anwesenden noch nicht einmal, dass ich weg bin. So vertieft sind sie in ihre Diskussionen um eine Entscheidung, die nicht ihre ist.

Noch als ich an dem Holztisch sitze und der vertraute Geruch nach Kaffeepulver, nach Zwiebeln und Kindheit meinen Puls beruhigt, kann ich sie da oben diskutieren hören.

Wieder die warme, große Hand. Dieses Mal auf meiner Schulter. Ich sehe nach oben in Alex' Augen. Er lächelt mich an, senkt den Kopf ein wenig und stellt eine Tasse vor mich auf den Tisch. Dann geht er zur Küchentür und schließt sie.

»Alles okay?«

Ich nicke. Was ein Impuls ist, da ich keine Ahnung habe, ob alles okay ist.

Alex setzt sich mir gegenüber und stützt die Ellbogen auf die Tischplatte. Ob er weiß, dass das der Welt schönsten Unterarme sind? Die schönsten, die jemals aus den Ärmeln eines dunkelgrünen Pullovers geschaut haben? Das muss er. Denn *niemand* hat solche Arme. Sehnig und mit großen Händen und schönen Fingern.

Was mich an Mattias' Arme erinnert, die zwar muskulös waren, aber immer ein wenig künstlich wirkten. Enthaart und wie die Arme von jemandem, der sehr viel über seine Arme nachdachte. Und über alles, was sonst so daran hing.

Eleonora unterbricht die unangebrachten Gedanken. Sie flattert von ihrem kleinen Käfig am Fenster auf Alex' Schulter und lässt mich zusammenschrecken. Doch dieses Mal hat der Vogel nicht vor, mich anzugreifen. Stattdessen sitzt er einfach da und dreht den Kopf hin und her, um mich aus beiden seiner seitlich sitzenden Augen zu betrachten.

Alex trinkt einen Schluck Kaffee, stellt die Tasse wieder auf den Tisch und lächelt mich an. Er hebt anscheinend reflexhaft den Arm, um mit dem Zeigefinger vorsichtig über Eleonoras Seite zu streicheln. Dabei wendet er den Blick nicht von mir ab.

So sitzen wir eine Weile. Er sieht mich an, ich aus dem Fenster. Unser Schweigen ist nicht unangenehm. Ist vielmehr eine Erleichterung im Vergleich zu den immer noch andauernden Diskussionen, die da auf dem Dachboden stattfinden und zu uns runterlärmen. Mit Alex konnte man schon immer hervorragend schweigen. Wobei sich das hier nicht nur wie einvernehmliches Schweigen anfühlt. Das hier fühlt sich an wie ein Waffenstillstand, und Gott weiß, dass ich den gerade brauche. Keine Ahnung, was Alex milde gestimmt hat.

Gestern Nacht?

Ich kann mich nicht davon abhalten, wieder über den Kuss nachzudenken. Über das Gefühl meiner Hände auf seinem Körper. Das war alles so vertraut. So absolut und vollkommen richtig. Obwohl es das natürlich nicht war. Das Ganze war ein Impuls. Eine dumme Entscheidung, die sich in den Rest meiner trunkenen und dummen Entscheidungen der letzten Tage einreiht.

Und trotzdem: Dieser Kuss hat sich angefühlt, als wäre mitten im Winter der Frühling gekommen. Und mit ihm all die Farben und die überraschende Tatsache, dass ein leichtes Leben möglich ist. Ein Leben ohne dicke, graue Pullover, ohne grauweiße Kälte und ohne Dunkelheit. Eine leichte Wärme, die ich mir eigentlich nicht erlauben darf, die meinen Körper aber trotzdem für einen Moment entkrampft hat.

Er räuspert sich. »Das sieht gut aus … also, sehr gut sogar. Sehr … natürlich.«

Er zeigt mit dem Finger auf meinen Kopf. Ich hebe die Hand, und während ich das tue, fällt mir auf, was er meint. Ich weiß nicht, wie ich es finden soll, dass er mein Aussehen kommentiert, selbst wenn sein Kommentar aus einem Kompliment besteht. Der aggressive, genervte Teil von mir will ihn dafür zurechtweisen. Der andere, unsichere Teil freut sich ärgerlicherweise darüber.

Vielleicht, weil er nach Greta der Erste ist, der etwas dazu sagt und deshalb meine Unsicherheit bezüglich der Farbe ein wenig mindert. Mein Bruder hat gar nichts dazu gesagt. Was sicher darauf zurückschließen lässt, dass er mein rotes Haar schlicht übersehen hat. Aber da ist noch was anderes. Da ist der Blick, mit dem Alex mich ansieht.

Dieser Blick hatte mir schon damals so gefallen, dass ich jeden Abend mit seinen dunkelblauen Augen im Kopf eingeschlafen bin. Was nicht nur daran lag, dass ich ein Teenager und sehr verliebt war. Dieser aufrichtige, klare Blick, in dem immer ein sehr weiches, sehr liebes Lächeln lag. Er ist einfach die Zusammenfassung eines guten Menschen. Wenn er mich nicht gerade eine Zicke nennt.

Alex neigt den Kopf leicht zur Seite, und ich bemerke, dass ich ihm wohl antworten sollte. Also greife ich in mein Haar und lächle ein bisschen schief.

»Back to the future, aber was soll's. Besser als die Frisur, die mein Bruder mir verpasst hätte.«

Gerade fange ich an, darüber nachzudenken, wie es dazu gekommen ist, dass gerade wir beide – Maya und Alex – hier sitzen und Floskel-Pingpong spielen. Da schluckt Alex noch einmal, bevor er zu sprechen beginnt. »Kann ich dich was fragen? Etwas, was weder mich noch sonst wen irgendwas angeht?«

Ich hebe und senke die Schultern. Doch genau, wie er es wahrscheinlich gewollt hat, ist meine Neugier größer als die Angst vor dem Inhalt seiner Frage. Deshalb geht mein Schulterzucken in ein langsames Nicken über.

»Das, was Greta da gezeigt hat … also dieses Bild, das du auf den Stoff gemalt hast … ist das noch von damals?«

Ich schüttle den Kopf.

»Das heißt, du malst immer noch?« Er sagt es nicht wie eine Frage, sondern wie eine Feststellung. Trotzdem nicke ich noch einmal, wende den Blick aber ab, um ihm zu zeigen, dass ich nicht bereit bin, noch mehr Fragen zu beantworten.

»Jetzt komm ich zu dem Teil, der mich nichts angeht …«

Ich sehe aus dem Augenwinkel, wie er den Kopf ein wenig zur Seite neigt, um meinen Blick wieder zu sich zu holen. Als ich das tue, lächelt er. Die Fältchen um seine Augen sehen hübsch aus und unterstreichen die natürliche Aufrichtigkeit, die sein Gesicht schon immer gezeigt hat.

»Wenn du immer noch malst und nie damit aufgehört hast … warum hast du dann eigentlich nicht Kunst studiert?«

Ich schnaube und schüttle den Kopf, um die einstudierte Antwort vorzubereiten, die ich seit so vielen Jahren immer wieder hervorkrame. »Gerne zu malen und seinen Lebensunterhalt damit verdienen zu wollen – zwischen den beiden Sachen besteht ein erheblicher Unterschied. So ein unstetes Künstlerleben, so ganz ohne Sicherheit – dafür muss man gemacht sein. Was ich nicht bin. Und das hab ich eben ziemlich schnell gemerkt und …«

»Aber du hast nicht nur *gerne gemalt*. Du hast das geliebt«, unterbricht er mich und runzelt die Stirn.

Ich lehne mich auf meinem Stuhl zurück. »Du hast ja eine ziemlich starke Meinung für jemanden, der Vogelkacke auf der Schulter hat.«

Er dreht sich zur Seite und zieht an seinem Pullover, um den Schaden zu sehen, den Eleonora angerichtet hat. Zum Glück hat er den Kommentar so aufgefasst, wie ich ihn gemeint habe: nämlich nicht böse, sondern einfach als Zeichen dafür, dass ich jetzt echt genug gesprochen habe.

Als er zur Spüle geht und beginnt, mit Küchenpapier den Fleck auf seiner Schulter zu bearbeiten, versinke ich in Gedanken.

So ein unstetes Künstlerleben – dafür muss man gemacht sein. Gott, wie ich diesen Satz hasse. Er ist praktisch, weil da niemand widersprechen kann.

Trotzdem hasse ich es, ihn sagen zu müssen. Weil es eine Lüge ist, die ich nicht nur anderen erzähle, sondern die ich auch mir selbst erzählt habe. Denn was hat die Flucht vor diesem *»unsteten Leben«* und in die graue Perfektion von Mamas Laden denn am Ende gebracht? Immer wieder habe ich den Heiligen Gral einer vermeintlichen Sicherheit in die Höhe und über mein eigenes Leben gehalten, ohne zu verstehen, dass er eine Illusion war.

Eine Illusion ist, wie sich während der letzten Tage und dank Mattias und Adriana herausgestellt hat. Eine echte Sicherheit gibt es nicht. Außerdem fühlt es sich wie Verrat an, diesen Satz hier im Haus meiner Abuela auszusprechen. Sie hat immer behauptet, als Allererste mein Maltalent entdeckt zu haben. Schon als ich ganz klein war, ging sie mit mir auf die Einfahrt hinaus, stellte einen Klapptisch auf und gab mir große Farbtuben in die Hände. Noch immer hängen viele der kleinen Leinwände mit den abstrakten Farbmischungen im Haus verteilt, sind ein Teil vieler Bilderwände, die auf allen Stockwerken zu finden sind.

Ich erschrecke, als etwas Warmes, Weiches meine Schenkel berührt. Ich lehne mich zur Seite und sehe, dass Ralphie unterm Tisch sitzt und sich an mich schmiegt. Vielleicht wäre eine kleine Prise Psychopharmaka doch keine schlechte Idee. Und ganz vielleicht würde sie mir dabei helfen, all diese Gedanken auseinanderzuknoten.

Alex setzt sich wieder mir gegenüber. »Aber dieses Foto, dieser Stoff … das ist zu gut und zu schön und zu … keine Ahnung. Auf jeden Fall kannst du das nicht einfach so brachliegen lassen.«

Mit einem Kopfschütteln fährt er sich durch die Haare. »Also ich glaube, es wäre schade, wenn du diese Chance einfach so verstreichen lässt. Drei Tage sind eine lange Zeit, wenn man ein Team hinter sich hat. Bis auf Greta kann zwar keiner von uns nähen, aber da gibt es sicher noch andere Sachen, die Antonio und ich übernehmen können. Du kannst das doch, das weiß ich. Und vielleicht … vielleicht fehlt dir einfach ein bisschen … Mut?«

Er kratzt sich am Kopf und sieht unsicher aus, ob er zu viel gesagt hat. Währenddessen schwebt die Frage in den Raum hinein, wo sie sich über mir aufrichtet, groß und schwer.

Alles in mir ist sofort auf Kampf eingestellt.

»Mut?«, frage ich, und Alex zuckt zusammen.

»Weißt du, was durch Mut passiert?« Ich gehe an die Küchenanrichte, wo mein Telefon am Ladekabel hängt, und öffne die Website des *Inside-Magazins.* Dann halte ich ihm das Display direkt vors Gesicht. »Fast ein Jahr hab ich daran gearbeitet, diese Influencer-Menschen in unseren Laden zu holen. Bin immer wieder über meinen Schatten gesprungen, um die Damen anzuschreiben, anzurufen, anzubetteln. Was mich nicht nur Arbeit, sondern auch verdammt viel von diesem überall so übermäßig propagierten Mut gekostet hat. Und was hat er mir gebracht, dieser Mut? Ich sag's dir: einen großen Haufen digitaler Scheiße. Nein …«

Ich rede zusammenhanglos, und verdient hat Alex die Tirade auch nicht. Doch ich kann mich jetzt nicht bremsen. Auch um ihn davon abzuhalten, weiterzubohren. »Mut und Träume und der ganze andere Scheiß sind total überbewertet, und gefährlich noch dazu. Denn das hier«, ich schiebe den Bildschirm noch ein Stück näher an ihn ran, »das ist das Resultat.«

Ein Schlucken. Und noch eines. Keine Tränen jetzt. Denn sonst kommt er zu mir und legt die Arme um mich. Und das darf nicht passieren. Aber natürlich ist es so wie immer: Je mehr man versucht, die blöden Tränen zu unterdrücken, desto stärker und unerbittlicher quellen sie über die Lidränder.

Statt mich zu umarmen, steht Alex auf, so ruckartig, dass ich zurückschrecke. Mit wenigen Bewegungen reißt er mir das Telefon aus der Hand, tritt an die Küchenanrichte, greift nach einem Fleischhammer, der aus irgendeinem Grund auf der Arbeitsplatte liegt, und hebt ihn über das Telefon.

Noch bevor er zuschlägt, hält er inne und sieht zu mir. »Das fühlt sich falsch an.« Er schüttelt den Kopf und sieht zu mir. »Komm her. Du musst das machen. Komm her und zerschlag das blöde Ding. Mach kaputt, was dich kaputtmacht.«

Einen Moment lang zögere ich. Doch plötzlich scheint, was er vorschlägt, völlig logisch. Wenn das blöde Ding kaputt ist, kann ich mich zumindest selbst nicht mehr damit geißeln, immer und immer wieder die Seite des blöden Magazins aufzurufen. Und all der anderen Schundblätter, die die Story aufgegriffen haben.

Also gehe ich zu ihm, nehme ihm den Hammer aus der Hand, denke an all die furchtbaren Worte und Bilder, mit denen mich der kleine Bildschirm während der letzten Tage terrorisiert hat, und schlage auf das Gerät ein, einmal, zweimal, dreimal, hole erneut aus, während Splitter aus Glas und Plastik in alle Ecken der Anrichte fliegen, der Kater unter dem Tisch in unsere Richtung faucht und Eleonora panisch von Alex' Schulter durch den Raum flattert.

Als ich fertig bin, starre ich auf die Arbeitsplatte vor mir. Ich stelle mir vor, wie ich gerade aussehe. Die Haare zerzaust, ein blaues Auge, den Körper voller Schürfwunden. Nicht nur ein bisschen, sondern sehr, sehr wahnsinnig.

Gleich wird mir auffallen, dass ich gerade etwas sehr Teures einfach so zerstört habe. Dass ich damit irgendwie von der Außenwelt abgeschnitten bin. Und dass mir das letztlich auch nicht weiterhelfen wird, da die Texte und Bilder immer noch auf irgendeinem Server liegen. Im Moment aber fühlt sich das alles richtig an.

Ich gebe Alex den Fleischhammer und lasse meine Hüfte Richtung Anrichte gleiten, bis ich mich anlehnen kann, die Arme verschränkt, die Brauen leicht gehoben. Ich schüttle den Kopf, und beide müssen wir lachen. Dann sind wir still und sehen uns einfach nur an. Ich lächle.

»Ich soll also *kaputt machen, was mich kaputtmacht*?«

Alex kratzt sich am Kopf und verdreht die Augen. »Keine Ahnung, woher der Quatsch jetzt kam. Erzähl das bloß nicht deinem Bruder …« Kurz denkt er nach. »Wenn wir gerade bei verrückten Dingen sind … Also ich finde ja echt, dass du das mit dem Kleid versuchen solltest.«

Bevor ich meinem Kopfschütteln etwas hinzufügen kann, nähern sich die Stimmen, die eben noch weit weg waren. Ein Gemisch aus Englisch, Spanisch und Deutsch lässt mich aufrechter stehen und mein Herz schneller schlagen. Doch Alex kommt meinen Befürchtungen zuvor.

Kurz sieht er zu mir, dann geht er zur Tür. Er öffnet sie und drückt sich durch den Spalt. Langsam gehe ich zum Tisch zurück.

Eleonora fliegt mir nach und nimmt auf dem Fleck Platz, auf dem eben noch Alex' Ellbogen geruht haben. Wieder dreht sie den Kopf von der einen auf die andere Seite, und ich höre das Fauchen des Katers unter dem Tisch, der bis eben noch um meine Beine gestrichen ist.

Eigentlich ist er ja nicht unbedingt das hellste Licht am Christbaum. Hier aber leitet ihn sein Instinkt richtig: Eleonora ist eine Psychopathin. Eine Psychopathin mit Federn.

Im Flur höre ich Alex sagen, dass ich nach draußen gegangen bin, um frische Luft zu schnappen.

Der Vogel hüpft ein Stück näher. Das Hin-und-her-Drehen ihres Kopfes wirkt wie ein Kopfschütteln, und als sie den Schnabel hebt, sieht es fast so aus, als würde sie versuchen, mich von oben herab zu betrachten.

So groß und trotzdem so feige, scheint sie zu sagen.

»Was soll das denn heißen?«

Ich lehne mich nach vorne, sodass nur noch wenige Zentimeter zwischen mir und dem Vogel sind, der, wenn ich mich nicht täusche, leicht nach Alex' Duschgel riecht.

Eleonora legt den Kopf schief, blinzelt, hält meinem Blick stand und hüpft noch ein Stückchen näher. Ihr Schnabel und meine Nase berühren sich nun fast.

Dass du ein Feigling bist, der meinen Alex vorschickt. Willst dich retten lassen wie eine verblödete Prinzessin. Und noch dazu wegen so einem Pillepalle. Du kannst kein Hochzeitskleid in drei Tagen nähen? Das glaubst du doch selbst nicht.

Gerade will ich etwas erwidern, als mir auffällt, dass ich wohl den Verstand verliere. Denn die Kopfbewegungen eines psychopathischen Papageien sind definitiv kein Gespräch. Das hier ist ein Monolog.

Ich schließe kurz die Augen, atme tief ein und aus. Denke ich das? Denke ich, dass ich ein Feigling bin? *Vielleicht fehlt dir einfach ein bisschen Mut.* Das waren Alex' Worte. Dabei hat er sich zugegeben ein bisschen pathetisch angehört. Aber vielleicht … vielleicht ist ein bisschen Pathos ja in Ordnung. Vielleicht stimmt das mit dem Mut ja sogar. Was soll schon passieren, wenn das mit dem Kleid nicht passt? Mascha hat doch da immer noch das andere.

Warum also nicht? Die Zeit genügt. Zumindest kann ich machen, dass sie genügt. Natürlich wäre das ein Kraftakt, der mein ganzes Repertoire an Schimpfwörtern von mir fordern wird, falls irgendetwas schiefläuft. Was es beim Nähen erfahrungsgemäß immer tut.

Andererseits werden mich Greta und Mascha ohnehin nicht in Ruhe lassen, bis ich Ja sage.

Außerdem habe ich nichts zu verlieren. Einen Ruf habe ich nicht mehr und eine Karriere auch nicht. Wenn ich eines von beidem überhaupt jemals hatte.

Dann ist da noch das mit dem Mut. Und der Zerstörung. Und das mit dem Wort Neuanfang, das sich in meinem Geist ganz automatisch hinter die beiden Wörter reiht.

Also laufe ich zur Küchentür, öffne sie und schiebe mich an Alex vorbei in den großen Flur. Die Gespräche verstummen, und viele überraschte Augenpaare blicken zu mir. Ich hole tief Luft und bereue schon in dem Moment, in dem ich den Mund öffne, ein ganz kleines bisschen, was ich jetzt sagen werde.

»Ist okay. Ich mach's.«

ALEX

Es ist schon erstaunlich, wie unterschiedlich die Person wirkt, die man im Spiegel sieht, je nachdem, wann man sie anschaut. Seit der Sache mit Laura – wobei es zugegebenermaßen ein echter Euphemismus ist, das alles nur als *die Sache* zu beschreiben – versucht Alex den Anblick dieses bleichen, dünnen Würstchens im Spiegel so gut es geht zu meiden.

Nein, man kann gerade wirklich nicht behaupten, dass er sich sonderlich wohlfühlt in seiner Haut. Alex sieht nämlich nicht nur aus wie ein Würstchen. Er fühlt sich auch so. Vor allem, seit dieser Miguel hier aufgetaucht ist.

Er muss sich zusammenreißen, was er auch der Reflexion seines Gesichts im Laptop-Bildschirm predigt. Nur gedanklich natürlich. Das ist jetzt das zweite Mal, dass eine seiner Mitarbeiterinnen ihm erklären muss, wo genau sie mit ihrem Projekt steht. Irgendwann flüstert ihm Antonio vom Platz neben ihm aus zu, dass sie die Skype-Konferenz auch gleich lassen können, wenn er mit den Gedanken sowieso woanders ist.

Also setzt Alex sich aufrecht auf die harte Couch und vermeidet es, aus dem Wohnzimmerfenster zu schauen. Denn dort, ganz hinten am Ende der Bucht, gehen seine Gedanken spazieren.

Schlendern durch das kantige, weiße Hotel. Nachdem Maya dem Brautkleidnähen am Morgen doch noch zugestimmt hat, haben Mascha und Greta sie dazu gezwungen, direkt mit ins Hotel zu fahren, damit Maya das alte Kleid ansehen und entscheiden kann, ob sie davon noch etwas wird verwerten können.

Dort hinten, in dem weißen, riesigen Kasten, wo der schleimig-schmierige Hotelbesitzer bestimmt sein Sakko abgelegt und einen weiteren Knopf seines Hemdes geöffnet hat. Nur um seine lächerlich-rasierte Brust zu präsentieren, auf der ganz bestimmt ein Lederband mit irgendeinem silbernen Anhänger baumelt. Igitt.

Erneut ermahnt Alex sich, sich auf den Bildschirm zu konzentrieren, der vor ihm und Antonio steht. Er schafft es sogar, einige Fragen zu stellen, die hoffentlich den Eindruck erwecken, dass er ihnen zugehört hat.

Trotzdem kann er sich an kaum etwas von dem erinnern, was seine Kollegen in den zwei Stunden seit Beginn der Telefonkonferenz vorgetragen haben.

Deshalb ist er erleichtert, als selbst dem nervigen neuen Praktikanten mit dem selbstironischen Schnauzbart nichts mehr einfällt, was er fragen könnte, um sich im Team zu etablieren.

»Das war aber eine ganz schön lange Telkof. Es ist jetzt bestimmt schon achtzig Uhr, und ich war immer noch nicht auf dem Spielplatz, obwohl ihr das versprochen habt.« Matilda steht von ihrem Platz auf dem Steinboden auf. Einige Stifte kullern zur Seite, und sie rutscht fast auf einem bunt bemalten Blatt Papier aus, als sie zu ihnen in Richtung Sofa gehüpft kommt.

»Telco, mein Schatz. Nicht Telkof. Und es ist noch nicht achtzig Uhr. Sondern erst halb drei Uhr nachmittags.« Antonio klappt den Laptop zu, streckt seiner Tochter die Arme entgegen und zieht sie auf seinen Schoß. »Aber du hast recht, denn das war viel zu lang, und du bist viel zu aufgedreht, weshalb wir jeeetzzzzttttt …«, Antonio macht eine Pause und tut, als würde er mit den Zeigefingern auf dem Rücken seiner Tochter einen Trommelwirbel erzeugen, »… auf den Spielplatz gehen!«

Matilda windet sich aus den Armen ihres Vaters, steht auf und stemmt die Hände in die Hüften. »Ich will aber nicht mit euch gehen. Ihr redet die ganze Zeit über Telkofs und vergesst, mich auf der Schaukel anzuschieben, und das ist mir viel zu öde.« Sie verschränkt die Arme und pustet sich ein paar Ponyfransen aus der Stirn.

»Aha.« Antonio hebt die Brauen und verschränkt ebenfalls die Arme. »Und mit wem willst du dann gehen, werte Tochter?«

»Ich will, dass Tante Maya und Tante Greta zurückkommen. Tante Maya hat mir versprochen, dass wir auf den Spielplatz gehen, und Tante Greta will mir helfen, Mimi die Haare zu rasieren.«

Sie beugt sich runter und hebt eine ramponierte Puppe vom Boden auf. Die Augen der Kreatur sind nur halb geöffnet, weil ihre Lider mit einer blauen Pampe verklebt sind. Alex blickt auf die blonden Haare der Puppe und denkt, dass eine Rasur sicher nicht die schlechteste Idee ist.

Antonio zieht seine Tochter erneut zu sich. Er küsst ihre Stirn und riecht an ihrem Haar. »Mein geliebtes, wohlriechendes Kind. Obwohl ich deinen Wunsch nachvollziehen kann, nicht mit zwei alten Langweilern wie uns auf den Spielplatz zu wollen, muss ich dich doch enttäuschen. Tante Maya muss für Gretas Freundin ein neues Hochzeitskleid nähen. Aber du darfst mit deinem geliebten Papa gehen und dich von mir anschieben lassen. Bestimmt finden wir auch noch ein paar Sachen zum Sandeln im Kofferraum.«

»Papa, ich sandel nicht mehr. Ich bin doch kein Baby.«

»Aber du bist doch *mein* Baby …«

»Bin ich ni-icht. Ich bin groß, und ich will nicht mit euch auf den Spielplatz.«

»Tut mir leid, kleine Matilda«, Antonio schüttelt den Kopf, »aber für mich wirst du immer mein Baby bleiben. Das kannst du bestimmt verstehen, schließlich bist du ja auch eine Mama.«

Er zeigt auf die Monster-Puppe, die Matilda in den Armen wiegt, was seine Tochter ein wenig milder stimmt. »Das stimmt natürlich. Und Babys sind super.«

Antonio nickt. »Da hast du recht.«

»Und ich weiß sogar, wie sie gemacht werden.«

Ein kleiner Schluck Kaffee schwappt über den Tassenrand, als Alex in die Flüssigkeit hustet. Doch Antonio nickt anerkennend und schafft es, ein Lächeln zu unterdrücken.

»Ach was. Na dann erzähl mal«, sagt er, während seine Augen kurz zu Alex schnellen.

»Das ist ganz einfach. Alsoooo … erst mal küssen sich Erwachsene, und dann tanzen sie Tango auf der Matratze, oder sie spielen Schiffeversenken, und manchmal pflanzen sie auch eine Palme, obwohl das Küssen das Allerwichtigste ist, und dann … Tadaaa!« Sie streckt triumphierend die Puppe mit den Dragqueen-Haaren von sich. »Schon gibt es ein kleines Baby.«

Antonio hält seiner Tochter die Hand zum High-Five hin, und sie klatscht mit ihrer kleinen Hand auf seine große. »Das ist meine Tochter!«

Matilda nickt. »Hab ich von Malte, und der hat's von seinem Cousin, und der ist schon in der fünften Klasse und weiß das deshalb.«

»Solide Quellen also«, sagt Antonio und nickt. »Aber noch mal: Spielplatz oder nicht, geniale Tochter?«

Doch Matilda antwortet nicht. Stattdessen lässt sie sich langsam auf den Boden neben ihren Kater gleiten. Der liegt auf dem Rücken auf einem großen Rattanteppich und streckt die kahlen Beine von sich, während die Kleine ihm über den Bauch streichelt und konzentriert die Stirn runzelt. Dabei ruht Matildas Blick auf Alex. Der rutscht unruhig auf seinem Platz hin und her.

Antonio lehnt sich runter, um seiner Tochter in die Augen zu sehen. »Erde an Matilda? Spielplatz? Ja oder nein?«

Plötzlich öffnen sich zugleich ihre Augen und ihr Mund, der von einer O-Form in ein riesiges Lächeln übergeht. »Alex?«

Alex nimmt seine Tasse in die Hand, um sie gleich wieder abzustellen. »Ja?«

»Bekomm ich jetzt eine kleine Cousine?«

Dieses Mal ist es Antonio, der fast seinen Kaffee ausspuckt.

»Wie kommst du denn darauf.« Fluchend schüttelt er ein wenig Kaffee von seiner tropfenden Hand.

»Na, weil Tante Maya Alex vorgestern ganz spätabends einen Kuss gegeben hat. Oder er ihr. So richtig hab ich das nicht gesehen, weil es ganz schön dunkel war.«

»Hat sie das?« Antonio hebt die Brauen, führt die Hand zum Kinn und dreht sich langsam in Richtung seines Freundes.

Alex öffnet den Mund, holt Luft, setzt an, etwas zu sagen, nur um ihn dann wieder zu schließen und die Schultern hängen zu lassen. Dann schaffen es doch einige Laute über seine Lippen. »Ähm, also, na ja … ich glaub, das musst du geträumt haben, Matilda … vorgestern Abend …«

Er kratzt sich am Kopf und versucht dem grinsenden Blick seines Freundes zu entgehen. »Also vorgestern Abend war ich im Bett und habe geschlafen, weil die Fahrt ja echt anstrengend war, und Maya sicher auch und …«

Plötzlich fällt ihm etwas ein, was ihn aus seiner misslichen Lage befreien könnte. »Außerdem wisst ihr ja, wie Eleonora reagiert, sobald Maya sich nähert, und Eleonora steht ja neben mir.«

Er zeigt auf den Käfig neben dem Sofa. Okay, ganz so überzeugend hört sich das jetzt nicht an. Trotzdem nickt Alex der enttäuschten Matilda zu. So, als könnte das seine gestotterten Sätze irgendwie glaubwürdiger machen. Was es nicht tun. Deshalb steht er auf und legt nach. »Also, hat hier nicht jemand was von einem Spielplatz erzählt? Außerdem hab ich gestern gesehen, dass es da in der Stadt einen ziemlich großen Eisladen gibt. Jetzt ein Eis, das wär's doch, oder?«

Matilda schaut kurz aus dem bodentiefen Fenster. Die Mischung aus Sonne und tiefdunklen Wolken, die sich den ganzen Morgen schon abwechseln, ist nicht die wirkungsvollste Einladung. Trotzdem erwidert sie sein enthusiastisches Nicken, drückt dem Kater einen Kuss auf den Bauch und springt auf. Sie läuft aus dem Zimmer und Alex hinter ihr her.

»Alex, Alex, Alex …«

Er beschließt, die Worte vorläufig zu ignorieren, die Antonio ihm hinterhermurmelt. In der Gewissheit, dass sein Freund ihn gleich so ausquetschen wird, wie Alex es am Morgen mit einer sehr reifen, sehr großen Orange getan hat: bis nichts mehr vorhanden ist außer einer dünnwandigen, trockenen Schale.

Zwei Stunden später und nachdem sie sich den Großteil der Körner des Spielplatzsands vom Körper geschüttelt haben, sitzen Alex, Antonio und Matilda auf der Terrasse einer kleinen Bar, von der sie direkt auf den Hafen blicken können. Dabei haben sie den letzten Tisch besetzt. Die Sonne hat sich am Ende doch noch gegen die Wolken durchgesetzt und nicht nur sie in den Außenbereich des kleinen Geschäfts gelockt.

Sogar einige Touristen scheinen sich um diese Jahreszeit in den kleinen Ort verlaufen zu haben. Sie blättern in Reiseführern, machen Fotos von den kleinen Schiffen, die im vorsichtigen Rhythmus von leichten Wellen bewegt werden, von den kleinen Häusern der kleinen Strandpromenade, die alle in unterschiedlichen Pastelltönen gestrichen sind. An das Geländer eines französischen Balkons gelehnt im hellblauen Haus direkt neben der Bar steht eine Mutter mit einem Baby. Sie scheint sich im sanften Rhythmus der Wellen zu bewegen, den Mund an die Wange des Säuglings gedrückt, den Blick aufs Meer gerichtet.

Alex ist auch am Meer aufgewachsen und weiß, dass dieses Kind die Sehnsucht danach niemals wird ablegen können. Vielleicht wird es mal nach Madrid ziehen, nach Paris oder, na ja, vielleicht sogar nach Berlin. Doch die Sehnsucht nach all dem hier wird niemals weggehen, ganz gleich, mit welchen vermeintlichen Freiheiten all die großen Städte locken. Wobei das Kleine bestimmt nicht nur das Meer vermissen wird. Maitasuna ist ein Ort, der auf einer Postkarte womöglich sogar ein bisschen zu idyllisch wirken könnte: Weil genau an den richtigen Ecken der kleinen pastellfarbenen Häuser der Putz fehlt, um nicht abgewohnt, sondern durch und durch romantisch zu wirken. Weil der Atlantik eine Mischung aus Blau und Grün bildet, die selbst Antonios Vater Alberto nur schwer so ausgeglichen hätte mischen können. Und weil die Gelassenheit der Gäste an den Tischen auf alles überzuschwappen scheint.

An einem Tisch sitzt eine Gruppe von vier älteren Männern. Alle sind mit gebügelten Hemden, schicken Hosen und teuren Sonnenbrillen bekleidet, haben einen Kaffee vor sich und jeweils ein Set Karten in der Hand. Fast schon ein bisschen klischeehaft, denkt Alex. Aber angenehm, nichtsdestotrotz.

Er betrachtet die dunkelblaue Tür der Bar. Dann die wenigen dunkelrot gefärbten Blätter des Baumes, der mitten zwischen den Tischen gepflanzt wurde und den vielen Gästen kaum mehr Schutz vor einer überraschend starken Sonne bietet.

Trotz des Wetters ist das Eiscafé des Ortes geschlossen. Deshalb steht vor Matilda jetzt ein großes Glas Fanta, das sie mit beiden Händen anheben muss, um daraus trinken zu können.

Daneben warten zwei Bier und eine Auswahl an *Pintxos*. Die kleinen Brotscheiben, die mit allem Möglichen beladen sind, mussten sie an der großen Theke im Inneren der Bar auswählen, was Alex ziemlich schwerfiel.

Unter einer Reihe riesiger Schinkenkeulen, die von der Decke über dem Tresen hingen, waren mindestens dreißig große Teller aufgebaut. Einige standen etwas höher auf Etageren, um Platz für noch mehr der kunstvollen Brote zu schaffen.

Schließlich überließ Alex Antonio die Bestellung.

»Lass dich mal überraschen«, befahl er, als Alex fragte, was er alles bestellt hatte.

Auf dem großen niedrigen Fass vor ihnen, das zu einem Tisch umfunktioniert wurde, steht nun die Antwort: Teller voller Brote, deren Belag so hoch aufgetürmt ist, dass Alex bei jedem Bissen Angst hat, dass eines der Türmchen einstürzt.

Was nicht richtig wäre. Denn die Beläge sind eine Melodie, eine Symphonie, die nur durch das Zusammenspielen aller Instrumente ausdrücken kann, was ihr Komponist in Jahren des Ausprobierens, des Experimentierens mit Struktur, Geschmack und Zusammensetzung der Zutaten geschaffen hat.

Er hält eines der Türmchen vor sich. Säuerliche Pilze, süße Feigenkonfitüre, Leberwurst und … getrüffelte Butter?

Ein lautes, raues Lachen erhebt sich über den Rest des Stimmengewirrs. Sein Ursprung ist ein großer, klobiger Mann, der am Tisch zweier Gäste steht. Die beiden schneidigen Männer in weißen Hemden und Daunenwesten sind eben von einer der teuren weißen Jachten auf den schmalen Steg des kleinen Hafens gesprungen, um sich an den einzigen freien Tisch der Terrasse zu setzen.

Der Klobige lehnt sich über das Fass und drückt seine Zigarette in einem gläsernen Aschenbecher aus. Er greift in seine Tasche, steckt sich einen Kaugummi in den Mund und schlägt den beiden Männern zum Abschied auf jeweils eine Schulter. Dann geht er in Richtung Eingang, seine Schritte schwer, sein Gang leicht breitbeinig.

Als er an ihrem Tisch vorbeikommt, grüßt er Antonio mit einem Nicken. Der murmelt Alex zu, dass das der Besitzer der Bar sei.

Alex lehnt seinen Körper zur Seite, um ihm hinterherzusehen. Er hat sicher mal nicht schlecht ausgesehen. Mit dunkelbraunen Augen. Mit breiten Schultern und einem kräftigen Kiefer. Mit Haaren, die er so akkurat nach hinten gekämmt hat, dass man sehen kann, wo die einzelnen Zähne eines Kammes Bahnen in die dichte, schwarze, gelackte Masse gezogen haben.

Leider ist sein Haar das Einzige, was noch in Form scheint. Der Rest seines Gesichts und seines Körpers sehen aus, als seien sie mit den Jahren ganz leicht nach unten gerutscht. Vor allem der Bauch, der über seine Hose hängt.

Er kann nicht älter als Mitte fünfzig ein. Gesicht und Körper aber sind Zeugen eines ausgiebigen Nachtlebens und einer aufrichtigen, beständigen Liebe zu Alkohol und Zigaretten. Hat er sich die Narbe an der linken Schläfe bei einem Saufabend geholt? Sicher prahlt er damit vor seinen Freunden heute noch.

Während zwei Kellnerinnen leicht überfordert scheinen mit der Zahl der Gäste, die das doch noch schöne Wetter auf die Terrasse gelockt hat, läuft er langsam an die Bar, zieht seine Jeans ein bisschen hoch und setzt sich auf einen Hocker. Er hebt das Kinn und schnalzt mit der Zunge in Richtung einer hübschen jungen Frau mit rundem Gesicht und blauen Augen, die hinter dem Tresen steht.

Als sei es zu viel verlangt, seine Bestellung in Worte fassen zu müssen. Die junge Frau scheint an diese Art Behandlung gewohnt zu sein und stellt wortlos einen Espresso vor ihn.

»Was ist denn mit dem los?« Alex nickt mit dem Kopf Richtung Bar.

Sein Freund dreht sich um. »Mit Manolo? Papa und er haben früher immer zusammen rumgehangen. Ist ein bisschen eigen, aber eigentlich ganz okay.«

Der klobige Mann trinkt die Tasse in einem Zug leer, wischt sich den Mund mit einer Serviette ab, bevor er sie hinter sich auf den Boden fallen lässt. Eine der Kellnerinnen bückt sich routiniert im Vorbeigehen, um sie aufzuheben.

Langsam wendet Antonio sich wieder Alex zu und zuckt mit den Schultern. »Außer vielleicht, dass er einem das Gefühl gibt, dass das Konzept *Mann* irgendwie überholt ist. Also zumindest das Kaliber da.« Er hebt die Hand, um mit dem Daumen über seine Schulter in Richtung Bar zu zeigen. »Dabei weiß doch jeder, dass diese Typen genauso labbrige, kleine Würstchen im Blätterteig sind wie der Rest von uns. Du weißt schon, was ich meine …«

»Nicht mal ansatzweise, Antonio.« Alex schüttelt den Kopf. Doch sein Freund hört schon nicht mehr zu. Stattdessen nimmt er seiner Tochter eine Pommes aus der Hand und stopft sie sich in den Mund. Er verzieht das Gesicht. Wahrscheinlich, weil er nicht mitbekommen hat, dass Matilda sie eben in ihre Fanta getunkt hat, um die riesige Dogge daran schlecken zu lassen, die unter dem benachbarten Tisch sehnsüchtig zu ihnen blinzelt.

Während sein Freund ein Gespräch mit dem jungen Paar am Nachbartisch beginnt, kommt Alex nicht umhin, über dessen Worte nachzudenken. Obwohl er eine instinktive Abneigung gegen Manolo empfindet, ist *blätterteigig* definitiv kein Begriff, den er mit dem Barbesitzer in Verbindung bringt.

Im Gegenteil: Sein erster Impuls war es, diese Art Mann zu … zu bewundern? Er schüttelt leicht den Kopf. Nein, nicht bewundern. Fürchten vielleicht? Ihm gefallen zu wollen? Was alles in allem ziemlich erbärmlich ist, wie er sich eingestehen muss.

»So, und jetzt zum eigentlichen Tagesthema. Nämlich zu meiner Vermutung.«

Alex' Blick ruht noch immer auf Manolo. Er zwinkert einige Male und lässt seinen Blick von dem Mann an der Bar zu Antonio wandern. »Was meinst du?« Noch während er das fragt, weiß er, was gleich folgen wird.

»Matilda, halt dir die Ohren zu.« Antonio zeigt auf seine Tochter. Die tut zwar nicht, was er angeordnet hat, verschwindet aber unter den Nachbartisch, um ihre Freundschaft mit der Dogge zu vertiefen. Ihr Vater verdreht die Augen und murmelt irgendetwas davon, dass das mit der autoritären Erziehung vielleicht doch nicht so abwegig sei. Dann lehnt er sich nach vorne.

»Ihr habt euch geküsst, du und Maya«, flüstert er und hält abwehrend beide Hände hoch. »Und jetzt sag bloß nicht, dass mich das nichts angeht, denn das tut es, weil sie meine Schwester ist und du mein bester Freund. Und weil ich gleich etwas Wichtiges mit dir teilen werde. Matilda, Ohren!«

Die Kleine ist wieder aufgetaucht, pustet sich den Pony aus den Augen und verschränkt die Arme vor der Brust. »Ich will auch was Wichtiges hören.«

Antonio atmet tief ein und aus. »O-kay. Dann eben die jugendfreie Variante: Ich weiß, dass da noch was ist zwischen euch beiden. Etwas wirklich Seltsames, aber okay, jedem das Seine. Auf jeden Fall glaub ich, dass das mit euch tatsächlich wieder klappen könnte, und Gott allein weiß, wie sehr mich das freuen würde, und …«

»Antonio, ich hab wirklich keine Lust, hier …«

»Okay, okay. Also, was ich sagen will, ist, dass gerade irgendwas in Maya vorgeht. Was, weiß ich natürlich überhaupt nicht, weil sie mir das niemals sagen würde, aber auf jeden Fall ist was mit ihr …«

Antonio holt Luft, presst die Lippen zusammen und sieht an Alex vorbei in Richtung Meer. Dieses Mal spricht er langsam, konzentriert und ohne jede Ironie. »Wie gesagt wäre es wirklich toll, würde das mit euch noch mal klappen … Trotzdem glaub ich, dass du Maya dafür ein bisschen Zeit geben musst – und dir auch, natürlich … Also, die Sache einfach locker angehen und aufs richtige Timing warten, verstehst du?«

Alex erwidert den Blick seines Freundes und kann nicht vermeiden, eine Braue zu heben. »Und wie mache ich das?«

Er hat versucht, einen möglichst ironischen Ton unter die Worte zu mischen. Vor allem, um so eine Schicht Gleichgültigkeit über die Tatsache zu schütten, dass er Antonios Ratschlag nicht nur will, sondern sogar braucht. Der zeigt mit dem Finger auf seine Tochter.

»Matilda, Ohren! Sonst gibt's heute kein Fernsehen.«

Matilda schnauft genervt ob dieser Ungerechtigkeit, legt aber trotzdem die Hände auf die Ohren. Der Preis wäre sonst eindeutig zu hoch.

»Kein Kuss mehr oder was ihr sonst so gemacht habt. Lass sie erst mal das mit diesem Kleid klären und die Sache mit Mamas Brautladen, und das mit der hysterischen Instagram-Tante am besten auch. Wenn sie dann wieder stabil ist, schlägst du zu«, sagt er und haut mit der flachen Hand auf den Tisch, sodass Teller und Gläser klirren. »Und zwar mit dieser unschlagbaren Alex-Fels-in-der-Brandung-und-einfühlsam-bis-zum-Abwinken-Art, auf die die Frauen so abfahren.«

Antonio sieht sehr zufrieden mit sich aus. Anders als Alex, der auf seinem Stuhl hin und her rutscht und den Blick abwendet. Das war nicht die Art Ratschlag, die er sich gewünscht hat. Weil er weiß, dass er richtig ist. Und gleichzeitig weiß er, dass er ihn nicht wird befolgen können.

»Nichts für ungut, Antonio, aber ich glaube, in Sachen Gefühle bist du nicht der beste Ansprechpartner. Frieda ist deine erste und einzige Freundin, und könnte sie dich nicht lesen wie ein Buch, wärst du verloren.«

Antonio schiebt seine Sonnenbrille nach oben, lehnt sich auf dem unbequemen Metallstuhl zurück und verschränkt die Arme. »Mag sein, dass ich nicht so gut darin bin, meine Gefühle auf den Punkt zu bringen. Und vielleicht hab ich auch von Beziehungen nicht so viel Ahnung. Also bis auf meine eigene. Aber von Maya – von Maya hab ich ganz bestimmt eine Ahnung. Und dieses Wissen – das ist alles hier drin.« Mit ernstem Blick führt er den Zeigefinger zu seiner rechten Schläfe und klopft zwei Mal.

Alex legt den Kopf schief. »Du vergisst sogar ihren Geburtstag. Obwohl es dein eigener ist.«

»Das tut nichts zur Sache. Wir waren Bauchmitbewohner, und diese Verbindung bleibt. Für immer.«

Er trinkt einen großen Schluck Bier und wischt sich mit dem Handrücken über den Mund. »Aber gut, wenn du meinen Ratschlag nicht annehmen willst, ist das deine Sache. Komm dann aber bloß nicht, um dich an meiner Schulter auszuweinen. Na ja, oder doch. Schließlich bist du mein bester Freund. Aber verlang nicht von mir, dir nicht vorzuhalten, dass ich dich vorgewarnt habe. Obwohl das ziemlich fies wäre, wenn es dir gerade schlecht geht …«

»Antonio! Matilda bekommt gleich einen Krampf in den Armen.«

»Ist ja gut.« Vorsichtig legt er eine Hand auf Matildas rechten Arm und drückt ihn herunter.

»Na endlich! Kinder haben auch Rechte, Papa. Das weißt du hoffentlich. Und außerdem«, sie schüttelt empört den Kopf und hebt einen kleinen, leeren Teller an, um ihn ihrem Vater vor die Nase zu halten, »hast du meinen *pintxo* mit *tortilla de patatas* aufgegessen.«

»Das war nicht ich, geliebte Tochter.«

Antonio lächelt in Richtung Alex. Der schiebt sich gerade die Reste einer Brotscheibe mit einem Belag in den Mund, den er als das beste Kartoffelomelett bezeichnen würde, das er jemals probiert hat.

»Alex!«

Von einer empört dreinblickenden Matilda beobachtet, schluckt er schnell die letzten Bissen herunter und wischt sich mit einer Serviette über den Mund. »Das tut mir so leid, kleine Matilda. Aber ich bestell dir gleich eine neue.«

»Das war der letzte *tortilla pintxo* in der Auslage«, antwortet Antonio.

Matildas Unterlippe fängt an zu zittern.

»Dann mach ich dir eben eine *tortilla de patatas,* wenn wir wieder nach Hause kommen. Eier haben wir ja. Und Kartoffeln auch.

Und so schwer kann das nicht sein, oder?« Mit einem Lächeln streicht Alex dem Mädchen über den Kopf und dreht sich mit einem fragenden Blick zu Antonio.

Der nickt, doch Alex gefällt sein Lächeln nicht.

»Klar. Easy peasy. Ist ja nur eins der spanischen Nationalgerichte.«

MAYA

Ich bin keine gute Schläferin. Wenn man meiner Mutter Glauben schenken mag, bin ich das noch nie gewesen. Während mein Bruder als Baby durchschlief, musste sie mich stundenlang herumtragen, in den Armen wiegen oder mich im Kinderwagen spazieren fahren.

Deshalb zeigen die meisten unserer Kinderfotos Baby Antonio, wie er ruhig und gelassen auf einer Decke liegt und schläft. Ich dagegen glotze missmutig aus dem kleinen Wagen mit dem Bezug aus hellblauem Cord. Völlig übermüdet, aber unfähig, einzuschlafen.

Doch jetzt, als ich den alten Schlüsselbund aus der Hosentasche krame, an dem ein Anhänger mit der rot-grün-weißen baskischen Flagge hängt, fühle ich mich, als wäre mein Kopf zu schwer für meinen Körper und meine Gedanken zu schnell für mein Hirn. Und eindeutig so, als würde ich sofort einschlafen können, sobald ich meinen Körper auf die Matratze fallen lasse. Was ich nicht werde tun können. Denn mein Tag ist noch nicht zu Ende.

Ich muss noch da hoch. Zu Abuelas Nähmaschine. Zu meinem Auftrag. Eigentlich ist ja nicht mehr viel übrig von dem Dachboden, so wie er in meiner Erinnerung war. Da oben ist nichts mehr, wie es war. Bis auf seine Bilder natürlich. Was genügt, damit mir ein bisschen schlecht wird, als ich den Schlüssel ins Schloss stecke.

Der Tag heute fühlt sich so an, als hätte man eine ganze Woche zusammengefaltet und in die letzten vierundzwanzig Stunden gequetscht.

Auf dem Weg vom Hotel quer durch die Stadt habe ich mich noch erleichtert gefühlt. Ich blinzelte fast zufrieden in jede Straßenlaterne, den großen Kleidersack über der Schulter mit dem Hochzeitskleid darin, das Mascha bei uns im Laden gekauft hatte. Vor einem Restaurant traf ich wieder auf meine alte Freundin Amaia. Wir redeten eine Weile, was schön war, obwohl meine damalige Freundin noch immer die Tendenz hat, riesige Geschichten um etwas zu bauen, was man auch in einem Satz hätte erzählen können. So hielt mich unser Gespräch eine halbe Stunde vor dem belebten Restaurant, obwohl das Einzige, was Amaia zu berichten hatte, war, dass sie das Lokal mittlerweile von ihrer Mutter übernommen hatte. Es war trotzdem schön gewesen, sie zu sehen. Aber irgendwann konnte ich die Augen kaum mehr offen halten, und alles, was ich wollte, war, mich an die Nähmaschine zu setzen und mein heutiges Kontingent an Arbeit hinter mich zu bringen.

Doch noch bevor ich jetzt die Tür öffne, dringen zwei sehr tiefe und eine sehr hohe, quietschende Stimme durch das dicke Holz. Vielleicht schaffe ich es ja, mich an der Küchentür vorbei die Treppe hochzuschlei…

»Maya, das darfst du nicht verpassen!« Der Oberkörper meines Bruders schiebt sich aus der Küchentür und blockiert mir den Weg. Eigentlich will ich widersprechen, doch ein vertrauter Geruch und Antonios Grinsen machen mich neugierig.

In der Küche steht Alex und hält Matilda eine Gabel hin. Darauf befindet sich ein Stück sehr helle Masse. Was ist … Soll das eine *tortilla de patatas* sein? Matilda nimmt einen Bissen, das Gesicht neutral, die Augen konzentriert zusammengekniffen.

Sie kaut einige Male und schluckt dann sehr theatralisch. So, als würde sie gerade einen Golfball runterwürgen. Dann schüttelt sie bedauernd den Kopf und zeigt mit dem Daumen nach unten. »Zu trocken, Alex. Viel zu trocken.«

Der blickt enttäuscht drein, nimmt sich selbst ein Stück und schiebt es in den Mund. Auch Antonio und ich greifen nach einer Ecke der runden, festen Masse, die auf einem schweren, großen Keramikteller liegt.

»Das gibt's nicht«, murmelt Alex kauend und imitiert Matildas Kopfschütteln. »So schwer kann das doch nicht sein.«

Ja, ich bin müde. So müde, dass meine Augen hinter den Lidern brennen. Trotzdem kann ich diese Tortilla so nicht stehen lassen. Und auch Alex nicht, der vollkommen verwirrt aussieht. Wie so viele hat er die Komplexität einer Tortilla unterschätzt und alle Anfängerfehler begangen.

»Zu viele zu dick geschnittene Kartoffeln, zu wenig Eier und viel zu wenig Öl. Und die Zwiebeln hast du auch vergessen.«

Nach jedem Punkt meiner Aufzählung senken sich Alex' Schultern ein bisschen mehr. Also nehme ich die alte blau-weiß karierte Küchenschürze meiner Abuela vom Haken neben der Küchentür. Melancholie. So lässt sich wohl am besten beschreiben, was sich wie ein schwerer Druck auf meine Schultern legt.

Denn so, wie ich die Bänder der Schürze nehme und sie um meine Hüften binde, hat es meine Großmutter sicher Tausende von Malen vor mir in dieser Küche getan. Am Ende hat sie den Stoff fast zweimal um ihre schwindende Hüfte binden müssen. Hat sich aber trotzdem nie davon abhalten lassen, ihre Enkelkinder mit *tortilla* und *patatas bravas* und *calamares* zu versorgen.

Dabei wirkte jede ihrer Bewegungen erprobt, musste nicht eine Menge abgewogen, nicht ein Rezept nachgeschlagen werden. Wie eine routinierte Tänzerin wirbelte sie durch die Küche mit den dunklen Holzfronten, der hölzernen Arbeitsplatte, dem kühlen Steinboden und den rot-weiß karierten kurzen Vorhängen.

Vorsichtig schiebe ich Alex zur Seite, der an der Küchenanrichte steht. Sein dunkelblondes Haar ist zerzaust, sein Blick enttäuscht. Kochen ist inzwischen eine seiner Leidenschaften, das weiß ich von den vielen Feiern meines Bruders, zu denen er Gerichte brachte, die jedes Jahr exotischer wurden. Deshalb wohl auch dieser tollkühne Versuch, eine Tortilla einfach so aus dem Ärmel zu schütteln.

»Dann fangen wir mal an.« Ich hole Eier, Zwiebeln, Salz und Öl aus den Schränken, in denen Alex alle Zutaten schon wieder säuberlich verstaut hat. Antonio überzeugt seine Tochter mit einer Folge *Peppa Pig*, ihm ins Wohnzimmer zu folgen, und schließt die Tür hinter sich.

Alex kramt in der Küchenschublade und holt ein vergilbtes, leeres Blatt hervor. Mit einem von Matildas Filzstiften beginnt er Notizen zu machen. Seine Handschrift war schon immer sehr sauber und sehr schön. Als wir damals in der Schule nebeneinandersaßen, hab ich ihn darum beneidet und die fast künstlerisch klar gezeichneten Buchstaben bewundert.

Mit Genugtuung beobachte ich, wie verblüfft Alex aussieht, als ich ihm diktiere, wie viel Öl in eine ordentliche Tortilla gehört.

Schon bald hat er alles notiert, und wir fangen an, Kartoffeln zu schälen und zu schneiden. Alex ist interessiert, er stellt die richtigen Fragen im richtigen Moment, und es scheint, als ob wir eine Aktivität gefunden hätten, bei der wir nicht automatisch in ein Streit- oder Lebensgrundsatzgespräch schlittern. Was nach dem Tag heute wirklich angenehm ist.

Obwohl ich mich gerade eigentlich um Maschas Kleid kümmern sollte, ist das ruhige Schneiden und Rühren angenehm. Einige Male berühren sich unsere Arme, und ich komme nicht umhin, darüber nachzudenken, was hätte sein können zwischen uns.

Hätten wir so jeden Tag zusammengestanden in einer gemeinsamen Küche? Hätten wir abends nebeneinander im Bett gelegen und überlegt, ob wir vielleicht doch noch irgendwo einen Reiskocher unterbringen könnten?

Hätte da mittlerweile vielleicht sogar jemand zwischen uns gelegen, quer, sodass jedem von uns nur ein halber Meter Matratze blieb? Und hätte dieses kleine Wesen Alex' schiefes Lächeln geerbt? Was ist das da gerade für ein Gefühl? Kann man etwas vermissen, was niemals geschehen ist?

Auch neben Mattias habe ich an einer Küchenanrichte gestanden und gearbeitet. So wie das hier hat sich das aber nicht angefühlt. Es war nicht schlecht gewesen, nicht unangenehm und genauso wenig unnatürlich.

Aber dieses Gefühl hier, dieses Sich-richtig-Anfühlen, hat es da nie gegeben. Was nicht nur auf die kurze Zeit zurückzuführen ist, die wir zusammen hatten. Nein. Ich kann mich tatsächlich an kein einziges Gespräch erinnern, das wirkliche Tiefe hatte. Oder sich zumindest so anfühlte.

Mattias redete, ich hörte zu. Was okay war. Trotzdem fühlt es sich so an, als hätte selbst ein Gespräch über die Wahl des richtigen Olivenöls zwischen Alex und mir mehr Intimität als all die Gespräche, die ich mit Mattias geführt habe. Oder mit den wenigen Männern, die vorher meine Küche haben betreten dürfen.

Doch woher kommt diese Intimität? Warum erscheint mir keine seine Bewegungen fremd? Weshalb ist der Klang seiner Stimme, seine klare und prägnante Art zu sprechen so absolut vertraut? Obwohl wir jahrelang kein wirkliches Gespräch miteinander geführt haben.

Intimität. Was soll das eigentlich sein? Und was sind das überhaupt für unsinnige Gedanken?

»Was ist? Warum schüttelst du den Kopf?« Alex sieht mich an.

»Hab ich das? Sorry. Ich bin einfach sehr, sehr müde.«

Schnell gebe ich die verquirlten Eier über die gebratenen Zwiebel- und Kartoffelstücke und lasse alles durch die Hitze des alten Herdes ein wenig fest werden.

»So, und jetzt machen wir das, was man auf Spanisch *darle la vuelta a la tortilla* nennt. Also die Tortilla wenden, okay?«

Alex nickt und sieht mir dabei zu, wie ich die halbfeste Masse auf einen flachen Teller stürze. Ich zeige auf den bereits gebratenen oberen Teil und nicke ihm auffordernd zu. »Jetzt muss die untere Seite gebraten werden. Dafür nimmst du den Teller und lässt die Tortilla langsam zurück in die Pfanne gleiten. Am besten schüttelst du dabei den Teller ganz leicht … genau so. Das geht eigentlich ganz einfach, weil das Ei auf der Seite ja noch weich und glitschig ist und … voilà! Gut gemacht!«

Beide betrachten wir die Pfanne. Dabei denke ich über die andere Bedeutung dieses Satzes nach. *Darle la vuelta a la tortilla.* Die Tortilla wenden.

In Spanien benutzt man diesen Satz auch, um zu zeigen, dass etwas eine brüske, eine radikale Wendung nimmt. Ich sehe zu Alex, und er blickt zurück. Könnten wir das? Könnte sich das alles von letzter Nacht wiederholen, ohne dass es sich wie ein Fehler anfühlen würde? Könnte eine weitere Nacht zu einer brüsken, einer radikalen Wendung führen?

»Was macht ihr denn hier?«

In der Küchentür steht Greta, ihre laute, raue Stimme lässt mich zusammenzucken. Die Arme in die Seiten gestemmt, sieht sie mich an, ungläubig und kopfschüttelnd.

»Solltest du nicht auf dem Dachboden sein und nähen wie verrückt? Ich hab extra aufgehört, Mascha beim Deko-Basteln zu helfen, um zu sehen, ob du mich hier dringender brauchst, und jetzt stehst du hier und machst …«, sie tritt näher und sieht in die Pfanne, »… Omelett?«

»Tortilla«, murmle ich und wische meine Hände an der Schürze ab.

Eigentlich will ich jetzt noch mehr ins Bett als noch zuvor. Doch Greta hat recht. Ich sollte auf dem Dachboden sein und anfangen. Und schlafen könnte ich mit dem Kleid im Hinterkopf ohnehin nicht. Ich seufze und drehe mich zu Alex. »Nur ein paar Minuten, dann muss sie aus der Pfanne. Das Ei darf auf keinen Fall zu trocken werden, alles klar?«

Alex nickt. Auch er scheint bemerkt zu haben, dass von der angenehmen Stimmung zwischen uns nichts mehr da ist.

Als ich den Dachboden betrete, fängt mein Herz an zu klopfen. Selbst einige tiefe Atemzüge am offenen Fenster helfen nicht. Was nicht nur an dem Raum und dem Blick auf Papas Bilder liegt, die zum Glück wieder unter weißen Laken ruhen.

Drei Tage. Für ein Hochzeitskleid. Noch dazu für eine Braut, die bei den meisten Kleidern entschieden den Kopf geschüttelt hat, die ich ihr vorhin im Hotel auf Gretas Telefon präsentiert habe.

Erst als meine Finger vom vielen Übers-Telefon-Streichen schon schmerzten, konnten wir uns auf ein schlichtes, ärmelfreies Oberteil einigen, das ich aus einem meiner bemalten Seidenstoffe nähen würde, den Greta unerlaubterweise in Antonios Kofferraum gepackt hat.

Ein langes Rockteil in schlichter A-Linie würde ich aus dem Stoff des Kleides nähen, das sie bei uns im Laden gekauft hat. Was riskant ist. Denn wenn Mascha das Ergebnis nicht gefällt, hat sie keine Alternative mehr. Mal abgesehen davon, dass ich ein viele Tausend Euro teures Kleid zerschneiden werde.

Das Oberteil kann ich sicher heute Nacht noch fertig nähen. So kann ich morgen noch einmal ins Hotel, um zu sehen, ob es passt, und gerate nicht unter Zeitdruck.

Vorsichtig ziehe ich den Seidenstoff aus der Papiertüte, auf der das Logo des Hotels prangt. Ich kann mich gut daran erinnern, wie ich die drei Meter wollweiße Wildseide auf dem Boden meines Berliner Schlafzimmers auslegte, um sie dann mit kleinen Fischen, Korallen, Krebsen und Quallen in pastelligem Lila, Rosa,

Türkis und Blau zu versehen. Das Ergebnis ist eine wunderbare, zarte Welt, die unwirklich aussieht und zauberhaft.

In meinem Schrank in Berlin liegen sicher hundert Meter Stoff, den ich über die Jahre bemalt und aus dem ich teilweise auch Kleidung genäht habe. Kleidung, die nie ihren Weg aus dem riesigen Schrank gefunden hat.

Ich lege den Kopf in den Nacken und überlege. Dabei sehe ich einige Farbspritzer an der Decke des Dachbodens und muss lachen bei der Erinnerung an deren Ursprung. Meine Abuela und ich, wie wir alles in dem Raum abdecken, um mit Textilfarbe gefüllte Wasserbomben auf einen Stoff auf dem Boden zu werfen. Als der Stoff getrocknet war, nähte ich mir daraus einen wirklich unmöglichen Rock. Mein Vater aber war begeistert und nutzte die Stoffreste, um daraus eine kleine Collage zu fertigen.

An den Stolz, den ich beim Anblick des Rocks empfunden habe, kann ich mich gut erinnern. Ich habe ihn nicht nur selbst genäht, sondern sogar selbst bemalt.

Meine Abuela. Sie hat den Grundstein gelegt für all die Freude, die ich seitdem jedes Mal empfunden habe, sobald ich einen der Seidenstoffe vor mir auf dem Boden ausgebreitet und losgemalt habe. Selbst, als ich mir das Malen verboten habe, als ich das alles hinter mir lassen und ein neues Leben anfangen musste … vom Malen auf Stoff bin ich nie losgekommen. Habe heimlich weitergemalt. Wobei ich gar nicht weiß, vor wem ich das Malen, das Nähen und all die Kleidungsstücke in meinem Schrank eigentlich verstecke. Vor mir selbst?

Noch einmal sehe ich an die Decke mit den Spritzern. Wie eine richtige Künstlerin habe ich mich damals gefühlt. Wie er …

Mit den Händen fahre ich über die bemalte Seide. Ist das nicht genau die Art Kleid, die ich in *meinem Laden* verkaufen wollte? Okay, also an meine selbst gemachten Kreationen habe ich dabei nicht gerade gedacht. Das hätte ich mich nie getraut. Aber etwas Ähnliches.

Mein Laden. Meine Schultern sinken wieder, und ich lasse mich auf den Holzstuhl vor dem alten Schreibtisch sinken. Das ist nicht der richtige Zeitpunkt für Selbstzweifel, und das weiß ich. Trotzdem sind sie da und lassen mich noch einmal hinterfragen, ob das alles hier eine gute Idee ist. Noch könnte ich abspringen. Könnte hoch ins Hotel gehen und mir eine Ausrede einfallen lassen.

Sicher steht der nette junge Concierge mit dem kleinen Ohrring im rechten Ohrläppchen noch an der Theke der Empfangshalle. Mir fällt das laute, hallende Geräusch ein, als ich heute Nachmittag gemeinsam mit Mascha, Greta und Miguel über den schwarzen Marmorboden der riesigen weißen Eingangshalle lief.

»Noch ein kurzer Rundgang durchs Hotel?« Miguel sah von Greta zu mir. »Na kommt, so viel Zeit muss doch sein, oder?«

Ich wollte widersprechen. Vor allem, weil ich mich mit Gretas schwarzer Leggins und dem großen, grauen Kapuzenpullover hier fehlplatziert fühlte. Doch da hatte Greta schon geantwortet, dass Mascha ihr am Vortag schon alles gezeigt habe und sie deshalb schon einmal ins Hotelzimmer gehe, um weiter an irgendwelchen Dekogirlanden zu arbeiten, dass ich aber sicher gerne einen Blick auf das Gebäude werfen würde. Dabei sah sie mir einen Moment zu lange in die Augen.

Ich erwiderte ihren Blick, ohne zu verstehen, was genau sie mir sagen wollte. Sie konnte doch nicht ernsthaft vermuten, dass ich Interesse an Miguel …

Doch da legte der mir auch schon die Hand auf den Rücken, um mich sanft vom Empfangstresen wegzuschieben, der sich im rechten Bereich der riesigen Halle befand. Der komplette hintere Bereich der Halle war verglast und zeigte in Richtung eines quadratischen, bepflanzten Innenhofs.

Pinien, Farne und Blumen breiteten wild ihre Blätter aus, nur begrenzt durch die Mauern und Balkone der Zimmer.

»Ein etwas anderer Innenhof. Gefällt es dir?« Miguel lächelte mich an. Ein offenes, aufrichtiges Lächeln. Keines, das man von einem Mann in seiner Aufmachung erwartete: Sein weiches, andalusisches Spanisch passte genauso wenig in die steinige kleine Küstenstadt wie sein heller Anzug und der teure Wagen, mit dem er uns ins Hotel gefahren hatte.

»Wenn man da durchläuft«, sagte er und zeigte auf einen Holzsteg, der quer durch das Wirrwarr führte, »fühlt sich das fast wie ein Waldspaziergang an.«

Vorsichtig trat ich näher an die Scheibe, hob die Hand und legte sie vorsichtig auf das kalte Glas.

»Ich musste dem Gemeinderat damals versprechen, keinen unpersönlichen Klotz hierherzuknallen. Alle Pflanzen und Bäume kommen in den Wäldern rund um Maitasuna vor, alle Möbel«, Miguel hob den Arm und zeigte auf den Rest der Halle, »wurden hier im Baskenland gefertigt, und sogar der schwarze Marmor kommt von hier.«

Mein Blick schweifte über die weißen Sofas und den riesigen Leuchter, der von der Decke hing. Ein silbernes Geflecht aus dünnem Draht, das wie eine riesige, blasse Sonne von der Decke hing. Alles nicht unbedingt mein Geschmack. Trotzdem war die Kombination des großen, wilden Innenhofs eine faszinierend gelungene Kombination mit dem Luxus des Innenraums.

»Außerdem wurde alles von heimischen Handwerkern installiert, und natürlich …« Miguel bedeutete mir mit einer Handbewegung, ihm zu folgen. Ich lief ihm hinterher, an Eingangstür und Rezeption vorbei, und fiel fast über meine eigenen Füße, als ich vor der großen Wand zwischen den beiden Aufzügen stehen blieb. »… sind alle Bilder von baskischen Künstlern.« Miguel hob den Arm und zeigte auf ein riesiges expressionistisches Gemälde.

Darauf zu sehen war eine Frau, die im Mondlicht aufs offene Meer blickt. Nur der Rücken war von ihr zu sehen. Rücken und rotes Haar und Hände, die schwach und teilnahmslos an den beiden Seiten ihres blau-weißen Kleids herabhingen. Auf dem Sandboden neben ihr eine zerbrochene Flasche.

»Woher ... woher hast du das?«

Die Frage klang schwach und klein, musste sich erst um den Schock herumquälen, der in meiner Kehle saß. Entsprechend überrascht war der Blick, den mir Miguel zuwarf, anscheinend hatte er mit einer anderen Reaktion gerechnet.

Mein Körper verkrampfte sich, und eine Schicht eiskalten Schweißes quoll aus den Poren von Stirn und Händen. Bevor Miguel antworten konnte, ging eine der Fahrstuhltüren auf, und Greta erschien.

»Maya, ich glaub, jetzt ist es echt Zeit, dass du mit hochkommst. Mascha verliert gerade die Nerven.«

Also ließ ich mich in den Aufzug ziehen und wurde kurz darauf über einen großen Flur in ein luxuriöses Hotelzimmer geschoben.

Im Zimmer entspann sich gerade ein sehr lautstarkes Pro und Kontra über die Ärmellänge bei Hochzeitskleidern. Mascha stellte mich mehreren Freundinnen vor, an deren Namen ich mich schon nach wenigen Sekunden nicht mehr erinnern konnte. Denn mein Körper und meine Gedanken waren immer noch wie eingefroren. Unfähig zu funktionieren, unwillig zu reagieren.

Dieses Bild. Ich hatte es noch nie gesehen. Doch erkannt hatte ich die Handschrift des Künstlers. Meines Vaters.

»Was machst du, Tante Maya?«

Am Treppenaufgang zum Dachboden stehen Matilda und Alex. Der hebt den linken Arm, auf der Hand balanciert er einen Teller.

»Wir haben dir ein Stück Tortilla mitgebracht.«

Matilda springt durch den Raum, stellt sich neben mich und blickt auf die Skizze vor mir. »Ist das das Kleid für Mascha?«

Ich ziehe sie auf meinen Schoß. »Genauso ist es. Und hier …«, ich greife nach dem A5-großen Umschlag, der auf dem bemalten Stoff liegt, »… das ist das Schnittmuster.«

Auf dem vergilbten Umschlag ist eine Frau in einem schwarzen, bodenlangen Kleid zu sehen.

»Will Mascha in Schwarz heiraten? Das find ich irgendwie komisch.«

Mit einem Kopfschütteln erkläre ich ihr, dass ich den Stoff benutzen werde, der da vor uns liegt.

»Schau mal«, sage ich und greife zu dem Umschlag mit dem Schnittmuster, »ein Kleidungsstück besteht meistens aus verschiedenen Teilen, die zusammengenäht werden. In dem Umschlag hier sind diese einzelnen Teile auf Papier gedruckt. Die legt man wie eine Schablone auf den Stoff und schneidet die einzelnen Teile des Kleides daraus aus. Damit das Ganze dann auch richtig gut passt, muss man die Schablonen manchmal ein bisschen anpassen, weil ja alle Menschen unterschiedlich sind. Maschas Schultern zum Beispiel sind ein ganzes Stück schmaler als die Schulterteile von dieser Schablone, das hab ich vorher ausgemessen. Deshalb passe ich das Papierteil vorher noch an, bevor ich den Stoff ausschneide. So, und jetzt muss ich echt anfangen, sonst steht die arme Mascha am Ende nackig vor dem Altar. Und auf dich wartet unten sicher noch ein bisschen Fernsehen, oder?«

Matilda nickt und hüpft von meinem Schoß. Sie flitzt an Alex vorbei die Treppe runter. Der räuspert sich und hält den Teller mit der Tortilla hoch. »Zur Stärkung.«

»Ah, danke.«

Ich lächle und drehe mich wieder zur Skizze, die vor mir auf dem Schreibtisch liegt. Womit fange ich bloß an? Damit, einen

Plan zu erstellen, am besten. Dessen einzelne Schritte kann ich dann Stück für Stück durchstreichen. Genau. Eine Checkliste. Das ist nicht nur gut für die Planung. Sondern auch fürs Gefühl.

Ich habe bereits fünf Schritte notiert, als mir auffällt, dass Alex noch immer neben mir steht.

»Ich hab das vorhin übrigens ernst gemeint. Also, falls einer von uns irgendwas machen kann, um dir zu helfen, sagst du Bescheid, okay? Also nicht, dass ich denke, du könntest das nicht alleine schaffen. Aber vielleicht gibt es ja tatsächlich irgendwas, was ich übernehmen kann.«

»Hast du nicht irgendeine Ausgabe von *Vogelkunde aktuell*, die du noch durcharbeiten musst?«, frage ich abwesend.

Das war eigentlich nur ein Witz. Ein wirklich bescheuerter Witz, der nicht einmal lustig ist und den Alex noch dazu versteht. Denn er antwortet noch nicht einmal, sondern sieht mich nur kurz und ernst an, ignoriert mein Lächeln und dreht sich um, um zu gehen. Oh Mann.

Warum rufe ich ihn nicht zurück? Was für ein blöder Kommentar, also echt. Doch wenn ich ihm jetzt hinterherlaufe, komme ich vollkommen aus dem noch nicht einmal gefundenen Rhythmus. Morgen. Morgen werde ich das klären.

Also breite ich den Stoff, der glücklicherweise knitterfrei ist, auf dem Boden vor mir aus, greife zu der kleinen, vergilbten Tüte mit dem Schnittmuster und ziehe vorsichtig mehrere dünne Papierbögen daraus hervor.

Als ich den Zettel mit Maschas Maßen zur Hand nehme, muss ich kurz innehalten. Soll ich nicht doch runtergehen und mich bei Alex entschuldigen? Doch ein Blick auf den alten schwarzen quadratischen Wecker, der auf dem schmalen Fensterbrett steht, lässt mich zusammenzucken. Kurz vor zehn. Kein Schlaf und keine Ablenkung, bis ich nicht zumindest das Oberteil fertig habe.

Also beginne ich, die Schnittteile an Maschas Maße anzupassen, die einzelnen Teile aus dem Papierbogen zu schneiden, dann den Stoff gerade auf dem Boden zu verteilen und, mit den Knien auf dem Stoff kauernd, die einzelnen Teile auszuschneiden.

Immer wieder verrutscht der Stoff. Doch die Stecknadeln im Schrank meiner Abuela sind so dick, dass sie in dem nachtragenden Seidenstoff ganz bestimmt kleine Löcher hinterlassen würden.

Wenigstens auf die alte Stoffschere meiner Großmutter ist Verlass. Ihr schwarzer Griff liegt schwer in der Hand und erinnert mich an tausend Nachmittage, die ich hier oben verbracht habe, um mit ihr gemeinsam zu nähen, während er die andere Seite des Dachbodens nutzte und sich der Raum mit dem Geruch nach Ölfarbe und Lösungsmittel füllte. Meine Abuela hatte ein Faible für bunte Stoffe mit großen Mustern. Und so sahen ihre selbst genähten Kleidungsstücke oft ein bisschen wie die Stoff gewordenen Werke meines Vaters aus.

Die Erinnerung an all diese Momente hier oben beruhigt, und irgendwann haben wir unseren Rhythmus gefunden, der Stoff und ich. Eine Stunde später sind alle Teile ausgeschnitten.

Das alles hier fühlt sich sehr improvisiert an. Doch als ich mich an die alte Maschine meiner Abuela setze, eine Spule mit weißem Faden einfädle und zu nähen beginne, gibt mir das Ergebnis eine große Portion Sicherheit.

Die Tatsache, dass aus einem Haufen Stoff dank meiner Hände Arbeit ein Kleidungsstück werden kann – das wird wohl nie aufhören, mich zu faszinieren. Und auch nicht das Gefühl der Genugtuung, wenn die Nadel immer wieder in den Stoff eintaucht, um am Ende eine gerade, saubere Naht zu hinterlassen.

In meinen Erinnerungen krame ich gerade danach, wie man Seide bügeln muss, als die Maschine ein lautes, pochendes Geräusch von sich gibt und ein riesiges Stück Stoff direkt nach unten in ihr Gehäuse zieht.

Kurz sitze ich einfach nur da und starre auf die Nadel, die sich tief in den Stoff gegraben hat. Das kann unmöglich passiert sein. Das darf nicht passiert sein.

Vorsichtig und behutsam ziehe ich den Stoff aus der Maschine. Wobei ziehen das falsche Wort ist. Vielmehr verläuft jede Bewegung meiner verschwitzten Hände in Zeitlupe, wird begleitet von sanftem gut Zureden und tiefem Ein- und Ausatmen.

Als ich fertig bin, breite ich den Stoff vor mir aus und betrachte den Schaden. Ich zupfe einige Fäden heraus und atme erleichtert aus. Das hier hätte viel, viel schlimmer enden können.

Oh, wie man sich doch täuschen kann. Denn als ich das Stück erneut unter die Maschine lege, um dort weiterzunähen, wo ich gerade aufgehört hatte, passiert … absolut nichts. Ich ziehe den Stecker und stecke ihn wieder ein, öffne eine Klappe, um den unteren Teil der Maschine sehen zu können, ob sich irgendwo ein Faden verheddert hat oder ein große Schicht Staub die Bewegungen stört. Doch da ist überhaupt nichts.

Als ich zum fünften Mal mit Kraft auf das Pedal unter mir trete, akzeptiere ich mein Schicksal. Mit dieser Maschine wird es kein Kleid geben. Wenn es überhaupt eines geben wird.

ALEX

Über etwas schlafen. Daran glaubt Alex. Vor allem, wenn es um Entscheidungen geht. Aber auch bei Gefühlen kann er sich normalerweise darauf verlassen, dass Nacht und Schlaf sie verdünnen wie ein Schuss Wasser einen zu starken Tee.

Doch dieser Morgen ist anders. An diesem Morgen ist der Wut-Tee noch genauso dickflüssig und fest wie am Abend zuvor. Warum? Warum kann er nicht akzeptieren, dass Maya und er keine Freunde sind? Und auch keine werden würden. Mal abgesehen von den lächerlichen Verliebtheitsgefühlen, die die Oberfläche des Wut-Tees immer wieder in leichte Wellen versetzen.

Alex erwidert seinen müden Blick im Spiegel des Badezimmers und schüttelt den Kopf. Ein Stück Tortilla hat er Maya gestern Abend gebracht, nichts weiter. Und dafür hat er eine schnippische Antwort kassiert.

Vogelkunde aktuell. Er spuckt die Zahnpasta ins Waschbecken, spült sich den Mund aus und geht in die Küche.

Ich gehe nicht, ich stapfe, denkt er und fühlt, dass mit jedem seiner Schritte eine Portion Ärger, Empörung und Missmut mitschwingen.

Das Kaffeepulver füllt er mit zitternden Händen in die kleine gusseiserne Kanne. Überall liegen schwarze Körnchen verteilt. Sein erster Impuls ist es, sie mit dem Lappen aufzuwischen. Doch er hält inne, blickt auf die blau-weißen Fliesen über der Arbeitsfläche und erinnert sich daran, wie die Splitter von Mayas Telefon unter der Kraft des Hammers gegen die Keramik geprallt sind.

Alles in allem eine ziemlich primitive Aktion, sie dazu aufzufordern, ihr Telefon so zu demolieren. Trotzdem hat das kleine bisschen Rebellion gutgetan. Rebellion. Vielleicht braucht er ja auch mal ein bisschen davon in seinem Leben.

Also legt er den Lappen beiseite und lässt die Krümel einfach liegen. Er schneidet ein Stück Brot von einem trockenen Laib und geht gleichermaßen mit den Brotkrumen vor. Er lehnt sich an die Küchenplatte und beißt herzhaft in sein Butterbrot, ohne dabei einen Teller unter den Mund zu halten.

Eine Krümelrevolution also. Was ist nur los mit ihm? Er könnte genauso gut die Brust entblößen und mit beiden Fäusten wild darauf klopfen. Gerade will er sich einen Teller aus dem Hängeregal nehmen, als ein Fauchen ihn ablenkt, das die Stille des Hauses durchbricht. Dann ein Kreischen, das er sehr gut kennt. Eleonora. Oh Gott. Der Kater wird doch nicht …

Alex wirft sein Brot auf die Küchenplatte und rennt durch den Flur, blickt sich kurz um und folgt einem erneuten Fauchen ins Wohnzimmer.

Auf dem Steinboden zeigt sich ein vollkommen anderes Szenario als erwartet. In eine Ecke an einem der bodentiefen Fenster gedrängt steht der fauchende Kater. Sein verbleibendes Fell aufgestellt, sieht er wie ein verängstigter Punker aus, der Hilfe suchend von Alex zu Eleonora blickt.

Die steht vor ihm, die Flügel von sich gestreckt, die Federn aufgeplustert und den Kopf leicht gesenkt. Dabei gibt sie ein knirschendes Geräusch von sich, wie Alex es noch nie von ihr gehört hat.

»Okay, Freunde, ganz ruhig bleiben.«

Alex geht mit erhobenen Händen langsam auf die beiden zu. Dabei hat er keine Ahnung, wen er hier eigentlich beschützt. Der Kater ist riesig, nur ein Hieb seiner Tatze würde Eleonora ins ewige himmlische Reich der Graupapageidamen schicken. Oder – je nachdem, wen man fragt – in die Papageien-Hölle. Und trotzdem ist es der dicke schwarze Kater, der Todesängste durchzustehen scheint.

»Jetzt mach dich nicht lächerlich, Ralphie! Du bist ein Kater, und sie ist ein Papagei. Geh einfach an ihr vorbei, und gut ist!«

Alex schüttelt den Kopf. Kein Psychologe muss ihn darüber aufklären, dass er sich in diesem Szenario als Ralphie erkennt und Eleonora eine sehr überzeugende Rolle der Maya spielt.

Das hört jetzt auf, denkt er und fühlt die Anspannung seines Kiefers, das Mahlen seiner Zähne. *Ich lasse mich nicht mehr beschimpfen, und ein Langweiler bin ich auch nicht.*

»Was ist denn hier los?«

Antonio steht in der Tür und reibt sich die Augen. Über seinen Boxershorts trägt er wie schon am Vortag einen geblümten Morgenmantel seiner Großmutter. Als er die beiden Tiere sieht, muss er lachen. »Ach, Ralphie, du bist echt so ein Angsthase.«

Er geht auf die beiden zu, was Alex sehr naiv findet. Antonio sollte Eleonora inzwischen besser kennen.

»Geh lieber weg, sonst …«

Alex kneift die Augen zu, um nicht Zeuge des aufkommenden Dramas werden zu müssen.

»Verdammte Scheiße noch mal …«

Als er die Augen öffnet, sitzt Antonio auf dem Boden und hält sich das rechte Bein. Ralphie hat in der Zwischenzeit Zuflucht unter dem Sofa gefunden. Wahrscheinlich, weil ihm nicht bewusst ist, dass sein kompletter buschiger Schwanz darunter hervorschaut.

»Das Vieh hat mich angegriffen.«

Antonio zeigt auf Eleonora, die mit gespreizten Flügeln und geöffnetem Schnabel vor ihm steht. Alex legt den Kopf schief, weil er nicht so recht begreifen kann, wie der Vogel einen erwachsenen Mann in die Knie zwingen konnte. Klar schmerzen Papageienbisse, vor allem, wenn sich einer der Vögel festbeißt. Aber so extrem kann der Biss nun nicht gewesen sein.

»Jetzt schau doch nicht so! Sie ist auf meine nackten Beine zugeflogen und hat mit ihren Krallen und ihrem Schnabel auf mich eingehackt, und verdammt, hat das wehgetan, wie kann das denn so wehtun, Mann …«

Er reibt sich immer wieder über die Angriffsstelle. Eleonora ist in der Zwischenzeit zu ihrem Käfig geflattert. Von dort aus dreht sie den Kopf von links nach rechts, um ihren Widersacher bloß nicht aus den Augen zu verlieren. Wenn ein Vogel so etwas wie Selbstzufriedenheit ausstrahlen kann, dann tut sie genau das gerade. Was Alex ein kleines Lächeln entlockt. Er versucht, es zu unterdrücken, und kauert sich neben Antonio.

An seinem Knie sind mehrere winzige Kratzer zu sehen. Definitiv nichts, was den Gesichtsausdruck seines Freundes rechtfertigt, der eher vermuten lässt, er läge mit einem amputierten Unterschenkel im Lazarett.

Jammernd humpelt Antonio zur Couch. Er lässt sich auf die Kissen fallen und verlangt mit gepresster Stimme nach einem nassen Tuch, mit dem er das verletzte Bein kühlen kann.

Alex wartet, bis er in der Küche angekommen ist, um mit den Augen zu rollen. Zusätzlich zu dem nassen Geschirrtuch bringt er seinem Freund einen Kaffee und zwei Ibuprofen, die er in der Küchenschublade gefunden hat.

»Was ist denn los? Was schreit ihr denn so?«

In der Tür steht Maya. Ihre Augen sind gerötet, die Haare auf einer Seite ein wenig platt gelegen.

Antonio berichtet von der in seiner Welt traumatischen Begegnung mit Eleonora. Doch Maya nickt nur, ohne wirklich zuzuhören. Stattdessen schweift ihr Blick aus dem Fenster, während ihre Arme sich fest um ihre Körpermitte schlingen. So, als müsste sie sich selbst festhalten, um nicht umzufallen.

Sie blinzelt mehrmals, atmet seufzend aus und lässt sich auf den Platz neben ihren Bruder fallen. Der unterbricht seine Leidensgeschichte, als Maya nach einem geblümten Sofakissen greift und es sich aufs Gesicht drückt.

Nur ein gemurmeltes *Was für eine Scheiße* dringt hinter dem Kissen hervor.

Antonio und Alex sehen einander an, dann wieder zu Maya. Antonios Schmerzen scheinen vergessen, verdrängt von seiner Neugier. Er zieht seiner Schwester das Kissen vom Gesicht. Dabei legt er ihre gerunzelte Stirn frei, ihre nach unten gezogenen Mundwinkel und Augen, die ihr Gesicht gleich überfluten werden.

»Gib mir das Kissen zurück!« Maya greift nach dem Polster.

»Nicht, bevor du erzählst, warum du aussiehst, als wärst du aus einem Remake der *Addams Family* entsprungen.« Antonio schüttelt den Kopf und platziert das Kissen neben sich auf die Sofalehne.

Statt des Kissens legt Maya beide Hände auf die Augen. »Weil ich ein Vollidiot bin, der sich von anderen Vollidioten zu vollidiotischen Vollidiotenideen hinreißen lässt.«

Ihr Bruder entfernt auch die Hände von Mayas Augen und sieht sie ernst an. »Jetzt erzähl mal, wo der Schuh drückt, *hermana*, von welchen Vollidioten und vollidiotischen Vollidiotenideen reden wir denn?«

Mit einem Seufzen schüttelt Maya den Kopf, langsam und ausgiebig. Sie blickt auf ihre Hände und stößt viel Luft aus, um sich dann mit den Fingern erneut über die geröteten Augen zu wischen.

»Dieses verdammte Kleid …« Mehrere Tränen rollen ihr über die Wangen. »Ich hätte niemals zustimmen sollen.«

Sie erzählt von der letzten Nacht und davon, dass die alte Maschine ihrer Großmutter ein großes Stück Stoff eingezogen habe. Den Stoff habe sie zwar retten können. Doch nun funktioniere die Maschine nicht mehr, gäbe nur noch seltsam brummende Geräusche von sich.

»Aber das muss man doch reparieren können, oder nicht? So schwer kann das ja nicht sein.«

Mit schief gelegtem Kopf hebt Maya eine Braue. »Muss ich dich daran erinnern, was passiert ist, als du mal versucht hast, die Maschine im Laden zu reparieren?«

Langsam schüttelt Antonio den Kopf. »Okay, also kein guter Vorschlag, aber trotzdem muss es da doch irgendeine Lösung geben.«

»Es gibt nur eine Lösung: Die Maschine muss zu einem Nähmaschinenprofi nach Bilbao. Was aber bedeutet, dass sie mehrere Tage dort bleiben muss und ich niemals bis zur Hochzeit mit dem Kleid fertig werde, dabei habe ich so schon genug von allem, und jetzt muss ich auch noch eine Braut enttäuschen, die mich für den Rest ihres Lebens hassen wird und die sich dafür ganz hinten anstellen muss, weil mich gerade verdammt viele Leute für den Rest ihres Lebens hassen, und …«

Maya kann den Satz nicht beenden, weil ein lauter Schluchzer ihren Redefluss unterbricht.

»Na na …« Antonio lehnt sich zu ihr rüber und zieht sie in seine Arme. »Jetzt beruhigst du dich erst einmal, und dann sehen wir weiter. In Bilbao gibt es doch bestimmt noch das alte Geschäft, in das Abuela uns immer mitgeschleppt hat … wie hieß das noch mal … Ah, genau. Alex, google mal *Mercería Ainoa Bilbao*. Wenn du denen erklärst, was los ist, können die deine Maschine bestimmt schnell reparieren. Und wenn nicht, können sie dir entweder eine Ersatzmaschine leihen oder aber du kaufst dir eine neue. Das Geld kann ich dir gerne geben, *hermana*, wirklich, aber hör um Himmels willen auf zu weinen …«

Irgendwann tut Maya das auch. Bis auf einige kleine Schluchzer sitzt sie nun ruhig auf der Couch und lässt sich von Antonio dessen Kaffeetasse reichen.

»Mercería Ainoa.« Alex hebt sein Telefon ein wenig näher an die Augen. »Hat ab zehn Uhr geöffnet, also in einer halben Stunde. Laut Google braucht man etwa fünfundvierzig Minuten, um dahin zu kommen.«

Er legt das Telefon wieder weg und sieht zu Maya. Eigentlich hätte Alex nicht nach dem Laden suchen sollen. Wegen des ganzen Feindschaft-aushalten-Zeugs und so. Doch auf eine Person eintreten, die schon am Boden liegt – das kann er nicht. Und das will er auch nicht können.

»Na also!« Antonio drückt Maya von sich weg und klatscht in die Hände. »Dann ab nach oben mit dir, *hermanita*! Dusch dich, zieh dich an, und ab nach Bilbao mit euch beiden.«

»Euch beiden?« Maya wischt ein paar Tränen weg.

»Na, in dem Zustand lass ich dich ganz sicher nicht fahren, und da ich verletzt bin und noch dazu einen wichtigen Call mit dem Vorstand von *FashionBoom* habe …« Antonio macht eine Pause und zeigt auf die winzigen Kratzer auf dem Bein, das er nun wieder auf den Couchtisch gelegt hat. »Na ja … Dann gibt es bis auf Greta – die ich allerdings nach dem Zwischenfall mit der Tüte Marihuana im Radlager nie wieder meinen Bus fahren lasse – nur eine Person, die dafür infrage kommt und die gerade so frei ist wie die Vögelchen, die sie so gerne beobachtet, und die so voller Nächstenliebe steckt, dass sie das ganz sicher gerne für dich erledigen wird.«

Er streicht sich mit den Fingern übers Kinn und schickt ein Lächeln in Alex' Richtung.

Maya folgt seinem Blick nur langsam. So, als koste es sie Überwindung, ihn anzusehen.

Alex wünscht sich, es läge an einer gewissen Scham, die sie hoffentlich dafür empfindet, dass sie ihn noch gestern Abend angeschnauzt hat und ihn jetzt um Hilfe bitten muss. Doch sicher ist er da nicht. Deshalb widersteht er dem Impuls, sofort zuzustimmen. Stattdessen verschränkt er die Arme und begegnet Mayas Blick.

Die atmet tief ein und wieder aus. Als sie wieder zu Antonio schaut, nickt der ihr auffordernd zu.

»Okay, also ich wäre dir wirklich sehr dankbar, könntest du mich nach Bilbao fahren, Alex, falls das okay ist für dich und du nichts anderes vorhast.«

Eigentlich hat er das. Also etwas anderes vor. Zwei Zoom-Konferenzen warten an diesem Morgen auf ihn. Eigentlich weiß Antonio das auch. Außerdem war er es doch, der wollte, dass Alex die Sache ruhig angehen lässt, bis Maya das mit dem Kleid gelöst hat. Ist jetzt der Moment gekommen, in dem er diese *Fels-in-der-Brandung-Sache* starten soll? Will er das überhaupt? Oder sucht er gerade nach einer Logik in den Hirnwindungen seines Freundes, wo gar keine ist?

Er denkt an sein übervolles Mailpostfach und das Telefonat mit *FashionBoom*, an dem er auch teilnehmen wollte. Aber eigentlich kann Antonio das auch allein. Vielleicht würde es ihrem Geschäft ja guttun, würde Alex einmal nicht jede einzelne Handlung seines Partners und die seiner Mitarbeiter kontrollieren. Die letzten Tage seit der Trennung von Laura hat das schließlich auch geklappt.

Er bemerkt, dass er schon zu nicken begonnen hat. Langsam, aber doch bestimmt. Maya indes sieht nicht begeistert aus.

»Dann machen wir das so. Ich geh duschen und bereite die Nähmaschine vor. Danke.« Maya steht auf und geht schon aus dem Zimmer, als sie das sagt, wobei sie das letzte Wort nur schwer und leicht genuschelt über die Lippen bringt.

Eine halbe Stunde später sitzen Alex und Maya in Antonios VW-Bus. Zwischen ihnen eine gespannte Stille. Hinter ihnen lautes Geplapper von Matilda. Antonio hat seine Tochter geweckt und, ohne zu fragen, in ihren Kindersitz gesetzt.

Doch das stört Alex nicht. Ganz im Gegenteil: Matilda ist ein willkommener Puffer für mögliche Konflikte zwischen ihm und Maya. Er tut so, als müsse er kurz in den rechten Außenspiegel schauen, und lässt dabei den Blick über Mayas Gesicht schweifen.

Ihr Kopf ist leicht zur Seite geneigt, die Augen geschlossen, die

Lippen fest aufeinandergepresst. So als würde selbst das Schlafen sie heute viel Mühe kosten.

Alex' Muskeln entspannen sich ein wenig. Eine schlafende Maya ist eine Maya, von der zumindest kein Streit ausgehen kann. Während Matilda weiter erzählt und singt, lässt Alex immer wieder kurz seinen Blick von der Straße nach rechts und links von sich wandern.

Schön ist es hier, denkt Alex. Noch schöner als in seiner Erinnerung. Sie rasen an Felsen vorbei, die über und über mit Grün bedeckt sind. Mit Moosen, Farnen, wilden Blättern, die sich zu einem Versprechen verbinden. Ein Versprechen, das mit einem Gefühl zündelt, mit einer Idee von Freiheit, von Wildheit, von Anarchie. Nur das Nötigste wurde hier vom Menschen verdrängt, um Dörfer, Städte und Straßen zu bauen. Vielleicht hat sich vieles schlichtweg nicht verdrängen lassen.

Auch Bilbao ist schön. Dabei hat Alex jetzt weniger Möglichkeiten, sich umzusehen. Drängelnde Autofahrer, Fahrzeuge, die in zweiter Reihe parken, Rollerfahrer, die sich mehr oder minder geschickt durch die kleinsten Lücken zwischen den Autos drängen – all das fordert seine Konzentration.

Trotzdem hebt er den Blick immer wieder, sieht hinauf zu den Häusern mit den schmalen, bodentiefen Fenstern, die von französischen Balkonen begrenzt werden, dann wieder zu Backsteinbauten, die nicht hierher zu passen scheinen und die trotzdem auf ihre Weise das Bild einer aktiven, einer lebendigen Stadt vervollständigen, die nicht auf Perfektion spekuliert. Die einfach ist, wie sie ist. So wie die Landschaft, in die sie gehauen wurde.

Und dazwischen wieder und wieder das glitzernde Wasser der Meermündung, das der Stadt ihre Grenzen aufzeigt.

Während Maya sich für die Fahrt hierher fertig machte, hat Alex sich kurz über die in Bilbao vorkommenden Vogelarten informiert.

Nun nutzt er die Tatsache, dass Maya schläft, um einer interessierten Matilda von Kormoranen, von Seidenreihern und den Schwarzmilanen zu berichten, die alle hier in der Gegend leben. Oder zumindest einen Teil ihres Jahres hier verbringen. Viele von ihnen wahre Exoten, denen kaum jemand Beachtung schenkt. Was eigentlich auf Vögel allgemein zutrifft, denkt Alex und teilt den Gedanken mit Matilda. »Alle Welt rennt in den Zoo, dabei ist der Zoo überall um uns. Überall gibt es Vögel, ganz unterschiedliche, die nützliche, interessante und manchmal einfach lustige Dinge tun, verstehst du?«

Matilda nickt langsam und bedeutungsschwanger, fragt aber schon im nächsten Moment, ob sie ihren Popel wohl an ihrem Gurt abschmieren darf. Alex stört das nicht. Denn eigentlich hat er sowieso mehr mit sich selbst gesprochen als mit Matilda.

Er bleibt an einer Ampel stehen. Eine große Gruppe Schulkinder überquert die Straße, die nicht älter als acht oder neun sein können. Jedes Mädchen hält jeweils einen Jungen an der Hand. Oder andersherum. Alle laufen sie mehr oder weniger brav, kichern oder drehen den Kopf, um den hinteren etwas zuzurufen. Ein großes Mädchen mit Pferdeschwanz zwickt ihren molligen, kleinen Nachbarn in die Seite. Der wiederum streckt ihr die Zunge heraus.

»Die Nächste müssen wir dann rechts.«

Mayas Stimme klingt vom Schlaf noch leicht belegt. Sie zeigt auf die kleine Straße, die von der großen Hauptstraße nach rechts abgeht. Alex nickt. Eigentlich will er antworten, dass er sowieso mit Navi fährt. Doch gerade fehlt ihm die Lust zu streiten. Gerade will er einfach weiter seinen Gedanken nachhängen.

Die kleine Straße ist gesäumt von winzigen Läden. Sie fahren an einem riesigen Schaufenster vorbei, in dem altmodisch wirkende Nachthemden und Schlafanzüge ausgestellt sind. Ein anderes ist voller Töpfe und Pfannen, ein drittes mit winzigen Konservendosen, einer riesigen Schinkenkeule, Süßigkeiten und Gebäck gefüllt.

Der Karte zufolge befinden sie sich in Bilbaos Innenstadt. Auch in Berlin gibt es diese Art Läden noch. Also inhabergeführte, kleine Lädchen, die vermutlich nur bestehen bleiben, bis ihre Besitzer sterben. In Berlin sind die allerdings nur noch in den Außenbezirken zu finden. Alles, was im Zentrum ist und inhabergeführt, sind hippe Läden mit noch hipperer Kundschaft, die sich gegenseitig für ihre unfassbare Coolness feiern.

Vielleicht bin ich aber auch einfach ein achtzigjähriger, schlecht gelaunter Herr, der sich in den Körper eines Dreiunddreißigjährigen verirrt hat.

Alex atmet tief aus und blinkt, um den Bus in die winzige Parklücke direkt vor dem Laden zu manövrieren. Er befreit Matilda aus ihrem Sitz, während Maya ihre Nähmaschine aus dem hinteren Teil des Busses holt. »Matilda, du bleibst bei Alex, okay? Keine Alleingänge, alles klar?«

Das kleine Mädchen verdreht die Augen, nickt aber, während Alex an der Fassade des Hauses hochschaut, in der sich der Laden befindet. Hellrot ist sie, die Fenster und Fensterläden dunkelgrün gestrichen. *Mercería de Ainoa* steht auf dem Schild über dem Schaufenster und in goldenen Lettern darunter *Desde 1928.*

In den riesigen Schaufenstern stehen Schneiderpuppen, auf denen unterschiedliche Stoffe drapiert sind. Dahinter sieht man riesige Regale mit bunten Stoffballen, die bis unter die Decke gestapelt sind. Als Maya die Tür öffnet, klingelt eine sehr laute Glocke, und zahlreiche Augenpaare schnellen zu den drei Neuankömmlingen.

Kurz stocken die Gespräche. Eine Frau in einem dunkelblauen Kleid mit großen weißen Blumen ruft ihnen einen Gruß entgegen, um sich dann wieder einer uralten Dame neben sich zu widmen, die einen Stoffballen in der Hand hält.

Die Gespräche nehmen wieder an Lautstärke zu. Alex ist sich nicht sicher, was er tun soll. Natürlich könnte er Maya fragen, ob er helfen kann. Ob er, während sie ihre Nähmaschine herzeigt, irgendetwas anderes für sie heraussuchen soll.

Doch wahrscheinlich wäre er dabei sowieso nicht erfolgreich. Denn obwohl das riesige Geschäft penibel geordnet ist, scheint ihm das Nähen doch eine ziemlich komplizierte Angelegenheit. Dafür sprechen auch die unzähligen Werkzeuge, die an der Wand hängen, zu der er sich jetzt dreht.

Matilda dagegen weiß sofort, wie sie sich beschäftigen kann. Geschmeidig wie eine Katze entschlüpft sie Alex' Hand und läuft auf eine Wand im hinteren Teil des Ladens zu. Dort steht ein Regal, das vom Boden bis zur Decke reicht und voller Gläser mit Knöpfen ist. Als Alex lächelnd den Blick von ihr abwendet, steht die kleine Frau im dunkelblauen Kleid vor ihm.

Ihr dickes, braunes Haar reicht bis zu den Schultern, die dunkelbraunen Augen mit dicht getuschten Wimpern sehen zu ihm hoch, als sie ihn mit viel zu schnellen Worten begrüßt. Alex hebt die Hände und sagt in einem peinlich schlechten Spanisch, dass er sie nicht versteht. Was ihm schon immer ziemlich bescheuert vorkam. Also, in der anderen Sprache zu erklären, dass man die Sprache nicht spreche.

»Englisch?«

Sie sagt das mit einem deutlich britischen Akzent, der ihn überrascht.

»Jetzt schauen Sie nicht so! Es gibt tatsächlich Spanier, die Englisch sprechen.«

Noch bevor Alex antworten kann, kommt Maya zu ihnen und fängt zu sprechen an. Dabei zeigt sie immer wieder auf die Maschine, die sie auf einen großen, langen Tisch in der Mitte des Raumes gestellt hat. Die kleine Frau zwinkert Alex zu. Dann setzt sie die pink gerahmte Brille auf ihre Nase, die an einer goldenen

Kette hängt. Mit beruhigenden Worten geht sie auf die Maschine zu und betrachtet sie von allen Seiten.

Alex sieht sich weiter um. Am anderen Ende des Raumes erwidert eine junge Frau mit dunklem Haar und dunkel umrandeter Brille seinen Blick. Sie lächelt, wendet sich dann aber wieder einem großen Regal zu, in dessen vielen Fächern bunte Wollknäuel in bunten Farben gestapelt sind.

Alex bemerkt, dass er ihr Lächeln erwidert hat. Und ärgert sich darüber, dass er tatsächlich überlegt, ob das in Ordnung war. Schließlich ist er niemandem mehr Rechenschaft schuldig. Niemand interessiert sich dafür, ob er jemanden anlächelt, berührt, küsst. Gott, vielleicht sollte er sich hier im Laden ja auch nach einem neuen Hobby umschauen, um diesem lächerlichen Selbstmitleid zu entkommen.

Noch während er sich weiter umsieht, ist da plötzlich etwas in ihm. Die Art Gefühl, die man hat, wenn man im Auto auf dem Weg in den Urlaub ist und plötzlich ganz tief in sich spürt, dass man etwas Wichtiges vergessen hat. Etwas, das man in keinem Supermarkt wird finden können.

Also überprüft er die Taschen seines kakifarbigen Parkas. Schlüssel und Geldbeutel sind da. Seine Sonnenbrille auch. Hat er Eleonoras Käfig zugemacht, bevor er ging? Doch, ganz sicher hat er das. Das tut er immer. Und das alte Bügeleisen, mit dem er am Morgen sein T-Shirt geglättet hat? Hat er es ausgesteckt? Doch, na klar. Er hat doch extra noch mal nachgesehen.

Sein Blick wandert gerade erneut über die vielen unbekannten Werkzeuge des Ladens, als sein Herz in seiner Brust zu explodieren scheint. Dieses Mal ist da kein wandernder Blick. Dieses Mal rasen seine Augen zur Wand mit den Knöpfen, ein Atemzug stolpert über den anderen, jede Schweißpore seines Körpers scheint sich auf einmal zu öffnen.

Matilda.

Sie sitzt nicht mehr vor der Wand. Als er an den Platz läuft, wo sie gerade noch gesessen hat, liegen da nur einige Plastikröhrchen mit bunten Knöpfen. Oder sind die aus Metall? Wen interessiert das jetzt überhaupt? Er schüttelt den Kopf, dreht sich in die eine, dann in die andere Richtung, ein panischer Tanz, der durch die Türglocke unterbrochen wird.

Nicht Matilda. Doch die Glocke … Hat er die vor wenigen Minuten nicht schon einmal gehört? Ist Matilda … Ist sie nach draußen gelaufen? Bevor er weiterdenken kann, rennt er zur Tür, reißt sie auf, rennt nach draußen, läuft ratlos auf den Fußweg, erst in die eine, dann wieder in die andere Richtung.

»Was ist denn los?« Maya steht in der Tür und schüttelt den Kopf. Dann weiten sich ihre Augen. »Matilda.«

Das ist keine Frage. Stattdessen hat sie die Katastrophe sofort verstanden, rennt erst in den Laden, dann wieder nach draußen, die Straße nach oben, während sie Alex zuruft, er solle in die andere Richtung laufen. Das kann nicht sein, das darf nicht sein, das wird nicht sein.

Bilder verschwundener Kinder tauchen vor seinen Augen auf, verdrängen die Realität der Straße, der Autos, der Menschen mit ihren Einkäufen. Die Hände vor dem Mund hält er am Ende der großen Straße an. Noch einmal dreht er sich um sich selbst.

Die Läden. Er rennt zurück und läuft in jedes der kleinen Geschäfte rund um den Stoffladen. Doch überall nur Kopfschütteln, zuckende Schultern und verständnislose Blicke.

Maya. Vielleicht hat Maya sie gefunden, und vielleicht sind sie schon wieder zurück im Geschäft. Er verlässt die kleine Bäckerei, deren süßlicher Geruch nach frisch gebackenem Brot und Gebäck Brechreiz in ihm auslöst, und reißt die Tür zu dem Geschäft auf. Keine Maya und auch keine Matilda.

Stattdessen blickt die Verkäuferin mit dem blauen Kleid von dem langen Tisch hoch, wo sie gerade blutroten Stoff von einem riesigen Ballen abwickelt. Die Farbe brennt in Alex' Augen. Er will etwas sagen, doch wie soll man das hier erklären? Er räuspert sich, will erst auf Deutsch lossprechen, besinnt sich dann aber und fängt an zu reden, die Stimme zu hoch, zu laut, um seine zu sein.

»The girl … the little girl …«

Mehr sagt er nicht, mehr kann er nicht sagen. Die Verkäuferin kommt hinter dem Tisch hervor und öffnet den Mund, als die Ladenglocke erneut läutet und Maya hereinstürmt.

Ihre Wimperntusche ist verschmiert, die Nase läuft, doch das Sprechen funktioniert zum Glück. Worte, viele, viele Worte strömen aus ihr heraus, als sie der Verkäuferin berichtet.

Anders als erwartet legt die den Kopf schief, lächelt und verdreht die Augen. Eine sehr unpassende Reaktion, wie Alex findet. Sie antwortet etwas, was Alex nicht versteht. Während sie sie in den hinteren Teil des Ladens zu einer hellblauen Tür führt, wiederholt sie das Gesagte auf Englisch. »Ich kann mir sehr gut vorstellen, wohin es die junge Dame gezogen hat.«

Langsam und vorsichtig öffnet die Frau die Tür. Und da sitzt Matilda. Nicht allein und verlassen, wie Alex sich gerade noch in seinen schlimmsten Befürchtungen ausgemalt hat. Sondern laut auf Spanisch schwatzend in der Mitte eines ganzen Rudels kleiner, gefleckter Dackelwelpen. Eigentlich ist Alex immer völlig fasziniert davon, wie selbstverständlich Matilda zwischen der deutschen und der spanischen Sprache hin und her wechselt, in der sie ja eigentlich nur mit Antonio spricht, wenn die beiden allein sind. Doch im Moment ist kein Platz für Faszination, sondern nur für Erleichterung. Und ein wenig Neugier für den älteren Herr mit Schirmmütze, karierter Weste und passender Hose, der vor einer Werkbank sitzt und das Szenario wohlwollend beobachtet. Auf der Bank stehen mehrere Nähmaschinen, darum zahlreiche Werkzeuge.

Der Mann hebt den Blick und lächelt Alex zu. Auch er versucht es auf Spanisch, wird aber von der Frau unterbrochen. »Der junge Mann spricht noch schlechter Spanisch als du, wenn ich das mal so sagen darf. Also auf Englisch, bitte.«

Sie zwinkert Alex noch einmal zu und drückt ihm den Arm. Doch der könnte sich jetzt sowieso nicht ärgern oder aufregen. Das beste Mädchen der Welt ist zurück. Und es geht ihr gut. Sie ist gesund, nicht entführt, nicht für immer verloren. Stattdessen sitzt sie in einem Rudel Welpen, die immer wieder an ihr und Maya hochspringen, die zu Matilda gerannt ist und die Arme um sie geschlungen hat.

»Mach das nie, nie wieder«, sagt sie und drückt das Gesicht in Matildas dunkle Locken.

Doch die beachtet die Worte ihrer Tante gar nicht, sondern hebt einen kleinen Hund auf ihren Schoß, während sie munter auf Maya einplappert. »Das hier ist Lea, und sie ist ein ganz besonderer Dackel, weil sie blaue Augen hat und nichts hört und auf einem Auge auch nicht so viel sieht, was heißt, dass sie keinen Besitzer finden wird, weil die Leute nur Hunde wollen, die was hören, und morgen werden ihre Geschwister abgeholt, aber sie bleibt hier, weil sie ja keiner will, dabei ist sie die Liebste vom ganzen Wurf und …«

Alex lächelt, hebt den Blick und sieht zu dem Mann mit dem vollen weißen Bart, der runden Brille und der Glatze. Wie ein Weihnachtsmann in Gucci, denkt Alex.

»Ein wirklich feines Mädchen haben Sie da.«

Ein breites Lächeln erhellt sein Gesicht, als er zu Matilda sieht. Alex nickt und hofft, nicht aufklären zu müssen, dass Matilda nicht seine Tochter und Maya nicht seine Frau ist. Doch das scheint gar nicht nötig.

»Sie sind also der berühmte Alex mit der noch viel berühmteren Papageidame Eleonora.«

Der Mann steht auf und hält ihm die Hand hin. »George Brown, freut mich, einen waschechten Hobby-Ornithologen zu treffen. Davon gibt es heutzutage viel zu wenige, wenn Sie mich fragen. Unser Prinz Philip war auch Vogelfan, wussten Sie das? Ein ganz feines Hobby, wirklich.«

Alex versucht in seinem Blick zu erkennen, ob er sich über ihn lustig macht. Doch weder sein Blick noch der Ton seiner Stimme bestätigen diese Befürchtung.

»George, bitte schau dir die Nähmaschine der jungen Frau gleich an, wenn du mit deinem Vogel-Thema fertig bist. Das hat jetzt oberste Priorität«, sagt die Verkäuferin, stellt die Maschine zu den anderen auf die Werkbank und drückt Mayas Schulter. »Ich hab den Laden voller Kundinnen.«

Sie küsst ihren Mann auf die Stirn und hält dann die Hand seitlich vor den Mund, als wolle sie Alex ein Geheimnis preisgeben. »Und passen Sie auf, dass Sie die Themen Dackel oder Taschenuhren nicht ansprechen, sonst wird heute hier gar keine Nähmaschine mehr repariert.«

George lacht ein lautes Lachen, wobei er sich mit der flachen Hand auf den Bauch schlägt, über dem die karierte Weste spannt. Dann wirft er seiner Frau einen Kuss zu, die ihm zuwinkert und das Zimmer verlässt.

Der runde Mann kauert sich zu dem kleinen Hund und streichelt ihm über den Kopf. »Da hat meine Frau leider recht«, sagt er und ruft die Mutter-Hündin zu sich, die schwanzwedelnd zu ihm kommt und ihm über den Bart schleckt. »Aber das ist wohl auch verständlich, wenn man sich diese prächtigen Tiere hier anschaut. Die kleine Lea hier hat es leider nicht so gut erwischt. Taub und auf einem Auge blind …« Er streichelt dem kleinen Hund vorsichtig über die weichen Ohren, dann über das schöne, zarte Gesicht. Erst jetzt betrachtet Alex die Hunde so richtig. Alle haben die dackeltypische, lange Form, die ihm schon immer gut gefallen hat. Sonst haben die wuselnden Kreaturen allerdings nichts mit dem zu tun, was Alex eigentlich mit der Rasse verbindet. Ihre langen Körper mit den kurzen Beinen schmücken überall weiße und beige-silberne Flecken.

»Was sind das denn für Dackel? Die sind ja wirklich außergewöhnlich.«

Alex hält dem Muttertier die Hand hin, die diese sofort von oben bis unten abschleckt. Der alte Mann lächelt Alex zu und kommt mit einem Stöhnen wieder auf die Beine. Er geht zu seiner Werkbank und setzt sich auf den alten Holzstuhl. »Das sind sie, sehr sogar. Aber die silberne Farbe ist ein Gendefekt. Und wenn irgendwelche vermeintlich seriösen Züchter jeweils ein Elternteil mit diesem Gendefekt miteinander verpaaren, sieht das zwar schön aus. Aber die Gefahr ist eben, dass die Welpen mit den unterschiedlichsten Behinderungen geboren werden. Wie unsere kleine Lea eben.«

»Aber warum habt ihr sie denn dann mit einem Männchen verpaart, das auch den Gendefekt hat?«

George verschränkt die Arme vor der Brust. »Wir waren das nicht. Die arme Benita, das ist das Muttertier, wurde von der Polizei beschlagnahmt, als sie hochträchtig war. Eine Nachbarin des Züchters hatte die verständigt, weil die Zustände in dem Zwinger, in dem er seine etwa zwanzig Hunde hielt, so schlimm wurden, dass die Tiere ununterbrochen bellten. Auch der Gestank muss unerträglich gewesen sein. Diese Nachbarin ist zufällig eine langjährige Kundin meiner Frau, und als sie ihr davon erzählte, war Osane klar, dass wir helfen müssen. Also hab ich im Tierheim angerufen und Benita zu uns geholt. Natürlich darf sie jetzt auch bei uns bleiben. Aber mit Lea müssen wir uns was einfallen lassen.«

Er bückt sich und hebt den hellen Welpen auf den Schoß. »Einen tauben und halbblinden Welpen zu vermitteln wird sicher nicht einfach. Dabei ist das für einen Hund gar nicht so ein Ding. Schließlich machen die das meiste sowieso über ihre Nase.«

Er nickt lächelnd in Richtung eines Welpen, der gerade voller Interesse das Hinterteil eines anderen beschnüffelt. Maya drückt vorsichtig einen der kleinen Hunde von sich, der ihr quer übers Gesicht schleckt. Dann sieht sie zu George, ihr Blick intensiv, die Brauen fast krampfhaft zusammengekniffen. Der alte Mann lächelt ihr zu und hebt die Schultern.

»Aber so sind die Menschen eben. Keine beschädigte Ware, muss ja alles seine Ordnung haben …«

Maya steht auf. Ruckartig, die Hände zu Fäusten geballt neben den Hüften. Sie zwinkert mehrmals. »Wie viel?« Ihre Stimme klingt gepresst.

»Wie viel was, *my darling*?«

Maya stellt sich gerade hin und zeigt auf den Welpen auf Georges Schoß.

»Na, wie viel wollen Sie für den Hund?«

MAYA

Ich habe also einen Hund gekauft. Einen Hund, der mir gerade in den Schoß gemacht hat, obwohl George mir versicherte, dass Welpen weder ihre Besitzer noch ihren Schlafplatz jemals als Toilette benutzen.

Ihren Schlafplatz. Wo um Himmels willen soll Lea überhaupt schlafen? Und woher bekomme ich neues Futter, wenn der kleine Sack leer ist, den George mir mitgegeben hat? Woraus soll das kleine Tier überhaupt fressen?

Das war alles unüberlegt. Sehr unüberlegt. Daran ändert auch der fast einstündige Intensivkurs nichts, den George mir als Voraussetzung dafür angeboten hat, dass er mir den Welpen mitgibt. Oder sagt man etwa die Welpin? Noch nicht mal das weiß ich.

Noch während George mir all die Dinge erklärte, die ich wissen müsse, rutschte mein Herz Stück für Stück ein wenig tiefer. Und mit ihm der Enthusiasmus und die Seelenverwandtschaft, die ich gefühlt hatte, als ich beschloss, Lea mitzunehmen. Beschädigte Ware. Eine, die niemand so richtig will.

Genau wie ich, hatte ich in einem Anflug von Selbstmitleid gedacht. Und dabei die ganze Sache wirklich und echt unterschätzt. Vor allem vor dem Hintergrund, dass ich

A. überhaupt keine Ahnung von Hunden habe und
B. innerhalb weniger Tage ein Brautkleid fertigstellen muss und sich die Aufzucht eines Welpen in etwa so Furcht einflößend anhört, wie die eines kleinen Kindes das für mich tut.

»Was ist?«, fragt Alex und sieht von der Straße aus zu mir rüber.

Ich setze mich ein wenig auf und erwidere kurz seinen Blick.

»Nichts. Also, also alles, also nichts, also … ich weiß nicht, keine Ahnung … Kannst du das bitte nicht noch mal fragen?«

»Ooookay«, antwortet er und sagt eine Weile lang gar nichts.

Das einzige Geräusch ist die Kakofonie zweier Schnarchlaute. Eines von meinem Schoß, das andere von Matilda, die mit offenem Mund in ihrem Kindersitz schläft. Alex kippt den Kopf nach links und rechts, lässt dann die Schultern kreisen, klopft mit den Fingern aufs Lenkrad und kratzt sich am Kopf.

Die Stille scheint ihm ganz offensichtlich unangenehm zu sein, weshalb er sich nach der ganzen Akrobatik doch räuspert und zu sprechen beginnt: »Bist du nicht wenigstens froh, dass die Maschine repariert ist?«

Mit einem Schnauben schüttle ich erst den Kopf, nicke dann aber. »Klar bin ich das. Aber mir wird gerade klar, dass meine derzeitigen Lebensentscheidungen gelinde gesagt ziemlich beschissen sind.«

Ich hebe den Arm ein wenig und sage, dass ich mich damit vor allem auf das kleine Wesen auf meinem Schoß beziehe, bereue allerdings sofort meinen schnippischen Ton. Alex hat mich gerade nach Bilbao gefahren und kann nichts dafür, dass ich gerade komplett die Kontrolle verliere.

»Ich glaube, dass du das wirklich gut machen wirst.«

Mit zusammengekniffenen Augen drehe ich den Kopf zu ihm, um zu sehen, ob sein Gesicht irgendein Zeichen der Ironie verrät. Das tut es nicht. Stattdessen dreht er sich kurz zu mir und lächelt sehr ruhig und sehr schön und sehr, sehr lieb. Und ich muss mir eingestehen, dass es mich ein bisschen beruhigt, so neben ihm zu sitzen. Trotz des feuchten Urinflecks und trotz all der Panik, die sich in mir aufzubauen droht.

»Meinst du?«

Natürlich werfe ich mit dieser Frage eine riesige Angel aus, um mir einen Schwarm Bestärkungen von ihm abzufischen. Was ein bisschen lächerlich ist und ein bisschen erbärmlich noch dazu. Doch er tut mir den Gefallen.

»Klar mein ich das. Kannst du dich noch an Momo erinnern?«

Ich nicke und muss lachen bei der Erinnerung an den kleinen Hund, den Alex hatte, als sie nach Berlin zogen. Momo hatte einen Überbiss, der die kleinen, spitzen Zähne seines Unterkiefers präsentierte. Und eine Frisur, die kein Punker hätte besser stylen können. Noch dazu sah er mit den Glupschaugen immer ein wenig besorgt aus.

»Momo war eine richtige Nervensäge, weißt du noch? Nie konnte man etwas essen, ohne dass er versuchte, einen Bissen zu erwischen. Außerdem ist er jedem Radfahrer hinterhergerannt, hat die Tapete von den Wänden gerissen, sobald man ihn auch nur eine Minute alleine ließ, und das Auto hat er auch ständig vollgekotzt.«

»Okay, also falls du mir das Leben mit Hund gerade schmackhaft machen willst, ist das nicht unbedingt der richtige Weg …«

Alex lacht, schüttelt den Kopf und greift mit dem Arm zu mir, um über Leas Kopf zu streicheln. Es fühlt sich seltsam an, seine Hand so nah zu spüren. Oder nein. Nicht seltsam. Schön fühlt es sich an, schön und unwillkommen aufregend. Sehr unwillkommen.

»Was ich sagen will, ist, dass er ein ziemlich nerviger Hund war. Trotzdem war er immer da für mich.« Er kratzt sich am Kopf. »Das hört sich jetzt echt bescheuert an. Aber so war das mit ihm. Er wusste, wann es mir schlecht ging. Dann legte er die weiche Schnauze in meinen Schoß und sah mich an. Ein richtiger Freund war der kleine Stinker und …«, mit einem Räuspern dreht er den Kopf kurz zu mir, »… vielleicht brauchst du so was ja gerade.«

Ich muss schlucken und drehe den Kopf in Richtung Landschaft, die groß und felsig und mächtig an uns vorbeirast.

»Ich weiß auch nicht.« Vorsichtig streiche ich über die Stelle an Leas Kopf, die Alex gerade noch berührt hat. Das fühlt sich tröstlich an. Und trotzdem will das ungute Gefühl nicht schwinden.

»Erst die ganze Trinkerei und die Straftat im Brautladen, dann laufe ich vor ein Auto, nehme den viel zu großen Auftrag mit dem Kleid an, und jetzt habe ich auch noch einen Hund gekauft. Ach, und falls du es noch nicht wusstest, das mit dem blauen Auge stammt von einer unfreiwilligen Fast-Schlägerei. Irgendwie hab ich das Gefühl … na ja, also dass mit jeder irrationalen, impulsiven Entscheidung, die ich treffe, irgendwas noch Schlimmeres passiert. Und dass ich damit mehr und mehr so werde, wie ich eigentlich gar nicht sein will. Verstehst du, was ich meine?«

Ich drehe mich zu ihm, doch Alex sieht nicht so aus, als ob er das tut. Also mich versteht, meine ich. Außer einem brummenden *Hmm* gibt er nichts von sich. Stattdessen ist seine Stirn gerunzelt, während er auf der Unterlippe herumkaut.

»Okay, also du musst schon irgendwas antworten. Schließlich habe ich gerade mein Herz und meine schlimmsten Befürchtungen vor dir ausgebreitet …«

»Ich überlege.«

Also sage ich eine Weile nichts mehr und denke selbst über das nach, was ich da eben gesagt habe. Wer will ich denn sein? Und vor allem: Kann man überhaupt der sein, der man sein will? Oder ist man am Ende dem ausgeliefert, was einem der eigene Genpool so mitgeliefert hat?

»Weißt du, was ich glaube? Ich glaube – und das sage ich jetzt mal auf die Gefahr hin, wirklich pathetisch zu klingen –, dass es da gar keine so große Parallelen und ganz sicher keine Lawine gibt, die du oder irgendwer lostreten könnte. Unfälle passieren, und impulsive Entscheidungen trifft man eben ab und an. Wir sind schließlich Menschen und keine Roboter. Aber vor allem glaube ich, dass das Leben keine funktionierende Maschine ist, in die man oben eine Entscheidung reinwirft und unten das rauskommt, was man sich gewünscht hat.

Zumindest nicht immer. Irgendwas passiert – ein Unfall oder

was auch immer –, und deine Entscheidungen haben überhaupt keinen Einfluss mehr auf irgendwas, und dann bist du eben mittendrin, und die einzige Entscheidung, die dich noch beeinflusst, ist, welche Leute du um dich hast. Weil die dich nämlich auffangen, wenn du sie gut gewählt hast. Außerdem …« Er holt tief Luft, erwidert meinen Blick kurz und lächelt dann kopfschüttelnd in Richtung Straße. »Außerdem sind wir beide, glaube ich, ziemlich gute Beispiele dafür, wie schnell man auch ohne eigene Entscheidungen oder Schuld zu Online-Gemobbten wird. Oder alternativ zum unfreiwilligen Junggesellen, dessen einzige Freude sein Abo von *Vogelkunde aktuell* ist.«

Er senkt die Schultern und lehnt den Kopf an die Rückenlehne des Sitzes. So als hätte er gesagt, was er sagen musste, und könnte sich jetzt ein wenig entspannen. Ich antworte nicht, denn dieses Mal bin ich es, die nachdenken muss. Die nachdenken will, es aber nicht kann, da Alex noch einmal zu mir greift und über den Welpenkopf streichelt.

Er zieht die Hand wieder zurück und kratzt sich am Kopf. »Vielleicht passt ihr beiden ja gar nicht so schlecht zusammen, wie du denkst.«

Mein Blick wandert zu Leas Kopf, den sie auf meinem Arm abgelegt hat. Auf die gelblich silbernen Punkte, die in Richtung ihrer Schnauze immer mehr Raum einnehmen, die rosa Flecken auf der großen, grauen Nase, die weichen Ohren und die rauen Pfoten, die viel zu groß scheinen für die kurzen Beinchen des kleinen Hundes. Gleichzeitig atme ich ihren Geruch ein. Ein Geruch, der schon jetzt sehr vertraut wirkt.

»Tun wir das?« Ich bin selbst überrascht davon, wie sanft sich meine Stimme anhört.

»Das denke ich schon. Auf jeden Fall wird sie dir guttun.«

Ich spüre den Impuls, ihn zu fragen, was *ihm* guttun würde. Wie es ihm geht, was er fühlt und warum. Eigentlich möchte ich ihn auch in den Arm nehmen und mich entschuldigen. Für den *Vogelkunde aktuell*-Kommentar im Konkreten und mein schreckliches Verhalten im Allgemeinen. Und irgendwie auch dafür, was Laura ihm angetan hat.

Obwohl ich dafür natürlich nichts kann, möchte ich … Ich möchte alles besser machen für ihn. Möchte, dass es ihm wieder gut geht. Weil er das alles nicht verdient hat. Sondern nur das Beste. Und vielleicht möchte ich ihm auch die schicke Brille abnehmen, sein Gesicht zwischen meine Hände nehmen und …

Alex kramt sein klingelndes Handy aus der Hosentasche seiner Jeans, sieht kurz auf den Bildschirm und reicht es mir rüber. »Dein Bruder.«

Ich zwinkere ein paarmal verwirrt, nehme das Gespräch an und mache mich darauf gefasst, eine Einkaufsliste mit allerlei Fertiggerichten entgegenzunehmen.

Doch der Ton seiner Stimme erschreckt mich. »Okay, also, es gibt jetzt echt keinen schonenden Weg, dir das hier beizubringen, deshalb sag ich es einfach so, wie es ist, obwohl du mir schon noch sagen solltest, ob du gerade sitzt oder nicht und ob Alex bei dir ist oder ob du fährst, weil wenn du fährst, dann …«

»Oh Gott, Antonio, was ist los?« Der Satz bricht aus mir heraus, obwohl ich eigentlich gar nicht wissen will, was passiert ist. Weil er sich viel zu aufgeregt anhört und meinen Bruder nur wenige Dinge wirklich erschüttern können.

»Na ja, also nach dem Zwischenfall mit dem Papagei heute Morgen hatte der arme Ralphie ja richtige Todesangst und hat sich irgendwo im Haus versteckt, was natürlich verständlich ist, weil Eleonora …«

»Antonio, jetzt sag mir bitte, was los ist!«

Er atmet tief ein und lässt seinen Atem dann langsam entweichen. »Okay, also, auf jeden Fall habe ich ihn überall gesucht und hatte schon Angst, er wäre irgendwie aus der Haustür oder aus irgendeinem Fenster geschlüpft, aber dann … na ja, dann habe ich ihn gefunden. Auf dem Dachboden.«

Er erzählt, wie sich der Kater in den Kleidersack mit Maschas Brautkleid gekuschelt hat, den ich vorsichtig über einen Hocker gelegt und wohl einige Zentimeter offen gelassen habe. Was der Kater offenbar als Einladung verstand, es sich darin so richtig gemütlich zu machen.

»Na ja, und der Stoff von dem Rock, also du weißt schon, der, den man auch für Ballettkleider nimmt, der hat ihn anscheinend dazu angeregt, das Kleid als Kratzbaum zu benutzen und … also, als ich ihn da gefunden und rausgeholt hab … da hab ich gesehen, dass … na ja, dass da leider ein paar ziemlich große Löcher drin sind …«

Weiter muss er gar nicht sprechen. Ich kann mir das Geräusch von Ralphies Krallen auf dem teuren Tüll sehr gut vorstellen. Der Tüll, den ich habe recyceln wollen, um ihn für das Rockteil des neuen Hochzeitkleids zu verwenden.

»Wie viel ist übrig?« Ich schließe die Augen.

»Na ja, also eigentlich ist das ganze vordere Teil mit Löchern übersät. Nur das Ding drunter, also dieser fließende Stoff, ist ganz geblieben.«

Der Unterrock. Nur der Unterrock. Alles andere ist Ralphies Krallen zum Opfer gefallen.

Mein Herz schlägt schnell, aber rhythmisch. Nach allem, was heute passiert ist, befindet sich mein Kopf im Problemlösungsmodus. Also lege ich auf, bitte Alex, sofort umzudrehen und zurück nach Bilbao zu fahren.

Osane, die Besitzerin des Ladens, ist überrascht, uns zu sehen, versteht allerdings sofort den Ernst der Lage und ruft ihren Mann. Der nimmt Alex, Matilda und Lea mit nach hinten.

Nach wenigen Minuten stehen nicht nur ich und die Ladenbesitzerin um einen großen Tisch in der Mitte des Ladens und mustern das fast fertige Oberteil, das ich glücklicherweise eingepackt habe.

Eine ganze Traube älterer und jüngerer Kundinnen ist um uns versammelt. Stoffrollen und Schnittmusterkataloge werden aus den Regalen geholt, Handys gezückt, um die Websites von Brautmodengeschäften zu durchforsten, und allerlei Wissen wird darüber ausgetauscht, welche Materialien sich eignen und was zeitlich überhaupt noch möglich ist.

Überraschend viele der anwesenden Frauen haben schon Brautkleider genäht, und zwischen all den Schreck und Stress gesellt sich jetzt doch das angenehme Gefühl, dass ich nicht völlig auf mich allein gestellt bin.

»Was ist mit Seide? Ein A-förmiger Rock aus Seide. Einfach zu nähen, immer edel …«, fragt eine junge Frau mit einer großen, schwarz gerahmten Brille und dichten hellbraunen Locken.

»Was sagst du da, Aroia, du Grünschnabel«, entgegnet eine andere, die sich als Manola vorgestellt hat, mit tiefer, rauchiger Stimme, »keine Seide unter Zeitdruck. Das kann nur schiefgehen.«

»Aber das Oberteil hat sie doch auch hervorragend hinbekommen. Und das ist ja auch aus Seide.« Die junge Frau schiebt sich ihre Brille ein wenig höher auf die Nase und zeigt auf das unfertige Oberteil auf dem großen Tisch vor uns.

»Stimmt auch wieder. Schick und sportlich die Kombination von V-Ausschnitt und ärmelfrei. Und schaut mal, wie erstklassig sie die Wiener Naht hinbekommen hat.« Manola nickt und zeigt auf die beiden senkrechten Teilungsnähte auf dem Vorderteil, die hoffentlich Maschas schmaler Silhouette schmeicheln werden.

»Aber was redest du denn da von Teilungsnähten und Ausschnitten … Schaut euch mal den Stoff an!« Die junge Frau mit den dunklen Locken schiebt ihre große Brille nach oben und schüttelt empört den Kopf. »Was ist bitte mit dem Stoff? Der sieht doch aus wie ein Gemälde. Wo bekommt man denn so was her? Ist die Seide etwa handbemalt?«

Als ich berichte, dass ich den Stoff selbst bemalt habe, reagieren die Frauen mit lautstarkem Unglauben, der mich irgendwie … na ja, erfreut. Dann bahnt sich eine winzige ältere Dame den Weg durch die Frauen ganz nach vorne.

Sie trägt einen kamelfarbenen, flauschigen Pullover und einen schwarzen Rock. Die kurzen grauen Haare trägt sie in einem gewellten Bob, auf dem ein schwarzer Samthaarreif sitzt. Um den Hals hängt eine schwere Goldkette, die aus großen, ineinandergeschlungenen Ringen besteht. »Keine Seide für das Rockteil.«

Die alte Dame scheint eine gewisse Autorität zu genießen, denn alle verstummen und hören zu.

»Ihr werdet keinen Stoff finden, der der Seide des Oberteils gleicht. Das sind dann zwei verschiedene Stoffstrukturen, wie zusammengeflickt sieht das aus.«

Sie stützt sich auf ihren Stock und schnalzt verächtlich mit der Zunge.

»Cayetana hat hier in Bilbao über fünfzig Jahre lang eine große Näherei betrieben«, flüstert Osane mir zu.

Sie macht der Dame Platz, die sich neben uns an den Tisch stellt und das bunte Oberteil in die faltigen, doch filigranen Hände nimmt. Sorgfältig begutachtet sie jede Naht und hebt den Blick. »Sie haben das genäht?«

Alle sind still, und ich höre mich schlucken, als ich unter ihrem strengen Blick langsam zu nicken beginne.

»Eine gute Arbeit. Sehr sauber. Name?«

Gemeinsam mit dem Rest des Raums atme ich aus, während sie den Kopf senkt und mich über ihre Brillengläser hinweg prüfend ansieht. Ich sage meinen Namen und erkläre kurz meine Situation.

»Der Unterrock ist noch intakt, sagten Sie?«, fragt die alte Dame und zieht einen der Schnittmusterkataloge zu sich heran.

»Genau, also das sagt mein Bruder zumindest.«

Ein langer Zeigefinger mit einem gepflegten Nagel zeigt auf das Bild eines weißen Rockteils, das aus zwei Schichten Tüll über einem weißen Unterrock besteht.

»Maximal zwei Schichten Feintüll für den Rock. A-Linie, sagen Sie? Gute Entscheidung, bloß nicht zu viel. Das Oberteil soll schließlich im Mittelpunkt stehen. Das wäre sonst ein Verbrechen.«

Sie weist die junge Frau mit den Locken an, ihr eine Rolle mit schneeweißem Tüll aus dem Regal zu bringen. Dann rollt sie ein wenig davon ab und begutachtet ihn. Auch ich fahre über den Stoff, der weich und fein gearbeitet ist.

»Sehr schön … perfekt«, murmelt sie. »Ich empfehle Ihnen außerdem ein transparentes, langärmeliges Top aus dem Tüll über dem Oberteil. So sieht man den feinen Farbunterschied zwischen der bemalten Seide und dem Tüll des Rocks nicht mehr, und Sie haben mit recht wenig Aufwand ein zeitloses, elegantes Kleid geschaffen.«

Sie nickt mir zu und verlässt mit langsamen Schritten den Laden. »Dann hol ich morgen früh die Goldknöpfe ab, Osane«, ruft sie noch über die Schulter, ohne sich umzudrehen, und lässt die Tür hinter sich ins Schloss fallen.

Ich sehe ihr nach und fühle mich automatisch weitaus besser. Sogar besser, als wenn ich einfach den Rock des alten Kleides verwertet hätte. Noch einmal befühle ich den Stoff vor mir. Der Tüllstoff ist fein und zugleich robust genug, um ihn einfach zu verarbeiten. Außerdem werden die zwei Schichten Mascha nicht zu der Prinzessin machen, die sie nicht sein möchte.

Als wir wieder im Auto sitzen, schließe ich die Augen. Es ist schon Nachmittag, und vor mir liegt eine lange, arbeitsreiche Nacht. Doch obwohl sich kein Schlaf einstellt, fühle ich mich seltsam ruhig und voller Vorfreude auf das Projekt, das auf mich wartet. Lea hat die letzte Stunde damit verbracht, noch einmal ausgiebig mit ihren Geschwistern zu spielen.

Matilda schnarcht auf dem Rücksitz. Sicher, weil sie sich ausgiebig am Spiel beteiligt hat, während George und Alex bis zu ihrer Verabschiedung in ein reges Gespräch vertieft waren. Hat sie richtig gesehen? Haben die beiden sogar Nummern ausgetauscht? Das sähe Alex irgendwie ähnlich. Also Nummern mit einem Rentner im Doppelreiher zu tauschen. Bei dem Gedanken muss ich lächeln.

Zu Hause werden wir von viel Aufhebens um Lea empfangen. Vor allem Greta kreischt wie verrückt, nimmt das Gesicht der Kleinen immer wieder zwischen die Hände, um ihr mehrere Küsse auf die Schnauze zu drücken. Obwohl ich sie mehrmals darauf hingewiesen habe, dass genau diese Schnauze eben noch über den Hintern eines ihrer Geschwister geschleckt hat.

Lea untersucht in der Zwischenzeit ihr vorübergehendes neues Zuhause. Sie schnüffelt an dem großen weißen Sofa, beißt mehrmals in die Fransen des hellen Teppichs und nähert sich dann langsam und geduckt Eleonoras Käfig, der in der hinteren Ecke des Wohnzimmers steht. Die Papageidame blickt von oben zu ihr herunter, wendet sich dann allerdings ab, um sich dem langen Hirsekolben zu widmen, der in ihrer offenen Käfigtür hängt.

»Eleonora mag sie schon mal.« Alex steht im Türrahmen. Als er meinen zweifelnden Blick bemerkt, hebt er die Schultern. »Zumindest hat sie nicht versucht, sie zu attackieren.«

Ich nicke, weil ich keine Ahnung vom Verhalten eines Papageis habe. Was leider auch auf mein Wissen bezüglich des Dackelmädchens zutrifft. Was sie mir schon im nächsten Moment beweist, als sie anfängt, noch intensiver auf dem Boden zu schnüffeln, langsam in die Hocke geht und erst im letzten Moment von Alex hochgerissen wird. Der drückt Antonio den Welpen in die Hand und gibt ihm die Anweisung, ihn eine Runde spazieren zu führen.

»Matilda und ich üben uns in der Zwischenzeit noch mal im Tortillamachen, okay?«

Die Kleine reibt sich noch etwas verschlafen die Augen, folgt Alex aber in die Küche. Anders als erwartet, fühle ich noch immer weder Panik noch Selbstzweifel, als ich auf dem Dachboden ankomme und beginne, den Tüllstoff zuzuschneiden.

Noch drei Tage bis zur Hochzeit. Das ist zu schaffen. Was ich brauche, ist ein neuer Plan. Also überlege ich: Als Erstes werde ich die Teile für das transparente Oberteil und die Rockteile zuschneiden. Sicher gelingt es mir auch, besagtes Oberteil fertig zu nähen. Da der Schnitt nicht mehr beinhaltet als ein Vorder-, ein Hinter- und zwei Ärmelteile, geht das voraussichtlich recht zügig.

Die Säume von Ärmeln und Dekolleté bleiben offen, was zart und edel aussehen wird und perfekt die sonst sehr sportliche Silhouette kontrastiert. Ja, ein Kleid voller stimmiger Kontraste wird das, denke ich und freue mich mehr und mehr auf die Arbeit, die vor mir liegt.

Das Einzige, was Zeit in Anspruch nehmen wird, sind die Französischen Nähte. Ich überlege, ob es nicht möglich ist, sie zu umgehen. Doch der Tüllstoff ist transparent, das heißt, wenn ich die Nähte ganz normal vernähe und die Enden versäubere, sieht man sie trotzdem unschön durch. Also muss ich sie in einer zweiten Naht verstecken, was wiederum bedeutet, dass ich alle Seiten zweimal vernähen muss.

Morgen kann ich mich dann den zwei Tüllschichten und dem Reißverschluss am Rückenteil widmen. Dafür muss ich den alten Reißverschluss aus dem Unterkleid und dem zerkratzten Stoff darüber lösen, um dann die neuen Tüllschichten zu vernähen und den Verschluss in Rockteil und Unterkleid wieder einzusetzen. Zumindest das Nähen des Unterkleids bleibt mir also erspart, das zum Glück in der von mir angepeilten A-Linie gehalten ist.

Ich hebe den Blick und schaue aus dem Fenster in die Dunkelheit hinaus, wo am Ende der Bucht der große, beleuchtete Hotelkasten steht. Übermorgen wird Mascha noch einmal alles anprobieren, und ich kann sehen, was noch angepasst werden muss. Erleichtert atme ich aus. Da hatte ich schon schlimmere Deadlines. Ich erinnere mich an eine Braut, die noch am Tag ihrer Hochzeit morgens mit einem klemmenden Reißverschluss ins Geschäft geplatzt kam, den ich innerhalb einer Stunde komplett ersetzen musste.

Eine kurze Analyse möglicher Risiken lässt mich nur zwei wirkliche Gefahren erkennen. Die eine besteht darin, dass Abuelas Nähmaschine noch einmal verrücktspielt. Doch George hat mir versichert, dass die Mechanik nur ein wenig zickig gewesen sei, weil sich über die Jahre so viel Staub und Fäden darin abgelagert hätten, und dass sie ansonsten so gut funktioniere, wie es nur wirklich alte, schwere Maschinen tun.

Das zweite Risiko ist da schon beängstigender. Nämlich, dass das neue Kleid ganz und gar nicht mehr dem entspricht, was Mascha sich vorgestellt hat. Denn über ein transparentes Oberteil haben wir nie gesprochen. Natürlich kam mir dieser Gedanke schon beim Stoffkauf. Doch da genoss ich noch die Unterstützung der Näherinnen des Ladens.

Jetzt aber knie ich hier alleine auf dem Boden des Dachbodens und schneide große Bahnen eines sehr teuren Stoffes zu, den ich selbst bezahlt habe. Und das, obwohl meine finanzielle Lage gerade höchst unklar ist und vor allem davon abhängt, ob meine Mutter nicht doch noch auf die Idee kommt, dass ich für die Verwüstung des Ladens zuständig war und nicht irgendwelche Verrückten aus dem Internet.

Hat Mascha überhaupt ein Wort über eine mögliche Bezahlung verloren? Ich glaube nicht. Allerdings habe ich auch nichts gefordert. Was mich wiederum daran zweifeln lässt, dass ich jetzt einfach hergehen und etwas für die vielen Meter Stoff verlangen kann, die ich eigenmächtig gekauft habe. Was für ein Schlamassel.

Mein Blick schweift im Raum umher und bleibt auf der unteren Ecke einer Leinwand hängen, die an die Wand gelehnt steht und fast vollständig von einem weißen Laken abgedeckt ist. Bis auf die kleine Ecke eben, die genügt, um den Blick einzufangen, sich in ihm zu verhaken, nicht loszulassen, bis alles gesehen ist. Also trete ich näher und ziehe das Laken weg.

Helle und dunkle Blautöne sind zu sehen, verschmelzen mit Weiß und Schwarz zu wilden Wellen oder Strudeln oder irgendetwas, das Kraft und wilde Freiheit hinausschreit. Mein Herz klopft mit jeder Welle, über die mein Blick streift, und ich merke, dass ich erst jetzt verstehe, was die Kunst meines Vaters ausmacht:

Seine Bilder verschlingen, infizieren den Betrachter mit all der Kraft und Energie von Farben und Formen, die seine immer nervösen Hände, sein immer nervöser Geist auf die Leinwand brachten.

Obwohl ich es nicht möchte, obwohl sich alles in mir wehrt, ist es doch dieses Bild, das mir die Energie gibt, mich wieder auf die Knie zu begeben und weiterzumachen. Etwas zu schaffen, von dem ich tief in mir überzeugt bin. Selbst, wenn Mascha es nicht sein wird.

Irgendwann bringt Alex mir mit stolzem Blick ein Stück überraschend gute Tortilla und die kleine Lea, für die er eine dicke Wolldecke mitgebracht hat, auf der sie ihren langen Körper sofort zusammenrollt und einschläft.

Um zwölf Uhr nachts ist alles erledigt, was ich geplant habe. Kurz stehe ich vor dem großen Schreibtisch und betrachte meine Arbeit. Aus dem Augenwinkel fällt mir plötzlich etwas auf. Auf dem Boden neben dem großen Stoffschrank meiner Abuela steht eine alte Keksdose. Der Deckel der Dose liegt daneben, genauso wie einige bunte Knöpfe. Sicher hat Matilda damit gespielt, denke ich und will mich wieder dem Schreibtisch zuwenden. Doch da sehe ich, was meine Aufmerksamkeit auf sich gezogen hat. Eine kleine Stoffpuppe, die neben der Keksdose liegt. *Meine* kleine Stoffpuppe, die neben der Keksdose liegt. Ich gehe darauf zu, bleibe aber kurz davor stehen und reibe mit den Handrücken über meine Lider, die sich schnell und unbemerkt mit brennenden Tränen gefüllt haben. Ich knie mich vor die Dose und neben die Puppe, die ich langsam und behutsam zwischen die Hände schließe. Ebenso vorsichtig fahre ich mit den Fingern über das rote Haar aus Wolle, auf dem ein rosa Turban mit Blumenmuster sitzt, über das gestickte Gesichtchen mit den geschlossenen Augen, den roten Wangen und dem lachenden Mund.

Ich habe diese Puppe gemacht. Gemeinsam mit meiner Abuela. Das war, nachdem ich mich einmal im Sommer mit einem der Dorfmädchen gestritten hatte. Wie hieß die noch mal? Das muss Leira gewesen sein, eines der älteren Mädchen und die Anführerin einer kleinen Gruppe, die den Tag damit verbrachte im, Bikini am Strand zu liegen und Jungs zu beobachten. Ich war damals zehn und sie sicher schon zwölf oder dreizehn. Warum wir uns gestritten haben, weiß ich gar nicht mehr. Aber an das, was Leira mir damals sagte, erinnere ich mich noch viel zu gut. Nämlich, dass ich genauso ein Freak sei wie mein Vater und ich mich bloß nicht für was Besseres halten sollte mit meinen bescheuerten bunten Klamotten und den peinlichen roten Haaren.

Obwohl ich jetzt erwachsen bin und zwischen mir und dem Vorfall über zwanzig Jahre liegen, fühle ich noch immer den Schmerz, den mir Leiras Worte und das gemeine Lachen der anderen Mädchen damals zufügten. Gibt es doch für Mädchen in diesem Alter nichts Wichtigeres, als dazuzugehören. So zu sein wie alle anderen. Und kein *Freak*. Meiner Großmutter ist zu Hause natürlich sofort aufgefallen, dass mit mir was nicht stimmte. Und nachdem ich ihr alles erzählt und sie sich erst mal furchtbar aufgeregt hatte, schlang sie die Arme um mich und raunte mir ins Ohr, dass ich ganz wunderbar sei. Eben weil ich diese Klamotten trug und weil meine Haare so wunderschön rot waren.

Ich drücke die Puppe an meine Nase und lasse die Tränen die Wangen herab und in den weichen Stoff rinnen.

Am nächsten Morgen fing mich meine Abuela an der Tür ab. Eigentlich wollte ich gerade zum Strand gehen, doch sie sagte, dass mein Bruder heute allein gehen müsse, weil wir etwas viel Wichtigeres vorhatten. Sie nahm meine Hand und ging mit mir auf den Dachboden, wo sie schon ein kleines Schnittmuster, Stoffe, Wolle und die Nähmaschine ausgebreitet hatte.

»Weißt du, was mir am Nähen so gut gefällt«, fragte sie mich und setzte sich auf den Stuhl vor dem Schreibtisch. Ich schüttelte den Kopf, weil ich wusste, dass sie mir gleich etwas erzählen würde, was ich sowieso nicht erraten konnte. Etwas Wichtiges. »Alles, was so im Kaufhaus hängt, ist für irgendjemanden genäht. Für jemanden, der soundso groß ist, dessen Beine irgendeine Länge und dessen Rumpf irgendeine Breite hat. Wenn wir beide hier oben aber etwas nähen, dann machen wir das für uns. Für unsere Beine, für unseren Rumpf und für alles andere an uns auch. Das passt dann meistens perfekt, oder? Die Sachen im Kaufhaus sind für irgendwen gemacht und passen oft nicht so ganz. Eben weil sie für *irgendwen* gemacht sind. Und dann denken wir, dass an uns etwas falsch ist. Dass wir da ja reinpassen müssen. Aber wie soll das denn gehen, mmh? Wir sind alle unterschiedlich, innen und außen. Das ist unsere Superkraft. Verstehst du?«

Ich schüttelte den Kopf, weil das alles doch sehr abstrakt für eine Zehnjährige war.

»Dann erkläre ich's dir noch mal. All die Stars, die du so magst, die fünf Jungs, na, wie heißen die noch mal …«

»Das sind die Backstreet Boys, Abuela«, antwortete ich ihr mit einem leichten Augenverdrehen.

»Genau, die mein ich. Und alle anderen von denen auch. Weißt du, was all diese Menschen gemeinsam haben?«

Ich schüttelte erneut den Kopf.

»Dass sie sehr wenig gemeinsam haben. Und dass sie verstanden haben, dass es genau die Dinge sind, die sie von anderen unterscheiden, die sie besonders und wichtig für die Welt machen. Dein Papa zum Beispiel hat das Talent, die Menschen mit seinen Bildern zum Träumen zu bringen. Oder zum Nachdenken und manchmal auch zum Grübeln. Er macht damit viele sehr glücklich. Und einigen anderen macht er damit Angst. Also, vielleicht nicht mit seinen Bildern. Aber damit, dass er eben nicht wie andere Menschen ist. Und das ist ein Geschenk, weißt du. Ich könnte jetzt auch noch damit anfangen, dass das für Frauen noch weitaus schwerer ist als für Männer. Aber das soll uns jetzt mal egal sein. Niemand ist eine so gute Maya wie du. Nur das ist wichtig. Und deshalb nähen wir jetzt eine Mini-Maya, der du das immer sagen wirst, wenn du dich einmal nicht so gut fühlst. Dass du nicht bist wie andere und dass du genau das sein sollst. Genau das sein musst. Und das gilt übrigens nicht nur für dich. Das gilt genauso für Leira. Jetzt verstanden?«

Dieses Mal nickte ich langsam. Obwohl ich das damals natürlich nur teilweise verstand. Was ich begriff, war, dass die Puppe etwas Besonderes ist. Mit zehn spielte ich natürlich nicht mehr damit. Aber ich nahm sie von da an überall mit hin. Meistens saß sie auf meinem Schreibtisch in Berlin. Aber nach Maitasuna brachte ich sie mit und erwischte mich immer wieder dabei, dass ich lächeln musste, wenn ich sie ansah. In Maitasuna war die Puppe auch geblieben, als damals …

Ich schüttle den Kopf, schließe die Augen, lege das Püppchen trotz der kurz aufflammenden Erinnerung aber nicht wieder weg. Mit in mein Zimmer werde ich sie nehmen. Damit sie bei mir ist. Noch immer bin ich nicht ganz sicher, ob ich damals verstanden habe, was meine Großmutter mir damit sagen wollte. Jetzt aber, jetzt verstehe ich.

Neben mir gähnt Lea und kommt auf die kurzen Beine. Sie streckt ihren langen Körper und wedelt einige Male verschlafen. Also klemme ich mir die Puppe unter den Arm und trage die kleine Dackeldame in den Innenhof, damit sie ihr Geschäft erledigen kann. Wenig später liege ich neben Matilda, die ausgebreitet in der Mitte des Bettes liegt. Meine Puppe liegt in meinem Arm, und obwohl ich mir damit vielleicht lächerlich vorkommen sollte, fühle ich mich gerade vollständig.

Vorsichtig schiebe ich meine Nichte ein Stück zur Seite, drücke meine Nase tief in ihr Haar und bemerke, wie Lea ihre Decke in der Ecke des Zimmers verlässt. Mit einem Satz landet der warme Hundekörper auf dem Bett und lässt sich zwischen meine Unterschenkel gleiten. Eigentlich sollte ich sie wieder auf ihre Decke legen.

Andererseits … Andererseits sage ich mir, dass niemand mir vorschreiben kann, wer in meinem Bett zu schlafen hat oder was. Dass mir überhaupt niemand gerade etwas vorschreibt. Sondern, dass ich allein entscheide.

Damit löst sich ein Gewicht von mir, etwas Schweres, Hölzernes. Löst sich und geht unter in einer Mischung aus Harmonie und Freiheit, die mein Herz schnell und laut pochen lässt und eine Erinnerung an die Oberfläche schubst.

Der Kuss. Alex' Hände an meinem Rücken und auf meiner Brust.

Wenn niemand mir vorschreiben kann, wer in meinem Bett schlafen darf, dann … dann hat auch keiner ein Mitspracherecht, in wessen Bett ich schlafe. Damit schwinge ich die Beine von der Matratze, lasse die Füße über den kalten Steinboden die Treppe hinunter bis ins Wohnzimmer wandern und erlaube mir mit einem letzten, energischen Schritt, die Tür zu Alex' Schlafbereich zu öffnen.

ALEX

Etwas hat ihn geweckt, hat sich durch seine Ohrstöpsel hindurchgeschlichen, ist in sein Gehirn eingedrungen und hat es dazu ermuntert, nein, an ihm gerüttelt, jetzt aufzuwachen.

Alex setzt sich auf, dreht den Kopf zur Seite und streckt gleichzeitig den Arm aus, um mit der warmen Hand über die andere, kalte Seite des Schlafsofas zu fahren. Das Wachrütteln scheint noch nicht viel gebracht zu haben, denn es dauert eine Weile, bis er sich erinnert, warum der Platz neben ihm kalt und leer ist.

Sie ist gegangen gestern Nacht. Nicht unbemerkt und heimlich. Sondern mit Schwung und einem Lächeln hat sich Maya aufgesetzt, ihm über die Wange gestreichelt und ihm einen letzten Kuss gegeben.

»Warte«, hat er gesagt und sich ebenfalls aufgesetzt. »Bevor ich mich wieder ewig über mich selbst ärgere, will ich … na ja, ich würde schon gerne wissen, was das hier eben war.«

»Muss ich dir das wirklich erklären?« Maya hob die Brauen, ihr Lächeln ein wenig verkrampfter, weil sie natürlich wusste, was er meinte. Dann seufzte sie. »Um ehrlich zu sein, weiß ich das nicht. Vorgestern wär ich noch nicht einmal im Traum auf die Idee hier gekommen …« Sie zeichnete eine Linie zwischen sich und ihn, lächelte und strich ihm mit der linken Hand eine Strähne aus der Stirn. Doch trotz der Geste erwiderte sie seinen Blick nicht wirklich.

»Und jetzt ist das hier passiert, und ich fühle mich toll und dann wieder ängstlich, aber alles in allem ziemlich verwirrt und, keine Ahnung, unschlüssig …?«

Antonios Worte hallten in Alex nach. *Irgendetwas passiert gerade mit ihr. Lass ihr Zeit. Sei für sie da.*

Und wer ist für mich da? Plötzlich hatte Alex keine Lust mehr, irgendein – wie hatte Antonio gesagt? – Fels in der Brandung zu sein. Was für ein blöder Ausdruck war das eigentlich? Fels in der Brandung. Auch Felsmaterial wird abgetragen. Stück für Stück, ohne dass es jemand bemerkt. Und irgendwann ist dann nichts mehr da von all dem Gestein, das einmal so hart und unnachgiebig erschien.

»Dein Bruder weiß von uns … oder zumindest hat Matilda wohl gesehen, wie wir uns geküsst haben …« Alex atmete durch. »Er sagt, wir sollen vorsichtig sein, also eigentlich meinte er, ich solle …«

»Dafür ist es jetzt leider zu spät.« Sie kräuselte lächelnd die Nase, strich über Alex' Oberschenkel und biss sich dabei auf die Unterlippe. Obwohl er sie schon lange nicht mehr so entspannt gesehen hatte und den Moment eigentlich nicht kaputtmachen wollte, zwang Alex sich dazu, es doch zu tun.

Wenn er jetzt nämlich nicht auch ein bisschen für sich selbst da war, war es ganz sicher keiner. Also erwiderte er ihr Lächeln nur leicht, nahm dann ihre Hand von seinem Oberschenkel und drückte sie.

»Er meinte nicht in *dem Sinne* vorsichtig.« Alex schüttelte den Kopf. »Und ich hoffe, dass dein Bruder sich niemals mit mir über das Thema Verhütung unterhält. Was er meinte, war, dass du Zeit brauchst, weil da gerade etwas in dir passiert, was er nicht versteht. Und, um ehrlich zu sein, ich versteh das auch nicht. Aber ich weiß … na ja … ich will … oder, besser gesagt, ich habe einfach Angst, dass wir jetzt etwas tun und ich anfange, etwas für dieses Tun zu fühlen und … Oh Gott, ist das alles kompliziert …«

Während seines Monologs sah Alex Maya nicht an. Blickte nur auf ihre Hand, die unter seiner lag. Doch das musste er irgendwann. Vor allem, weil sie nichts erwiderte, sondern offenbar auf die Weiterführung einer Erläuterung wartete, deren Sinn und Ende er selbst nicht kannte.

Also ließ er seinen Blick langsam nach oben wandern. Ihr Mund war ernst, aber entspannt. Die Flügel ihrer kleinen Nase zuckten ganz leicht. Doch ihre Augen lagen ruhig auf ihm. Dann nickte sie langsam. »Ich glaube, ich verstehe, was du meinst. Und auch, was mein Bruder meint, obwohl ich mir gar nicht vorstellen will, wie seltsam dieses Gespräch gewesen sein muss. Leider weiß ich selbst nicht so richtig, was gerade so los ist, denn – hey! – ich habe mir heute einen tauben, halb blinden Hund gekauft, also keine Ahnung. Echt nicht. Von nichts. Auch nicht, warum ich zu dir gekommen bin. Aber irgendwie war das genau das, was ich eben tun wollte. Obwohl das …« Sie atmete schwer aus und schob die Brauen zusammen. »… obwohl das natürlich nicht okay ist, weil du ja auch wer bist und es wirklich in die Kategorie Kackverhalten gehört, einfach das zu tun, wonach einem eben so ist, ohne über die Konsequenzen nachzudenken. Okay, jetzt hab ich auch ein bisschen den Faden verloren …«

Sie sahen einander an und lächelten beide.

»Was machen wir also?« Alex wusste, welche Antwort er hören wollte. Eine, die es ihm erlauben würde, sie noch einmal zu küssen. Aber er wusste eben auch, dass er kein Fels in der Brandung mehr sein wollte. Und dass er deshalb darauf achten musste, nicht zu wilde Gewässer einzuladen, sich an ihm abzureagieren.

Maya schien das genauso zu sehen.

»Wie wäre es denn …«, sie legte den Kopf schief, zögerte kurz und hielt ihm dann die Hand hin, »… mit Freundschaft? Sollen wir das mal probieren? Ich glaube nämlich, dass du wirkliches Freundschaftstalent hast, und ich hoffe, dass ich mir davon vielleicht ein bisschen was abschauen kann …«

Hat sie bemerkt, dass ihre Worte sich anfühlten, als hätte ihm jemand ein bisschen Zitrone ins Auge gespritzt? Nein. Dafür hat er dieses Gefühl zu schnell mit einem Lächeln überdeckt, ihre Hand genommen und geschüttelt.

Da. Noch mal das Geräusch. Alex setzt sich auf, und weg ist jede Erinnerung an letzte Nacht, als die Tür zum Wohnzimmer aufgerissen wird und Antonio hereinstürmt. Er zieht Maya hinter sich her, während er ihren Arm nach oben hält, von dem eine große Menge Blut tropft.

Erst nach einigen Sekunden des Starrens auf das fast stumme Szenario zieht Alex panisch die Stöpsel aus den Ohren und springt auf.

»Was um Gottes willen …«

»Für Gott haben wir jetzt keine Zeit, du hältst den Arm hoch und drückst auf den Verband um ihre Hand, damit das aufhört zu bluten, und ich ruf Doktor Basauri …«

Alex zwinkert mehrere Male, übernimmt dann aber das große rote Stück Toilettenpapier, das sein Freund um Mayas Hand gewickelt hat. Mayas Gesicht ist weiß, ihr Blick ungläubig, ihre Stimme nur ein leises Wimmern, als sie berichtet, dass sie ihre komplette rechte Hand in der Tür eingeklemmt hat.

»Ich bin schon eine Weile wach … um zu arbeiten, und dann habe ich gehört, wie Lea in meinem Schlafzimmer winselt … also wollte ich eine Runde mit ihr gehen, und ich hab ihre Leine kurz an der Klinke der offenen Tür festgemacht, um meinen Schnürsenkel zuzubinden, und dann war da plötzlich Ralphie, den die Kleine ja noch gar nicht kennt, also ist sie losgerannt in Richtung Küche und hat mit ihrer Leine an der Klinke die Tür hinter sich hergezogen und meine Hand eingeklemmt, und ich … das tut so unglaublich weh und …«

Sie schluchzt, und der Schwall an Worten, die eben über ihre nassen Lippen polterten, gehen in ein lautes Wimmern über, das Alex ganz klar das Herz bricht.

»Okay, also der Arzt kann im Moment nicht kommen.« Antonio steht im Türrahmen und zeigt auf das Handy in seiner Hand. »Er sagt, wir sollen ins Centro de Salud fahren. Da werden wir sicher einige Stunden sitzen, aber der Finger sollte geröntgt werden und … Oh Mann, Maya … was machst du denn in letzter Zeit nur.«

Antonio tritt zu seiner Schwester. Er ist ebenso blass wie sie, als er langsam das Toilettenpapier entfernt, um zu sehen, wie schlimm der Schaden ist. Unter dem Blut, das ihren Ring- und kleinen Finger bedeckt, schimmert die geschwollene Haut blau und grün.

Die Blutung ist fast gestillt, doch Mayas Schock lässt langsam nach und macht den Weg für einen klaren Verstand und ein reales Schmerzempfinden frei. Sie wimmert und schluckt die zwei Ibuprofen ohne Wasser, die Antonio ihr reicht.

»Ich kann nicht ins Centro de Salud. Dafür hab ich keine Zeit und … Was mach ich denn jetzt?« Sie wimmert erneut und sieht Alex an, als hätte er eine Antwort für sie.

Er kramt kurz in seinem Hirn, will etwas Beschwichtigendes sagen. Doch als er darüber nachdenkt, was das sein könnte, fällt ihm auf, dass da nichts ist. Maya hat ein großes Problem. Denn mit diesen Fingern wird sie kein Kleid nähen können.

»Scheiße, Maya. Was machst du denn, Herrgott noch mal!« Greta läuft direkt auf den Esstisch zu, auf den Maya die Hand gelegt hat. Um sie herum wirbelt ein seidener Kimono in Rosa und Rot, auf dem Kopf schwankt ein Handtuch, das sie zu einem Turban gebunden hat.

Sie besieht sich kurz die Finger, während Antonio berichtet, dass der Arzt nicht kommen kann.

»Eine Quetschung. Kannst du den Ringfinger bewegen? Und den kleinen?«

Maya verzieht das Gesicht, als sie beide Finger langsam beugt.

»Okay, dann ist schon mal nichts gebrochen. Aber das ganze Blut unter dem Nagel drückt sicherlich schrecklich. Warte kurz.« Sie geht aus dem Zimmer und kommt mit ihrem Telefon zurück. »Wir rufen Papa an und fragen, was wir tun können.«

Einen Videoanruf mit einem streng und missmutig aussehenden älteren Herrn später sitzt Maya gerade am Esstisch, ihr gegenüber Greta. So als wolle sie ihrer Cousine die Handinnenflächen auslesen, sitzt sie leicht gebeugt vor ihr, daneben Alex, Antonio und Matilda. Die verfolgt interessiert das Geschehen, während sie Schokocornflakes in sich hineinschaufelt.

»Okay, Maya. Papa sagt, ich muss die Finger ein bisschen entlasten, sonst hältst du die Schmerzen nicht aus. Vor allem, wenn du heute mit den Händen noch was arbeiten willst. Antonio, hol mir aus meinem Reisenähset eine Nadel und meinen Flachmann. Ist beides in der Tasche im Flur. Kram einfach ein bisschen darin rum, dann findest du's.« Sie zeigt auf ihren Cousin.

Maya schaut Antonio kritisch hinterher und zieht die Brauen zusammen. »Entlasten … was heißt das denn?«

Greta nimmt Flachmann und Nadel entgegen, die sie hochhält. »Dass ich mit dieser Nadel hier in die Haut unter deinem Nagel stechen muss, damit das ganze Blut abläuft, was sich darunter gesammelt hat. Das wird wehtun, aber dafür lässt dann der Schmerz nach. Okay?«

»Hast du so was schon mal gemacht?« Antonio sieht fasziniert zu ihr und nimmt sich einige Schokoflakes aus Matildas Schüssel.

»Nein. Aber nach einem Medizinstudium traue ich mir das zu. Oder willst du lieber ran, Mister Informatik?«

»Nee danke, das sieht echt widerlich aus … Also, sorry, *hermana*, aber echt … Pfui Teufel!«

Er dreht den Kopf zur Seite und hält eine Hand vor die Augen seiner Tochter.

»Ich will das sehen, Papa.«

Matilda schiebt seine Hand zur Seite. Dann legt sie den Kopf schief und beobachtet, wie Greta den knallroten Flachmann nimmt.

Sie öffnet ihn und gibt ein bisschen der Flüssigkeit auf Mayas Hand. Dann hebt sie ihn an die Lippen und trinkt selbst einen Schluck. »Ein bisschen Mut muss ich mir schon antrinken«, entgegnet sie, als sie die kritischen Blicke um sich sieht.

Nur Matilda sieht noch immer fasziniert aus. »Ich glaube, du bist eine Superheldin, Tante Greta. Du kannst echt alles, alles, alles. Stricken und Geschichten schreiben und Haare schneiden und Arztsachen, und die allerbesten Pommes kaufst du auch.«

Greta nickt. »Wer viel probiert, der kann auch viel, Matildachen. Aber jetzt muss Tante Maya die Superheldin sein.«

Alex sieht, wie Maya zurückweicht. Sie ist blass, und ihre Hände zittern leicht.

»Ich weiß echt nicht, ob das so eine gute Idee ist. Vielleicht sollte ich doch ins Centro de Salud fahren und einen Arzt draufschauen lassen.«

Greta hält ihr den Flachmann hin. »Das wirst du nicht tun. Mein Vater ist ein Arsch mit Ohren, aber er ist ein Chirurgen-Arsch mit Ohren, und ein wirklich guter noch dazu. Außerdem traut er mir nicht einmal zu, ein Spiegelei richtig zu braten.« Sie lacht freudlos und nimmt noch einen Schluck aus dem Flachmann, den sie eigentlich Maya hingehalten hat. »Wenn er also denkt, dass ich das hier kann, dann ist das idiotensicher. Außerdem hast du eh keine Wahl. In einem spanischen Gesundheitszentrum verlierst du mehrere Stunden durch Warten, und etwas anderes machen die dort auch nicht. Und jetzt trink einen großen Schluck Wodka, denn das hier wird nicht angenehm.«

Maya sieht zu Matilda, dann wieder mahnend zu ihrer Cousine. »Es ist elf Uhr morgens und ganz sicher nicht die richtige Zeit, um Alkohol zu trinken. Falls es dafür überhaupt eine richtige Zeit gibt«, sagt Maya betont langsam in Richtung ihrer Nichte. »Das schaffe ich bestimmt auch so.«

Greta hebt die Schultern, nimmt eine Nadel aus einer kleinen, runden Plastikverpackung und erhitzt sie über einem silbernen Feuerzeug. Automatisch tritt Alex ein Stück an Maya heran und nimmt ihre unverletzte Hand. Dabei entgeht ihm nicht, dass Antonio jede seiner Bewegungen registriert hat.

Als Greta das erste Mal in die Blutblase in Mayas kleinem Finger sticht und sie laut aufschreit, zurückweicht und sagt, dass sie lieber krepiert, als das noch einmal über sich ergehen zu lassen, ist es Alex, der den Flachmann nimmt, ein halb leeres Wasserglas austrinkt, das auf dem Tisch steht, und dann zwei Fingerbreit Wodka einschenkt.

Maya schließt die Augen, atmet laut aus und murmelt, dass sie es wirklich besser wissen müsse. Doch sie nimmt das Glas und trinkt. Mit einem Knall stellt sie es zurück auf den Tisch und schüttelt sich. Eleonora erschrickt und flattert in ihrem Käfig hin und her, die kleine Hündin unter dem Tisch sucht Mayas Nähe und schmiegt sich an ihr Bein.

»Bereit?« Greta hält die Nadel in die Höhe.

»Der Daumen hat nichts abbekommen, also nur noch drei Finger, und dann haben wir's geschafft.«

Maya runzelt die Stirn, schließt noch einmal kurz die Augen und greift dann nach dem roten Flachmann, um sich noch mal einzuschenken. Bevor sie trinkt, schaut sie zu Matilda. »Nur dass du Bescheid weißt, Alkohol ist …«

»Sehr schlecht für Menschen, und man darf ihn nur trinken, wenn er einem schmeckt, und dann auch nur ein bisschen.«

Das kleine Mädchen winkt ab, und Alex fragt sich wieder einmal, wie sein chaotischer Freund ein so pragmatisches Kind hat produzieren können. Friedas Gene müssen sehr, sehr dominant sein.

Eine halbe Stunde und viele Schmerzensschreie später liegt Maya schnärchelnd und erschöpft auf dem Sofa. Antonio hat eine Decke über sie gelegt und Alex angewiesen, sich um die kleine Hündin zu kümmern.

Also läuft der jetzt die Anhöhe in Richtung Stadt hinunter. Die Sonne zeichnet Muster auf die Wellen des Meeres und spiegelt sich auf den nassen Oberflächen und Fenstern der kleinen Fischerboote. Doch sie ist nicht mehr stark genug, um die Luft zu erwärmen.

Also zieht Alex die Ärmel seines weichen, grauen Pullovers ein wenig nach unten, als er an bunten Häusern vorbei hinunter zu der kleinen Bucht läuft. Lea wedelt mit dem Schwanz und versucht, nach den Wellen zu schnappen, die leicht und leise über den Sand in Richtung Ufer rollen. Außerdem gräbt sie hier und da kleine Löcher in den Sand.

Alex dreht sich um und sieht nach oben auf die halb kahlen, rötlich gelben Bäume, die über der Bucht thronen. In Berlin liegen die Gehwege schon voller zertretener brauner Blätter. Hier geht alles langsamer, stetiger, würdevoller.

Bäume und Sträucher scheinen den schmalen Häusern nur eine zeitlich beschränkte Genehmigung erteilt zu haben, sich ein kleines bisschen Fläche zu nehmen, schieben sich aber immer wieder vor die Häuserfassaden, auf Wege und Straßen des kleinen Ortes.

Zu Alex' Freude bellt der kleine Dackel die Möwe nicht an, die neben ihnen auf dem nassen Sand gelandet ist. Obwohl sie unter Vogelbeobachtern in der Beliebtheitsskala nicht sonderlich weit oben steht, mag Alex sie. Anders als die meisten ihrer Artgenossen lassen sich Möwen nicht einschüchtern vom Menschen. Nehmen sich, was sie brauchen, einige so aggressiv, dass sie mancherorts sogar gejagt werden dürfen.

Auch diese dicke grauweiße Vertreterin wirkt sehr selbstbewusst. Im Sand stolzierend beobachtet er sie. Ihr kleiner Kopf dreht sich immer wieder von Seite zu Seite, der gelbe, gebogene Schnabel öffnet sich ein wenig.

Als wäge sie ab, ob es hier etwas gibt, was einen eventuellen Angriff lohnt. Dann allerdings scheint sie zu entscheiden, dass weder Mensch noch Hund etwas Interessantes zu bieten haben. Sie breitet die großen, spitzen Flügel aus und fliegt zu einem der Fischerboote, die im Hafen liegen.

O Mensch, du wirst nie nebenbei der Möwe Flug erreichen. Alex ist nicht sicher, wer das geschrieben hat. Theodor Storm oder … nein, Morgenstern muss das gewesen sein. Auf jeden Fall hat er diese Verse immer gemocht. Weil sie klar und einfach ausdrücken, wie überlegen Vögel, eigentlich alle Tiere uns Menschen sind.

Weil wir denken, dass unser logisches, unser genetisch überlegenes Hirn uns zu etwas Besserem, Wertvollerem macht, denkt er. Und dabei sind es doch eigentlich die instinktgesteuerten Handlungen der Tiere, die ihnen das Wichtigste überhaupt sichern. Das eine, ohne das kein Auto, kein Haus, kein Geld irgendeinen Sinn macht: ihr Überleben.

Die kleine Möwe gesellt sich zu einigen ihrer Artgenossen auf das sanft schaukelnde Wasser. Diese Gruppe weiß instinktiv, dass es die Gemeinschaft, dass es vor allem ihre Brutkolonie ist, die das Überleben ihrer Spezies sichert. Und dass alles getan werden muss, um diese Gemeinschaft zu schützen, um deren Weiterkommen zu garantieren.

Alex hebt den Blick. Eigentlich ist er noch immer geschockt von dem vielen Blut, verwirrt von der letzten Nacht und ratlos, weshalb er Laura gegenüber ein schlechtes Gewissen hat. Eigentlich hätte er in einer halben Stunde ein Telefonat, und eigentlich müsste er den Rest des Tages durcharbeiten, um die sicher beängstigend riesige Anzahl von Mails zu beantworten.

Trotzdem lässt ihn da eine Idee nicht los. Eine Idee, die von dem ganzen Möwen-Gemeinschaftsdenken herrührt und die ihn vielleicht zu einem ziemlich einfältigen Würstchen macht.

Doch jetzt sitzt die Idee schon zu fest, ist schon zu ausgeformt in seinem Kopf. Also bleibt ihm nichts anderes, als schnellsten Schrittes in Richtung Haus zu gehen, Leas Leine in der einen Hand, während er mit der anderen Hand einen Kontakt aus seinem Adressbuch heraussucht, sich das Telefon ans Ohr hält und der Person am anderen Ende sein Problem und dessen mögliche Lösung erklärt.

MAYA

Wie lange ich geschlafen habe, weiß ich nicht. Dass die Sonne aber schon so tief steht, kann kein gutes Zeichen sein. Der Schmerz in meiner Hand und das Pochen in meinem Kopf bringen alles zurück. Vor allem meinen Zeitplan.

Mist. Das ist nicht gut gelaufen, und schon wieder kann ich niemandem die Schuld geben. Niemandem, außer mir selbst und meinen irrationalen, verrückten, hirnrissigen Entscheidungen.

Hätte ich den Hund nicht gekauft, wäre meine Hand nicht im Eimer.

Das mit der Hand wiederum wäre kein so großes Problem, hätte ich nicht zugesagt, jemandem im Rekordtempo ein Hochzeitskleid zu nähen.

Diesen Jemand hätte ich gar nicht erst getroffen, wäre ich verdammt noch mal zu Hause geblieben.

Zu Hause hätte ich bleiben können, hätte ich nicht den Laden meiner Mutter verwüstet, nur weil ich nicht dazu in der Lage bin, mit Problemen wie ein normaler Mensch umzugehen. Wobei normale Menschen kaum mit Online-Shitstorms zu kämpfen haben. Doch das passt gerade wirklich nicht in meinen inneren Monolog der Selbstgeißelung.

Also nochmalige Zusammenfassung unter Berücksichtigung aller Faktoren: Ich bin eine Armleuchterin. Eine Armleuchterin, die einer Braut gleich wird mitteilen müssen, dass sie sich ein neues Kleid besorgen muss. Und eine Armleuchterin, die sich gleich überge…

Ich reiße die Tür des Wohnzimmers auf, komme aber nicht viel weiter, da ich mich schwankend am Türrahmen festhalten muss.

»Dann sollte ich dir davon wahrscheinlich lieber nichts anbieten.«

Vor mir steht Alex mit einem riesigen Tablett in der Hand. Darauf geschichtet befinden sich sicher sechs oder sieben kleine Teller und einige Schüsseln. Dem selbst für meinen geschundenen Magen angenehmen Geruch nach zu urteilen hat er sich noch einmal an einer Tortilla versucht.

Doch auf den Tellern liegen auch Chorizo und Käse, in den Schüsseln Brot, Chips und Nüsse. Alles in einer Menge, der unsere kleine Reisegruppe hier im Haus keinesfalls gewachsen wäre.

»Was …«, fange ich an zu sprechen, während ich meinen schwankenden Körper noch immer durch eine Hand an dem hölzernen Türrahmen stabilisiere.

Alex lächelt und deutet mit dem Kopf in Richtung Küche. »Geh ins Bad, trink einen Schluck Wasser und komm dann auf den Dachboden.«

Erst jetzt fallen mir die vielen Stimmen auf, die von da oben zu uns herunterklingen. Das Adrenalin in meinem Blut stoppt meinen Brechreiz sofort. Ins Bad kann ich jetzt unmöglich gehen. Stattdessen dränge ich mich an Alex vorbei auf die Treppe und laufe nach oben, zwei Stufen auf einmal.

Am Ende der Treppe bleibe ich stehen, wage kaum, in den hellen, großen Raum zu treten, in dem sich sieben Frauen befinden, einige davon auf dem Boden sitzend, andere an den drei Nähmaschinen, die auf Abuelas riesigem Schreibtisch aufgebaut sind, dazwischen Lea, die alles beschnüffelt, und selbst Ralphie sitzt auf dem Schoß einer älteren Dame, die mein noch trunkenes Hirn erst nach einigen Sekunden als Cayetana identifiziert. Die ältere Frau mit dem Samthaarreifen, die gestern im Laden das Kommando übernommen hatte.

Doch auch der Rest der Personen hier ist mir bekannt. Da ist die junge Frau mit den lockigen Haaren und der dunkel umrandeten Brille. Und hinten an einer der Maschinen Osane, die Ladenbesitzerin, die konzentriert ein weißes Stück Stoff bearbeitet. Die Dame mit der rauchigen Stimme ist auch dabei und noch drei weitere Damen, die geschäftig arbeiten und dabei plaudern.

»Was ist denn …«

Niemand bemerkt meine leisen Worte. Sie werden übertönt von den vielen lauten Stimmen und dem Rattern der Maschinen im Hintergrund.

Dabei ist die Frage sowieso hinfällig. Denn auf dem Schoß der jungen Frau mit der Brille liegt das Brautkleid. Alle Schichten Tüll und der Unterrock scheinen vorhanden, genauso das Oberteil. Soweit ich das von meiner Position einige Meter entfernt beurteilen kann, ist es … fertig?

Oder zumindest fast fertig, denn die junge Frau ist gerade dabei, an dem Oberteil einige Fäden abzuschneiden, während eine weitere zu ihren Füßen sitzt und mit der Hand und einem unsichtbaren Stich das Unterkleid säumt.

Ich schwanke noch einmal kurz und will mich an der Wand neben mir abstützen. Doch der Schmerz in der Hand hält mich davon ab, erinnert mich daran, weshalb ich es nicht bin, die diesen Saum gerade näht. Blutverschmierte, geschwollene Fingerspitzen schauen aus dem Verband hervor, als ich mir die Hand vors Gesicht halte und mich gleichzeitig darüber ärgere, nicht doch noch zwei Ibuprofen geschluckt zu haben, bevor ich hier hochkam.

»Maya!«

Es ist Osanes Mann George, der das ruft und auf mich zukommt, um mir einen Kuss auf jede Wange zu geben. Plötzlich stehen alle Frauen um mich herum, geben mir Küsse auf die linke und rechte Wange, betrachten meine Hand, streichen mir über die Wange und reden auf mich ein. So, als würden wir uns schon ewig kennen, und so, als könnte ich in dem ganzen Stimmengewirr irgendetwas verstehen.

»Jetzt lasst die arme Maya doch mal durchatmen. Sie sieht ja total verwirrt aus.« Osane schiebt sich direkt vor mich und betrachtet meine Hand. »Da hast du uns ja einen schönen Schrecken eingejagt. Das sieht furchterregend aus. Du scheinst gerade nicht unbedingt eine Glückssträhne zu haben, *cariño*.«

Sie zeigt auf mein Gesicht und erinnert mich daran, dass da auch noch ein grünlich blaues Auge ist, das in Kombination mit dem Verband nicht gerade für meine Zurechnungsfähigkeit spricht.

Cariño. Das hat sie gesagt. Trotz all des Chaos um mich fühle ich eine kurze Freude. *Cariño* bedeutet Schätzchen, und genauso hat mich meine Abuela immer genannt, wenn ich mir das Knie aufgeschlagen oder den Kopf gestoßen hatte, sie ihre Schürze abwarf und zu mir gestürzt kam, um zu sehen, was passiert war.

Alles wird wieder gut, cariño, murmelte sie in mein Haar und drückte mich dabei an ein Herz, das immer ein bisschen größer schien als das aller anderen.

Hinter mir ertönt ein Klirren. Alex verteilt Teller und Schüsseln auf einem kleinen Tisch und schiebt immer wieder eine bettelnde Lea von sich. Bevor ich mich darüber wundern kann, woher das ganze Essen kommt, zieht Osane mich weiter.

»Häng das Kleid mal auf die Puppe, Aroia«, sagt sie zu der jungen Frau mit der Brille.

Die steht vorsichtig auf und geht mit den Tüllschichten über dem Arm ans Fenster zu der alten Schneiderpuppe, die dort schon steht, seit ich denken kann.

»Wir haben noch einige Änderungen an der ursprünglichen Idee vorgenommen. Jetzt schau nicht so erschrocken, wir haben bloß den Reißverschluss durch eine lange Knopfleiste ersetzt, für die die Mädels gerade Knöpfe mit dem bunten Seidenstoff beziehen. Außerdem war von dem bemalten Stoff noch so viel übrig, dass wir als Unterkleid einfach auch eine Schicht davon genommen haben. Jetzt kommt deine Malerei oben und unten zum Einsatz, was das alles noch ein bisschen stimmiger macht, und dann …« Sie geht zu der Nähmaschine, an der sie eben noch saß, und hebt das Füßchen an, um den Stoff darunter hervorzuholen. »Haben wir noch den hier gemacht.«

Sie schneidet einen Faden ab und hält einen fertigen Schleier vor mein Gesicht, um ihn dann mit Stecknadeln auf den Hals der Schneiderpuppe zu pinnen und den Stoff vorsichtig über die Schultern zu legen.

»Wie kann das sein?«, frage ich und sehe zu den Frauen. »Wie habt ihr das denn geschafft? Ich meine, wie lange hab ich denn geschlafen? Es kann doch unmöglich sein, dass …«

»Natürlich ist das möglich«, antwortet Osane, die Ladenbesitzerin. »Zig Jahre Näherfahrung, Teamarbeit und drei Liter Kaffee … Ich glaube, wir hätten in den letzten fünf Stunden sogar eine Robe für die Oscarverleihung fertig bekommen. Außerdem hattest du das meiste ja schon zugeschnitten.«

Durch das geöffnete, fast bodentiefe Fenster kommt ein kühler Luftzug, der den weichen Tüll des Rockteils leicht und sanft in Bewegung versetzt.

Die zarte Meereslandschaft schimmert auf dem Oberteil, das sich unter einer zarten Schicht eines langärmeligen, durchsichtigen Oberteils aus Tüll versteckt. Und auf dem Rockteil, das sich in einer geraden A-Linie bis knapp unter die Taille bis zum Boden erstreckt und ebenfalls von einer dünnen Schicht Tüll bedeckt wird. So, als würde man durch bewegtes Wasser auf den Meeresgrund blicken.

Ein Kleid wie aus einem Märchen von Hans Christian Andersen, denke ich. So würde nicht jede heiraten.

»Ein Kunstwerk ist das geworden, nichts weniger. Gute Arbeit, meine Damen.«

Alle drehen sich zu Cayetana. Die neigt den Kopf ein wenig

und klatscht dann mehrmals in die Hände. Mit Ralphie auf ihren knochigen Knien könnte sie als Furcht einflößende Schurkin durchgehen.

»Das können wir nur zurückgeben«, sagt Osane. »Die Idee mit den Knöpfen, dem Unterkleid und dem Schleier kam schließlich von dir.«

Ich wundere mich kurz darüber, was der Trick dieser Menschen ist. Also jener, die es schaffen, mit einem anerkennenden Kopfnicken die Welt zum Stillstand zu bringen.

So wie Cayetana oder … Nein, ich darf nicht an meine Mutter denken. Das ganze Verdrängen hat bisher gut geklappt, und es darf jetzt nicht aufhören. Irgendwann werde ich sie anrufen und fragen müssen, wie es um den Laden steht. Und um herauszufinden, ob sie immer noch davon ausgeht, dass es irgendwelche Vandalen waren, die den Raum und die Kleider zerstört haben.

Die beste Ablenkung von diesen Gedanken geht gerade die Treppe hoch: Gefolgt von meiner Cousine, kommt Mascha in den Raum gelaufen. Sie sieht sich um, etwas verwirrt über die vielen Frauen, möchte gerade den Mund öffnen, um etwas zu fragen, erblickt dann aber das Kleid auf der Schneiderpuppe.

Ihr Gesicht sieht nicht erfreut aus, aber auch nicht verärgert, während sie langsam an die Puppe herantritt und das Kleid betrachtet. Noch immer bläst Luft durchs Fenster, so als hätte der Wind wahre Freude daran, in die Tüllschichten zu pusten wie ein Kind in einen Berg aus Seifenschaum.

»Das ist es, oder? Also mein Kleid?«

Mascha sieht zu mir, und obwohl ich jetzt offiziell verunsichert bin, da man aus ihrer Miene einfach gar nichts lesen kann, überwinde ich mich zu einem Nicken.

»Kann ich es anprobieren?«

Sie dreht sich wieder in Richtung Puppe.

»Was sagt sie? Gefällt es ihr«, flüstert Osane mir zu.

Ich hebe die Schultern, weil ich wirklich keine Ahnung habe, was Maschas Meinung zu dem neuen Brautkleid ist.

»Auf jeden Fall will sie es anprobieren«, flüstere ich zurück.

Also werden Alex und George nach unten geschickt, und eine Traube Frauen bildet sich um Mascha, um ihr beim Anziehen zu helfen und das Kleid am Rücken behelfsmäßig mit einigen Nadeln zu schließen.

»Da kommen noch Knöpfe hin«, erkläre ich und rücke das Oberteil vorne ein wenig zurecht.

Dann ist es still. Alle blicken auf das Gesicht der Braut, als sie vor dem großen Spiegel mit dem gedrechselten Rahmen steht. Mascha dreht sich nicht nach rechts und links, sondern betrachtet sich einfach still. Dann sieht sie zu mir. »Okay.«

Ihre Worte klingen etwas kühl, und auch an ihrem Gesichtsausdruck hat sich nicht viel geändert. Sie starrt sich einfach nur im Spiegel an, bewegt sich nicht, scheint in Gedanken. Es kann nicht sein, dass ihr Spiegelbild ihr nicht gefällt. Unmöglich. Trotzdem verunsichert mich ihre Nicht-Reaktion.

Auch der Rest der Frauen wirkt betreten, einige flüstern leise miteinander. Selbst Greta hebt die Schultern, als ich kurz zu ihr blicke, um zu sehen, ob sie Maschas Reaktion versteht.

Doch meine Cousine wäre nicht meine Cousine, würde sie nicht aussprechen, was wir anderen nur vorsichtig zu denken wagen. »Du findest es scheiße, oder?«

Mascha hebt überrascht die Brauen und dreht sich um. »Was sagst du denn da? So ein Quatsch, natürlich nicht. Ich bin bloß überrascht. Aber ich …«

Sie dreht die Augen in Richtung Decke, und ich sehe, dass sie versucht, einige Tränen zurückzuhalten, während sie die Lippen zusammenpresst. »… ich bin nur so wütend.«

Ich übersetze flüsternd für den Rest der Frauen, die ebenso verwirrt scheinen, wie ich es bin.

»Auf Maya?«

Greta steht etwas gerader da, als wollte sie dafür bereit sein, sich verbal vor mich zu stürzen, falls ihre Freundin gleich etwas Abschätziges sagen sollte.

Mascha sieht sie an und rümpft die Nase. »Warum denn auf Maya? Quatsch. Auf mich selbst natürlich. Wegen dem anderen Kleid. Ich dachte, ich könnte meinen Eltern einmal gefallen. Dass sie vielleicht sogar vergessen könnten, dass ich eine Frau heirate. Na ja, und dass ich allgemein leider nicht dem Lebenskonzept entspreche, das sie sich für mich ausgedacht hatten. Ich dachte, ich könnte mich ja einfach mal darauf einlassen, mich als Prinzessin verkleiden und das Ganze für alle Beteiligten so gestalten, dass ich mal nicht das schwarze Schaf bin. Aber nein …«

Sie dreht sich zu mir, legt eine Hand auf jede Schulter und blickt zu mir herunter. »Auf dich bin ich ganz sicher nicht sauer. Du – oder, besser gesagt, dieses Kleid hier hat mir gezeigt, dass ich verdammt noch mal so heiraten sollte, wie ich es für richtig halte. Und das hier …«, jetzt lächelt sie breit, dreht sich noch einmal zum Spiegel und nickt, »… das hier fühlt sich echt richtig an.«

Lächelnd übersetze ich ihre Worte ins Spanische, und die Frauen um uns brechen in Jubel aus. Das tun sie immer noch, als Mascha schon wieder in Skinny-Jeans und Lederjacke gekleidet ist und sich ein Stück Chorizo in den Mund schiebt. Ein Blick auf die kleine Uhr auf Abuelas Schreibtisch erklärt, warum es in meinem Magen trotz Kater und Schmerzen plötzlich zu glucksen beginnt.

Es ist mittlerweile neunzehn Uhr, und ich stürze mich mit Hunger und Appetit auf die vielen Teller, die Alex auf den Dachboden getragen hat und die bei meinen Helferinnen so gut angekommen sind, dass einige schon halb leer sind.

Auch Antonio und Matilda sind von ihrem Spaziergang zurück

und haben sich zu uns gesellt. Überrascht beobachte ich, wie meine Nichte sich zu Cayetana setzt und ich die alte Dame das erste Mal richtig lächeln sehe.

Neben mir steht George und erzählt mir etwas darüber, warum Dackel zu den intelligentesten Hunden überhaupt gehören. Doch ich kann ihm nicht richtig folgen.

Denn ganz hinten auf dem Sofa sitzen Alex und Aroia, die junge Frau mit der dunklen Brille aus dem Laden. Und das für meinen Geschmack ein bisschen zu nah beieinander. Immer wieder sagt Alex etwas, was so lustig zu sein scheint, dass Aroia ihren Mund zu einem überdimensional großen, strahlenden Lächeln verzieht. Ein Julia-Roberts-Lächeln. Igitt.

Ich muss mich nicht fragen, woher dieses nagende Gefühl in mir rührt. Ich bin eifersüchtig. Obwohl ich darauf kein Recht habe.

Auch wenn die letzte Nacht – seine Nase erst an meiner Wange, dann an Hals und Brust – so hinreißend war. Auch wenn ich will, dass seine lieben Augen nur auf mich und niemals auf sie blicken, ist das für uns nicht der richtige Moment, wenn es denn den überhaupt gibt.

»Du magst ihn, oder?«

Jetzt steht Osane neben mir und nickt einmal kurz Richtung Alex. Ich sehe ihr Lächeln und weiß, dass sie mir nicht glauben wird, wenn ich jetzt zu widersprechen versuche.

»Klar tut sie das«, mischt sich George ein und fegt ein paar Krümel Manchego-Käse von seinem großen Bauch. »Schließlich hat sie einen guten Geschmack. Ein Vogelbeobachter braucht im Alter keinen Blutdrucksenker.«

»Du und deine Viecher.« Osane schüttelt den Kopf. »Das ist doch nicht das Wichtigste. Das Wichtigste ist, dass er ein wahrer Schatz ist.« Sie dreht sich zu mir, lächelt mich an und erzählt, dass Alex der Grund sei, weshalb sie alle hier seien. Er habe im Laden angerufen, von meinem Unfall erzählt und angeboten, nach Bilbao zu kommen und alle mit Antonios VW-Bus abzuholen und zu verköstigen, wenn sie mir helfen würden.

»Und jetzt schau nicht so schuldbewusst. Das hat er sehr gerne getan. Hat es sogar richtig genossen, gleich von einer ganzen Bande alter Schachteln angehimmelt zu werden. Und natürlich, weil er dir etwas Gutes tun wollte.«

Ich senke kurz den Blick und entschuldige mich bei den beiden mit der Begründung, den Verband wechseln und ein paar Schmerzmittel nehmen zu müssen.

Oder auch gleich eine ganze Tonne. Denn sobald ich von dem ganzen Tumult auf dem Dachboden ins ruhige Untergeschoss komme, fühle ich, wie der Schmerz zurückkommt. Ich gehe in die Küche, wo zum Glück Verband und Ibuprofen-Tabletten auf der Arbeitsplatte liegen. Gleich zwei Tabletten spüle ich mit eiskaltem Leitungswasser hinunter. Dann sehe ich zu Lea, die mir nach unten gefolgt ist und mich erwartungsvoll ansieht.

Ich gehe in die Knie. »Armes Tierchen.« Ich streichle ihr über den schön geformten Kopf mit den weichen Ohren und dem glatten Fell. »Da bist du ja in ein ziemliches Chaos geraten.«

Doch die Kleine wedelt nur mit dem Schwanz, schleckt mir mit der Zunge über die Wange und versucht dann, mein Ohrläppchen anzuknabbern. Ich drücke sie von mir weg und halte ihr Gesicht zwischen den Händen.

»Aber das wird auch wieder besser, ich versprech's, Dackelchen.« Und plötzlich habe ich das Gefühl, dass das sogar stimmen könnte. Mascha sieht wunderschön aus in ihrem Kleid. Und, wichtiger noch: Mir selbst gefällt, nein, mich begeistert es, und ich habe das erste Mal seit Langem das Gefühl, etwas geschaffen zu haben, was mich zufriedenstellt.

Obwohl das nicht ganz richtig ist. Schließlich habe nicht ich alleine dieses Kleid geschaffen. Sondern ich und sieben Frauen, die mich noch nicht einmal richtig kennen und die sich trotzdem dazu entschlossen haben, mir zu helfen. Und das noch dazu im absoluten Rekordtempo.

»Du siehst deiner Großmutter gar nicht ähnlich.« Cayetana steht in der Küchentür. Die eine Hand auf die Klinke gestützt, die andere auf ihrem Gehstock, sieht sie zu mir und der Hündin hinunter.

»Deine Abuela hat bei mir gearbeitet. Als sie noch sehr, sehr jung war und gerade frisch aus Andalusien hierhergezogen, um sich als Näherin zu verdingen. Um deine Frage gleich vorwegzunehmen: Ja, ich bin alt, meine Liebe. Uralt. Auf jeden Fall war deine Abuela eine meiner besten Arbeiterinnen, fleißig, klug, vielleicht ein bisschen frech, aber ich ging davon aus, dass sich das schon noch verwachsen würde.«

Ihr Lächeln wirkt kurz ein bisschen schelmisch, doch gleich darauf wieder so ernst und streng wie zuvor. »Als sie deinen Vater bekam, ist sie dann – wie die meisten von uns und Franco sei Dank – weit unter ihren Möglichkeiten geblieben. Ich glaube, dein Großvater wollte auch nicht, dass sie arbeitete. Na ja, auf jeden Fall war sie danach weg. Wir haben uns über die Jahre immer mal wieder in Osanes Laden getroffen, die früher auch bei mir gearbeitet hat, bevor sie das Geschäft ihres Vaters übernahm. Von Mal zu Mal hat deine Abuela blasser gewirkt. Oder … verwelkt trifft es wohl am besten. Bis dein Großvater starb. Von da an war sie wieder öfter in Bilbao. Vor allem, als sie dann noch gelernt hatte, Auto zu fahren. Obwohl ich ihr immer gesagt habe, dass eine Fahrt mit diesem alten Fiat 500 sie noch mal umbringen würde, hat sie allen davon vorgeschwärmt, wie schön es sei, sich so frei bewegen zu können.«

Wieder das Lachen. Doch dieses Mal folgt keine ernste Miene. Stattdessen sieht sie konzentriert aus, so als würde sie sich die nächsten Worte sehr genau überlegen. Sie geht zu dem Holztisch in der Mitte der Küche und setzt sich langsam auf einen der Stühle davor. Dann sieht sie aus dem Fenster und spricht weiter, ohne mich anzusehen.

»Deine Abuela hat sehr viel von dir erzählt, weißt du. Auch von deinem Bruder. Von ihm eher Anekdoten. Aber von dir … von dir konnte sie gar nicht genug erzählen. Davon, wie geschickt du seist, wie kreativ und klug, wie weit du es bringen könntest. Es war nicht schwer zu erkennen, dass sie sich selbst in dir erkannt hat. Und dass sie sich erhofft hat, dass du nicht unter deinen Möglichkeiten bleiben würdest.«

Erst jetzt sieht sie wieder zu mir auf den Boden, wo sich Lea in der Zwischenzeit auf meinen Schoß gelegt hat.

Ich habe keine Ahnung, warum sie mir das erzählt, und die ganze Situation verunsichert mich. Gleichzeitig bin ich dankbar dafür, so viel über meine Abuela zu erfahren. Ein bisschen schäme ich mich auch dafür, nichts von alledem gewusst zu haben.

Klar habe ich über meine Großmutter nachgedacht und mir Fragen dazu gestellt, wie sie wohl ihre Jugend und allem voran den Spanischen Bürgerkrieg erlebt hat. Leider war in dem Alter, in dem ich anfing, mir diese Fragen zu stellen, keiner mehr da, der sie mir hätte beantworten können.

»Also sag, Maya«, Cayetana setzt sich etwas aufrechter und hebt die Brauen, »wie ist es dir ergangen?«

Es fühlt sich ein bisschen so an, als würde vor mir der Geist der zukünftigen Weihnacht aus Dickens *A Christmas Carol* sitzen. Bei dem Gedanken muss ich ein Schmunzeln unterdrücken. »Äh, was meinen Sie denn?«

»Na ja, also ich habe ja eigentlich keinerlei Recht, dir zu nahe zu treten, aber ich bin in einem Alter, in dem man auf viele Dinge pfeift, die das soziale Miteinander regeln sollen. Deshalb sage ich dir jetzt mal, was ich sehe, und zwar, indem ich auf all diesen Regeln herumtrample und so ehrlich bin, wie ich es damals mit deiner Abuela hätte sein sollen.«

Automatisch senken sich meine Schultern ein wenig, und ich ärgere mich gleichzeitig über meine Unsicherheit. Diese Frau kennt mich doch gar nicht. Deshalb ist auch völlig egal, was sie mir gleich erzählen wird.

Also setze ich mich wieder gerade hin und sehe ihr direkt in die kleinen dunkelbraunen Augen. Ich hebe das Kinn ein wenig, vielleicht in dem unbewussten Versuch, ihre anmutige Pose und damit ihre Selbstsicherheit zu imitieren.

»Nach allem, was dein Freund so erzählt hat – der übrigens ein schauriges Spanisch spricht und den ich ohne Georges Übersetzung niemals verstanden hätte –, nach alledem arbeitest du also im Brautladen deiner Mutter. Ein solider Job, keine Frage. Eine gute, eine geborene Verkäuferin ist genauso wichtig wie die Ware selbst, wenn nicht sogar noch wichtiger. Aber bist du das? Also eine geborene Verkäuferin?«

Das geht Sie gar nichts an. Das sollte ich sagen. Na los. Aber mein Mund will sich nicht öffnen. Habe ich etwa Angst vor einer alten Dame, die mich gar nicht kennt und die sich hier in unserer Küche wie eine Matriarchin aufführt? Das ist lächerlich. Ich räuspere mich. »Nein, das bin ich ganz sicher nicht. Aber der Job ist gut bezahlt, und er …«

Ich will weiterreden, will meine Antwort mit einem hoffentlich für Cayetana offensichtlich schnippischen Unterton und mit weiteren Argumenten untermauern. Aber mir fällt nichts ein.

Ich kann nur an die Euphorie denken, an den Tatendrang, die Freude, aber auch die Angst, die Panik und den Schmerz, die alle abwechselnd von mir Besitz ergriffen haben, seit ich begonnen habe, Maschas Kleid zu nähen. Da waren Gefühle, so viele Gefühle, wie ich sie seit Jahren nicht mehr empfunden habe. Weil ich sie nicht haben wollte. Vielleicht weil ich einfach so wenig wie möglich fühlen wollte.

Gefühle, die kein Verkauf von den Kleidern in unserem Laden jemals ausgelöst hätte.

Also schweige ich und sehe auf meine verletzte Hand hinunter, aber auch auf Lea, die aus verschlafenen Augen zu mir raufschaut, dann gähnt, sodass ihre lange Zunge aus ihrem Maul fällt und mich dann voller Inbrunst abschleckt.

»Habe ich mir schon gedacht«, antwortet Cayetana in die langsam eintretende Dunkelheit und in mein Schweigen hinein.

ALEX

»Warum denn nicht?«, fragt Antonio durch eine Portion Tortillachips hindurch, die er sich aus einer großen Schüssel mit dem Löffel in den Mund geschaufelt hat. Er spült sie mit einem großen Schluck Kaffee hinunter und wischt sich mit dem Arm übers Gesicht.

Die Begründung für dieses zweifelhafte Frühstück war die Tatsache, dass Antonios Lieblingscornflakes – Schokokissen mit Nugatfüllung – nicht mehr vorrätig sind.

»Weil du ein Shirt mit dem Foto deines Katers drauf anhast, unter dem die Worte *You are my Meow Meow* stehen.«

Antonio zieht ein wenig an seinem Shirt und blickt auf das Foto von Ralphie runter.

»Warum kannst du nicht einfach was anderes anziehen? Oh Gott, was sag ich denn da. Sicher hast du auch das Shirt dabei, auf dem *I see dumb people* steht.« Alex betrachtet seinen Freund, der auf einer weiteren Portion Chips kaut und ihn verständnislos ansieht.

»Das ist Quatsch, Alex. Echter und wahrhaftiger Quatsch. Ist George doch völlig egal, was ich trage. Sicher findet er das sogar ziemlich cool.« Er sieht anerkennend nickend an sich hinunter und dann zu Alex. »Außerdem bin ich dein bester Freund, und du musst mich akzeptieren, egal, was ich anhabe, okay?«

Alex schließt die Augen und streicht mit dem Finger über Eleonoras Gefieder, die auf seiner Schulter sitzt und sich an seinem Ohr reibt. Er versucht, seinen Unterkiefer zu entspannen, massiert sich kurz die Schläfen und sagt sich, dass George ein toller Typ ist. Ein Typ, der sich vermutlich nicht einmal von dem

Zahnfeenkostüm aus der Ruhe bringen lassen würde, das Antonio gerne zu Fasching trägt und das einen verstörend hohen Beinausschnitt aufweist.

»Versprich mir wenigstens, dass du dir auch einen Anzug kaufst und nicht in einem deiner Shirts zu Maschas Hochzeit gehst.«

Antonio hebt zwei Finger zum Schwur. »Ich verspreche, dass ich mir gemeinsam mit dir und George einen langweiligen Anzug kaufe, der zwar nicht meine Persönlichkeit widerspiegelt, aber dafür sorgt, dass du dich vor deinem neuen britischen Freund im Rentenalter für deinen ältesten Freund und Beisteher in allen Lebenssituationen nicht schämen musst.«

Alex will gerade erwidern, dass er sich natürlich niemals für ihn schämen würde, als die Küchentür geöffnet wird. Greta steckt den Kopf herein. »Miguel ist hier. Er will die Bilder abholen. Könnt ihr tragen helfen?«

Alex sieht fragend zu Antonio, der allerdings schon aufgesprungen ist und sein Shirt zurechtzieht. Er wirft seine leere Schüssel in die Spüle, sodass der sich darin befindende Löffel klirrt und Eleonora unruhig mit den Flügeln schlägt.

Während er mit Antonio und Miguel eine Leinwand nach der anderen herunterträgt und sie auf dem Anhänger verstaut, der an Miguels riesigem Range Rover hängt, erfährt Alex, was es mit dem Transport auf sich hat.

Mascha hat Albertos Bilder gesehen und gefragt, ob sie einige davon spontan in ihre Hochzeitsdeko einbeziehen kann. Die, nach der Farbe der gewählten Landschaften zu urteilen, in verschiedenen Blautönen dekoriert sein wird. Was Alex wieder an seine eigene Hochzeit erinnert. Und an Lauras tausend Dekoideen, die niemals umgesetzt wurden.

Ihm fällt ein, dass es gerade einmal zwei Wochen her ist, seit er auf der alten Matratze in Antonios Gästezimmer erwachte und sich darüber wunderte, wie stark verletzte Gefühle einer frischen Brandwunde ähnelten.

Wie kann es also sein, dass sich auf dieser pochenden, schmerzenden, brennenden Wunde schon eine heilende Kruste gebildet hat? Eine sehr dünne zwar, die mit jeder zu schnellen Bewegung zu zerplatzen droht. Aber eine, die zumindest die wundesten Stellen schützt.

Als alle Bilder verladen sind, kommt ein sehr altes, sehr lautes Fahrzeug um die Ecke gebogen, drängelt sich an dem Range Rover vorbei und biegt in die Hofeinfahrt.

Aus der Tür des winzigen Renault 5 steigen Maya, Matilda und hinterher eine schwanzwedelnde Lea. Die kleine Hündin springt auf Alex zu, schüttelt ihren nassen Körper einmal kräftig und schleckt ihm quer übers Gesicht, als er sich zu ihr hinunterbeugt.

Unter Mayas Arm klemmt ein langes Brot in einer weißen Papiertüte, ihre Leggins sind voller Sand und ihr rotes Haar zerzaust. Ihre Wangen sind rosa und ihr Gesicht entspannt. Vorsichtig streicht sie sich mit der verbundenen Hand übers Haar.

Mit einem Lächeln erklärt sie, dass Lea zwar in den Renault 5 ihrer Großmutter gepieselt und ein noch größeres Geschäft ins Foyer des Hotels gesetzt habe, Maschas Hochzeitskleid aber offiziell ausgeliefert und sie wieder ein freier Mensch sei. Als Maya sieht, wie Miguel gerade ein riesiges Laken über die Leinwände legt und das Ganze mit Spanngurten sichert, runzelt sie die Stirn. Sie wechselt einige spanische Sätze mit Miguel und Antonio, die Alex nicht versteht.

Dann blickt sie zu Alex und öffnet den Mund. Nur, um ihn gleich wieder zu schließen. Stattdessen geht sie auf die Knie, um sich ebenfalls neben Lea zu hocken und über das nasse Fell des Welpen zu streicheln. Einige Zeit lang sagt sie nichts. So lange, bis ihr Bruder und Miguel wieder mit dem Befestigen der Bilder auf der Ladefläche beschäftigt sind.

Erst dann hebt sie den Blick von Leas Kopf zu Alex. »Danke«, sagt sie leise.

Noch einmal schaut sie zu Antonio. Wahrscheinlich, um sicherzugehen, dass ihr Bruder nicht wieder irgendetwas interpretiert, wo es Mayas Meinung nach gar nichts zu interpretieren gibt.

Der lacht allerdings gerade über etwas, was Miguel erzählt. Ein leichter, milder Wind rauscht durch die Blätter, nimmt einige von ihnen mit hinunter in die Einfahrt und bringt einen Geruch nach Shampoo und Duschgel und Maya mit sich. Alex atmet tief ein und lächelt.

Hier haben sie schon einmal gehockt, vierzehn oder fünfzehn Jahre zuvor auf ihrer ersten und einzigen Reise zusammen. Die alte hellblaue Bank in der Einfahrt sieht in der Zwischenzeit verwittert aus, der Efeu wächst wild an der niedrigen Gartenmauer, und sicher würde ein neuer Anstrich der rosa Fassade guttun.

Doch das Wichtigste hat sich nicht verändert, denkt Alex und sieht auf Mayas Mund, ihre rotbraunen Augen und das vom leichten Wind aufgewirbelte Haar. Obwohl er versucht hat, dass es sich verändert und am besten sogar verschwindet. Die Vertrautheit zwischen ihnen und die Gewissheit, dass alles gut und richtig werden könnte. Wenn sie nur zusammen sind. Wenn er ihr Zeit gibt und gleichzeitig an seiner vorsichtigen, doch klaren Hoffnung festhält, dass sie irgendwie zusammengehören.

Maya erwidert seinen Blick und sein Lächeln.

»Ohne dich würde ich jetzt ganz schön in der Scheiße sitzen, weißt du das? In einer Scheiße aus Tüll und Seide zwar, aber das hätte es nicht viel besser gemacht. Für einen Abonnenten von *Gefiederte Welt* bist du auf jeden Fall ziemlich einfallsreich.«

Alex hebt einen imaginären Hut und bedankt sich und fühlt plötzlich, dass heute ein ganz und gar guter Tag wird. Okay, er hat kaum geschlafen, weil er die Näherinnen und George noch nach

Bilbao gefahren hat und deshalb die halbe Nacht E-Mails von Mitarbeitern, Kunden und Dienstleistern beantworten musste.

Doch er fühlt sich im Aufwind. So, als ob der heute fast lauwarme Wind ihn unter den Armen packt und ihn in die Lüfte dieses sonnigen Tages zieht.

Als er einige Stunden später in einem schicken hellgrauen Anzug bei einem Herrenausstatter im Zentrum Bilbaos steht, kann er noch immer nicht vergessen, wie Maya ihn über den Kopf ihres Hundes hinweg angesehen hat. Selbst als der winzige Verkäufer mit den Lackschuhen und den roten Hosenträgern ihm die unverschämt hohe Summe nennt, die der Anzug kosten soll, wirft er seine Kreditkarte fast über die Theke, so euphorisch fühlt er sich.

Diese Euphorie trägt ihn durch den Tag. Durch die bunten Straßen Bilbaos, durch kleine Bars, die George ihnen zeigt, nachdem sich auch Antonio einen Anzug gekauft hat. Deren Theken sind voller *pintxos,* und sie riechen nach süßem Apfelwein. Über die großen und kleinen Plätze, umgeben von dieser seltsam eckigen, doch hinreißenden baskischen Sprache auf Plakaten und Schildern.

Den Bauch voller baskischer Delikatessen und der Puls ein wenig zu hoch wegen zu vieler *cortados,* sitzt er nun neben Antonio in dessen VW-Bus und fährt durch die Dämmerung zurück nach Maitasuna.

Klar ist sie noch immer da, die Laura-Wunde, denkt er. Und sie schmerzt. Vielleicht mehr, als er in diesem Moment zugeben möchte. Und natürlich wird sie die nächsten Monate, vielleicht sogar die nächsten Jahre über immer wieder aufbrechen. Wenn ihm irgendwer sagt, dass sie ein Foto ihres neugeborenen Babys gepostet hat. Wenn dann vielleicht noch ein zweites folgt. All das wird wehtun, ohne Zweifel. Doch der Tag heute hat den

Schutzfilm darüber ein bisschen fester gemacht. Und je mehr dieser Tage kommen, desto dicker und undurchlässiger wird dieser.

Und diese Tage werden kommen. Morgen ist er auf eine Hochzeit eingeladen, für die er einen schicken, neuen Anzug gekauft hat. Ein Blick in seinen Mail-Account hat ihm zudem gezeigt, dass er heute Nacht sogar einige Stunden Schlaf wird genießen können. Und dann ist da noch das Lächeln, das in seinem Kopf nachhallt.

Nein. Im Moment ist alles im Fluss.

Bis er gemeinsam mit Antonio durch die Tür ins hell erleuchtete Haus tritt und in Mayas Gesicht blickt, die im Flur steht und deren Miene jetzt ganz anders aussieht als noch am Morgen. Die Brauen zusammengezogen, die Lippen aufeinandergepresst, die Nasenflügel leicht zitternd, schließt sie die Küchentür hinter sich und kommt auf ihn zu.

»Okay, Alex, du musst jetzt ganz ruhig bleiben, das musst du mir versprechen, weil sonst … also … sonst gibt es jetzt hier gleich ein Blutbad, weil … Blutbad … was red ich denn? Okay, also vielleicht solltest du dich einfach kurz setzen, aber hier ist ja gar nichts zum Setzen, oh Mann, oh Mann, oh Mann …«

Alex sieht zu Antonio, der hebt die Schultern und bewegt sich in Richtung Küchentür, doch Maya stellt sich vor ihn. »Nein, verdammt. Bleib hier. Da darfst du jetzt nicht rein, Greta hat den Typ gerade ein bisschen beruhigt und …«

»Wen denn?« Antonio versucht erneut, sich an seiner Schwester vorbeizuschieben, doch die gibt ihm zischend zu verstehen, dass er leiser reden soll.

»Yasin ist hier, und er ist sehr aufgebracht und wütend, und jetzt haben wir ihn zwar ein bisschen beruhigt, aber …«

Als er den Namen hört, versteht Alex erst nicht recht. Wer soll das sein, und warum löst irgendein Yasin so viel Panik in Maya aus?

Dann versteht er.

Yasin ist hier. Der Yasin mit den trainierten Oberarmen, mit den vielen Tätowierungen und den trendigen Mützen. Der Typ, der seine Verlobte erst verführt und dann auch noch geschwängert hat.

Und plötzlich ist es, als ob jemand das Pflaster von der eben noch angeheilt geglaubten Wunde gezogen und damit den kompletten Schutzfilm mit entfernt hat. Plötzlich sind alle Erinnerungen wieder da. Dieses »aber ich liebe dich doch gar nicht«. Der Umschlag im Briefkasten. Und natürlich: das schwarz-weiße Bild von dem Kind, das eigentlich seines sein sollte.

Aufgebracht und wütend? *Yasin* ist aufgebracht und wütend? Und zwar so sehr, dass selbst Maya geschockt wirkt. Haben sie beide die Rollen vertauscht, oder was? Mit welchem Recht? Mit welchem Recht ist er *aufgebracht und wütend?* Alex schnaubt.

Dieses Mal kann Maya die Küchentür nicht verteidigen. Mit wenigen Schritten reißt Alex die Küchentür mit so viel Kraft auf, dass sie gegen die Wand knallt, einige alte dicke Steingutteller und Schüsseln auf dem dunklen Wandregal klirren, Lea aufjault, Ralphie vor Schreck aus der Küche rennt und Yasin am Tisch zusammenzuckt.

»Wie kannst du es wagen, hier aufzutauchen?« Wieder fühlt sich Alex wie die Besetzung einer schlechten Vorabendserie. Solche Sätze sollte kein echter Mensch sagen müssen.

Doch Yasin fängt sich schnell. Er steht auf, baut sich vor Alex auf und hebt das Kinn. Seine Lider sind gerötet und seine Wangen voller schwarzer, dichter Stoppeln.

»Willst du mich verarschen? Sag mir sofort, wo sie ist, Alter!«

Anders, als die Fotos vermuten ließen, ist Yasin ein ganzes Stück kleiner als Alex, doch er hat keinen Zweifel, dass er in einem Zweikampf gegen ihn verlieren würde. Ein Zweikampf? Gott, wie ist er nur in diese Situation geraten? Yasin hebt drohend den Finger vor seine Augen. »Schau mich nicht so an, Alter, ich mein das ernst! Du sagst mir jetzt sofort, wo Laura ist, oder ich hau dir eins auf die Fresse, verstanden?!«

Alex kann seinen Schweiß riechen und fühlt, wie kleine Speicheltropfen auf seinem Gesicht landen. Er würde gerne etwas Vernünftiges sagen, aber dafür ist er schon viel zu wütend. Also geht er einen Schritt auf Yasin zu, verschränkt die Arme vor der Brust und hebt das Kinn ein wenig. Eine passende Antwort. Er braucht eine passende Antwort. Aber was sagt man denn, wenn man gerade bedroht wurde, gleich *eins auf die Fresse zu kriegen*?

»Okay, Freunde, ich würde sagen, dass wir uns jetzt alle mal ein bisschen beruhigen.« Maya versucht, sich zwischen die Männer zu schieben, bleibt aber erfolglos. Alex ist es, der sie vorsichtig, aber bestimmt zur Seite schiebt, ohne sie anzusehen. Sein Blick ist fixiert auf Yasin, den er jetzt mit erhobenem Kinn, mit zusammengekniffenen Augen und mahlendem Kiefer beobachtet.

»Du kleiner Armleuchter«, knurrt Alex und ist selbst überrascht davon, dass dieser Begriff Teil seines Wortschatzes ist.

Er füllt die verbliebene kleine Lücke zwischen sich und dem jungen Mann, sieht auf ihn hinunter und hat kurz, ganz kurz den Impuls, die geballte Faust zu heben, auszuholen, sie von schräg oben direkt auf sein Gesicht zu schmettern und etwas kaputt zu machen, egal was, egal wie viel, egal mit welchen Konsequenzen.

Doch er hält inne.

Sehe ich gerade so aus wie er?, fragt er sich. *Sind auch meine Augen so voller Wut und Hass? Ist mein Gehirn so vernebelt von all dem Destruktiven, sodass ich nur Zerstörung will? Stehe ich wirklich hier in dieser idyllischen, kleinen Küche mit den karierten Geschirrtüchern und will mich prügeln?*

Plötzlich sieht er nicht mehr wie durch einen kleinen Tunnel nur Yasin und die Wut.

Da ist auch Greta, die anscheinend bis eben noch mit Yasin am

Küchentisch gesessen hat und von dort aus zu ihnen aufschaut. Da ist Antonio, der mit verschränkten Armen im Türrahmen steht und seinem finsteren Blick nach zu urteilen sofort bereit wäre, seinem Freund zu Hilfe zu eilen. Da ist sicher auch Matilda, die irgendwo im Haus etwas spielt und nichts ahnt von all dem Drama hier.

Und da ist Maya. Die besorgt aussieht und hilflos. Er denkt über das Gespräch nach, das sie vor einigen Tagen geführt haben. Das über Entscheidungen, vor allem die impulsiven, und er bemerkt, dass er sich selbst widersprechen muss: Manchmal ist das Leben doch ein bisschen wie ein Automat, in den man eine Entscheidung hineinwirft und das gewünschte Ergebnis unten auf einen wartet.

Und die Entscheidung, jetzt zuzuschlagen, ohne Wissen, ohne Abwägen – jedes mögliche Ergebnis davon wäre einfach nur schlecht.

Da ist auch noch kurz, eine Millisekunde nur, die Frage, was sein Vater oder auch sein Stiefvater getan hätten. Und plötzlich ist Alex froh. Froh, nicht so wie sie zu sein. Kein *ganzer Kerl,* der Vögel abschießt, statt sie zu beobachten. Und der sich in einem Netz aus Vorstellungen darüber verstrickt hat, wie ein Mann zu sein hat, ohne zu sehen, welche Konsequenzen sein Handeln für alle anderen nach sich zieht.

Er tritt einen Schritt zurück, fühlt, wie seine Muskeln sich weiten, wie sein Gesicht sich entspannt und er zum ersten Mal darüber nachdenkt, was hier eigentlich gerade passiert.

Alex schluckt und räuspert sich, um auch noch den letzten Rest Wut die Kehle hinunterzudrängen. »Ich würde sagen, wir setzen uns ins Wohnzimmer und reden.«

Yasin sieht ihn an. Verwirrt, aber mit noch immer geweiteten Nasenflügeln und Fäusten, die unter der olivfarbenen Haut fast weiß sind vor Anspannung. Kurz denkt Alex, dass er doch noch einen Schlag kassieren könnte. Doch dann entspannt sich auch Yasins Körper, und er sieht einfach traurig aus. Traurig und sehr, sehr müde.

Im Wohnzimmer lässt er sich auf das zusammengeklappte Schlafsofa fallen und reibt sich immer wieder mit den Händen über die Augen. Das Zimmer liegt im Halbdunkel, nur erleuchtet von der kleinen Stehlampe mit geblümtem Lampenschirm am bodentiefen Fenster.

Alex hat aus der Küche eine Kanne Tee mitgebracht und schenkt ihnen beiden eine Tasse voll ein. Der Geruch nach Kamille scheint sehr fehl am Platz. Doch Alex ging davon aus, dass Yasin jetzt etwas Beruhigendes braucht.

»Laura ist echt nicht hier, oder?«, sagt Yasin schließlich und reibt sich mit den Händen übers Gesicht. Zwischen ihnen beiden ist ein bisschen Platz auf dem breiten, durchgesessenen Sofa. Aber für Alex nicht einmal ansatzweise genug.

Alex schüttelt den Kopf. »Das letzte Mal, als ich mit ihr gesprochen habe, war sie deine neue, schwangere Freundin und meine Ex-Verlobte. Und daran hat sich meines Wissens auch nichts geändert.«

Yasin ist auf irgendeinen Punkt am Ende des Raumes konzentriert, schüttelt den Kopf, erst langsam, dann schnell. Plötzlich nickt er und dreht sich zu Alex. »Doch, mein Freund«, sagt er, und seine großen, braunen Augen füllen sich mit Tränen, »daran hat sich was geändert. Laura ist weg.«

»Wie weg?«

Yasin hebt und senkt die Schultern. »Na, am Donnerstag war sie noch da, und dann ist sie plötzlich verschwunden. Ich hab bei ihr zu Hause geklingelt, hab sie angerufen und bin am Ende sogar zu ihr in die Firma gegangen. Da hab ich einen ziemlich peinlichen Auftritt in der Empfangshalle hingelegt …« Er reibt sich erneut mit den Händen über die Augen, als könne er die Szene damit wegwischen. »Irgendwann ist dann eine wirklich nette Mitarbeiterin von ihr in die Halle gekommen und hat mit mir geredet. Sie konnte mir auch nicht sagen, wo Laura ist. Ich glaub, ich hab ihr leidgetan. Auf jeden Fall ist sie am Ende mit mir vor die Tür gegangen, wo uns niemand hören konnte. Und dort … dort hat sie mir dann von dir erzählt.«

Alex hebt die Brauen. »Was meinst du denn mit: *von mir erzählt?* Was gab es denn da zu erzählen?«

Yasin legt den Kopf auf die Rückenlehne des Sofas und dreht ihn zu Alex. Jedes seiner Worte kostet ihn viel Kraft. Er schüttelt langsam den Kopf.

»Die Frau war total überrascht, als ich ihr erklärt hab, dass ich Lauras Freund bin. Was ja an sich voll okay ist, weil das mit uns ja ziemlich frisch ist und so und Laura das noch nicht an die große Glocke hängen wollte. Aber dann hat die Frau angefangen rumzustottern. Hat gesagt, dass sie sich da nicht einmischen darf und so, aber dass du wahrscheinlich bei mir bist. Bei ihrem *Verlobten.*«

Er sagt das Wort, als hätte er es aus sehr viel Ekel und noch mehr Wut geformt. Alex antwortet nicht, weil er nicht ganz sicher ist, wohin sich die Geschichte jetzt entwickeln wird, und noch weniger, was er gerade denkt. Also nickt er nur, damit Yasin fortfährt. Der atmet aus und fährt sich mit der Hand erneut übers Gesicht.

»Ich hab gewusst, dass es dich gibt. Dass ich nicht zu Laura nach Hause kann, weil dieser Alex noch da ist …«

»Dieser Alex?«

Alex schluckt. Hat Laura ihn so genannt? Hat sie ihn als *diesen Alex* bezeichnet?

»Ja, Alex, Lauras Ex-Freund, der immer noch nicht aus der Wohnung ausgezogen ist. Der mit ihren Freunden befreundet ist und der Liebling ihrer Familie, weswegen ich die alle noch nicht kennenlernen durfte. Alter, dass du ihr Verlobter bist … oder warst … das hat eingeschlagen wie eine Bombe. Ich meine, wir kriegen ein Kind zusammen, und plötzlich haut sie einfach ab, und einen Verlobten hat sie auch noch. Ich weiß noch nicht einmal … ist das jetzt mein Kind, verdammt? Sie hat mir schließlich noch nicht mal selbst davon erzählt. Stattdessen hab ich die Ultraschallbilder in ihrer Tasche gefunden.«

Alex weiß, dass es das ist. Es ist Yasins Kind, und eigentlich sollte er ihm das sagen. Doch er ist noch immer zu geschockt. Wollte Laura ihn schon seit Monaten verlassen? Warum dann das mit der Hochzeit? Wo ist sie jetzt? Und warum ist Yasin hier?

»Und woher hast du gewusst, wo ich bin?«

Yasin sieht ihm kurz in die Augen und dann auf den Boden. Kein bisschen Wut liegt mehr in seinem Blick.

»Na ja, ich will niemanden in Schwierigkeiten bringen … aber ich hab dich unter Lauras Followern auf Instagram gesucht. Fotos hat sie ja kaum welche von sich, und von dir gar keins. Auf deinem Profilbild seid aber ihr beide drauf. Das war erst mal ein echter Schock. Aber zumindest hatte ich dann deinen vollständigen Namen. Rauszufinden, wo du arbeitest, war einfach.

Auf jeden Fall hab ich bei dir in der Firma angerufen. Ich hab so getan, als ob ich ein Freund von früher wäre, und gefragt, ob ich deine private Nummer bekommen kann. Die haben sie mir natürlich nicht gegeben, also hab ich gefragt, wann du wieder im Büro bist, und da hat der Mann am anderen Ende gesagt, dass die Geschäftsführung für die nächsten Wochen gar nicht in Berlin ist. Also …«, er holt tief Luft, »… weil der Typ am Telefon von *der Geschäftsführung* gesprochen hat, bin ich noch mal auf eure Website und hab den Namen deines Geschäftspartners rausgefunden. Anders als du hat der einen Instagram-Kanal. Das letzte Bild war ganz neu. Irgendein Omelett oder so was. Darunter stand auf jeden Fall was von *Masterchef Alex*. Außerdem hatte er den Ort hier getaggt. Also hab ich eins und eins zusammengezählt. Ich wollte dir erst eine Nachricht schreiben … aber dann … keine Ahnung … ich war so fertig … und richtig nachdenken konnte ich auch nicht … Ich wollte einfach wissen, ob Laura bei dir ist, oder … keine Ahnung, Alter. Ich bin einfach ins Flugzeug gestiegen … und nach Bilbao geflogen.«

Alex trinkt einen Schluck Tee. Reflexhaft, denn Durst hat er nicht.

»Und wie hast das Haus hier gefunden?«

Yasin schließt die Augen. »Ich hab noch mal bei dir in der Firma angerufen. Dieses Mal war irgendein Praktikant dran. Ich hab gesagt, wir wollten uns hier in Maitasuna treffen, hab aber die Adresse eures Hotels nicht und kann dich irgendwie nicht erreichen. Er hat dann kurz bei euch rumgefragt, und schon hatte ich die Adresse.«

Beide sind still, nur Eleonora ist zu hören, die fleißig den Hirsekolben in der Ecke ihres Käfigs bearbeitet.

»Du hast also gar nicht gewusst, dass wir beide verlobt sind?«

Es ist keine Frage, die Alex in die Stille des Raumes hinein stellt. Es ist eine Feststellung, die vor allem ihm selbst gewidmet ist, und er fragt sich, ob diese Tatsache das alles noch schlimmer macht.

Irgendwie schon, entscheidet er beim Blick auf Yasin. Laura hat nicht nur eine, sondern gleich zwei Personen belogen. Und verletzt. Und fallen gelassen.

»Und du hast keine Ahnung, wo sie stecken könnte?«

Yasin schüttelt heftig den Kopf und hebt gleichzeitig die Schultern, als müsse er jede mögliche Geste nutzen, um zu zeigen, wie absolut ahnungslos er sich fühlt. Wieder sitzen beide einfach da, sehen dem Dampf der Teekanne zu, während Yasin immer wieder leicht den Kopf schüttelt.

Dann schneidet jemand ein Loch in die Stille.

»Was ist denn los mit euch, ihr Trantüten?« Antonio steht im

Türrahmen. »Wir durchforsten jetzt all ihre Social-Media-Kanäle, bis wir was finden, Freunde.«

Erwartungsgemäß hatte Antonio das Ohr an die Tür gedrückt und ihr Gespräch verfolgt. Die Hände in die Hüften gestemmt verdreht er die Augen, um zu zeigen, wie unverständlich er die Tatsache findet, dass die beiden nicht von allein darauf gekommen sind.

»Das ist die einzig richtige Vorgehensweise.« Greta steht nickend neben ihnen und verschränkt die Arme.

Sie verlässt das Zimmer und kommt mit einem Laptop wieder, dessen silberne Hülle fast vollständig von bunten Aufklebern bedeckt ist. Sie stellt ihn auf den Couchtisch und drängt sich zwischen die beiden Männer, wodurch Alex auf die Sofalehne rutschen muss. Mit einem leichten Surren fährt das Gerät hoch. Antonio hat inzwischen eine Schüssel Chips aus der Küche geholt, die er neben den Laptop stellt.

»Rutsch mal!«, sagt er und drückt Alex ein Stück in Richtung Sofaende, steckt sich einen Tortillachip in den Mund und reibt sich dann unter lautem Knuspern die Hände. »Ich bin echt gespannt, was die liebe Laura sich da geleistet hat … also nichts für ungut, ihr beiden, aber ihr müsst schon zugeben, dass das 'ne echt spannende Story ist … Kann man sich kaum ausdenken so was. Also, was machen wir zuerst?«

Er schiebt die Schüssel zu Greta rüber. »Noch mal Instagram.«

Alex sieht aus dem Augenwinkel, wie sich Maya langsam nähert und über Yasins Schulter auf den Laptop blickt. Doch wie Yasin gesagt hat, ist auf Lauras Facebook-Profil kaum was Persönliches zu finden. Einige sehr alte Bilder mit Freundinnen. Vor allem aber viele Fotos, die Laura mit Produkten des Kosmetikunternehmens ihrer Familie zeigen. Überall ist *SkinLust* verlinkt. Ähnlich erfolglos ist ihre Suche auf Instagram.

Plötzlich ist es, als ob Alex aufwacht aus seiner Trance. Warum sind die sozialen Medien eigentlich ihre erste Anlaufstelle? Warum nicht das tun, was am nächsten liegt? Laura hat seine Nummer geblockt, sodass er sie nicht anrufen kann. Ihre Schwester aber hat das nicht getan. Ebenso wenig Lauras Eltern. Er hat seit der Trennung nicht mit ihnen gesprochen. Ob sie überhaupt wissen, dass die Hochzeit gar nicht stattfindet? Alex nimmt sein Telefon zur Hand und verlässt den Raum. Die anderen rufen ihm etwas hinterher. Doch er kann nicht antworten, weil er Angst hat, dass ihn sonst der Mut verlässt.

Lauras Schwester Alexandra meldet sich nach dem ersten Klingeln. Es ist kein sehr langes Gespräch. Alexandra benötigt nur einige Minuten, um die Lage zusammenzufassen. Als Alex wieder auflegt, fühlt sich das Handy in seiner Hand eiskalt an. Er betritt das Wohnzimmer, in dem sich noch immer alle Augen auf den erleuchteten Bildschirm richten. Bis Maya zu Alex schaut.

»Alles okay?«, fragt sie leise.

Alex nickt. Dann schüttelt er den Kopf. Denn ob alles okay ist, kommt auf die Perspektive an. Aus seiner eher nicht. Aus Yasins … schon. Irgendwie.

Also fasst er kurz zusammen, was Lauras Schwester ihm erzählt hat.

Als er fertig ist, steht Antonio auf und legt ihm die Hand auf die Schulter. Doch Alex schüttelt sie ab, dreht sich weg und hat plötzlich genug von all den Menschen und von der ganzen Geschichte, die er da eben erzählt hat. Er braucht frische Luft, Ruhe, Abstand von Yasins traurigen Augen. Yasins unberechtigt traurigen Augen, fügt er in Gedanken hinzu. Bevor die Laura-Wunde wieder völlig offen, empfänglich für Keime und Entzündungen ist.

Er verlässt das Zimmer, vorbei an Maya, die kurz aussieht, als wolle sie etwas sagen, und aus der Tür in die kühle Nachtluft hinaus. Mit verkrampften Schritten läuft er von dem kleinen Hof auf die schmale Straße hinunter in Richtung Ort, vorbei an hell erleuchteten Fenstern, gut besuchten Bars und direkt an den kleinen Strand von Maitasuna.

Alex steht allein im feuchten Sand. Wäre er im Hier und Jetzt, würde er hören, dass man gar nichts hört. Keine Möwe, keine Menschen, sogar fast keinen Wellenschlag. Nur absolute Harmonie und Ruhe.

Doch das kann er nicht, weil in seinem Kopf unzählige wütende Gedanken ihre Kreise drehen, sich um sich selbst katapultieren, gegeneinanderprallen und doch nicht auf dieselbe Mitte treffen. Denn das alles ergibt keinen Sinn.

Mit einer winzigen, kaum sichtbaren Bewegung schüttelt Alex kurz den Kopf und hält inne. Jetzt ist die Stille auch zu ihm durchgedrungen. Die Stille und mit ihr klar definierte Buchstaben, Wörter, Fakten.

Fakt Nummer 1: Alex hatte gehofft, dass Laura sich alles anders überlegt hatte. Dass sie die Entscheidung, ihn verlassen zu haben, bereute. Und dass sie nicht mit Yasin zusammen sein wollte. Egal, von wem das Baby ist. Er hatte es gehofft, nicht, weil er sie so sehr vermisste. Denn das tat er nicht. Er hatte es gehofft, weil das sein Selbstwertgefühl und seine Welt wieder ein bisschen in Ordnung gebracht hätte.

Fakt Nummer 2: So ist es nicht gekommen. Laura liebt Yasin. Laura will mit Yasin zusammen sein. Doch Laura ist abgehauen, weil ihre Eltern keinen Schwiegersohn mit »Migrationshintergrund« wollen. Lauras Schwester hat das Ganze mit viel mehr Worten ausgeschmückt. Doch letztlich ist das die Zusammenfassung. Auf Grundlage derer Laura abgehauen und in das Haus ihrer Eltern auf Mallorca geflohen ist. *Um den Kopf freizukriegen*, wie ihre Schwester sich ausgedrückt hat. Keine sehr effektive Flucht. Aber eigentlich wollte sie ja auch nicht wirklich flüchten. Eigentlich wollte sie einfach rebellieren und ihre Eltern in Sorge versetzen.

Fakt Nummer 3: Alex hat keine Ahnung, was er gerade fühlt. Vor allem nicht für Laura. Er reibt sich mit kribbelnden Händen über die Augen, lässt sie wieder sinken und starrt eine Weile vor sich hin aufs Meer. Nur ein einziges Gefühl ist klar vorhanden. Das Gefühl absoluter Wertlosigkeit. Und Scham. So stark ist die Scham, dass er sich wünscht, zu zergehen, sich aufzulösen, sodass nur noch ein feuchter Fleck auf dem nassen Sand übrig bleibt, der von den Wellen ins Meer hinausgespült wird.

Plötzlich wird er von zwei nassen Pfoten auf den Unterschenkeln überrascht.

»Lea, du verrücktes Vieh!«

Alex dreht sich um und sieht, wie Maya durch den Sand watet und vor ihm stehen bleibt. Schnell atmend wischt sie sich über die Stirn und muss sich kurz mit den Händen auf die Oberschenkel stützen.

»Ich wollte sie eigentlich nur in den Garten lassen, aber dann ist sie losgerannt, immer weiter, und jetzt weiß ich auch, wohin sie wollte.«

Maya geht noch einen Schritt auf Alex zu und verschränkt fröstelnd die Arme vor der Brust. Das warme Licht der Laternen von der kleinen Straße oberhalb des Strands beleuchtet ihr Gesicht ein wenig, sodass Alex ein vorsichtiges Lächeln erkennen kann.

»Also, wenn du willst, geh ich wieder hoch zu den anderen.«

Er schüttelt den Kopf.

»Oder«, Mayas Lächeln wird noch ein wenig breiter, »wir gehen in irgendeine Bar und brainstormen, welche Foltermethoden für die liebe Laura jetzt angebracht wären.«

Wenig später sitzen sie an einem Tisch im Außenbereich einer Bar am Ortsende. In die Bar mit den hervorragenden *pintxos* wollte Maya nicht. Stattdessen sitzen sie einander auf silbernen Metallstühlen gegenüber und unter dem warmen Licht einiger Lichterketten, die zwischen fast kahlen Bäumen des Außenbereichs der Bar gespannt hängen, beide mit einer Fleecedecke auf den Beinen.

Aus dem Stimmengewirr fischt Alex immer wieder kleine Wortbrocken auf Deutsch heraus. Was er auf die sicher zahlreichen Gäste zurückführt, die schon für Maschas Hochzeit angereist sind. Ein älterer Herr steht auf und kommt an den Tisch, um Maya zu begrüßen. Die wechselt einige Worte mit ihm, versucht das Gespräch aber offensichtlich kurz zu halten. Dann treten zwei Frauen in ihrem Alter an den Tisch, geben Maya einen Kuss auf jede Wange und machen einiges Aufhebens um sie.

Klar, denkt Alex. Das hier ist Mayas zweite Heimat. Zumindest war sie das einmal. Vielleicht sollte er wieder nach Hause gehen und sie ihren Erinnerungen und ganz dem wunderschönen Ort hier überlassen. Ihr nicht zur Last fallen. Doch da hat Maya auch dieses Gespräch beendet und dreht sich zu Alex.

»Sorry, aber ich hab die Leute hier echt schon ewig nicht mehr gesehen, und ein Gespräch mit Spaniern kurz zu halten ist eine echte Herausforderung. Aber das ist jetzt auch egal, denn … na ja … Ich habe echt gedacht, dass mein dramatisches Leben gerade keiner übertreffen kann.«

Maya lächelt und fängt den Blick auf, den Alex eigentlich ganz tief in seinem Bierglas hat ertränken wollen. »Aber das mit Laura ist wirklich … puh …«

Alex nickt. »Das trifft es.«

Maya versucht sich an einem weiteren vorsichtigen Lächeln, und Alex merkt, wie er es erwidert. Dass er mit niemand anderem gerade lieber hier sitzen würde, das bemerkt er auch. Was grotesk ist. Also mit einer Ex-Freundin über eine Ex-Verlobte zu sprechen und sich dabei auch noch ganz okay zu fühlen. Doch hier, gegenüber von Maya vor der winzigen Bar, ist der Wunsch des Zerfließenwollens-vor-Scham plötzlich nicht mehr so groß.

Maya lehnt sich auf dem harten Metallstuhl zurück, die Hände unter den Oberschenkeln, und sieht ihm in die Augen. »Da gibt es nur eine Sache, die für mich irgendwie noch nicht ganz klar ist«, sie schluckt, »wessen Kind ist das denn nun eigentlich?«

Maya hält seinem Blick stand, und kurz sieht es so aus, als wolle sie die Hand heben. Um was zu tun?

Alex sollte das nicht hoffen, weil es wirklich unpassend ist. Aber er wünscht sich, dass sie die Hand heben und ihm übers Gesicht streicheln will. Ihr Schweigen wirft ihn zurück an den metallenen Tisch und direkt in den Inhalt der Frage hinein, die er eigentlich nicht beantworten möchte. Ihr scheint die Stille genauso unangenehm zu sein wie ihm. Deshalb spricht sie weiter. »Ich weiß nicht genau, wie ich das jetzt ausrücken soll. Aber, soweit ich weiß, kann man bei einem so kleinen Fötus ja kaum feststellen, wer der Vater ist. Könntest deshalb nicht genausogut du …«

Alex schließt die Augen und schüttelt den Kopf. »Könnte ich nicht.«

Er öffnet die Lider wieder. Ganz langsam, weil er ihren Gesichtsausdruck eigentlich nicht sehen will.

»Zwischen uns war es schon eine Zeit lang nicht unbedingt, na ja … wir waren uns nicht mehr so nah wie … also …«

»Ihr hattet keinen Sex mehr?«

Alex verzieht das Gesicht, weil es ausgesprochen noch armseliger klingt, als es sich anfühlt. Maya greift über den Tisch, drückt ihm die Hand.

»Du denkst, dass du deshalb hättest irgendwas merken sollen. Aber das stimmt nicht, verdammt. Mattias und ich haben miteinander geschlafen, aber er hatte trotzdem eine Verlobte, mit der er auch geschlafen hat, wenn man ihren sehr indiskreten Social-Media-Kanälen vertrauen kann.«

»Trotzdem fühl ich mich furchtbar …«

Maya lehnt sich noch weiter nach vorne. »Weißt du, was ich glaube? Ich habe Laura ja einige Male getroffen, als du sie zu

Antonio mitgebracht hast. Kurz nur, aber manchmal ist das genug. Und wenn ich dieses Bild mit allem anderen zusammenfüge, was ich heute Abend über sie gelernt habe, dann … na ja, dann hat das alles hier nichts mit dir zu tun. Und auch nichts mit Yasin.«

Maya lehnt sich auf ihrem Stuhl zurück und beißt auf ihrer rechten Wange herum. »Im ersten Moment könnte man denken, dass sie eine ziemliche Psychopathin ist. Die perfekte Schurkin in dem ganzen Dilemma. Auf den zweiten Blick ist das Ganze aber viel, viel weniger komplex. Auf den zweiten Blick ist Laura einfach eine sehr unsichere junge Frau, die keine Ahnung hat, was sie will. Und die aus einer ziemlich gestörten Familie kommt, wenn du mich fragst. *Keinen Schwiegersohn mit Migrationshintergrund.* Und ich reg mich über meine pingelige Mutter auf.« Maya schüttelt den Kopf. »Damit will ich Laura nicht in Schutz nehmen, echt nicht. Aber das hört sich ziemlich übel an. Eigentlich ist das auch alles völlig egal. Wichtig ist nur eines: Mit dir …«

Sie zeigt auf Alex, hebt nun doch die Hand und streicht ihm lächelnd über die Wange, während sie den Kopf schüttelt. »Mit dir hat das gar nichts zu tun. Du hattest das Pech, ins Raster des akzeptablen Schwiegersohns zu passen. Eine sichere Bank, verstehst du?«

Das war nicht das, was Alex hören wollte. Denn da war es wieder: eine sichere Bank. Na toll. Maya scheint seinen Unmut zu fühlen. »Sieh mich nicht so an! Damit hat sie natürlich unrecht, du Blödmann. Du bist keine sichere Bank. Du bist … Alex.«

»Aber du hast das doch selbst gesagt, wenn ich mich recht erinnere …«

Maya verdreht die Augen. »Damit wollte ich nur wiedergeben, was Laura vielleicht gedacht haben könnte, verdammt. Betonung auf *könnte*, denn vielleicht ist sie ja doch nur eine durchgeknallte Nymphomanin.«

»Das mein ich nicht.«

Alex ist nicht sicher, ob er weitersprechen will.

Maya lehnt sich ein Stück zurück und runzelt die Stirn. »Da musst du mir jetzt aber auf die Sprünge helfen …«

Vorsichtig legt sich Alex jedes Wort im Kopf zurecht, verwirft alles wieder. Egal, wie er seine Worte dreht und wendet – das, was er sagen will, hört sich lächerlich nachtragend an.

»Jetzt sag schon.« Maya zieht die Ärmel ihres grauen Hoodies über die Hände und trinkt einen Schluck ihrer Cola.

»Na gut, also …«, sagt Alex und atmet aus, rutscht auf seinem Stuhl hin und her, beschließt dann aber, dass er das jetzt einfach aussprechen wird. Egal, ob lächerlich oder nicht. Das, was ihn schon seit so vielen Jahren beschäftigt. Und das, was sich in sein Selbstbild eingefressen hat wie Rost in altes, zerschlissenes Metall. Er räuspert sich und setzt sich gerade hin, senkt den Blick erst, hebt ihn dann wieder, um Maya fest in die Augen zu sehen.

»Damals in dem Sommer, als wir uns getrennt haben … also, eigentlich, als du dich von mir getrennt hast … da hast du was ganz Ähnliches zu mir gesagt. Dass du was erleben wolltest und dass ich zwar perfekt sei, aber eben nicht für dich … Na ja, oder so ähnlich.« Er kratzt sich am Kopf und entscheidet für die Zukunft, dass es immer eine schlechte Idee ist, etwas laut auszusprechen, was sich schon im Kopf wie eine ziemlich peinliche Nummer anhört. Vor allem, weil Mayas Augen plötzlich sehr traurig aussehen. Und ihr Körper so, als sei er ein wenig geschrumpft.

»Sorry, Maya … ich weiß echt nicht, warum ich das gesagt habe. Das ist schon so lange her und hat überhaupt nichts mit dem hier zu tun.« Dieses Mal ist es Alex, der über den Tisch greift, um Mayas Hand zu nehmen. Sie schüttelt den Kopf, zieht die Finger zurück und setzt sich darauf.

»Du musst dich nicht entschuldigen.« Sie runzelt die Stirn, die Augen geschlossen. Es sieht so aus, als würde sie gerade sehr starke, sehr reale Schmerzen empfinden. Mit einem Ausatmen sieht sie Alex an und schüttelt langsam den Kopf. »Du musst dich nicht entschuldigen«, wiederholt sie und blinzelt mehrmals. »Denn das alles hatte so wenig mit dir zu tun … Das glaubst du gar nicht, wie wenig.«

Alex sieht sie an und nickt langsam. Sagen möchte er nichts. Weil er befürchtet, sie durch ein falsches Wort am Weitersprechen zu hindern. Maya schweigt einen Moment, als die Kellnerin kommt und den Nebentisch mit mehreren Tellern hoch aufgeschichteter Häppchen beliefert, was die deutschen Gäste kurz zum bewundernden Schweigen bringt.

Sie redet erst weiter, als die Kellnerin ihnen *»buen provecho«* gewünscht hat und die jungen Deutschen wieder zu sprechen beginnen.

Kurz hebt Maya den Kopf und sieht hinauf und an den Lichterketten vorbei in den Himmel. Dann atmet sie aus und lächelt Alex an. Sehr traurig und ein bisschen ängstlich.

»Ich weiß nicht, ob du dich noch gut an diesen Sommer erinnern kannst. Also, bis auf die Trennung, meine ich … In diesem Sommer, also noch bevor ich das zu dir gesagt habe, war ich hier. Hier in Maitasuna, allein mit Papa. Antonio musste ja bei Mama in Berlin bleiben, weil er seine mündliche Abiprüfung in Englisch wiederholen musste. Und du warst auf Rügen mit deiner Familie. Es war schön ganz allein hier, wirklich schön …«

Sie hält kurz inne und blickt zu den Deutschen rüber, als würde sie sich an deren Tisch und in deren Konversation über die Vorteile von wasserfester Sonnencreme wünschen. Doch sie dreht sich wieder zu Alex und kaut auf ihrem Daumennagel. Nur, um sich dann wieder auf ihre Hand zu setzen.

»Ich habe gemalt und genäht und gebadet, so wie jedes Jahr. Bis Papa plötzlich komisch wurde. Vielleicht wusste ich schon, warum, aber irgendwie wollte ich das nicht wahrhaben. Schließlich hatte er seit so vielen Jahren nichts mehr getrunken. Doch dann habe ich in Abuelas großem Wäscheschrank im Flur nach einer dünneren Bettdecke gesucht, und da ist mir fast eine leere Flasche Gin auf den Kopf gefallen. Als ich die Laken weggeräumt habe, waren da noch drei Flaschen. Ich konnte das nicht glauben. Wirklich nicht. Denn ich war ja ganz allein mit ihm und …«

Maya sieht in Alex' fragendes Gesicht und blinzelt. »Du weißt das gar nicht … das mit Papa, oder?«

Alex schüttelt den Kopf.

»Er war Alkoholiker. Also, seit Antonio und ich ungefähr zwölf waren, eigentlich trockener Alkoholiker. Aber an die Zeit davor konnte ich mich noch sehr gut erinnern, deshalb war das ein riesiger Schock. Also, die Flaschen im Schrank zu finden, mein ich. Und noch dazu alleine hier zu sein mit Papa.«

Kurz weiß Alex nicht, was er sagen soll. Er schließt den Mund und überlegt, ob da irgendwelche Anzeichen waren. Klar, Antonios und Mayas Vater war ein verrückter Typ. Aber ein liebenswürdiger, der seine Kinder vergöttert hat. Und den Alex tausend Mal seinem eigenen Stiefvater vorgezogen hätte.

»Und … und wie war es davor? Also, als er noch getrunken hat?«

Langsam senkt Maya die Schultern und blickt in ihr Glas. »Na ja, ich würde mal sagen, dass ich das keinem Kind wünsche.«

Ihre Mundwinkel zeigen nach unten. So als würde man eine Orangenscheibe umdrehen. »Jedes Weihnachten, jedes Ostern, an jedem Todestag seines Vaters … immer war Papa betrunken. Was für Antonio und mich bedeutete, dass wir auf ihn ›aufpassen‹ durften. Mama musste ja in den Laden. Und wenn wir nicht wollten, dass er betrunken mit dem Auto durch Berlin fuhr oder sich in irgendeinem Hotelzimmer einschloss, für das wir damals wirklich nicht das Geld hatten, oder beschloss, bei minus fünfzehn Grad unter irgendeiner Brücke ein Nickerchen zu machen, oder ihn die Polizei nach Hause bringen sollte, weil er in irgendeiner Bar randaliert hatte – dann mussten wir auf ihn aufpassen.

Also meldete Mama uns krank in der Schule. Wir versteckten den Haustürschlüssel, saßen mit ihm auf dem Sofa und redeten stundenlang auf ihn ein. Mama übernahm meistens die Nachtschicht, suchte nach versteckten Flaschen, drohte und bettelte, dass er doch bitte aufhören solle … und wenn wir Glück hatten, wenn wir uns nicht durch irgendeine Unaufmerksamkeit oder durch Dinge wie die Drohung, er würde sonst aus dem Fenster springen, den Schlüssel abnehmen ließen und er uns entwischte … dann war die Sache innerhalb weniger Tage ausgestanden.«

Maya hebt ihr Glas, sieht es an, stellt es wieder ab und dreht es mehrere Male. »Und irgendwann klingelte es dann an der Tür. Es war Montagmittag, Mama war im Laden, und Antonio und ich waren gerade vom Schulschwimmen zurückgekommen und wärmten irgendein Fertiggericht auf. Da standen zwei Männer in Polizeiuniform. Ich hörte kaum, was sie sagten, so aufgeregt war ich. Sie fragten nach Mama, und natürlich liefen wir ihnen hinterher, als sie die Treppe hinunter in ihren Laden gingen.«

Dieses Mal nimmt sie das Glas in die Hand, trinkt mehrere große Schlucke und wischt sich langsam mit der Hand über den Mund. Alex kann nicht aufhören, sie anzustarren. Er ist seit fast zwanzig Jahren mit Antonio befreundet und erfährt erst jetzt, dass sein bester Freund das erlebt hat, was man nur als *traumatische Kindheit* bezeichnen kann. Na ja. Und Maya natürlich auch.

»Papas linkes Bein war gebrochen, genauso sein Schlüsselbein und sein rechtes Handgelenk. Sein Schultergelenk war gesprengt, er hatte sich die Zunge durchgebissen und war nach einem Schädel-Hirn-Trauma noch immer bewusstlos. Er hatte es geschafft. Die ultimative Selbstzerstörung. Leider hatte er dabei gleich mehrere Personen mit in den Abgrund gezogen.«

Sie schüttelt den Kopf. »Natürlich wussten wir, dass er wieder trinkt. Aber wir hatten an dem Tag vorm Schwimmen noch eine Klassenarbeit in Mathe, und da konnten wir morgens in der Schule nicht fehlen. Mama muss vergessen haben, die Tür ab- und ihn einzusperren, und weil er die Autoschlüssel nicht fand, war er eben einfach mit dem Fahrrad losgefahren, um sich bei Penny Alkohol zu besorgen. Ohne Helm natürlich und so sturzbetrunken, dass er nur bis zur Barbarossastraße kam, wo er einfach vom Fußweg auf einen Zebrastreifen fuhr und von einer jungen, hochschwangeren Frau mit dem Auto überfahren wurde.

Die arme Frau lag mit ihm im Krankenhaus, weil sie sich irgendwas am Nacken getan hatte. Na ja, und weil sie ja wie gesagt hochschwanger war und man sie im Auge behalten wollte.«

»Das hab ich nicht gewusst … also nichts davon …« Alex sieht direkt in Mayas Augen. Eigentlich will er aufspringen und sie in die Arme nehmen. Sie und die kleine Maya von damals, die das alles hat mitmachen müssen. Doch stattdessen drückt er ihre beiden Hände und schnaubt. »Und ich hab euch immer beneidet, weil Alberto so witzig und cool und anders als mein Stiefvater war …«

Maya nickt. »Du warst ja damals noch nicht mal in Berlin. Und das alles war Papa ab dann ja auch. Nach dem Unfall. Ja, nach dem Unfall wurde alles anders. So, wie er es die tausend Male zuvor schon versprochen hatte. Ich hatte schon fast vergessen, dass das alles überhaupt jemals passiert war. Dass ich die Tochter eines Alkoholikers war. Aber das war ich. Und einmal Alkoholiker, immer Alkoholiker. Wie sich in besagtem Sommer rausstellen sollte.«

»Und was hast du getan?«

Maya schließt die Augen. Denn jetzt würde sie es ihm erzählen. Alles.

MAYA

Klopf, klopf, Pause. Lange Pause. Wieder ein Klopfen.

So fühlt sich mein Herzschlag an, nachdem ich mich durch Wolken von Haarspray, Parfum und den Geruch von Champagner und Kaffee zu Mascha hindurchgekämpft habe, die an einer der großen Terrassentüren des Hotelzimmers steht.

Ich würde sagen, dass mir die Worte fehlen. Aber das stimmt nicht. Es sind zu viele Worte, die mir einfallen, die zusammengemischt werden, so als wäre mein Hirn eine Schüssel, in der immer und immer wieder ein riesiger Kochlöffel seine Kreise zieht.

Stark. Schillernd. Unglaublich. So sieht sie aus.

Sie steht vor der offenen Terrassentür und lässt sich gerade mit einer jungen, dunkelhaarigen Frau fotografieren. Den dunklen Augen, der hellen Haut und der zierlichen Statur zufolge ist sie ihre Schwester. Maschas Haare aber deuten nicht mehr auf eine Verwandtschaft hin. Was sicher den Künsten der Friseurin zu verdanken ist, die mit einem kleinen Kamm einige letzte Haarpartien in Form bringt.

Dicke bunte Strähnen sind zu einem langen, geflochtenen, gedrehten und kunstvoll verwobenen Zopf gebunden, der ihr über die linke Schulter hängt. Das helle Lila, Rosa und Türkisgrün der frisch gefärbten Strähnen findet sich weiter unten in den Algen und Ranken des von mir bemalten Oberteils wieder, und plötzlich scheine ich mich an jeden Pinselstrich zu erinnern, mit dem ich auf dem Dielenboden meiner Wohnung die Muster auf den Stoff gebracht habe.

»Maya!«

Ich werde in eine nach Champagner riechende Umarmung gezogen. Innerhalb weniger Minuten hat der ganze Raum verstanden, dass ich diejenige bin, die Maschas Kleid genäht hat, und ich werde mit Fragen überhäuft.

»Hast du das hier auch gemacht?«, fragt eine große Frau mit hellblonden Haaren und einem pastellblauen Leinenkleid.

Sie zeigt auf meine Körpermitte. Ich sehe zu Greta, die ein Sektglas hebt und mir zuprostet, und muss lächeln. Mit der linken Hand streiche ich vorsichtig über das Rockteil meines Wickelkleids. Die weiße, fließende Seide ist von oben bis unten mit riesigen Rotalgen bemalt und endet in der Mitte meiner Unterschenkel, die Ballonärmel kurz vor meinen Handgelenken.

Ich räuspere mich und fahre mir mit der Hand durch mein noch immer ungewohnt kurzes Haar. »Genau, das ist bemalte Seide«, antworte ich, obwohl das gar nicht ihre Frage war.

Die Blicke all der Frauen machen mich so nervös, dass ich mich hinter Greta verstecken will, die sich gerade neben mich gestellt hat.

»Und mein Kleid auch.« Greta legt mir den Arm um die Schultern und gibt mir einen Kuss auf die Wange. Erst jetzt bemerke ich, dass sie sich ebenfalls ein Kleid aus der großen Reisetasche genommen hat. Beide Kleider habe ich vor Jahren genäht, jedoch niemals getragen. Und das hätte ich sicher auch nicht getan, hätte meine Cousine sie nicht in die Tasche gestopft.

»Sie hat mir das Kleid sogar geschenkt.«

Ich verenge die Augen und drehe mich zu Greta, die sich eine Strähne aus dem Mund zieht und mich breit anlächelt. Ihr Seidenkleid ist vom Schnitt her das Pendant zu meinem, die hellblau gefärbte Seide ist allerdings von winzigen grünblauen Seesternen übersät, die sich in Gretas Augenfarbe wiederfinden.

»Kann ich ein Foto für meinen Instagram-Account machen?«, Eine junge Frau in einem hellgelben kurzen Overall mit riesigen,

Kimono-artigen Ärmeln tritt an uns heran. Mit dem braunen Bob und dem kurzen Pony erinnert sie mich an die Hauptdarstellerin aus der *Zauberhaften Welt der Amelie*. Ihre Stimme klingt kindlich hoch, dabei ist sie sicher Mitte zwanzig.

Sofort verkrampft sich alles in mir. Ich will gerade verneinen, als Mascha sich vor mich schiebt und für mich antwortet. »Aber natürlich darfst du das, Lotta. Und vergiss nicht, Mayas Account zu verlinken. Der Name ist …«

Mascha dreht sich zu mir, neigt auffordernd den Kopf und hebt die Brauen.

»Ähhh … Mayas Märchenkleider …?«, stottere ich und drehe mich fragend zu Greta.

Die hat sofort ihr Handy gezückt, sieht kurz aufs Display und nickt dann, um mir zu bestätigen, dass es einen Namen mit diesem Account auf Instagram noch nicht gibt.

»Mit einem Unterstrich zwischen den beiden Wörtern?«, fragt die junge Frau und macht weiter Bilder von mir.

Greta tippt wie verrückt auf ihrem Telefon herum und hebt dann den Kopf. »Ganz genau, Mayas_Märchenkleider. Und nicht wundern, der Account ist ganz neu.«

Sie atmet geräuschvoll aus und schüttelt die Hand, mit der sie eben noch getippt hat. Als die junge Frau weggeht, lehnt sich Greta zu mir. »So schnell hat sicher noch nie jemand einen Instagram-Account angelegt. Geh mal ein Stück weg, dann schieß ich ein Profilbild.«

Ich trete einen Schritt zurück, damit Greta ein Foto machen kann. Mit ein wenig Verwunderung sehe ich auf dem Bildschirm ihres Telefons, dass ich in die Kamera gelächelt habe. Ein echtes, ein breites Lächeln mit strahlenden Augen.

»Wer war das überhaupt? Also die mit dem gelben Overall?«

»Lotta, von *Lotta_Loves_Life*. Die beste Freundin von Maschas Schwester. Ihr folgen siebenhunderttausend Menschen. Ist ein richtiger Insta-Star, die Kleine. Jetzt schau nicht so geschockt. Deine Reaktion war genial … Mayas Märchenkleider … was Besseres hätte mir auch nicht einfallen können.«

Greta stopft eine Strähne zurück in den blauen Turban, den sie farblich passend zu ihrem Kleid wer weiß wo aufgetrieben hat. Plötzlich erstirbt das Lächeln, das ich bis eben noch immer auf den Lippen hatte. Was ist, wenn Adriana den Account findet? Das ist nicht unwahrscheinlich, wenn Lotta so beliebt ist. Was, wenn das alles noch mal von vorne beginnt? All die Beschimpfungen, all der Hass dieser fremden, wütenden Menschen?

»Lächeln, Maya!« Greta neigt den Kopf ein wenig und verzieht den Mund zu einem breiten Lachen. »Den Namen kannst du später immer noch mal ändern. Das Wichtigste ist, dass du einen Kanal hast, auf den die vielen Gäste hier die Fotos von Maschas Kleid verlinken können.«

Auf einmal regt sich ein Widerwille in mir. Ein Widerwille gegen meinen eigenen Widerwillen. Ich weiß nicht, woran es liegt. Vielleicht an all den Frauen um mich, die mein Kleid loben und natürlich Maschas.

Ich blicke auf den frischen Verband hinunter, unter dem noch immer ein fortwährender Schmerz pocht. Auf Lea, die sich zu meinen Füßen gebettet hat, nachdem sie sich von jedem im Raum hat kraulen lassen. Auf Maschas Kleid, das in der durchs Fenster scheinenden Spätsommersonne schimmert. Auf mein Gesicht im Spiegel des großen antiken Schranks in einer Ecke des Zimmers, der zeigt, dass die dicke Schicht Make-up mein noch immer ganz leicht bläulich schimmerndes Auge nicht ganz überdecken konnte.

Was soll schon passieren? Was kann mich noch schocken? Hat mich nicht jede Delle, über die ich den letzten Tagen gerattert bin, trotzdem hierhergeführt? In einen Raum voller netter Menschen, in diesen heilenden baskischen Herbst und zurück zu Alex.

Meinem Alex, der seine Unterhosen bügelt, mit seinem Papagei in die Badewanne steigt und den Lover seiner Ex-Verlobten heute Morgen mit einer Umarmung verabschiedet hat, bevor er ihm das Taxi zum Flughafen bezahlt hat.

Der seit gestern *alles* weiß und der mich beim Nachhauseweg von der Bar trotzdem an sich zog, mich gegen eine kühle Wand am Straßenrand drückte und seine Nase, seine Lippen langsam meine Wange entlang in Richtung Ohr wandern ließ, um mir dann ins Ohr zu flüstern, dass er mich vermisst habe. Und der mir das in dieser Nacht nicht nur mit Worten zeigte.

Als ich mich später neben Alex in die hintere Reihe des großen Festsaals setze, lächle ich noch immer. Was ich jahrelang versteckt und ganz tief und fest in mir eingeschlossen, ja, geknebelt habe, ist mit Maschas Kleid nach außen gedrungen. Und es ist nichts passiert.

Gar nichts.

Die Welt um mich liegt nicht in Trümmern. Klar bin ich noch immer arbeitslos. Nach all den Komplimenten, die ich für Maschas Brautkleid bekommen habe, muss ich das aber nicht bleiben. Vielleicht will ja tatsächlich jemand in meinen Kleidern heiraten?

Der Knoten in mir ist geplatzt, alle Wahrheiten sind aus mir herausgeschwappt, und trotzdem sitze ich hier, den Bauch voller Freude und die Wange voller Küsse von Alex, der Matilda von seinem Schoß zu Antonio weitergereicht hat und jetzt den Arm um mich legt.

Nicht einmal die Tatsache, dass überall im Saal Papas Bilder ausgestellt sind, fühlt sich so überwältigend an, wie ich befürchtet habe. Denn ich kann ihre Schönheit sehen, kann verstehen, dass sich viele der sicher hundert Gäste um sie scharen, sie ansehen müssen, bevor sie sich auf einen der hellblauen Holzstühle setzen.

Mit den vielen Blumensträußen in Blau und Lila und Rosa, die an den Enden der Stuhlreihen hängen und den Weg der Bräute zum Altar säumen, und den großen, goldenen Laternen überall im Raum, in denen weiße Kerzen brennen, sehen seine Gemälde aus, als würde man sich in einem Traum befinden, in dunkelblauen Tiefseelandschaften, an stürmisch marineblauen Stränden und in türkisblauen Buchten.

Ich stecke die Hand in die Tasche meines Kleides. Vorsichtig ziehe ich einen kleinen Umschlag aus Seidenpapier hervor, öffne ihn und entnehme ein Stück Seide. Bevor er etwas entgegnen kann, drehe ich mich zu Alex, ziehe das weiße Einstecktuch aus der kleinen Tasche seines hellgrauen Anzugs und ersetze es durch das kleine Seidentuch.

Er lehnt sich ein Stück zurück und senkt den Kopf, um das Tuch betrachten zu können. Dann hebt er kurz die Brauen und dann den Blick. »Sind das Graupapageien? Hast … hast du das gemacht? Für mich?«

Ich nicke. »Das Motiv hab ich schon vor Jahren gezeichnet. Und ja, Eleonora war meine Inspiration. Auch wenn ich noch immer denke, dass der Vogel nicht alle Tassen im Schrank hat. Genäht hab ich es heute Morgen. Sozusagen als Dankeschön fürs Zuhören. Na ja, und für alles andere auch. Ich musste mit links nähen, weshalb es ein bisschen unsauber geworden …«

Ich kann den Satz nicht beenden, weil Alex mein Gesicht zwischen die Hände nimmt und mich küsst.

»Na also.« Antonio lehnt sich nach vorne und malt eine Linie zwischen Alex und mich. »Hab ich doch gesagt, dass das eine gute Idee ist.«

Alex hebt eine Augenbraue, öffnet den Mund, um etwas zu erwidern, schließt ihn aber wieder und lächelt mich stattdessen einfach an.

Was für ein Tag, denke ich.

Nein, was für ein Leben. Und doch ist da kurz ... ja, was flammt denn da in mir auf? Angst? Und die Frage, ob das alles zu gut, zu schön, zu traumhaft ist?

Doch das Gefühl wird verdrängt, als schon Sekunden danach eine Band in der vorderen Ecke neben dem hellblauen Altar die elektronische Version des Hochzeitsmarsches anstimmt.

Statt allein zum Altar zu laufen, gehen Mascha und ihre Verlobte Nadja Hand in Hand den Gang hinunter, während die Gäste in den vielen Reihen aufgestanden sind und jubeln. Mascha hat über ihr Kleid noch eine schwarze, kurze Lederjacke gezogen. Als sie das Rockteil des Kleides anhebt, um besser laufen zu können, kommen schwere Biker-Boots zum Vorschein. Einige Gäste jubeln bei ihrem Anblick.

Und bei Nadjas, die einen blau-grünen Schottenrock, eine passende Jacke und hohe schwarze Kniestrümpfe trägt.

»Das nenn ich mal ein Outfit«, flüstere ich Alex ins Ohr und zeige auf die junge Frau, deren blondes Haar auf einer Seite abrasiert ist.

Als er nicht antwortet, drehe ich mich zu ihm. Doch er sieht mich nur an, lehnt sich vor, presst seine warme Stirn an meine. Dabei schließt er lächelnd die Augen.

Als die beiden Frauen den Altar erreichen, wird Mascha von ihrer Mutter in eine feste Umarmung gezogen – was mich ein bisschen überrascht. Nicht nur, weil die Vorstellungen der eleganten Frau in Bezug auf das Brautkleid ihrer Tochter ja vollkommen andere waren. Sondern auch, weil Mascha ihre Umarmung erwidert und dabei eine Träne ihre Wange herunterrollt. Mütter, denke ich und schüttle den Kopf beim Gedanken an meine eigene, die sicher auf einen Anruf von mir wartet. Doch das hat Zeit. Jetzt erlaube ich mir, das alles hier zu genießen.

Die Hochzeit erlebe ich ein bisschen wie im Traum. Ein Traum, bestehend aus einem baskisch-spanischen Büfett, das in der Eingangshalle aufgebaut wurde, damit die riesige Anzahl an Gästen bedient werden kann.

Teller mit würzigem Käse, in Knoblauch eingelegten Oliven, frisch frittierten Meeresfrüchten und hoch aufgetürmten Häppchen werden geleert und an einem der vielen Tische verzehrt, die in dem wilden Garten im Innenhof des riesigen Gebäudes aufgebaut sind. Als die Nacht langsam hereinbricht, erhellen warmweiße Laternen und Lichterketten den Garten, und immer wieder kommen Gäste an unseren Tisch, um mich für Maschas Kleid und für mein eigenes zu loben.

Einige Frauen fragen sogar, ob ich neue Aufträge entgegennehme, und als ich gerade zum gefühlt zehnten Mal mit Alex die gefüllte Tanzfläche in dem großen Festsaal betreten will, greift Greta nach meinem Unterarm und zieht mich in eine ruhige Ecke.

Mit einem großen Lächeln im Gesicht hält sie mir ihr Handydisplay vors Gesicht.

»5048 Follower. Mayas_Märchenkleider hat 5048 neue Follower, seit Lotta die Bilder von uns und Maschas Brautkleid gepostet hat. Sogar *Vogue Deutschland* hat eins der Fotos kommentiert. Dein Postfach ist voller Nachrichten, Maya.«

Ich nehme ihr das Handy aus der Hand und betrachte den Bildschirm. Abgesehen von dem neuen Profilbild hat Greta zahlreiche Bilder von Maschas Kleid, von sich selbst und mir sowie von Nahaufnahmen meiner bemalten Seidenstoffe gepostet, die sie anscheinend schon vor der Hochzeit gemacht hat.

Mein Herz klopft, und ich erinnere mich daran, wie viele Monate es mich gekostet hat, den Kanal des Brautladens auf eine solche Anzahl zu bringen. Hatte ich beim Erstellen der tausendundein Fotos glitzernden Tülls immer eine gewisse Scham gefühlt, fühlt sich das hier richtig an.

Die Bilder zeigen meine Arbeit. Und es ist eine Arbeit, auf die ich stolz bin und die ich nicht mehr verstecken will. Nicht mehr verstecken werde.

Und als mich Alex durch die Luft wirbelt, als ich mit Matilda auf den Füßen versuche, einen Walzer zu tanzen, und lachend zu Boden gehe, als ich irgendwann genau wie alle anderen meine Schuhe ausziehe und zu Abbas *Dancing Queen* tanze, fühlt sich das Leben wie eine große, schillernde Seifenblase an, die durch die kühle baskische Luft gewirbelt wird und anscheinend durch nichts zum Platzen gebracht werden kann.

Bis wir müde und lachend den Weg nach Hause durch den dunklen Ort laufen, die schlafende Matilda von einem zum anderen reichend. Ja, bis wir die kleine Einfahrt betreten, den knirschenden Schotterweg hinter uns lassen und dort, vor der rosa Tür mit dem alten Goldknauf, eine dunkle Gestalt auf uns wartet.

Deren Körper und fahrige Bewegungen schon von Weitem beunruhigend vertraut erscheinen. Bis die Gestalt aufsteht, auf den Lichtschalter neben der Tür drückt und der Blick in ihr Gesicht die Seifenblase zum Platzen bringt.

MAYA

Dreizehn Jahre zuvor, Maitasuna, Baskenland

Sie wusste nicht, wie lange sie geschlafen hatte. Nur, dass er gutgetan hatte, der sehr späte Mittagsschlaf. Dass sie ihn gebraucht hatte und sich trotz der viel zu warmen Bettdecke immer wieder das dicke Federkissen auf den Kopf gedrückt und sich in eine neue Welle von Müdigkeit und Schlaf hatte fallen lassen.

Doch jetzt tauchte sie auf. Öffnete langsam zwei vom Schlaf verquollene Augen, wischte sich den verschwitzten Pony aus der Stirn und strampelte die dicke Daunendecke ans Ende des breiten Holzbetts. Sie schaltete die Nachttischlampe an und brauchte einen Moment. Einen Moment, um wieder in ihrem Körper zu landen, der sich schwer und müde anfühlte. Genauso wie ihr Kopf es tat. *Warum …?* Nur einen kurzen Moment musste sie nachdenken. Dann kamen die Erinnerungen an die letzten Tage zurück, und sie setzte sich auf, plötzlich steif und sehr, sehr wach.

Aber nein … Sie hatte es geschafft. Papa hatte seit gestern nichts mehr getrunken. Mehrere Tage lang hatte sie auf ihn aufgepasst, hatte die Inhalte der vielen Flaschen in den Ausguss der Küchenspüle geleert, seine Autoschlüssel und seinen Geldbeutel versteckt. Hatte alle Türen zugeschlossen und über ihn gewacht, auf ihn eingeredet, immer wieder. Was schlechte, ja, sehr schlechte Erinnerungen in ihr wachgerufen hatte. Doch für Erinnerungen oder Selbstmitleid war keine Zeit gewesen. Natürlich hätte sie ihre Mutter anrufen und ihr alles erzählen können. Die hätte den nächsten Flieger von Berlin nach Bilbao genommen und ihren Vater einen Kopf kürzer gemacht dafür, dass er seine Tochter mit nach Maitasuna nimmt und dann nach sechs Jahren einfach wieder zu trinken beginnt. Und das wäre fatal gewesen, weil es bei den beiden gerade sehr gut lief. Sie stritten kaum und schienen sich … miteinander arrangiert zu haben. Auf jeden Fall hätte das mit dem Alkohol alles zerstört. Ganz sicher sogar. Und es war etwas Einmaliges gewesen, das hatte Papa versprochen, als er gestern Abend am Küchentisch vor ihr saß und ihr ein verschämtes *Entschuldigung* rüberschob.

»Das hätte nicht passieren dürfen, Maya, echt nicht. Ich hab keine Ahnung, was mit mir los war. Manolo hat mir ein Bier angeboten, und ich hab einfach gedacht, ein Bier kann unmöglich schaden – das mit dem Unfall ist ja so lange her –, und all unsere Freunde in Manolos Bar haben gesagt, dass ein Bier ja wohl nicht schaden könne. Und ich hab das auch gedacht. Hab gedacht, dass es nicht so schwer sein kann, dann wieder aufzuhören. Die anderen haben das mit dem Alkohol ja auch im Griff.« Er hatte geseufzt und kurz die Hände auf die Augen gelegt, um sie dann wieder anzusehen und einen Mundwinkel zu heben. »Danke, dass du deiner Mutter nichts gesagt hast. Und Antonio auch nicht, mit seiner Prüfung und so.«

»Ist okay, Papa.«

Alkoholismus ist schließlich eine Krankheit, hatte sie noch hinzufügen wollen. Weil sich das so abgeklärt und erwachsen anhörte. Aber sie hatte das Gefühl, dass ein so steriler Satz den Moment zwischen ihnen kaputtgemacht hätte. Und das wollte sie nicht. Denn irgendwie war sie ziemlich stolz auf sich. Sie hatte die Sache alleine hingebogen, und sie hatte keinen Zweifel daran, dass ihr Vater sein Versprechen halten würde, nie wieder einen Schluck zu trinken. Sie hatte die Hand ausgestreckt und über den Tisch hinweg die seine gedrückt.

Heute Morgen hatte er dann Frühstück gemacht. Sie waren für eine Weile hoch ins Dachboden-Atelier gegangen, hatten nebeneinander gemalt, bis die Hitze zu drückend wurde, sie ihre Strandsachen packten und hinunter in die Bucht gingen. Alles war so, wie Maya sich ihren gemeinsamen Urlaub vorgestellt hatte. Nur sie beide, Sonne, Strand, Meer und die vielen Leinwände auf dem Dachboden.

»Auf uns. Und auf unseren vielleicht letzten gemeinsamen Sommerurlaub. Bestimmt tourst du nächstes Jahr schon mit Alex und irgendwelchen Kommilitonen durch Europas Galerien und schickst mir noch nicht einmal eine Postkarte.« Das hatte ihr Vater gesagt und seine Schokoladeneiswaffel gegen Mayas gedrückt und dann wieder aufs Wasser vor ihnen geblickt.

Maya hatte widersprechen wollen, war aber von dem Gedanken gefangen genommen worden, dass das bald ihre Realität sein könnte. Kommilitonen zu haben und eine eigene Wohnung mit Alex. Das Ganze schien ihr immer noch ziemlich unglaublich. Ihre Bewerbungsmappe lag fertig auf dem Dachboden. Sie würde sie morgen abschicken. Und wenn alles klappte, würde sie im Oktober an der Kunsthochschule anfangen.

Bei dem Gedanken atmete sie aus und ließ sich auf das dicke Kissen zurückfallen. Der Wecker auf dem Nachttisch sagte ihr, dass sie das mit dem Mittagsschlaf ein bisschen übertrieben hatte. Es war kurz vor zehn Uhr abends, und ihr Magen knurrte. Als sie die Tür ihres Zimmers öffnete, hörte sie leise Jazzmusik. Sie ging hinunter in die Küche, öffnete die geschlossene Tür, fand dort aber weder den Ursprung der Musik noch ihren Vater.

Nach einem großen Bissen Brot lief sie kauend in den Flur. Dort schloss sie einen Moment die Augen, um den Ursprung der leisen Töne zu erforschen, und ging lächelnd die Treppe nach oben. Wohin auch sonst.

Ihre Schritte waren federnd, ihr Geist wach und voller Vorfreude auf das abendliche Malen mit dem Vater. Noch bevor sie die letzten Stufen zum Dachboden nehmen konnte, verlangsamte ihr

Hirn automatisch ihren Schritt, obwohl sie noch nicht einmal etwas gesehen, gerochen, gefühlt hatte. Ein Instinkt musste es gewesen sein, der sie stehen bleiben und den Raum nur schwindelerregend langsam betreten ließ. Ein überwältigend überzeugtes Gefühl, dass etwas sehr falsch war hier oben.

Der Vater stand nicht vor der großen Leinwand, an der er am Morgen noch gearbeitet hatte. Ein Blick nach rechts auf das alte, braune Sofa in der Ecke, und dann sah sie sie. Ihr Vater lag seitlich auf der Couch, die Beine angewinkelt, beide Arme zwischen den Knien, die Augen geschlossen und die Lippen leicht geöffnet, aus denen ein unregelmäßiges, leises Schnarchen und ein Rinnsal Speichel drangen. Wie ein müdes, trauriges Kind lag er da. Auf dem niedrigen Tisch vor ihm ein halb leeres Glas, gefüllt mit einer braunen, durchsichtigen Flüssigkeit. Davor eine leere Flasche.

Neben ihm saß sein Freund Manolo, der mit glasigen, halb geöffneten Augen auf eine zweite Flasche starrte, die er in der Hand hielt und die er sicher aus seiner Bar mitgebracht hatte. Langsam drehte Manolo den Kopf zu ihr. Und noch langsamer, wie in Zeitlupe fast, trat ein hässliches Lächeln auf sein Gesicht.

»Hallo, Rotfuchs.« Manolo stand schwankend auf und trat auf sie zu.

Maya ging an ihm vorbei zu ihrem Vater. Doch selbst als sie an ihm rüttelte und mehrmals vorsichtig mit der Hand auf seine Wange klopfte, wachte er nicht auf. Sie schüttelte den Kopf, fühlte sich verzweifelt, verletzt … vor allem aber verraten. Versprochen hatte er es. Und jetzt lag er hier und ließ sie mit dieser absoluten Hilflosigkeit allein.

Trauer fühlte sie und Wut. Maya ließ die kühle Wange ihres Vaters los, stand auf und drehte sich zu Manolo. »Warum kannst du Papa nicht einfach in Ruhe lassen? Warum musst du hierherkommen und alles wieder kaputtmachen? Er kann keinen Alkohol trinken, verdammt. Das musst du doch wissen!«

Es fühlte sich seltsam an, so viele, so wütende Worte an einen Mann zu richten, mit dem sie bisher nur oberflächliches Geplänkel ausgetauscht hatte. Dabei hatte sie ihn noch nie gemocht, wie ihr in diesem Moment aufging. Nicht die Art, wie er mit seinen Kellnerinnen umging und sich durch sein überhebliches Gehabe ihnen gegenüber vor den Gästen aufzuspielen versuchte. Einmal hatte sie gesehen, wie er einer blonden Touristin mit Sonnenbrand auf dem ganzen Körper einen Klaps auf den Hintern gegeben hatte. Eine unangenehme, unangebrachte Szene, die die junge Frau nur mit einem Kichern quittiert hatte.

Trotzdem: Ihr und Antonio hatte Manolo immer eine kostenlose Fanta über den Tresen geschoben und im letzten Jahr sogar zwei Bier. Er war ein Freund ihres Vaters, jemand, den man mit Respekt behandeln sollte. Den man nicht aus dem Haus werfen durfte.

Doch sie wollte genau das. Sie wollte, dass er ging, dass er ihr Haus verließ, auch wenn er einen riesigen, schmerzvollen Scherbenhaufen zurücklassen würde.

»Dein Papa ist erwachsen, meine Kleine.« Die Worte waren leicht lallend über seine Lippen gewandert, während er sich vorlehnte und Maya mit kalten, feuchten Händen über die Wange streichelte. Reflexhaft drehte sie den Kopf zur Seite, verschränkte die Arme vor der Brust und hob das Kinn.

»Geh jetzt, Manolo. Sofort.« Maya ärgerte sich über ihre zittrige Stimme, wiederholte die Worte aber.

Mit gehobenen Brauen betrachtete er sie, ließ den glasigen Blick aus zusammengekniffenen Augen von oben nach unten wandern. Er ging noch einen Schritt auf sie zu. »Dein Papa ist erwachsen«, wiederholte er und lächelte, was Maya noch einen Schritt zurückweichen ließ. »Und du auch, oder, Maya? Eine richtige junge Dame bist du geworden. Eine wilde Künstlerin, wie dein Vater. Und diese roten Haare …«

Plötzlich ging alles unerwartet schnell. War Manolo nicht eben noch ein lallender, langsamer Betrunkener gewesen? Doch da war er, trat auf sie zu, routiniert und zielstrebig, packte sie bei den Haaren, zog sie zu sich heran und drückte seinen nach Whiskey schmeckenden Mund auf ihren. Maya versuchte, ihn wegzudrücken, wand sich mit aller Kraft, allem, was sie aufbringen konnte, und hatte zum ersten Mal im Leben das Gefühl, körperlich vollkommen hilflos zu sein. Manolo war stark, keine ihrer Bewegungen, kein Hauen und Treten konnten ihn stoppen. Sie war ihm unterlegen. Ausgeliefert. Ihr Vater rührte sich nicht, trotz ihrer Schreie, trotz ihrer Rufe nach Hilfe. War schlafender Zeuge und machte sich doch so unendlich schuldig.

Der Betrunkene ließ die Hände indes über ihren Körper wandern, umschloss, berührte alles, was er wollte, kroch wie eine feuchte, kleine Schnecke in jeden Winkel. Als die kalte, feuchte Hand Maya auf die Couch neben ihren Vater drückte und eine andere ihre Brust umfasste, spürte Maya plötzlich etwas Kühles am Oberschenkel. Die Flasche, die Manolo gerade noch in der Hand gehalten hatte. Sie wand sich unter seinem schweren Gewicht, umfasste den dünnen Flaschenhals und schlug irgendwie auf irgendetwas, immer wieder, bis er kurz von ihr abließ und sie dem überrascht aussehenden Scheusal in den Unterleib treten und die Flasche erneut heben konnte, um weit auszuholen und sie auf seinem Kopf zu zerschmettern. Kurz sah es aus, als würde es schaurige, kleine Kristalle regnen. Spitzes, weißes Glas, das das wenige Licht des Raumes auffing und es in alle Ecken reflektierte. An diesen Anblick würde Maya sich noch sehr lange erinnern. Und an die Bilder auf den Leinwänden in allen Ecken, die in diesem Moment nicht mehr leichte, spontane Pinselstriche zeigten, sondern grässliche, expressionistische Mahnmale, deren Farben und Formen zu groß, zu breit, zu hell, zu dunkel waren.

Barfuß lief sie über die Scherben, die Treppe hinunter, in ihr Zimmer. Sie sperrte die Tür ab und lehnte sich einen Moment lang an das dicke, schützende Holz. Erst als sie durch das Zuschlagen der Haustür zusammenzuckte, konnte sie die schwindelerregende Menge Luft herauslassen, die ihre Lungen schier zum Bersten gebracht hatte.

So stand sie eine Weile und versuchte, ihren Atem zu beruhigen. Was war da gerade passiert? Sie blickte an ihren Armen hinab. Ein BH-Träger war heruntergerutscht und hing aus dem Ärmel des weißen T-Shirts heraus. Die Haut auf ihrem Oberarm war zerkratzt, ihre Handgelenke rot. Das alles war ... Es war tatsächlich geschehen. Manolo hatte versucht ... hatte eine Hand in ihren Slip geschoben ... ihre Brüste so zwischen den Händen gequetscht, dass sie noch immer jeden Finger spüren konnte.

Die Hand vor ihrem Mund wurde nass von den Tränen, die ihr aus den Augen schossen. Langsam ging sie zum Fenster, legte den Kopf an den hölzernen Rahmen und begann zu schluchzen. Ihr Körper, alles in und an ihr schüttelte sich unter den Lauten, die aus ihrem Mund quollen und die doch so gar nichts gemein haben konnten mit ihr.

Irgendwann konnte sie nicht mehr weinen und stand einfach nur da – bis ihr Blick vom Licht eines kleinen Bootes aufgefangen wurde, das draußen aufs Wasser glitt.

Wenn ich jetzt das Fenster öffne, erst ein Bein übers Fensterbrett hebe und dann das zweite, wenn ich mich fallen lasse da hinunter, in die Sträucher und ins Gestein ... dann wäre der Schmerz sofort weg, der innere und der äußere ... dann gäbe es dieses Davor und Danach einfach gar nicht mehr.

Sie zog die Hand zurück, die sie schon auf den Fenstergriff gelegt hatte, und schüttelte mehrmals den Kopf. Weg hier. Ihre Mutter anrufen, ihr alles erzählen, und dann weg von hier und nie wieder zurück. Doch der Gedanke, davon berichten zu müssen, aussprechen zu müssen, was da oben eben geschehen war, schien undenkbar.

Eine wilde Künstlerin, hatte er sie genannt. *Genau wie dein Vater. Und diese roten Haare.*

Ihr wurde übel.

Was, wenn man ihr die Schuld geben würde? Mama hasste die kurzen, knallbunten Röcke, die Maya sich für den Sommer genäht hatte. Fand sie zu aufreizend. Sie mochte die Idee mit dem Kunststudium nicht und auch nicht die Tatsache, dass ihre Tochter die großen Gesten und die noch viel größeren Ideen ihres Vaters zu imitieren versuchte. Was, wenn sie die ganze Zeit recht gehabt hatte? Was, wenn alles, was sie tat und getan hatte – alles, was sie war –, genau hierhin geführt hatte?

Sie sah an sich hinunter auf den weißen Stoff des Rockes mit den vielen pinken und blauen Farbspritzern, der ihr nur bis über die Knie reichte. Schnell zog sie ihn aus und warf ihn auf den Boden.

Der Schrank in der Ecke quietschte, als sie ihren Koffer daraus hervorzog, die Holzbügel klirrten, während sie ihre Kleidung davon herunterzerrte. Als sie die bunte Masse vor sich besah, musste sie würgen. All diese Farben … all das … es musste weg. Sie musste es vernichten, allem voran den bunten Rock.

Nein, das hier würde niemand jemals erfahren. Das war wichtig, das Allerwichtigste. Sie drehte sich in Richtung Tür und hielt inne. Doch. Einer, einer sollte es erfahren. Einer musste es erfahren und sollte wissen, was da oben fast passiert wäre. Sollte sich verantwortlich fühlen und sich mit dem Gedanken quälen, nichts getan zu haben.

Ihr Vater schlief tief und fest und würde das gewiss bis in den morgigen Vormittag tun. Maya würde sich jetzt beruhigen, würde ihre Mutter anrufen, ihr berichten, dass Papa wieder zu trinken begonnen habe und dass sie ihr für morgen einen Flug nach Hause buchen müsse. Was das zwischen ihren Eltern auslösen würde, war ihr jetzt vollkommen gleichgültig. Morgen früh, noch im Morgengrauen würde sie ihren Pass nehmen und ihren Geldbeutel, würde sich an die leere Bushaltestelle setzen, alles andere zurücklassen und nach Bilbao zum Flughafen fahren.

Doch davor, vor allem anderen – davor würde sie das alte vergilbte Papier aus der Schublade in der Küche nehmen und alles aufschreiben. Würde kein Detail auslassen von dem, was ihr da oben widerfahren war, damit er es lesen konnte, immer und immer wieder. Damit er verstehen würde, weshalb sie alles tun würde, um niemals – *niemals* – so zu sein wie er.

ALEX

Immer wieder klopft er an die Zimmertür. So lange, bis seine Knöchel schmerzen und er gar nicht mehr versteht, was er da eigentlich tut. Also hält Alex inne. Er tritt einen Schritt nach hinten, dann noch einen. Von unten tönt Matildas Stimme zu ihm hoch. Sie erzählt ihrem Großvater irgendetwas, das ihrer Stimmlage zufolge sehr aufregend sein muss.

Ihrem Großvater. Alberto. Alex schüttelt den Kopf. Dreizehn Jahre müssen es sein, seit er ihn nicht mehr gesehen hat. Er dreht den Kopf noch einmal zu der Tür, hinter der Maya sich eingeschlossen hat.

Ich habe dich beerdigt. Das waren die Worte, die Maya ihrem Vater ins Gesicht gespuckt hat, als sie an ihm vorbei ins Haus rannte.

Und jetzt hat man ihn vorgeschickt, um mit Maya zu sprechen. Damit er sie aus dem Zimmer und runter zu ihrem Vater lockt. Dabei weiß Alex gar nicht, ob das eine gute Idee ist. Was will Alberto von ihr? Was will er hier? Nach all den Jahren? Aus dem schicksalhaften Urlaub mit Maya war er nie nach Deutschland zurückgekehrt. Hat den Kontakt mit seiner Familie abgebrochen und ist einfach abgetaucht. Natürlich versteht Alex jetzt auch, weshalb Alberto das getan hat. Was es noch schwieriger für ihn macht, hier den Vermittler zu spielen. Wo er doch eigentlich nur den Wunsch verspürt, Maya zu beschützen.

Noch einmal streckt Alex die Hand nach der rauen Holztür aus. Sicher sitzt sie jetzt hinter dieser Tür, geschockt vom Auftauchen ihres Vaters. Im Gegensatz zu Antonio, denkt Alex. Der schien überraschend gefasst, als er seinen Vater sah. Doch das ist jetzt nicht relevant. Relevant ist, dass er zu Maya muss. Mit ihr sprechen, seine Hand wieder um ihre legen. Denn die Erinnerung daran, wie sie ihre Finger aus seinen gerissen hat, als sie ihren Vater sah, hat eine widerliche Angst in ihm ausgelöst.

Also tritt er noch einmal an die Tür, räuspert sich und schafft es, ein paar leise Worte zu formen.

»Maya, mach jetzt bitte auf. Die da unten werden nicht lockerlassen, bis du rauskommst. Das heißt, entweder du lässt mich rein und sprichst mit mir, oder dein Bruder und dein Vater kommen und campieren so lange vor deiner Tür, bis du aufmachst.«

Nach einigen Sekunden hört Alex ein lautes Ausatmen hinter der Tür. Die sich kurz darauf öffnet, nur einen Spaltbreit, damit er eintreten kann. Und was er sieht, wen er sieht … lässt die widerliche Angst zurückkommen.

»Maya, ich … es … also, du …«

Weiter kommt Alex nicht. Nicht, weil Maya ihn mit Worten unterbricht. Es ist dieses Kopfschütteln. Dieses vehemente, starke, kräftige Schütteln, das ihren ganzen Körper durchrüttelt, was ihn schweigen lässt.

»Ich will nicht so sein wie er …«, sagt sie und atmet immer wieder ein und aus, »ich will nicht so sein wie er, und das werd ich auch nicht.«

Alex geht einen Schritt auf sie zu und neigt den Kopf ein wenig. »Das bist du nicht. Schau mich an, Maya, bitte …«

Sie hebt den Kopf, und es schmerzt, diesen neuen, alten Ausdruck zu erkennen, mit dem sie ihm begegnet. Trotzdem spricht er weiter. »Wenn du willst … Also … ich kann deinen Vater wegschicken. Ich weiß doch, was passiert ist. Und ich versteh, dass du nicht mit ihm reden willst. Sag mir einfach, was ich tun soll … Lass mich … Lass mich dir helfen, okay?«

Sie verschränkt die Arme vor der Brust, und er kann sehen, dass sie das bunte Seidenkleid, das sie eben auf der Hochzeit trug, durch Leggins und Pullover ersetzt hat.

»Weißt du, was ich will? Weißt du, womit du mir wirklich helfen kannst? Indem du mich in Ruhe lässt. Ich will meine Ruhe und nicht diesen ganzen … diesen ganzen Wahnsinn da unten. Bitte … bitte geh einfach …«

Sie ist geschockt, sagt er sich. Sie ist geschockt davon, ihren Vater zu sehen, und davon, was das in ihr auslöst. Deshalb sagt sie Dinge, die sie sicher schon morgen bereuen wird. Er kann das verstehen vor dem Hintergrund all dessen, was sie ihm erzählt hat. Also geht Alex trotz ihrer feindseligen Körperhaltung einen Schritt auf sie zu. Er legt ihr die Hände auf die Schultern und versucht, Maya in eine vorsichtige Umarmung zu ziehen. Doch sie geht einen Schritt nach hinten, sieht ihn und seine Hände an, als wäre er ein lästiges Insekt, das sie abschütteln will.

Gib ihr Zeit. Waren das nicht Antonios Worte? Aber wie viel Zeit? Ist Alex nicht die ganze Zeit da gewesen? Hat er ihr nicht gezeigt, dass er sie unterstützt? Für sie da ist, egal, was war und kommt. Doch schon wieder, denkt er. Schon wieder wird er weggeschickt. Wird weggestoßen, ist im Weg und überflüssig, wie sehr er sich auch anstrengt, alles richtig zu machen. Er denkt daran, wie er mit der Lampe unterm Arm vor Lauras Wohnung stand. Und an den Moment vor Mayas Tür, dreizehn Jahre zuvor. Sie hat es wieder getan. Sie hat ihn zu sich gelockt, sirenenhaft und hinterhältig. Und jetzt, bei der ersten Gelegenheit, bei der ersten Erschütterung, soll er wieder gehen.

Die Art, wie sie eben seiner Hand ausgewichen ist, die er ihr entgegenstreckte, so als wäre er …

»Kryptonit«, sagt sie und schüttelt noch immer den Kopf. »Diese Art Leben, das Malen, das Nähen, mein Vater und … und du … mein Kryptonit seid ihr. Und das geht nicht, das werde ich nicht machen, nicht noch einmal …«

Dieses Mal ist das Kopfschütteln langsamer.

Weil es … Alex überlegt.

Weil es endgültig ist.

Er blickt kurz zu Boden. Dann hebt er den Blick, das Kinn, den ganzen Körper.

»Dann mach doch, was du willst«, hört er seine tiefe, harte Stimme sagen, als er sich umdreht und alles hinter sich lässt.

MAYA

Drei Monate später

Das Haus ist still. Vollkommen still. Bis auf meinen Atem und den von Lea, die auf meinen Beinen liegt, das aber nicht mehr lange tun wird. Gleich wird sie aufwachen, fressen wollen und muss dann sofort auf ihren kurzen Beinchen nach draußen, wenn ich ein Unglück im Haus vermeiden will. Also atme ich noch einmal ein und aus. Was sich schwierig anfühlt und wie harte Arbeit. Ich bewege die Beine, Lea blinzelt mich an, wedelt mit dem Schwanz und streckt sich, und ich bin sehr, sehr froh, sie zu haben.

Zwar kaut sie wahllos auf allem herum, was sie zwischen die kleinen Lefzen bekommt, was mich schon einen Pantoffel, einen halben Streifen Tapete im Flur und sogar einen Teil des Küchenstuhls gekostet hat. Außerdem fordert sie eine konstante Beobachtung, um ein Pieseln oder Schlimmeres innerhalb des Hauses zu vermeiden.

Trotzdem ist sie da. An meiner Seite, ihren Körper immer so nah wie möglich an meinen gepresst. Sie ist hier bei mir und lässt sich nicht verstoßen. Nicht wie all die anderen. Das letzte Weihnachten war das erste meines Lebens, das ich ohne meine Familie verbracht habe. Über das verpasste Weihnachtsfest habe ich den ganzen Januar, den kompletten Februar und sogar den März hinweg getrauert. Wie bescheuert. Als gäbe es nichts anderes, worüber ich mir hätte Gedanken machen können.

Sicher hat Matilda wieder eigene Christbaumanhänger aus alten Toilettenpapierrollen gebastelt, die alle wie das Wahnsinnswerk einer betrunkenen Dadaistin aussahen, obwohl sie darauf bestand, dass es sich um Rentiere handelt.

Ich dagegen habe die Feiertage allein verbracht. Am Abend des Vierundzwanzigsten gab es Kellogg's Toppas. Ich zündete sogar eine uralte Kerze an und stellte sie auf den Küchentisch neben die Cornflakesschüssel. Nur um sie direkt wieder auszupusten, weil das ganze Szenario mich noch trauriger machte. Kellogg's Toppas mit einer Kerze am Weihnachtsabend. Also echt. Stattdessen ging ich zu dem bodentiefen Fenster im Wohnzimmer und blickte auf Maitasuna hinunter, wo ein Konvolut von Lichterketten durch einen leichten Nebel schimmerten. Schön sah das aus. Und sehr feierlich.

Nachdem mein Großvater gestorben war, haben wir oft hier gefeiert. Meine Abuela tischte kiloweise Meeresfrüchte, Fleisch und sehr mayonnaiselastige Salate auf. Obwohl sie im Herzen immer Andalusierin sein würde, mischte sie südspanische Rezepte mit den baskischen, die sie nach fünf Jahrzehnten ohne irgendwelche Mengenangaben aus dem Ärmel schüttelte.

Und obwohl Antonio und ich die gefüllten Tintenfische auf dem Teller hin und her schoben und uns auch die *Merluza a la vasca*, der baskische Seehecht mit Erbsen und gekochtem Ei, eher unbeeindruckt ließ, wussten wir doch, was es zum Nachtisch gab: nämlich *Rosquitos*, andalusische Donuts, die in viel Fett ausgebacken und dann in eine dicke Schicht Zucker getaucht wurden.

Ich fragte mich, ob hinter den vielen beleuchteten Fenstern unten im Ort wohl genau das gerade aufgetischt wurde. Und wurde wieder traurig. Ich öffnete ein Fenster, um vielleicht zumindest ein bisschen was vom Essensduft abzubekommen. Vom Ort her hörte ich die Glocken der alten Kirche, die mein Herz schwer und meine Augen feucht machten. Tatsächlich roch es nicht nur nach Meer und feuchter Kälte, sondern nach einer Mischung aus heißen Maronen, nach in Fett ausgebackenem Fisch und Teig, einfach nach Weihnachten in Maitasuna. Also blieb ich stehen und weinte einige sehr dicke Tränen. Bis von irgendwoher jemand sehr falsch *Last Christmas* von Wham! zum Besten gab und ich lachen musste.

Mit einem Kopfschütteln wischte ich die Tränen weg und streichelte Lea über den Kopf. Die war in der Zwischenzeit auf einen Küchenstuhl und dann direkt auf den Küchentisch gesprungen, um sich an meinen Weihnachtscornflakes zu bedienen. Niemand hatte mich gezwungen, Weihnachten allein zu verbringen. Ganz alleine war ich ja auch nicht. Ich streichelte Lea übers kurze, glatte Fell, hob sie vom Tisch und blickte zu der kleinen Stoffpuppe, die neben der Cornflakesschale stand. Die Mini-Maya, wie Abuela sie genannt hat. Nein, ganz alleine war ich nicht. Außerdem war es meine eigene Entscheidung gewesen und wirklich nicht das Ende der Welt. Mein Bruder, Greta, meine Mutter – sie alle hatten versucht, mich zur Rückkehr zu überreden. Zumindest für die Feiertage. Bis ich den Stecker des alten Festnetztelefons gezogen und mich so komplett von der Außenwelt abgeschottet hatte. Dabei hatte ich mich an Alex' Worte erinnert, die mich immer noch zum Lachen brachten. *Mach kaputt, was dich kaputtmacht*, hatte er gesagt, als er mir den Hammer gegeben und ich auf mein Smartphone eingehämmert hatte. Das hatte zwar nicht ganz gestimmt. Aber geschadet hatte die Ferne von Instagram und Co mir gewiss nicht. Ich fühlte mich tatsächlich irgendwie … freier? Zumindest freier, als ich es mit den ständigen Kontrollblicken auf unseren Instagram-Kanal gewesen bin.

Instagram. Unser Kanal. Das alles fühlte sich sehr weit weg an. So weit weg, wie meine Heimatstadt sich anfühlte. Für Weihnachten zurück nach Berlin. Ich hatte mit dem Gedanken gespielt. Doch am Ende war ich überzeugt davon, dass ich mich in Berlin noch viel einsamer fühlen würde.

Dieses Haus dagegen fühlt sich wie eine schlecht gelüftete, aber deshalb nicht minder sichere Höhle an. Eine Höhle, die, wie ich zugeben muss, mal eine ordentliche Reinigung verdient hätte. Schließlich kann das Haus nichts für meine Melodramatik.

Denn melodramatisch bin ich gerade, dass weiß ich selbst. Noch kann ich mir diese Melodramatik leisten. Und da ich dafür mit meinen eigenen Ersparnissen bezahle, fühle ich mich irgendwie dazu berechtigt, die Tage mit Spazierengehen, Fernsehen, Schlafen und mit dem Lesen der zentnerweise vorhandenen Groschenromane meiner Oma zu verbringen. Mein Erspartes kann ich ausgeben, wofür ich will. Und da das mit dem Brautladen ohnehin nichts wird, ist es völlig egal, was damit passiert. Wobei ich kaum was ausgebe – bis auf die Nebenkosten, die die Wohnung in Berlin verursacht natürlich. Und das Abo für Hundefutter, das Antonio für mich eingerichtet hat und das bis vor meine Haustür geliefert wird.

Da mein Bruder Fertignahrung und Milch für ein halbes Jahr aus Berlin mitgebracht hat, muss ich noch nicht einmal einkaufen gehen. Stattdessen ernähre ich mich von Cornflakes unterschiedlicher Farbe und Form. Und von den Dosen und Tüten voller Reis und Nudeln und was die Lebensmittelindustrie sonst noch auf schier magische Weise und dank sehr viel Chemie in trockene Form gebracht hat.

Vielleicht habe ich ja gehofft, dass mich die Zeit allein hier auf irgendwelche Antworten bringen würde. Doch so ist das nicht. Außer ich hätte mich gefragt, ob es möglich ist, sich fast neunzig Tage lang von Speisen zu ernähren, deren Zutatenliste zur Hälfte aus E-Nummern besteht, ohne dass einem die Haare, Nägel oder Zähne ausfallen. Da wäre die Antwort ein ganz klares *Ja* gewesen. Aber sonst … sonst bin ich auf gar nichts gekommen.

Also beginne ich diesen neuen Tag genauso wie alle anderen zuvor. Ich trinke Kaffee, ziehe einen alten Strickpullover meiner

Oma an, in den der riesige Kopf einer grauen Babykatze eingewebt ist und der der hundertprozentige Beweis dafür ist, dass die Neunziger modemäßig eine Vollkatastrophe waren. Wenn überhaupt noch jemand einen Beweis dafür brauchte. Dazu eine der schwarzen Leggins, die Greta mir dagelassen hat. Darüber ziehe ich einen etwas zu engen, kamelfarbenen Mantel meiner Großmutter und dazu passend sehr hässliche hellbraune Winterstiefel, die vor allem durch ihren verfilzten Fellbesatz am Schaft überzeugen. Perfektioniert wird das Outfit durch eine selbst gestrickte Mütze, die aus der Zeit stammt, als meine Oma mit Neonwolle experimentierte.

Was auch egal ist. Denn sehen wird mich keiner. Maitasuna habe ich nicht betreten, seit die anderen abgereist sind. Und das werde ich auch heute nicht. Stattdessen biegen Lea und ich jeden Tag direkt nach der Ausfahrt des Hauses nach links in den Wald ab. Wie jeden Tag laufen wir auch heute sehr schnell, und obwohl Lea eigentlich noch nicht länger als eine halbe Stunde laufen sollte, fühle ich, dass sie diese langen Spaziergänge genauso sehr braucht wie ich.

Ein noch immer winterlich kalter, stechender Windstoß kratzt über meine Wangen, und ich gehe ein bisschen schneller. Der alte Mantel wird den unangenehm tiefen Temperaturen schon lange nicht mehr gerecht. Doch ich fühle mich noch nicht bereit dazu, den alten Fiat anzuwerfen und zum Einkaufen nach Bilbao zu fahren. Um auch die andere Hand in die Manteltasche stecken zu können, befreie ich Lea von ihrer Leine und hänge sie mir quer über die Schulter.

Alles in allem hat sich die Erziehung eines Dackels als Crashkurs in psychologischer Kriegsführung entpuppt. So weigert Lea sich entschieden, Tricks wie Sitz oder Pfötchen zu lernen, und sieht mich während jeder Trainingseinheit an, als würde ich sie dazu zwingen wollen, durch einen brennenden Reifen zu springen. Das Wort *Nein*, das vor allem im Zusammenhang mit meinen Schuhen sehr oft zum Einsatz kommt, scheint ihr Dackelgehirn automatisch in ein enthusiastisches *Ja, unbedingt!* umzuwandeln. Immer, wenn ich das Gefühl habe, den kleinen Hund endlich verstanden zu haben, ändert sie ihre Strategie oder kommt mit einer neuen Eigenheit um die Ecke. Trotzdem kann ich mir meine Tage nicht ohne Lea vorstellen, und wenn es ein Medikament gegen Liebeskummer gibt, dann hat es Fell, eine lange, weiche Zunge und die schlimmsten Blähungen seit Menschengedenken. Draußen legt Lea die Rolle der Dackel-Diktatorin überraschenderweise ab. Sobald wir, wie jetzt, aus der Tür gehen, klebt sie an mir wie Kaugummi und entfernt sich immer nur wenige Meter. Vielleicht fühlt sie sich aufgrund ihrer eingeschränkten Sinne noch nicht ganz sicher. Tiefdunkle Wolken am Himmel kündigen einen schweren Regenschauer an. In der Hoffnung, zumindest einem Teil des Schauers zu entgehen, biege ich auf einen kleinen Pfad ab, hinter dem ich eine Abkürzung vermute. Der Boden ist eine weiche, schmierige Decke aus Laub und Matsch, und während ich langsam bergab schlittere, rennt Lea plötzlich los, etwas Graubraunem hinterher, das, wie ich vermute, ein kleiner Hase ist.

Sag ich's nicht? Wieder ein Strategiewechsel. Ich schreie, dass sie zurückkommen soll, und versuche, so schnell wie irgendwie möglich hinter ihr herzulaufen, greife nach den dicken Stämmen der vielen Bäume, um mich abzustützen und nicht mit einer Lawine aus Matsch und Laub nach unten zu schlittern.

Doch schon nach einigen Minuten ist nichts mehr zu sehen von ihrem langen Körper. Und von dem kleinen Weg auch nicht mehr, auf dem ich eben noch gelaufen bin. Ich sehe mich um, pfeife immer wieder, schreie nach ihr, drehe mich um mich selbst, sehe aber nichts als Bäume, Bäume, Bäume. Wie kann Lea nur so schnell gerannt sein? Warum habe ich sie nicht an der Leine gelassen? Aber vor allem: Wohin? Wohin ist sie gelaufen? Und von woher um Himmels willen bin ich selbst gerade gekommen?

Ich hätte niemals diesen Weg nehmen sollen. Ich hab noch nicht einmal ein Handy, mit dem ich Hilfe holen könnte. Doch was bleibt mir jetzt anderes übrig, als weiter voranzugehen, weiter in die Richtung, in die Lea gelaufen ist. Also renne ich, so schnell es die zu kleinen Stiefel und die matschige Erde unter mir zulassen, renne gegen den eintretenden Regen und den kalten Wind und die Angst an, die zu übernehmen droht.

Der Waldboden wird immer steiler, und bevor ich überhaupt weiß, was gerade passiert, rutsche ich die Böschung hinunter, bis ich am Rand einer asphaltierten Straße lande, die quer durch den Wald führt.

Ich lasse Schultern und Kopf hängen und schüttle den Kopf. Während ein Rinnsal eiskalten Regens meinen Nacken hinunterläuft und meine am Hintern aufgerissene Leggins langsam die Feuchtigkeit des Bodens aufsaugt, bleibt mir nichts anderes übrig, als zu weinen. Was für eine Scheiße. Und damit meine ich noch nicht mal nur, dass mein Hund weg ist und meine einzigen dicken Klamotten völlig verdreckt sind. Damit meine ich alles. Wo auch immer ich mich verstecke und was ich auch tue. Am Ende läuft doch alles auf das hier hinaus. Einen Haufen eiskalten, matschigen Matsch.

Plötzlich meldet sich da Protest in mir. Ein Protest, der sich ein bisschen wie die Stimme meiner Mutter anhört. *Jetzt ist es aber gut*, sagt die Stimme. *Jetzt ist es gut und Zeit, dem ganzen Melodrama ein Ende zu setzen. Andere Menschen haben auch Probleme, viel schlimmere als ein bisschen Matsch und schiefgegangene Liebe. Und die können es sich nicht erlauben, in all dem Drama baden zu gehen.*

Und obwohl alles in mir dagegen trotzt, weiß ich doch, dass die Stimme recht hat, die natürlich nichts anderes gewesen ist als meine eigene Vernunft. Also stehe ich auf und versuche, mir Laub und Matsch von Mantel und Leggins zu klopfen. Was nicht funktioniert und die langen, braunen Schlieren nur noch weiter verteilt. Aus dem Augenwinkel sehe ich etwas Helles auf mich zulaufen, und schon im nächsten Moment springt Lea mich von der Seite aus an. Ich nehme ihren Kopf zwischen meine Hände und kann noch nicht einmal mit ihr schimpfen, weil ich einfach nur froh bin, dass sie wieder da ist.

Unser Wiedersehen wird vom Hupen eines kleinen Lastwagens unterbrochen. Ich nehme Lea an die Leine und ziehe sie zum Rand der Straße. Der Mann am Steuer lässt das Seitenfenster herunter und fragt, ob ich nach Maitasuna wolle und er mich mitnehmen könne. Was ich selbstverständlich verneine. Weil das Letzte, was ich jetzt brauche, irgendein baskischer Serienmörder ist, der mich zum Mittagessen verspeisen will. Oder was Serienmörder sonst so mit dreiunddreißigjährigen Opfern in Oma-Klamotten einfällt.

Ich gehe die gewundene Straße hinunter, und schon nach wenigen Minuten zeigen sich die ersten bunten Häuser des Ortes und mit ihnen auch einige Sonnenstrahlen.

Als ich das Ortsschild passiere, begegne ich einem sehr alten Mann, der eine blütenweiße Hose und ein ebenso weißes Polohemd mit einer weißen Jacke darüber trägt. Er hat eine schwarze Sonnenbrille auf, die er abnimmt, als ich an ihm vorbeigehen will. Ein nach Vanille riechendes Zigarillo im Mundwinkel, macht er eine Art Zischgeräusch und winkt mich mit der anderen Hand ein bisschen näher zu sich.

»Du«, sagt er und betrachtet mich kritisch von oben bis unten, »du bist doch eine von den Montoyas. Die Enkelin von Maruja, wenn ich mich nicht täusche, oder? Da täusch ich mich doch nicht, du hast ihren Mund. Und im Ort hab ich dich doch vor ein paar Wochen mit deinem verrückten Bruder gesehen.«

Er lacht ein raues Lachen, dann lächelt er. »Ein schöner Mund war das. Schade. Na ja, *aio* und bis später auf jeden Fall.«

Ich bin etwas verwirrt, nicke aber. Was er nicht sieht, denn er hat sich schon wieder umgedreht und geht weiter in Richtung des alten Friedhofs den Berg hinauf. Ich blicke ihm hinterher und muss lachen. Denn ich kann mich an den alten Herrn erinnern, der schon so blütenweiß aussah, solange ich denken kann. Und der, wenn ich mich recht erinnere, meiner Großmutter den Hof gemacht hatte. Erst nachdem mein angsteinflößender Großvater gestorben war, versteht sich. Meine Abuela aber wollte von Männern nichts mehr wissen.

Was sicher vernünftig war. Was mich gleichzeitig an das erinnert, woran ich vorhin im Matsch und Laub gedacht habe. Wo meine Gedanken sich wie immer sofort zu ihm geflüchtet haben. Was immer passiert, sobald ich auch nur ein Auge schließe. Ich muss mich gar nicht anstrengen, jedes Detail seines Gesichts, seiner Bewegungen und die Art, wie er spricht, in mir abzuspulen. Und natürlich … seine Berührungen. Wie er sich angefühlt hat. Nichts war unvertraut, alles völlig natürlich. So, als ob trotz der dreizehn Jahre Leben zwischen unserer letzten Vertrautheit ein absoluter Gleichschritt zwischen uns bestand. Und ich komme nicht umhin, darüber nachzudenken, was hätte sein können. Hätten da nicht all meine Lebenskomplikationen zwischen uns gestanden. Na ja, und die seinen natürlich.

Ein Gedanke, der jetzt sowieso hinfällig ist. Nachdem ich mich ihm gegenüber so unsäglich verhalten habe. Denn unsäglich war mein Verhalten.

Ich werde von einer Gruppe älterer Damen aufgehalten, die sich vor der alten Bäckerei unterhalten. Alle haben prall gefüllte Stofftüten, aus denen der Duft nach frischem Brot strömt.

»Ah, das Enkeltöchterchen von Maruja. *Aúpa*, meine Liebe, das ist ja lange her. Da warst du noch nicht mal erwachsen, oder, Lutxi?«

Ich nicke der alten Dame zu, deren Lippenstift so rot wie ihre

Einkaufstüte ist. Ihr Rücken ist leicht gebeugt, steckt jedoch in einem schicken, schwarzen Daunenmantel. Obwohl das völlig unnötig ist, schäme ich mich plötzlich ein bisschen für meinen eigenen Aufzug. Die Dame, die eben als Lutxi angesprochen wurde, kommt näher und streicht mir über die Wange. »Ach, und so hübsch ist sie immer noch. Hach, deine Abuela war immer so stolz auf dich, so stolz. Wie schade, dass du gerade jetzt hier bist. So ein Wetter aber auch. Aber bald ist es Frühling, nicht mehr lange.«

So geht das noch eine Weile, und ich muss zugeben, dass ich mich doch recht wohlfühle zwischen all den Komplimenten. Vor allem, weil mich noch niemand gefragt hat, *was ich denn jetzt so mache*. Die alten Damen schwelgen stattdessen in Erinnerungen an meine Abuela und an früher im Allgemeinen, bis eine von ihnen aufbricht, weil sie noch das Mittagessen vorbereiten muss.

Also laufe auch ich weiter, bis ich in eine kleine Straße einbiege und wie erfroren in eine große, nach einem billigen Männerparfum stinkende und mir noch immer viel zu vertraute Person hineinlaufe, die mir einmal viel zu nahe gekommen und damit in gewisser, na ja eigentlich in ziemlich eindeutiger Weise mein Leben durcheinander und in völlige Dissonanz gebracht hat. Ein Blick nach rechts. Doch da kann ich nicht hin, denn dann bin ich in der – in *seiner* – Bar. Dann sehe ich wieder nach vorn und hinein in die Tatsache, dass das wohl so hat kommen müssen.

Manolo.

ALEX

Antonio: *Amigo*!!! Kommst du morgen mit zu Matildas erstem Fußballturnier?? Oder willst du noch einen Samstag im Bett verbringen???

Alex: Erstens: Dein Büro liegt direkt neben meinem. Warum kommst du also nicht einfach rüber, um mich das zu fragen? Zweitens: Ein Fußballturnier voller aggressiver Fünfjähriger und ihrer sicher noch aggressiveren Eltern? Sehr verführerisch. Aber nein.

Antonio: Na ja, besser Fußball, als die ganze Zeit im Bett rumzuliegen und den eigenen Papagei als Putzvogel zu nutzen. Ach ja, und ich kann nicht aus meinem Büro kommen. Ich war heut mit Kuchenkaufen dran und hab's vergessen. Gesagt hab ich aber, dass ich so schlimme Rückenschmerzen hab, dass ich kaum aufstehen kann, lol! Deshalb muss ich jetzt sitzen bleiben, damit mein Cover nicht auffliegt, haha!!!

Alex: Warum gehst du nicht einfach runter zu Edeka und kaufst ein paar Fertigkuchen? Dann kannst du den Tag ganz normal verbringen, statt allen was vorzumachen.

Antonio: Respekt, *amigo*!!! Da geht es um Respekt vorm Chef!!! Da würde ich doch jetzt das Gesicht verlieren, wenn ich das einfach zugebe!!! Aber lenk nicht ab!!! Was ist nun mit Samstag??? Du kannst nicht einfach Nein sagen!!! Sonst tauscht Matilda deine Zahnpasta vielleicht mit Schuhcreme!

Alex: Wirklich nicht. Aber danke.

Antonio: Du kannst dich nicht ewig in unserem Gästezimmer oder deinem Büro verstecken!!!

Alex: Mach ich ja gar nicht. Außerdem muss ich morgen Vormittag noch mal zu Laura ins Büro.

Antonio: Mmh!
Alex: Was Mmh? Und warum war da ein Ausrufezeichen hinter dem Mmh?
Antonio: Das Mmh steht dafür, dass du nicht ewig trauern kannst!!! Und das Ausrufezeichen war aus Gewohnheit!!
Alex: Mmh.
Antonio: Na toll, was willst du denn jetzt mit dem Mmh sagen???
Alex: Ehrlich gesagt: keine Ahnung. Von nix.

MAYA

Manolo sieht mich an. Seine Augen sind ein bisschen glasig, und der Geruch nach starkem Kaffee und Zigarette macht, dass mir schwindelig wird. Na ja, und die Tatsache, dass ich meinem allerschlimmsten Albtraum gegenüberstehe und er … er mich noch nicht mal erkennt.

Stattdessen geht er einen Schritt zurück, hebt entschuldigend die Hände und zieht die Jeans ein Stück nach oben, die unter den leicht hängenden Bauch gerutscht ist. Er murmelt eine Entschuldigung, geht wieder in die noch leere Bar und ruft irgendeiner der Kellnerinnen etwas zu, die gerade damit beschäftigt ist, die Stühle und Tische im Inneren abzuwischen.

Ich sehe ihm hinterher. Hat er nur so getan, als hätte er mich nicht erkannt? War ihm das Ganze *so* unangenehm, bereute er das alles damals? Ich weiß nicht, warum, aber irgendwie weiß ich, dass er das nicht tut. Nicht er. Aus dem breitbeinigen Gang und seinen Gesten gegenüber der Kellnerin ist klar abzulesen, dass er sich kein Stück weit verändert hat.

Hat er mich tatsächlich nicht erkannt? Klar, meine Haare sind halb unter der neongelben Wahnsinnsmütze verborgen, doch mein Gesicht hat sich nicht sonderlich verändert. Zumal mich gerade ein komplettes Dorf uralter Menschen erkannt hat. Nein. Unmöglich.

Und plötzlich, als sich die Glastür der Bar hinter ihm schließt und ich ihm mit noch immer klopfendem Herzen hinterhersehe, rückt mein eigenes Spiegelbild, meine eigene Reflexion in der geschlossenen Bartür in den Fokus. Ich sehe mich an und verstehe. Es war ihm vollkommen egal. Er konnte sich noch nicht einmal daran erinnern, was er damals fast und was er wirklich getan hat. Und während ich mich ein Jahrzehnt meines Lebens in Weiß und Grau und Beige flüchtete wie ein Beutetier, das sich vor einem potenziellen Jäger schützen will und denkt, dass es das am besten tut, indem es nicht aus der Reihe tanzt, indem es alles tut, um bloß nicht aufzufallen – während ich all das tat, war es ihm einfach egal.

Für ihn ist nichts passiert.

Und für mich alles.

Ich hätte daran nichts ändern können. Nichts an seinem Verhalten hatte irgendwas mit mir zu tun. Und doch hatte ich alles an dieses Verhalten, an seinen Beutetrieb angepasst, damit das bloß nicht noch einmal passierte. Damit einfach gar nichts mehr passierte und ich ein Leben in Statik und Ruhe führen konnte.

Was aber gar nicht möglich ist. Was unmöglich ist.

Langsam atme ich tief ein und dann wieder aus. Ich blicke zu Lea, die den Boden der Barterrasse beschnüffelt und genüsslich einen riesigen Haufen macht.

Recht hat sie. Absolut und vollkommen.

Nur eine Stunde später sitze ich in dem alten Renault 5 meiner Abuela. Das alte Auto riecht nach … Ja … nach was eigentlich? Nach altem Auto, entscheide ich und fahre über das klebrig-ledrige Lenkrad. Am Rückspiegel hängt eine winzige gefilzte Puppe mit einem roten Sevillana-Kleid mit weißen Punkten. Ich nehme die kleine Puppe in die Hand, sehe in ihre schwarzen, gestickten Augen und erinnere mich daran, dass meine Abuela das Püppchen aus einem Urlaub in Andalusien mitgebracht und es als Glücksbringer in den Wagen gehängt hat. Ich hoffe, dass dieses Glück immer noch Wirkung zeigt und die alte Kiste mich und Lea unbeschadet nach Bilbao und zurück bringt. Aus dem uralten Navi, das immer wieder von der Auslage fällt, diktiert mir eine unangenehme Computerstimme den Weg durch felsige Schluchten und Hügellandschaften, während mein Dackel immer wieder versucht, mir auf den Schoß zu springen. In Bilbao angekommen, schaffe ich es dann tatsächlich, mich durch den Verkehr, durch überall viel zu dicht geparkte Autos und die schmalen Straßen zu quetschen.

Ich fahre über die große rote Brücke, die mir beim letzten Mal gar nicht aufgefallen ist und die relativ neu sein muss. Der Ría de Bilbao, der breite Fluss, der die Stadt in zwei Teile teilt, glitzert unter mir, als die Sonne sich durch die dunkelgrauen Wolken schiebt. Vor dem Guggenheim-Museum steht eine große Reisegruppe und fotografiert die riesige Hundestatue *Puppy*, die über und über mit Blumen bepflanzt ist. Mein Vater hat mir mal erklärt, dass die Pflanzen zweimal im Jahr ausgewechselt werden. Offenbar ist das schon passiert, denn alles sieht frisch und bunt und strahlend aus, als wären die Blumen eben erst erblüht. Da einige Touristen vor dem Blumenmeer ihre blendend helle Haut in viel zu kurzen Hosen zur Schau stellen, könnte man fast denken, dass der Winter bald keine Chance mehr hat.

Ich überlege. Ist heute nicht sogar … Doch, ich glaube, als ich vorhin am Zeitungskiosk vorbeigelaufen bin und kurz die Nachrichten gescannt habe, stand da, das heute der 20. März ist. Frühlingsanfang. Eigentlich bedeutet das ja gar nichts. Schließlich sagt der Winter jetzt ganz sicher nicht einfach, *Okay, Leute, ich pack's dann mal, hasta la vista*. Trotzdem fühle ich … Na ja … ich traue mich kaum, es innerhalb meines Kopfes zu formulieren, weil es schon unformuliert bescheuert klingt … Ist das Lebenslust?

Doch. Das klingt tatsächlich bescheuert. Aber irgendwie zutreffend. Denn da ist etwas in meinem Bauch, direkt in der Mitte bewegt sich etwas, flattert bei dem Gedanken, gleich durch die Türen der Läden zu laufen, an denen ich vorbeifahre, mich umzusehen, mich einer gewissen Kauflust hinzugeben, auch wenn das tief kapitalistisch und deshalb irgendwie fragwürdig ist. Na ja, wobei selbst Rosa Luxemburg mir wahrscheinlich zugestehen würde, dass ich ein paar Klamotten brauche, um über die nächsten Wochen zu kommen

Auf jeden Fall habe ich das Flattern noch immer im Bauch, als ich Osanes Laden betrete und mit einer riesigen Umarmung und zwei festen Küssen auf die rechte und linke Wange begrüßt werde.

»*Aúpa,* Kindchen! Wie lange ist das denn her? Was machst du hier? Alex hat George zwar erzählt, dass du nicht mit nach Berlin gefahren bist, die beiden schicken sich ständig WhatsApp, musst du wissen, aber dass du immer noch hier bist, habe ich nicht erwartet.«

Ich lächle, und es fühlt sich sehr, sehr gut an, nach fast vier Monaten mal wieder mehr als nur ein paar Sätze mit jemandem zu sprechen. Bis auf die vielen sehr monologen Gespräche mit Lea, versteht sich.

»Ja, also … ich bin irgendwie gerade zwischen zwei Jobs, na ja, und deshalb … hab ich gedacht, ich bleib einfach noch ein bisschen.«

»Ich freu mich auf jeden Fall, dich zu sehen. Und die kleine Lea natürlich auch. Was für ein hübsches Mädchen du bist, ja, so ein hübsches Mädchen.«

Mit Erleichterung sehe ich, dass Lea Osane nicht vergessen hat. Ganz im Gegenteil: Obwohl ihr beides strengstens verboten ist, springt sie immer wieder an ihr hoch und versucht, ihr übers Gesicht zu schlecken. Meine Erleichterung rührt von der Frage her, die ich Osane gleich stellen werde.

»Also, na ja«, stammle ich, weil ich noch nie gut um Hilfe bitten konnte, egal, wie klein diese ausfällt, »ich wollte fragen, ob du dich vielleicht kurz um sie kümmern könntest. Ich muss unbedingt ein paar Sachen einkaufen. Das hier ist mein letztes Paar

Leggins ohne Löcher.« Ich rümpfe die Nase und zeige auf die schwarze Hose.

»Aber selbstverständlich doch. Geh, so lange du willst. Aber unter einer Bedingung: Du musst dann noch genug Zeit mitbringen, um mit George und mir einen Kaffee zu trinken.«

Fest schließe ich die Arme um sie, während ich ihr ein etwas zu emotionales Dankeschön ins Ohr flüstere. Irgendwie fühlen sich ihre Herzlichkeit und die Selbstverständlichkeit, mit der sie sofort ihre Hilfe angeboten hat, wie eine Rettungsinsel an. Wir haben uns ja bisher nur einige Male gesehen. Trotzdem fühlt es sich gut an zu wissen, dass sie im Notfall da ist.

»George kommt auch gleich vom Einkaufen zurück. Willst du noch warten? Oder weißt du was, am besten wartest du nicht. Du gehst jetzt einfach los und nimmst dir so viel Zeit, wie du willst und brauchst, und dann gibt es einen schönen starken Kaffee. Keine Sorge, den koche ich, nicht George. Die Briten können vieles, aber einen *cortado* bekommen sie in hundert Jahren nicht hin.«

Also übergebe ich Lea und gehe los. Als ich den ersten Laden betrete und mit einem ganzen Berg von Kleidungsstücken in der Kabine verschwinde, ist meine eben noch vorhandene Begeisterung plötzlich verschwunden. Der ganze ungesunde Kram hat dafür gesorgt, dass ich nie wieder in meine eigentliche Kleidergröße passen werde, und keines der Kleidungsstücke fühlt sich auch nur ansatzweise richtig an.

Ich sehe an dem schlichten, hellbraunen Strickkleid herunter und bemerke, wie ich zu schwitzen beginne. Das Gleiche passiert bei der Kombination aus weißem Hemd und dunkelblauer Jeans. Es fühlt sich an, als ob ich bei zwanzig Grad Winterklamotten anprobiere. Nichts passt, alles kratzt und drückt und engt mich ein.

Ich blicke auf den Berg aus Weiß und Beige und Jeans vor mir. Meine Routinefarben. Warum auch nicht? In der Kabine nebenan sprechen zwei Frauen über eine Hochzeit, für die sie ein Kleid suchen. Eine der beiden geht nach draußen, um sich vor dem großen Spiegel zu betrachten, der sich außerhalb der Kabinen befindet. Durch eine Öffnung zwischen Vorhang und Wand hindurch kann ich sehen, wie sie sich immer wieder von links nach rechts dreht, dann das Kinn ein wenig senkt, einen Schmollmund macht und sich mit den Händen durch die Haare fährt. Ich kenne diesen Blick. Sie wird das enge Kleid mit dem bunten Ethnomuster kaufen. Und ich würde das auch tun. Was mich verwirrt.

Habe ich meinen Geschmack verloren? Was für eine dämliche Frage. Ein echtes Erste-Welt-Problem ist das. Ich setze mich auf den kleinen Hocker in der Ecke der Kabine, wodurch meine Tasche zu Boden fällt, die eben noch dort gestanden hat. Die kleine Maya-Stoffpuppe fällt heraus. Dabei ist mir gar nicht aufgefallen, dass ich sie überhaupt eingepackt habe. Nachdem ich mich gebückt und sie aufgehoben habe, betrachte ich sie, und mir fallen die Worte meiner Abuela ein. Ich drücke die Puppe an mich wie so viele Male während der letzten Wochen und lächle. Nein, mit mir ist alles okay. Meine Superkraft ist es eben, Maya zu sein. Und wer das ist, das finde ich gerade heraus. Dieser Gedanke beflügelt mich ein wenig. Also schnappe ich mir einfach einige Leggins und Basic Kapuzenpullover, die in der Nähe der Kasse hängen, dazu noch einige dicke Sockenpaare und T-Shirts und eine gefütterte Jacke in der überaus lebensfrohen Farbe Kaki. Besser als nichts, sage ich mir, als mein uninspirierter Einkauf und ich uns hinter die beiden Damen stellen, die eben noch in der Kabine neben mir waren.

Auf dem Weg zurück zu Osanes Laden scheint immer noch die Sonne. Das bunte Wirrwarr der Straßen des Stadtkerns, die Altbauten, die Musik, die von Straßenmusikern an jeder Ecke rührt – alles fühlt sich mit einem Mal wie ein kleiner Urlaub an. Als Kind war ich oft in Bilbao, kann mich an die schönen Häuser, an den großen Fluss in der Mitte, an die unterschiedlichen Gerüche und gutes Essen erinnern. Doch waren diese Erinnerungen schon lange verblasst. Vielleicht auch absichtlich und verdrängt.

Jetzt aber kann ich es nicht leugnen. Bilbao ist wunderschön mit der Silhouette aus Bergen, die sich hinter den unterschiedlichen Bauten in die Höhe schwingen und die zeigen wollen, dass hier im Baskenland immer noch die Natur das Sagen hat. Egal, wie viele Ziegel aufeinandergeschichtet werden und wie dicht die Wolken aus Abgas das zu verleugnen versuchen.

Ich entscheide endgültig, den Einkaufsteil meines Ausflugs hier abzubrechen, um mich etwas Wichtigerem zuzuwenden. Ich bin nicht sicher, ob es daran liegt, dass meine Zunge seit Wochen nur Fünf-Minuten-Terrinen und Kellogg's geschmeckt hat. Aber als ich mir in einer kleinen Bar einen Teller *pintxos* aussuche und mich damit auf deren Terrasse setze, fühle ich einen fragwürdigen Patriotismus in mir aufwallen. Dabei bin ich gerade einmal Halbspanierin, und baskisches Blut strömt überhaupt keines durch meine Adern.

Auf jeden Fall kann ich nicht bestreiten, dass ich selten etwas Besseres gegessen habe als diese drei Häppchen, die mit Anchovis und kräftigem baskischen Käse, mit Thunfisch und mit allerlei weiteren Dingen belegt sind, die zu einer absolut stimmigen Mischung vereint wurden. Dazu trinke ich ein etwas zu kaltes alkoholfreies Bier einer lokalen Brauerei, das der Barmann mir empfohlen hat. Obwohl die Sonne jetzt gänzlich übernommen hat, fühlt es sich so an, als würden meine Finger gleich einfrieren.

Trotzdem ist es schön. Ein wenig seltsam nach den Monaten der Isolation vielleicht. Aber schön nichtsdestotrotz. Bis zwei Männer aus dem Eingang des Ladens neben der Bar treten. Beide lachen, der eine gibt dem anderen einen freundschaftlichen Klaps auf die Schulter, während der andere die Hände in die Taschen seiner mit Farbe bespritzten, dunkelgrauen Jeanshose steckt. Er kann mich unmöglich sehen, mein Vater. Trotzdem verkrampfen mein Kiefer, meine Arme, meine Beine, mein ganzer Körper, und ich muss mich dazu zwingen, den letzten Bissen Brot runterzuschlucken.

Seine Bewegungen, sein Lächeln, wie er sich mit den feinen Händen durch die mittlerweile grau melierten Locken fährt. So vertraut fühlt sich das alles an, dass es schmerzt. Wie kann das sein? Bilbao hat auf jeden Fall eine sechsstellige Einwohnerzahl. Wie kann es sein, dass ich meinen Vater treffe? Unmöglich ist das. Absolut und vollkommen unmöglich. Und ein Albtraum.

Doch da ist er. Da steht er und lacht, und ich fühle mit einem Mal doch wieder einen so inbrünstigen Hass. Und Verwirrung. Die gleiche Art wie die, die ich am Morgen empfunden habe, als ich in Manolo gelaufen bin. Auch für ihn hatte das damals also alles keine Bedeutung. Gar keine. Er lebt sein Leben. Lacht mit Freunden. Hat Spaß am Leben. Anschreien möchte ich ihn. Und gleichzeitig, ja, gleichzeitig möchte ich ihn umarmen. Was mich noch wütender macht. Wie kann ich es wagen? Wie kann ich es wagen, mich selbst so zu verraten?

Ich habe keinen Vater. Das hab ich ihm gesagt, nachdem er nach Maschas Hochzeit einfach so vor der Tür stand. Und das hat er, so wie ich seinen Gesichtsausdruck damals interpretiert habe, auch verstanden. Hat zwar eine Karte mit seinen Kontaktdaten auf dem Küchentisch gelassen. Doch zu Abuelas Haus gekommen ist er nicht noch einmal. Und jetzt fühle ich … *das*. Was auch immer *das* ist.

Er erzählt etwas mit den für ihn typischen, viel zu ausladenden Handbewegungen, zeigt hierhin und dahin, und auf einmal und ohne dass ich mich darauf hätte vorbereiten können, bleiben seine Augen an mir hängen. Er hält in der Handbewegung inne, schließt langsam den geöffneten Mund, reagiert nicht mehr auf das, was der Mann neben ihm sagt. Langsam dreht er sich zu seinem Gesprächspartner, sagt etwas, legt ihm kurz die Hand auf die Schulter und kommt zu mir.

Er bleibt vor meinem Tisch stehen, einen Mundwinkel zu einem zaghaften Lächeln gehoben, als würde sich der andere noch nicht ganz trauen. Womit er recht hat, der andere Mundwinkel. Mein Herz klopft, als er zu mir an den Tisch tritt. Ich will das hier nicht. Will an ihm vorbeigehen und ihn ignorieren. Doch ich bewege mich nicht. Sehe ihn an und beobachte, wie sich sein Mund öffnet und schließt, ohne zu hören, was er da gerade sagt.

»Was?«, frage ich und atme einmal tief ein und aus.

»Ich habe gesagt, dass ich mich freue, dass du hier bist.«

»Aha«, antworte ich, weil ich keine Ahnung habe, was ich sonst sagen soll. Aber Moment … denkt er etwa, dass ich seinetwegen hier bin? Das soll er nicht denken. Das darf er nicht denken. Diesen Triumph kann ich ihm nicht schenken.

»Ich war einkaufen und hatte Hunger.« Ich zeige auf den leeren Teller vor mir. Was für eine lahme Antwort, also setze ich nach. »Ich bin nicht deinetwegen hier. Dass wir uns treffen, ist reiner Zufall.«

Er nickt, hält aber an seinem halben Lächeln fest. Mit einer bunt bespritzten Hand zeigt er auf den Stuhl mir gegenüber. »Darf ich?«

»Ich wollte gerade gehen …«, sage ich und greife nach den Einkaufstaschen auf dem Stuhl neben mir.

»Nur kurz«, sagt er und zieht den Stuhl zu sich. »Bitte.«

Da die Terrasse der Bar voll ist und ich keine Szene machen, sondern das hier so kurz und dramafrei wie möglich halten will, verdrehe ich schnaubend die Augen, nicke dann. »Dann mach halt.«

Mein Vater setzt sich, ruft den Kellner und bestellt einen *cortado*. Gerade will ich ihm sagen, dass er es sich gar nicht gemütlich zu machen braucht, weil ich nicht vorhabe, ihm länger als ein paar Minuten zuzuhören, da entsperrt er sein Telefon und schiebt es zu mir rüber. »Schau mal.«

Ich schnaube noch einmal, nehme sein Telefon aber in die Hand und blicke auf den Bildschirm. *Banco Santander* steht am rechten oberen Bildschirmrand. Darunter mein Name und eine Kontonummer. Und weiter unten rechts ... Ich schlucke und zwinkere einige Male. Denn das kann nicht sein. Woher? Warum? Und ... Wer?

Die Antwort auf die letzte Frage liegt auf der Hand. Doch warum hat er das getan?

»Ich«, setze ich an, doch er hebt beide Hände, um mich zum Schweigen zu bringen.

»Warte. Sag nichts. Ich will das erst erklären.« Er atmet tief ein und aus. »Also ... Ich habe während der letzten Jahre viele Bilder verkauft. Sehr viele sogar.« Er hält kurz inne und räuspert sich. »Von jedem Verkauf habe ich einen Teil auf zwei Konten überwiesen. Eines für dich und eines für deinen Bruder. Der hat das Geld schon vor einiger Zeit bekommen, weil ... na ja, weil wir seit einigen Jahren wieder in Kontakt stehen. Jetzt sieh mich bitte nicht so an. Ich hab ihn darum gebeten, dir nichts zu sagen, weil ich mit dir persönlich sprechen wollte ... Dann hat sich aber die Gelegenheit nie ergeben ... weil ... weil ... weil ich Angst hatte.«

Er weicht meinem Blick aus und schließt kurz die Augen. Während in meinem Kopf die Tatsache einsickert, dass mein Bruder mir das tatsächlich alles verheimlicht hat.

»Antonio hat damit seine Firma gründen können, und jetzt ... na ja ... und jetzt möchte ich dir deinen Anteil geben, damit du das tust, was dich glücklich macht. Was auch immer das ist. Und bevor du jetzt irgendwas sagst ... na ja, ich will einfach, dass du weißt, dass dir dieses Geld zusteht. Und dass ich dir das nicht gebe, um den großen Retter zu spielen oder damit wir wieder sprechen ... oder ... Also, was ich sagen will, ist, dass dieses Geld nicht an irgendwelche Bedingungen geknüpft ist. Vielleicht ist es … ach, keine Ahnung … eine Art Schmerzensgeld …?«

Das Wort lässt mich aufhorchen. Schmerzensgeld … Was denkt er eigentlich … was glaubt er … und mit welchem Recht?

»Schmerzensgeld?« Ich bin aufgesprungen, ohne dass ich es überhaupt mitbekommen habe. Wodurch der Rest der Terrassengäste jetzt doch noch eine Show zu sehen bekommt. Eine Frau mit einer Art Anglermütze auf dem Kopf flüstert ihrem Sitznachbarn etwas zu, der hebt interessiert die zu sportliche Sonnenbrille. Bestimmt heißen die beiden Betsy-Lynn und Ryder und werden zu Hause in Austin, Texas, davon berichten, wie wunderbar temperamentvoll diese Spanier doch alle sind. Aber das ist jetzt egal. »Du denkst, dass du das, was du getan hast, mit zweihunderttausend Euro wiedergutmachen kannst? Wie hast du das denn berechnet, wenn ich fragen darf? Dein Freund hätte mich fast vergewaltigt.«

Bei dem Wort vergewaltigt drehen sich auch einige einheimische Köpfe zu uns. Ich rede zu laut, und das weiß ich. Doch für Anstand fehlen mir jetzt die Nerven.

»Und du hast einfach da rumgelegen, völlig betrunken und unfähig, mich zu beschützen! Den großen Retter spielen? Wovor willst *du* mich denn retten? Mich muss niemand retten, das hab ich schon ganz allein getan. Vor allem du nicht, verdammt.«

Er erwidert meinen Blick mit leicht geducktem Kopf. Sieht mich an mit seinen großen, braunen Augen, an deren Rändern sich jetzt viele kleine Falten befinden. Mit leicht geöffnetem Mund, den noch immer ein dichter Bart umrandet, der jetzt aber fast gänzlich grau und kaum mehr braun ist. Sein drahtiger, muskulöser Körper bewegt sich nicht. Kein Stück.

»Für das, was du getan hast, gibt es keine Entschuldigung. Die gibt es nicht.« Ich schüttle den Kopf und merke, wie mir die Tränen die Wangen herunterlaufen. So wütend bin ich … so wütend auf ihn und auf mich … weil ich trotz allem zu ihm gehen und ihn spüren will. Seine Umarmung, seinen kratzigen Bart an meiner Wange.

»Wie soll ich dir denn dafür vergeben? Sag es mir, denn ich weiß nicht, wie das funktionieren soll.« Ich muss mir kurz die Tränen von Augen und Wangen reiben, bevor ich weitersprechen kann. »Du hast alles zerstört, und jetzt kommst du wieder und zerstörst alles noch einmal, und ich weiß nicht, was ich noch tun soll. Ich hab es so lange geschafft, nicht so zu sein wie du … ich hab es wirklich versucht, und dann komm ich hierher und tu das, wozu ich Lust hab, und dann tauchst du auf, und alle Bilder von damals und die Gewissheit, dass alles wieder schlecht wird, alles ganz katastrophal wird und gefährlich, wenn ich zulasse, dass das alles zurückkommt und … oh Gott, ich weiß gar nicht, was ich da eigentlich rede, und ich kann auch nicht …«

Ich lasse den halben Satz zwischen uns stehen, nehme die Einkaufstaschen und laufe, laufe, laufe, schlängle mich durch die gemütlich schlendernden Menschenmassen, den Kopf gesenkt, die Tüten vor der Brust wie ein Schutzschild, die Tränen ein nicht versiegendes Rinnsal.

Bis ich endlich die goldene Türklinke von Osanes Laden in der Hand halte und in das halb volle Geschäft stürze. Die Gespräche der Kunden verstummen, Osane kommt zu mir, nimmt mich am Arm und führt mich ins Hinterzimmer. Sie ruft einer jungen Verkäuferin zu, dass sie kurz übernehmen soll, und schließt die Tür hinter uns. »Um Gottes willen, was ist denn los?«

Sie drückt mich auf einen Stuhl, der an der Werkbank mit zahlreichen sicher noch defekten Nähmaschinen steht, und nimmt mir die Tüten aus der Hand. Dann geht sie zu einem alten, kleinen Servierwagen in der Ecke, auf dem eine Flasche mit Gin steht, und gießt eine kleine Menge in eine Kaffeetasse. Alkohol. Als ob der nicht schon genug angerichtet hätte, denke ich und schüttle den Kopf. Außerdem wird mir schon beim Anblick der Flasche schlecht. Osane verengt die Augen und lässt den Blick von meinen Füßen an meinem Körper entlang nach oben wandern. In meiner Körpermitte hält sie inne und lächelt dann.

»Keinen Gin, also? Interessant. Aber Gin oder nicht – denk bloß nicht, ich lass dich zurück nach Maitasuna fahren. Heute bleibst du hier bei uns. Und jetzt erzählst du mir, was passiert ist.«

Also erzähle ich. Alles. Was vor dreizehn Jahren passiert ist und was vor noch nicht mal dreizehn Minuten. Und obwohl wieder einige Tränen rollen, bin ich doch überrascht. Es fühlt sich an, als würden meine Worte dem, was damals passiert ist, mehr und mehr Schrecken und Wirkung rauben. Was mich, trotz allem, erleichtert.

Osane nimmt mich in die Arme. »Ich weiß nicht, was ich sagen soll. Armes Kind.«

Ihre Umarmung lässt aus meinem bisher stillen Weinen ein Schluchzen werden. »Und weißt du, was das Schlimmste ist? Ich will das … Ich will ihm eigentlich vergeben. Wirklich. Aber ich kann das nicht. Ich kann das einfach nicht. Es ist unmöglich.«

Osane drückt mich von sich weg und sieht mich an. »Ich kenne deinen Vater. Jetzt schau nicht so überrascht. Er ist ja in der Zwischenzeit ein bisschen so was wie eine Lokalgröße hier in Bilbao geworden. Zumindest bei denen von uns, die sich für Kunst interessieren. Na ja, und deiner Abuela zugeordnet hab ich ihn natürlich auch sofort, als ich einen Artikel über ihn gelesen habe. Du konntest dich ja offenbar nicht mehr an mich erinnern, was verständlich ist, weil du ein sehr kleines Mädchen warst, als du mit deiner Großmutter hier in den Laden kamst. Und ich war eine junge, schüchterne Frau unter der Fuchtel meiner Eltern. Aber manchmal kam auch dein Vater mit, und na ja … ich war ein bisschen verliebt in ihn. Damals kannte ich meinen George ja noch lange nicht.«

Sie lächelt, als ich die Brauen hebe. »Ich weiß, ich weiß, tut jetzt nichts zur Sache. Was ich sagen will, ist: Ich glaube, dass dein Vater kein schlechter Mensch ist. Ganz sicher nicht. Und selbst wenn er das wäre, ist er dein Vater. Und es ist völlig okay, dass du ihm vergeben willst, egal, was er getan hat. Irgendwie wünschen wir uns doch alle die Nähe unserer Eltern, auch wenn wir es uns nicht eingestehen, auch wenn sie uns nicht guttun und selbst, wenn sie etwas Unverzeihliches getan haben.«

Ich nicke, scheitere innerlich aber noch immer an dem Wort Vergebung. »Aber irgendwie … ich weiß nicht … das klingt jetzt völlig bescheuert, aber … irgendwie hat er das nicht verdient. Also, meine Vergebung, meine ich. Verstehst du, was ich meine?«

Osane sieht mich an, dann zu den Maschinen auf dem Tisch, kaut auf ihrer Unterlippe und scheint nachzudenken. »Ich verstehe. Vielleicht, na ja, vielleicht ist das auch so, vielleicht gibst du ihm damit tatsächlich etwas. Schenkst ihm Seelenruhe oder was auch immer er sich sonst davon verspricht. Aber vielleicht schenkst du dir auch selbst etwas. Einen Abschluss vielleicht? Oder aber, dass du loslassen kannst von der Idee davon, wie dein Vater hätte reagieren und welche Art Vater er hätte sein sollen. Und ihn sehen, wie er ist … also jetzt und heute. Und vielleicht siehst du dich dann ja auch selbst ein bisschen anders.«

»Und das mit dem *Schmerzensgeld?*«

Ich zeichne wütende Anführungszeichen in die Luft. Osane schnaubt. »Das war wirklich dumm. Aber ich glaube, auch das kam von einem ehrlichen Ort in ihm. Von einem Ort, an dem vielleicht ganz schön viel Verzweiflung herrscht. Und Verzweiflung lässt die Menschen die seltsamsten Dinge tun.« Osane steht auf und reicht mir ein Glas Wasser. »Du musst das ja auch nicht nehmen, das Geld. Aber darüber nachdenken kannst du. Zweihunderttausend Euro«, sie pfeift, »damit lässt sich ganz schön viel Stoff kaufen … also, nur als Inspiration. Aber jetzt muss ich zurück in den Laden.«

Sie zwinkert mir zu und sagt, dass ich die Treppe am Ende des Hinterzimmers hinauf in ihre Wohnung gehen und mich zu George gesellen soll. Der empfängt mich herzlich und mit ihm eine angenehme, fast schon frühlingshafte Luft, die durch die überall in der Wohnung geöffneten Fenster zieht.

Am späten Nachmittag kommt auch Osane die Treppe herauf. Sie gibt mir meine Einkaufstüten und danach eine weitere, sehr große, schwere mit dem Logo ihres Ladens darauf.

»Ich hab mir mal deine Einkäufe durchgesehen«, sagt sie und rümpft die Nase. »Nichts für ungut, Kind, aber es wird Frühling. Und du hast die Taschen voller schwarzer Leggins und Kapuzenpullover. Und dann noch diese dunkelgrüne Plastiktüte, die sich als Parka getarnt hat … Pfui. Deine Abuela würde sich im Grab umdrehen, das kannst du mir glauben. Also hab ich dir eine ganze Tüte mit Stoffresten aus meinem Frühlingsregal gepackt. Und ein paar Schnittmuster gleich dazu. Diese jungen Engländerinnen mit ihren Schnittmustern sind eine Entdeckung. Wirst du sehen.«

Ich nehme die Tüte, sehe hinein und lächle.

»Aber, das … das kann ich nicht annehmen …«, sage ich, habe allerdings schon die Hälfte davon vor mir auf dem Tisch ausgebreitet. »Lass mich wenigstens dafür bezahlen.«

»Das nächste Mal«, sagt sie, und George lehnt sich konspirativ zu mir rüber.

»Das ist ihre Masche. So kommst du immer und immer wieder, so wie der Rest der Kundinnen«, flüstert er, während Osane ihm einen Klaps auf den runden Bauch gibt.

»Gar keine Masche ist das, du dicker Spinner. Du kannst die ganzen Stoffe haben, wenn du mir versprichst, dass du jeden Einzelnen davon vernähst.«

Mit einem Nicken besehe ich die bunten, weichen, fließenden Stoffe und das Versprechen von Wärme und Leichtigkeit, das sie in sich tragen. Ich füge hinzu, dass ich auch so zurückkomme.

Und das meine ich auch. Denn ich werde zurückkommen. Ganz sicher.

In dieser Nacht auf Osanes und Georges Schlafcouch im Wohnzimmer, Lea fest an mich gedrückt, träume ich von dem Wald in Maitasuna. Alles ist dunkel in diesem Traum. Bis irgendwann mitten in all der Düsternis, zwischen Laub, Feuchtigkeit und Matsch plötzlich ein zaghaft blühender Kirschbaum auftaucht. Kleiner als die anderen ist er, strahlt dafür aber hell und laut und mit so viel Kraft, dass auch der Rest des Waldes davon erhellt wird.

Frühling, denke ich. Ein Frühling muss vergehen. Ein Frühling, ein Sommer, ein Herbst und dann du. Im Arm halte ich meine kleine Stoffpuppe, die ich fest an meinen Körper drücke. Ich spüre, wie jemand meine Hand nimmt. Alex. Er sieht mich an und lächelt. Und ich lächle zurück.

»Du hast mich gesehen«, sage ich und zeige auf den Baum. »Du hast mich die ganze Zeit gesehen. Mehr als ich mich.«

Er lächelt noch einmal, sagt aber nichts. Und ich frage mich, ob ich bereit bin, ihm von einem Geheimnis zu erzählen, das ich selbst gerade erst verstanden habe.

Noch nicht, denkt das Mädchen im Traum. Aber bald.

ALEX

George: Lieber Alex, wie geht es dir? Auf BBC lief gestern *The Life of Birds*. Ich hab sofort an dich gedacht. Hast du den schon gesehen? Wenn nicht, dann solltest du. Ein absoluter Klassiker. Vielen Dank noch mal für den Tipp mit Izki. Osane hat es GEHASST. Aber ich fand es toll. So viele Mittelspechte! Nun ja, und ich schreibe dir noch aus einem anderen Grund: Maya war vorgestern bei uns. Sie hat anders gewirkt als noch vor ein paar Monaten. Irgendwie gelöst. Und fröhlich. Keine Sorge, wir haben selbstverständlich nicht über dich gesprochen. Wobei ihr das sicher nichts ausgemacht hätte. Den Eindruck hat sie zumindest nicht auf mich gemacht. Ich habe mich auf jeden Fall gefragt, ob ihr beiden inzwischen miteinander gesprochen habt, seit der Sache Ende November. Wenn nicht, vielleicht wäre jetzt ein guter Moment. Liebe Grüße, George

Alex: Lieber George, freut mich, dass du in Izki so erfolgreich warst. *The Life of Birds* habe ich natürlich schon gesehen. Toll war der! Wirklich ein Klassiker. Trotzdem vielen Dank für den Tipp. Wie geht es Osane? Also bis auf die Tatsache, dass sie mich für euren Trip nach Izki hasst, haha. Und was macht das Herz? Warst du mittlerweile bei dem Spezialisten in San Sebastián? Halt mich auf jeden Fall auf dem Laufenden, was das betrifft. Liebe Grüße, Alex.

MAYA

Meine Hand liegt auf dem alten Holzgeländer. Zum dritten Mal habe ich sie dort abgelegt in der Hoffnung, dass ich es dieses Mal schaffen werde, einen Fuß zu heben und dann einen zweiten, um langsam die Holzstufen nach oben zu gehen.

Neun Monate ist es her. Neun Monate, seit ich diese Treppe noch halb betrunken hinuntergetorkelt bin, um in Antonios VW-Bus zu steigen und mich ins Baskenland entführen zu lassen.

Und jetzt stehe ich hier, ein riesiges Paket in den Händen und einen Koffer zu meinen Füßen, den ich unmöglich alleine werde hochtragen können. Doch das muss ich nicht, denn hinter mir öffnet Papa die Haustür, der einen weiteren Koffer vor das schwere Türblatt stellt, damit es nicht wieder ins Schloss fallen kann.

Er hebt den Kopf, betrachtet den Hausflur, lässt den Blick langsam von einer Seite zur anderen und von oben nach unten wandern, um dann vorsichtig lächelnd zu mir zu schauen. »Meinst du, dass das hier eine gute Idee ist?«, fragt er und knetet die eine mit der anderen Hand.

Ich gehe einige Schritte auf ihn zu und umarme ihn. Was sich im Frühling noch völlig falsch angefühlt hat, fühlt sich jetzt, wo es später Sommer und fast schon Herbst ist, völlig richtig an. Er riecht nach Öl- und Acrylfarbe, nach Lösungsmittel und … irgendwie nach Maitasuna. Er entlässt mich aus seiner Umarmung, nimmt aber meine Hand und lächelt. Auf seiner Hand und auf meiner befinden sich dieselben Kleckse in den unterschiedlichsten Blautönen. Ich denke an das Bild auf der riesigen Leinwand, das wir gestern noch fertiggestellt haben. Und das mein Vater, wenn er nächste Woche zurück nach Bilbao fliegt, seinem Galeristen geben wird.

Es wird mein erstes ausgestelltes Bild sein. Na ja, eigentlich *unser* erstes ausgestelltes Bild. Was mich stolz macht und sehr nervös.

Am Ende war es nicht so schwer. Das mit der Vergebung. Am Ende hat es keiner Entschuldigung bedurft. Sondern Gesprächen. Vieler Gespräche. In denen mein Vater von seinem eigenen Vater erzählte. Davon, wie er damals seine Freiheit weit weg von ihm fand, hier in Berlin. Und wie er nach dem, was mit Manolo passiert war, davon überzeugt war, dass es seinen Kindern ohne ihn auch besser ginge.

Nun, es hat sicher auch nicht geschadet, dass er Manolos Bar auseinandergenommen hat, nachdem er damals meinen Brief gelesen hatte. Die Zerstörung von Läden scheint also zumindest in der Familie zu liegen.

Ich fröstle in meinem wadenlangen Kleid. Es ist aus lila Lochspitze genäht, und obwohl ich sogar noch ein passendes Unterkleid geschneidert habe, ist meine Körpertemperatur ohne Zweifel noch im Baskenland-Modus. Und irgendwie bin ich das auch. Ich wusste natürlich, dass ich das mit der Arbeitslosigkeit nicht ewig würde weitermachen können. Das wollte ich auch gar nicht. Außerdem gibt es da noch sehr viel mehr, was mich hier zurück nach Berlin gebracht hat.

Mit einem Kopfschütteln lege ich noch einmal die Hand auf das kühle Geländer und nicke meinem Vater zu. »Es war sogar eine sehr gute Idee, hierherzukommen, Papa. Und hör auf, so zu gucken, Mama weiß Bescheid, dass du kommst, und wird dir bestimmt nur ein ganz kleines bisschen den Kopf abreißen. Und jetzt hilf mir, den Koffer hochzutragen.«

Ich zeige auf das Gepäckstück zu meinen Füßen und versuche, meinen Vater nicht sehen zu lassen, wie sehr meine Hand dabei zittert. Doch ich werde das jetzt tun. Für mich. Für Alex. Für das, was man wohl schon als *uns* bezeichnen könnte.

ALEX

Alex hat schon sehr vielen Geburtstagspartys seines Freundes beigewohnt. Da waren Schlangentänzerinnen und Feuerspeier, durch deren Auftritte er fast seine Wohnung abgefackelt und einen Freund mit Schlangenphobie in die psychiatrische Notaufnahme gebracht hat.

Er hat einen Partybus gemietet, der fast fünfzig Leute von Berlin bis nach Hamburg fuhr. Ein Ausflug, der letztlich dazu führte, dass die Hälfte der Gäste wegen des Vorwurfs der Erregung öffentlichen Ärgernisses von der Polizei abgeführt wurde.

Was Alex' Meinung nach verständlich war. Schließlich war eine der älteren Damen an einer Hamburger Ampel fast ohnmächtig geworden, als ihr aus einem pinken Bus heraus über zwanzig behaarte Männerhintern entgegengestreckt wurden.

Umso mehr wundert er sich, als er an diesem Septembernachmittag die Wohnung seines Freundes betritt. Denn als er seine dünne Regenjacke auf das Bett des kargen Gästezimmers wirft, das Antonio und Frieda ihm noch immer zu bewohnen erlauben, findet er nichts anderes vor als Kaffeegeruch und eine Kaffeetafel, die gerade von Matilda und ihrer Großmutter gedeckt wird. Und seinen Freund selbst natürlich, der gemeinsam mit seiner Frau Frieda und seiner Cousine Greta in der Küche steht und ein Kaffeetrinken vorbereitet.

»Was ist denn hier los?« Alex schaut hinter die Küchentür. Vielleicht hat sich doch noch ein Tattookünstler irgendwo versteckt, der allen Antonios Geburtsdatum auf den Oberarm stechen wird.

»Was meinst du denn?« Frieda hebt die Brauen, pustet sich einige Ponyfransen aus der Stirn und hebt den Blick von der großen Schokoladentorte, die sie gerade schneidet. Kurz überlegt Alex zu fragen, ob das hier alles ist. Ob da nicht doch noch ein Stelzenläufer in Antonios Arbeitszimmer auf seinen Auftritt wartet. Doch er besinnt sich und freut sich darüber, dass er den Nachmittag unbeschadet wird überstehen können.

»Äh, na ja, also ich habe mich nur gefragt, wo die anderen sind.«

»Hatte keine Lust auf Action dieses Jahr.« Antonio schüttelt den Kopf und sieht ihm nur kurz in die Augen. »Dieses Jahr bleiben wir unter uns. En famille sozusagen.«

Ohne es zu merken, seufzt Alex ein wenig, lässt sich auf einen der knarrenden Küchenstühle fallen, wo Greta ihm sogleich eine Tasse Kaffee einschenkt.

»Na, na, Alex«, sagt Frieda und sieht ihn an, wie sie das wohl auch bei einem ihrer Kindergartenkinder tun würde. »Jetzt ist es aber mal gut mit dem Trübsalblasen. Heute ist Antonios Geburtstag, also schnapp dir 'nen Sekt, und dann: Wohooo!«

Sie schleckt ein bisschen Schokotorte vom Finger, legt das Messer beiseite, dreht sich nach hinten und nimmt einen pinkfarbenen Partyhut von der Küchenanrichte. Sie gibt ihn an Greta weiter, die einen Schritt auf Alex zugeht und den Hut auf seinem Kopf platziert. Dann drückt sie ihm zusätzlich zu seiner Tasse Kaffee ein Glas Sekt in die andere Hand und schießt ein Foto.

Beim Blick auf ihren Bildschirm fängt sie an zu lachen.

»Schau mal, Antonio.« Greta hält ihrem Cousin ihr Display vors Gesicht und reicht es an Frieda weiter. »Alex sieht aus wie ein trauriger Clown.«

Antonio gibt einen letzten Löffel Kaffee in die Maschine und stimmt in ihr Lachen ein. Gerade will Alex etwas Schnippisches antworten, als ihm Greta das Bild vors Gesicht hält. Da gibt es nichts zu leugnen. Leider.

Die nach unten zeigenden Mundwinkel, die tiefe Falte zwischen den Brauen, die gesenkten Schultern. Na ja, und der Papagei auf der Schulter, der den Kopf zur Seite neigt, um seine Federn an Alex' Wange zu reiben, als wolle er ihn trösten.

Der Inbegriff eines traurigen Clowns. Das ist er. Und genauso fühlt er sich auch. Also lässt er den Kopf auf die Tischplatte sinken, erinnert sich dann, dass er ja auf der Geburtstagsfeier seines besten Freundes ist, und taucht wieder auf, um die Mundwinkel anzuheben und ein freudiges Lächeln vorzutäuschen.

Greta sieht erst zu ihm, dann zu Antonio. »Das war jetzt wirklich gruselig.«

»Auf jeden Fall.« Antonio nickt und zeigt auf seinen Freund. »Das Lächeln solltest du an Stephen King verkaufen.«

Alex verdreht die Augen und ist froh, dass die drei sich jetzt auf die Kaffeemaschine konzentrieren, die seltsam knackende Geräusche von sich gibt.

Wie soll Alex den heutigen Nachmittag nur überstehen? In den letzten Monaten hat er jede größere Zusammenkunft gemieden, jede Einladung durch den Vorwand irgendwelcher Meetings absagen können – wobei das nicht immer nur Vorwände waren. Die Arbeit hat während der letzten Monate sein Leben bestimmt. Hat diesem eine Richtung, einen Sinn gegeben.

Doch Antonio ist sein Businesspartner. Und im Moment zumindest ist Alex auch noch sein mietfreier Untermieter. Entsprechend aussichtslos wäre jedwede Ausrede gewesen: Er wird dabei sein und die gesamte Geburtstagsparty durchhalten müssen.

Und damit die Tatsache, dass ein bisschen Außenwelt in seinen Kokon dringt. Dabei hat da drin niemand etwas zu suchen.

Seit Dezember hat kaum jemand Maya vor ihm erwähnt. Und wenn sie es doch getan haben, hat zumindest niemand nachgehakt, wenn Alex nicht antwortete. Selbst Matilda wurde anscheinend von Antonio darauf getrimmt, nicht vor ihm über ihre Tante zu sprechen. Doch heute wird sich das nicht vermeiden lassen. Schließlich ist heute auch Mayas Geburtstag. Im schlimmsten Fall gibt es einen gemeinschaftlichen Videoanruf, aus dem er sich irgendwie wird rauswinden müssen. Was okay ist. Denn irgendwann muss das ja schließlich passieren.

Das Vibrieren seines Telefons lässt Alex zusammenzucken. Er zieht es aus seiner Hosentasche. Laura. Er steckt das Gerät zurück und beschließt, sie später zurückzurufen.

Als alle an der Kaffeetafel sitzen und für Antonio ein Geburtstagslied singen, vibriert es erneut. Also tippt er unter dem Tisch eine kurze Nachricht.

Sorry, bin auf Antonios Geburtstagsparty, ruf dich aber später zurück. Liebe Grüße!

Noch bevor er einen Bissen des riesigen Stücks Schokoladentorte in den Mund schieben kann, um von niemandem in ein Gespräch verwickelt zu werden, klingelt es an der Tür.

»Gäste!!!«, ruft Matilda, springt auf und wirft ihr Wasserglas um.

»Ich hol einen Lappen und mach das weg«, murmelt Alex, steht auf und legt seine Serviette neben seinen Teller.

Okay. Das mit dem Lappen verschafft ihm zumindest einige Minuten allein. Er geht in die Küche und schließt die Tür hinter sich. Langsam tritt er zur Spüle, nimmt den Lappen und hält ihn unter den Hahn. Kurz genießt er die Wärme des Wassers, das ihm über die Hände fließt. Bis … Moment mal … bis er einen Namen hört.

»Maya, Maya, Maya, du bist hier! Schau, Tante Maya ist gekommen, Papa. Herzlichen Glückwunsch zum Geburtstag, Tante Maya!«

Alex lässt den Lappen in die Spüle fallen und tritt einen Schritt zurück. Er sieht sich um, nach rechts, nach links, dreht sich um die eigene Achse, blickt nach oben und unten, obwohl er weiß, dass es keinen Weg heraus gibt aus dieser Küche. Keinen Weg heraus aus dieser Situation.

Außer ein Angriff nach vorne.

Doch. Er wartet kurz, bis sich sein Herzschlag beruhigt hat. Wenn er die Küchentür einen winzigen Spalt öffnet, kann er es von hier aus sehen, sobald Maya ins Wohnzimmer geht. Dann wird Alex zur Tür rennen, den Schlüssel vom Schlüsselbrett reißen und sich lautlos aus der Wohnungstür stehlen. Seine Schuhe stehen im Hausflur, und ein Griff in seine linke Hosentasche verrät ihm, dass er den Geldbeutel bei sich hat.

Er wird ins Büro fahren und Antonio später erzählen, es hätte dort einen Notfall gegeben. Natürlich wird sein Freund wissen, dass er nicht deshalb abgetaucht ist. Was sollte das schließlich für ein Notfall sein, zu dem nur einer der beiden Chefs gerufen wird. Doch Alex hofft, dass Antonio genug Anstand aufbringen wird, nicht weiter nachzubohren. Was eher unwahrscheinlich ist. Aber hoffen wird man ja wohl noch dürfen.

Aber was, wenn Maya vorhat zu bleiben? Okay, darüber kann er jetzt nicht nachdenken. Also schleicht er vorsichtig zur verschlossenen Küchentür. Er legt die linke Hand flach auf das weiße Holz, weil er weiß, dass man das Türblatt stark gegen den Rahmen drücken muss, um die Klinke geräuschlos nach unten drücken zu können.

Und tatsächlich. Mit konzentriert zusammengekniffen Augen und trotz verschwitzter Hände gelingt es ihm, das Metall fast geräuschlos nach unten zu bewegen und das Holz vorsichtig in seine Richtung zu ziehen.

Er atmet langsam aus und öffnet die Augen wieder. Beim Blick um die Ecke sieht er, dass die Wohnzimmertür fest verschlossen ist. Also schleicht er durch den Flur, schnappt sich den Schlüssel, öffnet erneut fast lautlos die Wohnungstür – nur um fast von einem kleinen, gefleckten Hund umgeworfen zu werden, der aus der jetzt geöffneten Wohnzimmertür gerannt kommt und einem schwarzen Schatten hinterherrennt, den er nur fast als Kater Ralphie identifizieren kann.

»Scheiße«, kann er noch rufen, bevor er mit dem Oberkörper gegen die Tür knallt.

Innerhalb weniger Sekunden springt der gefleckte Hund kläffend an ihm hoch und versucht, jedes Stück Haut abzuschlecken, das er erreichen kann. Und dann ist der Flur voller Menschen, die erfreut und interessiert zu ihm blicken. Antonios Vater Alberto nimmt den noch immer kläffenden Hund auf den Arm und lächelt.

Doch wo ist … Hat er sich das nur eingebildet? Unmöglich, was würde sonst der kleine Hund hier machen?

»Perfektes Timing, *amigo.*« Antonio deutet mit der Hand in Richtung Wohnzimmer. »Da ist jemand, der dringend mit dir sprechen will.«

Alex dreht sich langsam, sehr langsam in Richtung Wohnzimmer. Dort, an der Stirnseite des Tischs, den Kopf leicht schief gelegt, ein winziges Lächeln im Gesicht und einen riesigen Geschenkkarton auf dem Schoß. Da sitzt sie. Das andere Geburtstagskind des Tages.

Maya. Und noch bevor er wieder nachdenken und folgerichtig flüchten kann, haben Alex mehrere Hände gepackt und ins Wohnzimmer geschoben.

Wo bei ihrem Anblick aller Zorn, alle Wut, alle Traurigkeit an ihren angestammten Platz zurückkehren. Nämlich in den heißen Ofen direkt unter seinem Magen, der so laut lodert, dass Alex kaum etwas verstehen kann, als Maya den Mund öffnet, um zu sprechen.

MAYA

Ich werde meine Worte noch einmal wiederholen müssen. Denn Alex antwortet nicht, nickt noch nicht einmal oder schüttelt den Kopf. Er steht einfach an die verschlossene Tür gedrückt da. Nicht gelehnt, sondern richtig gepresst ist sein Körper an das weiße Holz, während er mich mit ausdruckslosen Augen fixiert.

»Kannst du dich zu mir setzen, Alex?«, wiederhole ich ein bisschen lauter und zeige auf den Platz auf der Stirnseite mir gegenüber, als wäre das hier eine Konferenz, er an einem Ende des Tischs, ich am anderen.

Da er noch immer nicht reagiert, füge ich ein leises *Bitte* hinzu.

Er zuckt ein bisschen, zwinkert und sieht aus, als hätte ich ihn geweckt. Alex senkt den Blick, hält einen Moment inne, streicht mit den Fingern einen nicht vorhandenen Fleck von seiner dunkelblauen Chino und geht auf den Stuhl zu. Mit routinierter Handbewegung räumt er ein pinkfarbenes Spielzeugauto von der Sitzfläche auf die Kommode neben dem Tisch und setzt sich.

Die Ellbogen auf dem Tisch verschränkt er die Hände vor dem Mund und hebt die Brauen, was ich als Signal dafür deute, dass ich anfangen kann zu sprechen. Ich räuspere mich, obwohl ich die Enge in meinem Hals auch dadurch nicht werde bekämpfen können. Dabei muss ich das gar nicht. Er darf sehen, wie schwer mir das hier fällt, er soll heute alles sehen, soll alles wissen, was in mir ist und außen.

»Es tut mir leid«, sage ich, obwohl der Text, den ich mir überlegt und mehrmals an meinem Vater ausprobiert habe, ganz anders beginnen sollte.

Aber die Worte gehören jetzt nicht mehr nur mir. Sie gehören diesem Moment und all den Gefühlen, die nun regieren.

»Das da im November, in Spanien, also im Baskenland, bei Maschas Hochzeit … Es tut mir leid, wie ich da mit dir umgegangen bin, obwohl du mir geholfen hast und du für mich da warst und … Und ich weiß, dass ich kein Recht habe, hier einfach herzukommen und dir das alles zu sagen …«

Sein Blick ist noch immer ausdruckslos, die Hände versperren den Blick auf die untere Hälfte seines Gesichts. Zumindest hat er mich nicht unterbrochen. Weshalb ich einmal tief durchatme und versuche, mich an das zu erinnern, was ich eigentlich habe sagen wollen.

»Das vor acht Monaten hat mich völlig umgeworfen. Die Sache mit Mattias, dann Maitasuna, das mit dem Kleid, wir und natürlich mein Vater.« Ich spiele an dem Geschenkband des riesigen Kartons vor mir und schüttle den Kopf. »Das war alles zu viel. Ich … ich hatte einfach das Gefühl, dass alles wieder im Chaos enden würde, wenn ich das mache und wenn ich mir das nehme, was ich will, verstehst du?«

Ich hole noch einmal tief Luft, denn das, was ich jetzt sagen werde, kostet mich große Überwindung.

»Und was ich will … was ich will … das bist du.«

Langsam könnte er etwas sagen. Doch das tut er nicht, sieht mich weiter an. Also fühle ich mich dazu gezwungen, weiterzusprechen. Auch, um das laute Rauschen in meinen Ohren und das Poltern in meinem Herzen zu übertönen.

»Und ich weiß wie gesagt natürlich auch, dass ich kein Recht dazu habe, herzukommen und dir das alles zu sagen, aber … aber irgendwie muss ich das, denn da ist noch was, was du …«

»Hör auf.«

Alex legt die Hände auf den Tisch und schüttelt den Kopf. Ich zucke zusammen, obwohl sein Tonfall nicht aggressiv, sondern vollkommen neutral war.

»Du musst dich nicht entschuldigen.«

Gleich wird er sagen, dass er schon lange mit mir abgeschlossen hat. Dass er nichts mehr für mich empfindet und einfach will, dass ich ihn in Ruhe lasse.

Doch das darf er nicht. Noch nicht. Jetzt ist eindeutig der Moment, in dem ich mich an meinen eigentlichen Text erinnern sollte. Also hebe ich die Hände und kann mich nur mit Mühe daran hindern, nicht auch aufzuspringen, um ihm zu signalisieren, dass ich noch nicht fertig bin.

»Nein, also doch – ich will mich entschuldigen. Und ich kann noch nicht aufhören, bitte.«

Er öffnet den Mund, sagt dann aber nichts. Langsam nickt er, und ich glaube, ein leises *Okay* zu hören. Dann bin ich selbst davon überrascht, dass alles, was ich eigentlich sagen wollte, wieder auftaucht.

»Jahrelang habe ich alles getan, um ein Leben ohne Risiko zu führen, um nicht aus der Reihe zu tanzen und bloß nichts zu tun, was mich jemals wieder in Schwierigkeiten bringen könnte. Und das größte Risiko … das größte Risiko bist nun einmal du … und ich dachte … ich dachte damals, also vor dreizehn Jahren und nachdem das mit Manolo passiert ist, dass, wenn ich es gewagt hätte, uns zuzulassen … dass ich mich nicht davon würde erholen können, wenn das alles doch schiefgeht. Gleichzeitig habe ich mich damals so geschämt für mich selbst. Ich war überzeugt davon, dass das mit Manolo meine Schuld war, dass ich das verdient hatte, weil ich mich so anzog und mich so verhielt. Und vielleicht hatte ich auch ein bisschen das Gefühl, dass du zu gut bist für mich. Dass du irgendwann sehen würdest, was und wer ich wirklich bin. Und dass der Verlust dann schrecklich sein würde. Und genau das Gleiche habe ich im November gefühlt. Dass du nicht siehst, dass du viel zu gut für mich bist. Dass ich dich nicht verdiene …«

Ich versuche, ein bisschen zu lächeln. Als ich seine gehobenen Brauen sehe, bemerke ich allerdings, dass dieser Satz noch eine Erklärung braucht.

»Ich weiß, dass sich das alles sehr pseudopsychologisch anhört. Aber glaub mir, ich hatte sehr viel Zeit, darüber nachzudenken, was ich will. Einen ganzen Frühling lang. Und einen heißen Sommer. Und eine Karriere in der Brautmodenindustrie gehört definitiv nicht dazu und eine Instagram-Präsenz auch nicht. Papa hat mir ein bisschen Geld geschenkt. Okay, eigentlich eine riesige Menge Geld, und damit werde ich nächstes Jahr anfangen, Kunst zu studieren. Hier in Berlin. Aber was red ich … das tut eigentlich nichts zur Sache. Denn vor allem weiß ich, dass ich … na ja, dass ich dich will. Wobei ich natürlich weiß, dass das alles hier sicher zu wenig und zu spät ist …«

Oh Mann. Wenn das mit dem Kunststudium nicht klappt, kann ich offensichtlich nicht auf eine Karriere als Rednerin zurückgreifen. Ich beiße mir auf die Unterlippe und lasse eine große Menge Luft aus meinem Bauch entweichen. Vielleicht sollte ich auch Alex dazu ermuntern. Tief ein- und auszuatmen, meine ich. Bevor ich gleich aufstehe und ihm einen Herzinfarkt bereite.

»… aber da ist noch etwas, das du wissen musst«, sage ich und mache mich dazu bereit, mich von dem harten Stuhl hochzudrücken.

ALEX

Während Maya spricht, fällt es ihm schwer, sie nicht zu unterbrechen. Doch jetzt kann Alex nicht mehr. Jetzt will er ihr sagen, was er seit Monaten mit sich herumgetragen hat. Die Gedanken und Gewissheiten, die er morgens beim Aufstehen gehabt hat und die ihn bis in den Schlaf hinein begleitet haben.

»Bleib sitzen, Maya. Steh nicht auf.« Alex schüttelt den Kopf und redet lauter, als er beabsichtigt hat. »Ich muss, nein, Quatsch, ich will auch was sagen.«

Er registriert, wie Mayas Lippen sich öffnen und sie die Stirn runzelt. Sie versteht nicht. Doch das wird sie gleich.

Kurz überlegt Alex, weil er jedes Wort mit Sorgfalt wählen will. Doch dann fällt ihm auf, dass die Worte einfach rausmüssen, ob sie nun vollkommen korrekt sind oder nicht.

»Damals in dieser Nacht, als dein Vater einfach so vor der Tür gestanden hat … Da wusste ich, wie es dir ging. Ich wusste, dass du verwirrt und verschreckt und was weiß ich noch alles warst. Und ich …« Er überlegt kurz, denn anders als Maya hat er bisher nicht zugelassen, diese Gedanken vor irgendwem auszusprechen. »Ich hab mich wie ein Neandertaler benommen. Klar brauchtest du erst mal Zeit zum Nachdenken, und klar konntest du mir nicht einfach in die Arme fallen, nachdem dein Vater nach tausend Jahren plötzlich wiederauftaucht …«

Alex erinnert sich daran, wie überrascht er damals selbst darüber war, Alberto zu sehen. Und wie enttäuscht er war, dass Antonio ihm verschwiegen hatte, dass er seinen Vater schon seit einigen Jahren wieder traf. Wenn Alex schon verwirrt war, wie musste es dann Maya ergangen sein. Noch dazu bei der Vorgeschichte, die er ja mittlerweile kannte.

Alex erinnert sich an die Worte, die er Maya an jenem Abend im November ins Gesicht gespuckt hatte. Dieses *Dann mach doch, was du willst.* Statt das zu tun, was eine emotional reife Person tun sollte. Nämlich, ihr Zeit zu geben und für sie da zu sein.

»Dabei hattest du vollkommen recht. Weil ich nämlich auch noch nicht bereit war. Weil ich erst mal verstehen musste, warum ich überhaupt mit jemandem wie Laura zusammen war, der so ganz und gar anders ist als ich und … apropos …«

Alex greift nach dem konstant vibrierenden Gerät auf dem Tisch und nimmt ab. »Ich kann jetzt nicht sprechen, Laura. Ich ruf später zurück.«

Erst nachdem er aufgelegt und das Telefon auf den Tisch gelegt hat, fällt ihm auf, wie das auf Maya gewirkt haben muss. Ihr Blick ist vollkommen leer.

Abwehrend hebt er die Hände. »Lauras Firma ist seit einigen Wochen unser Kunde. Und Laura ist mit Yasin zusammen, der in Elternzeit ist und auf ihr gemeinsames Baby aufpasst, weil …«

Er unterbricht sich und macht eine wegwerfende Geste.

»… ist eine lange Geschichte. Auf jeden Fall ist da nichts mehr zwischen uns. Gar nichts …«

Alex sieht Maya an.

Ganz anders als bei uns, denkt er und fühlt, wie sich seit Langem das erste Mal so etwas wie ein Lächeln in ihm aufbaut. *Bei uns wird da immer etwas sein.* Immer.

Also spricht er diese Worte aus.

Maya schließt die Augen und lächelt. Als sie sie wieder öffnet, sieht Alex, dass es ein trauriges Lächeln ist. »Jetzt könnte alles sehr einfach sein.«

Alex legt den Kopf schief. Was will sie damit denn jetzt sagen?

Erst als sie aufsteht, hinter dem riesigen Geschenk hervortritt und dabei einen riesigen Bauch in sein Blickfeld schiebt, versteht er.

Die Nächte im November. Maya und er auf der engen Couch in Maitasuna. Aber das waren doch nicht mehr als zwei damals. Das ist unmöglich. Absolut unmöglich. Trotzdem muss er lächeln.

Und er erinnert sich noch an einen anderen Moment. Als er vor Lauras Haustür stand, die Reisetasche und den Vogelkäfig zu seinen Füßen, den Blick ins Restaurant gegenüber gerichtet. Dort, wo das kleine Mädchen saß und mit ihren Eltern aß.

Eine Familie. Ein Kind, das mich Papa nennt.

Mehr will er nicht. Und mehr wollte er nie.

DANKE

Irgendwo habe ich mal gelesen, dass es, ähnlich wie bei der Erziehung eines Kindes, ein ganzes Dorf braucht, um ein Buch fertigzustellen. Obwohl es so viele Personen dann doch nicht waren, gibt es einige Menschen, denen ich nicht nur zu Dank *verpflichtet* bin – sondern deren Unterstützung ich an dieser Stelle einfach von Herzen würdigen möchte.

Dazu gehören zuallererst meine Lektorinnen Regine und Julia: Regine Weisbrod ist freie Lektorin und betreut unter anderem Literaturgrößen wie Sebastian Fitzek und Iny Lorentz. Zu ihr bin ich mit dem konkreten Wunsch gekommen, dass ich meinen Roman eigentlich nur bei Droemer Knaur veröffentlichen möchte. Statt gleich wieder aufzulegen, hat Regine mich mit natürlicher Leichtigkeit, fortwährender Zuversicht und einer ordentlichen Portion Humor durch diesen langwierigen Prozess gelotst. Ohne Regine würde hier also gar nichts stehen. Aber da sind wir – mit einem großen *Knaur* auf dem Cover.

Was mich zu meiner Verlagslektorin Julia Cremer bringt. Julia, wenn ich erwachsen bin, will ich genauso sein wie du: eloquent, zielgerichtet, niemals nörgelnd, voller Kraft. Du bist die Zweite, ohne die es dieses Buch so nicht geben würde. Dafür danke ich dir von Herzen – und für die zahllosen Zeilen der Solidarität, die wir über viele Monate hinweg in Bezug auf die Kinderkrankheiten ausgetauscht haben, die unsere Familien immer wieder heimgesucht haben. Magen-Darm, Hand-Mund-Fuß, Schnupfen, Husten, Heiserkeit – wir haben dem Tod ins Auge geblickt und es am Ende doch geschafft, dieses Buch zu produzieren.

Außerdem erwähnen möchte ich meinen Coach Dr. Janine Hagen, die mich während der letzten Monate der Buchproduktion begleitet hat. Danke, danke, danke fürs Zuhören, Hineinversetzen und dafür, dass du mir gezeigt hast, dass die 129 genauso okay ist wie die 130.

Zuletzt noch das allergrößte Danke an meine Familie: Ganz allgemein erst einmal an alle Omas, Tanten, Onkel und Cousinen, die mitgefiebert haben.

Danke, Mama, dass es dich gibt und dafür, dass du als eine der wenigen von Anfang an daran geglaubt hast, dass ich das hier kann. Und natürlich für deine kontinuierliche Konkurrenzanalyse à la: »Also, ich habe jetzt wieder ein Buch von xyz gelesen, und da ist dein Roman ja wesentlich besser.«

Danke Freddie und Lotti, dass ich eure Mama sein darf. Euch beim Aufwachsen assistieren zu können ist meine größte Herausforderung und mein allergrößtes Geschenk. Und obwohl Lotti lieber ein Buch über eine Frau mit Bart gelesen hätte, die sich auf eine turbulente Reise durch die Evolutionsgeschichte begibt, hoffe ich doch, dass ihr beiden dieses Buch irgendwann einmal lest. Und dass ihr versteht, dass sich jedes Wort auf diese eine Sache reduzieren lässt, mit der ich euch immer so nerve. Nämlich darauf, dass jeder Mensch mit nur einer Aufgabe auf diese Welt gekommen ist: er oder sie selbst zu sein und das eigene Leben und Tun als Botschaft zu verstehen.

Und zuletzt noch: Danke, mein Michi. Du bist alles und noch viel mehr.